Quelque part dans la foule

il y a toi

Paul Souleyre

Quelque part dans la foule
il y a toi

© 2022 Paul Souleyre

Édition : BoD – Books on Demand, info@bod.fr
Impression : BoD – Books on Demand, In de Tarpen 42,
Norderstedt (Allemagne)
Impression à la demande

Conception de la couverture : Louise Walter
Police du titre : *Sunflower* de Chank Diesel
Police du nom de l'auteur : *Vendetta* de John Downer
Police de la quatrième de couverture et de la tranche : *Beau*
de Tapiwanashe Sebastian Garikayi

ISBN : 978-2-3224-3486-2
Dépôt légal : Octobre 2022

À Amina

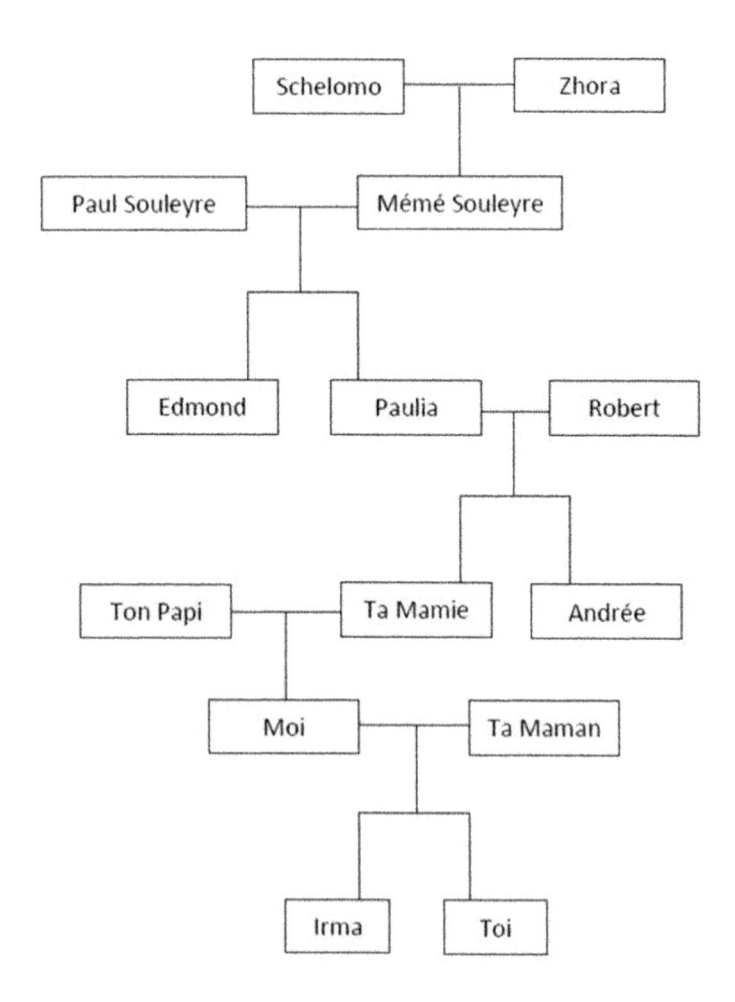

```
Schelomo —— Zhora
        |
Paul Souleyre —— Mémé Souleyre
            |
    ┌───────┴───────┐
  Edmond          Paulia —— Robert
                        |
                ┌───────┴───────┐
            Ta Mamie         Andrée
   Ton Papi ——
            |
           Moi —— Ta Maman
                    |
              ┌─────┴─────┐
            Irma         Toi
```

PRÉAMBULE

"Il n'existe aucune douleur plus déchirante que la perte d'un enfant".

La perte est douloureuse certes, je peux en témoigner, et j'en témoignerai. Mais l'est-elle davantage que le souvenir d'une enfance vécue sous les rafales de mitraillettes ? Qu'une course folle vers le plus proche aéroport pour s'évader de l'enfer ? Qu'un décret tombé de nulle part qui transmue à la volée des milliers d'identités séculaires ? Ce sont des destins. Des arrachements. Des abandons. Des pertes.

La mort d'un enfant est un exil soudain. Le monde bascule ; le passé sombre. Fini la petite famille, les anniversaires joyeux, les bisous le soir. La nostalgie se lève comme l'aurore et ne cesse plus d'éclairer le jour de son paradis perdu. Le socle se dérobe. Les identités se dissolvent. Qui suis-je maintenant ? Puisque je ne suis plus.

Puis-je mettre en parallèle la perte d'un enfant et la perte d'une terre natale ? Cet autre socle. "Bienvenue chez toi" disent-ils. La mémoire est un cauchemar.

Ce livre est un séjour dans l'entre-deux.

PIEDS-NOIRS

Celui qui médite vit dans l'obscurité ;
Celui qui ne médite pas vit dans l'aveuglement.
Nous n'avons que le choix du noir.

Victor Hugo – *William Shakespeare*

22 mai 2017 - Si je meurs je veux que :
PAPA :
- *Tu réconfortes Maman et Irma*
- *Tu te fasses tatouer « SOMELY DE BRANDERSOUS »*
- *Tu ne dises à personne ce que cela signifie*
- *Tu le mettes sur ma tombe*

Je sais que ça va être dur sans moi. Mais je sais que tu resteras fort, je le veux ! En tout cas, j'espère que je te regarde de là-haut, et que je ne me suis pas réincarnée en fourmi… Et puis, comme on dit, « les meilleurs partent en premier ! ». C'est pour ça que je suis partie avant toi AH AH AH ! Je ne veux pas que tu sois triste, même si c'est dur, même très dur ! QUE LA FORCE SOIT AVEC TOI !!! JE T'AIME mon FAZAOUR. De toute façon, j'étais nulle en anglais !

PS : Tu as vraiment été un super papa. Ne t'occupe pas des erreurs que tu as faites, j'ai passé de super moments avec toi ! Et merci de m'avoir tenu le bras !

C'est sûr que j'en ai fait des erreurs mon Lapin, je ne les compte même plus, et elles ont commencé bien avant toi. Mais je vais les taire parce qu'elles mettraient en jeu tant de personnes et tant d'événements qu'on n'en finirait plus. Il faut savoir garder pour soi ce qui ne mérite pas d'être rappelé.

« *Un secret est fait pour être partagé sinon c'est une pensée* ».

Tu m'as envoyé ce message un jour en me demandant ce qu'il signifiait. Tu n'avais même pas dix ans. La phrase te trottait dans la tête depuis longtemps déjà, et tu t'interrogeais sur son sens. Je t'ai répondu que je n'en avais aucune idée, mais que ça n'avait pas d'importance, elle était magnifique. Tu ne l'avais lue nulle part, elle venait de toi, de ton for intérieur, un for impossible à pénétrer, inaccessible.

Alors je ne partagerai pas *Somely de Brandersous* qui me fait rire toutes les fois que j'y pense, c'est notre for intérieur à tous les deux, mais le reste mérite d'être raconté, ce qui t'a précédée, m'a précédé moi-même, n'a jamais été partagé, et m'a plombé pendant quarante ans jusqu'à ce que ta mamie, ma mère, s'éteigne sans prévenir le 15 février 2009 à l'hôpital Saint-André de Bordeaux.

Sa sœur aînée – qui s'appelait Andrée – est aussi morte un 15 février, mais en 1954, à l'âge de onze ans et demi. Je ne le savais pas. Les secrets rongent l'âme, tu as raison, il faut les partager. C'était à Lyon. Andrée y allait pour se faire opérer du cœur et le choc de l'anesthésie lui a été fatal. Mon grand-père l'a ramenée à Oran, en Algérie, où tout le monde habitait à l'époque, pour l'enterrer au cimetière chrétien de Tamashouet une semaine plus tard. Il paraît qu'il y avait du monde.

Pour toi, on a préféré le petit comité. C'était doux, sans pleurs, apaisé. Je serais bien en peine d'expliquer pourquoi. Probablement l'amour. On en revient toujours aux évidences même si les évidences sont troubles.

Merci de m'avoir tenu le bras…

J'imagine que le lecteur métaphorise ces mots, me regarde t'accompagner durant toutes ces années pour te soutenir dans ta maladie ou plus simplement dans ta vie quotidienne, mais il se trompe. Il n'y a aucune métaphore. Je n'ai jamais aimé les métaphores et tu ne les aimais pas non plus. Le réel, rien que le réel, opaque.

Je te tenais le bras quand les infirmières prélevaient du sang parce que la piqûre te rendait hystérique. Il fallait quelqu'un sans états d'âme pour maintenir ce petit membre qui cherchait par tous les moyens à se défiler. Et j'étais celui-là. Le type sans états d'âme. Celui qui fait le sale boulot. « *Tu me tiendras bien le bras, Papa. T'inquiète pas si je crie. C'est pas grave si j'ai mal* ». D'accord mon Lapin...

On en riait entre deux piqûres tellement l'échange nous paraissait surréaliste. Le personnel médical avait fini par s'habituer à la violence de ces moments. Il fallait juste que l'infirmière assure, le plus rapidement possible, en silence. Tu en ressortais épuisée.

Merci de m'avoir tenu le bras…

Notre petit noyau d'amour baignait dans une violence sourde. Les apparences disent autant que ce qu'elles cachent. Il n'y a pas d'amour sans violence ni violence sans amour, même si les belles âmes aimeraient dissocier l'un de l'autre. Ce sont les deux faces d'une même pièce. Peut-être m'as-tu préparé au terrain miné bordé d'amour qu'est l'Algérie, ou au terrain d'amour bordé de mines, comme on voudra. À dix ans, il faut un papa pour nous tenir le bras, à quarante, il n'y a pas le choix, on doit le faire soi-même. C'est la dure condition du vieux baron de Münchhausen qui doit s'extraire des sables mouvants en se tirant lui-même par les cheveux, la difficile condition de l'adulte, à laquelle on accède ou pas. On peut rester enfant très longtemps. Je le suis toujours, mais moins depuis mon voyage en pays pied-noir.

Ta maman, qui recopie ton journal intime année par année, m'a envoyé quelques extraits l'autre jour. Tu avais dix ans. C'était la période de mon premier séjour à Oran :

Lundi 7 avril 2014
Je vais faire un exposé avec mon amoureux. Ce sera sûrement sur les avions. Voilà. Ah oui, Papa part à Oran en Algérie, vendredi prochain, pendant 10 jours. Irma, ma sœur, est en Grèce.

Vendredi 11 avril 2014
Ouin, Ouin, Ouin ! Papa est parti pour l'Algérie. J'ai trop peur qu'il se fasse tuer. Irma revient demain.

Mardi 15 avril 2014
Aujourd'hui, on avait mes cousines. Enfin, depuis hier, elles ont dormi ici. Moi, j'ai dormi avec les deux, car Irma ne voulait pas dormir avec une des deux. Donc j'ai dormi avec les deux et j'ai fait nuit blanche. L'une ronfle et l'autre a besoin de lumière pour dormir. Donc avec quelqu'un qui ronfle et la lumière, c'est dur de s'endormir. Je me suis endormie à 1h du matin et réveillée à 7h20, car la lumière ne marchait plus. Ma cousine m'a appelée pour qu'on allume la grande et je n'ai pas pu me rendormir. 20h29 : j'ai trop bu d'eau et en plus il y a une mouche. Bzzzzzzz, bzzzzz. PS : on mange pâtes carbo ! C'est trop bon ! Ah oui, Papa est toujours en Algérie. Il va bien et nous appelle jeudi soir ! Il me tarde ! J'aime pas les mouches...

Mercredi 16 avril 2014
Papa va nous appeler demain !!!! Il me tarde ! Sinon, moi, je me suis fait mal au pied droit en voulant refermer la porte de la voiture et maintenant, je peux à peine marcher. Je ne voudrais pas avoir des béquilles, j'en ai eu une fois et je n'en veux plus ! Et j'ai mal à l'œil, mais ça n'a aucun rapport.

Vendredi 18 avril 2014
Papa a appelé hier soir et c'était trop bien ! Oh, j'avais trop envie de pleurer et je suis sûre qu'on lui manque aussi, car dans ses SMS, il dit toujours : « Vous êtes mes amours, je vous aime » Alors que d'habitude, il ne dit pas ça. Je l'aime trop mon Papa. Bref, là il est 22h04, je regarde « The best, le meilleur artist ». C'est bien, c'est pas génial, mais ça va. Il y a le fer à repasser à côté de moi. Il chauffe me dit maman. The Best, ça ne m'intéresse pas trop, mais j'ai envie de veiller.

Lundi 21 avril 2014

Je suis chez « Les Cricris ». C'est comme ça que s'appelle la maison de Papi. Bref, hier nous avons fêté Pâques, nous avons caché les œufs et nous les avons cherchés. C'était bien drôle. Demain soir, Papa va enfin revenir. Il me manque trop. Cet après-midi, j'ai pleuré, car il me manquait trop. Il nous a dit par SMS qu'il allait acheter les cadeaux, mais je m'en fiche moi, je veux le voir ! J'aimerais bien aller dans la Grange. La Grange, c'est la petite maison qu'il y a à côté de chez Papi. Et nous trois, on va dormir à la Grange. Donc, comme je suis fatiguée, j'ai envie d'y aller.

Mercredi 23 avril 2014

Je suis revenue de chez Papi hier et j'ai revu Papa ! J'étais hyper contente de le voir ! Comme cadeau, il m'a rapporté de la terre rouge d'Oran et un joli petit coffre trop beau !

Je crois que je vais bien malgré ta disparition parce qu'on ne m'a jamais autant aimé. Je ressens toujours ton amour en moi, où que tu sois, au Ciel ou ailleurs. Il a remplacé tous les amours bancals qui m'ont précédé, sur lesquels je me suis construit, ces amours eux-mêmes construits sur de l'exil. Un désastre. J'ai traîné pendant des années une verrue sous le pied droit. Elle est partie trois jours après avoir obtenu mon visa pour l'Algérie. J'en aurais pleuré.

Les gens pleurent toujours quand ils vont en Algérie.

Mais le voyage en Algérie, c'est presque l'apothéose. La fin du parcours. La ligne d'arrivée. Ce n'est pas le plus difficile. On va chercher sa terre rouge comme un trophée, parmi les youyous et les acclamations, les makrouds et la calentica, les « Bienvenue chez toi ». C'est le Kansas, mon lapin, ou le Palais d'Émeraude, l'Algérie. Tu te rappelles ce que dit Dorothy à la fin du Magicien d'Oz, cette bible américaine qu'on a beaucoup regardée quand tu étais petite : « *There is no place like home* ». On n'est bien que chez soi. Moi je ne suis bien que *Là-bas*.

Dans le film il y a aussi un lion comme celui d'Oran, une carlingue d'avion en fer blanc qu'il faut remettre d'aplomb après son exil dans la forêt, et un épouvantail à corbeaux par lequel tout commence. Œuvre au noir, œuvre au blanc, œuvre au rouge. Ça commence par les Pieds-Noirs et ça finit par la Terre Rouge.

Le plus difficile, ce n'est pas la terre rouge d'Oran, c'est les Pieds-Noirs, ces épouvantails qui effraient tout le monde et servent de boucs émissaires. Tu les postes à la croisée des chemins et tu sais que personne n'ira jamais s'aventurer dans le champ de mines et préférera prendre l'avion pour survoler les rancœurs.

Mais l'Algérie sans les Pieds-Noirs, c'est comme l'Algérie sans les Ottomans, sans les Espagnols, sans les Mérinides, et sans les Berbères, c'est bancal. Un petit morceau de terre qui s'effondre à la moindre brise. Si je savais voyager dans le temps, j'irais parler aux Mérinides et aux Espagnols et je leur demanderais qu'ils me racontent Oran, puis je te rapporterais un souvenir de la ville du quinzième siècle, avec un peu de terre rouge. Mais je ne sais pas encore traverser les siècles, alors je me contente d'aller à la rencontre des vivants, Algériens d'aujourd'hui, Pieds-Noirs d'hier, et je questionne.

Je vais voir ton papi aussi, un reclus des Pyrénées avec qui je me suis embrouillé à l'adolescence parce que je n'avais rien compris, et dont j'ai découvert un jour la caverne à double-fond. Tu connais son antre, on y mangeait le midi autour de Noël avant de migrer chez ma sœur ces dernières années ; tu t'occupais de tirer les numéros de son vieux loto d'Oran pendant que je les rangeais dans l'ordre, à côté de toi. On formait une belle équipe.

Il a tout gardé ton papi. Un jour il a acheté deux appartements, un pour vivre et l'autre pour se souvenir. Au quatrième étage, il vaque à ses occupations la télé branchée sur Canal Algérie ; au premier, il se promène dans sa mémoire. Il y a tous les meubles de ses parents et de sa grand-mère. S'il devait choisir, il garderait plutôt ceux de sa grand-mère parce qu'ils arrivent de Valmy – el Kerma aujourd'hui – un petit village près d'Oran.

Chez ta mamie, il n'y avait rien parce qu'elle a rejeté en bloc l'Algérie de son enfance qui lui rappelait sa famille calamiteuse, mais chez ton papi il y a tout. Sous un lit, on trouve même une valise, l'emblème absolu du Pied-Noir, avec tous les papiers de ses ascendants à l'intérieur. Il est difficile de faire des généralités, mais c'est rarement neutre chez les Pieds-Noirs, on pourrait faire une géographie de chaque intérieur. La souffrance s'y cache plus ou moins bien. Chez les parents de ton papi, elle s'était retirée dans l'intimité des chambres, un peu comme tu avais toi-même relégué la tienne dans l'intimité de ton journal.

Toujours le 22 mai 2017 :

PAPA, MAMAN, IRMA
Bon, si vous lisez ça je dois être morte. C'est pas drôle, ce doit être très dur, mais je ne veux pas que vous restiez triste trop longtemps. Je ne vous demande pas de m'oublier hein, au contraire, mais essayez de prendre ça dans un autre sens. Je suis sûrement mieux là où je suis, et je n'ai plus de problème de santé !

J'ai eu une vie heureuse, mais j'ai cette envie de mourir depuis presque un an (à l'heure où j'écris aujourd'hui). Je ne suis pas malheureuse, loin de là, mais je vivrai sûrement mieux là-haut !

Vous m'avez rendue heureuse, j'ai eu une superbe vie, grâce à vous trois, je vous aime profondément. Je vous autorise à lire tous mes journaux intimes, je vous y oblige même ! Si vous pouviez, ça me ferait plaisir ! N'ayez pas peur de rentrer dans mon intimité. ALLEZ-Y !

Bon, je n'ai plus rien à dire, je vous ferai des signes de là-haut. Cela dit, je ne suis pas encore morte à l'heure où j'écris, mais ça faisait longtemps que je voulais écrire ça, alors voilà ! CIAO ma famille, vous avez été au top. Je m'en vais en dabant. D'ailleurs faites un dab à mon enterrement, ça me fera rire !

Ah et j'ai quelque chose de moins drôle à vous demander… je voudrais être incinérée… je sais c'est dur… mon urne sera dans un cimetière avec ma salamandre dedans.

Sur ce, JE VOUS AIME, LA BIZ !

C'est incroyable comme ta souffrance se cache derrière le rire. Pas toujours, mais souvent. C'est les Pieds-Noirs, ça. Où que tu ailles, ils rient fort pour masquer leur douleur. C'est aussi leur dignité ; on ne se répand pas en lamentations.

« *Faites attention, il y a beaucoup de souffrance* ».

Cette phrase pourrait s'appliquer à ton journal souvent si drôle qu'on en oublierait que la vie est une jungle qui n'est pas faite pour les handicapés même si tout le monde s'applique à leur rendre le quotidien plus facile comme on l'a fait pour toi. Il fallait faire attention à tout et pas seulement aux trottoirs inadaptés à ton fauteuil roulant. Tu étais une urne remplie de larmes, d'une sensibilité extrême, les émotions toujours à fleur de peau. Non, c'est une dame qui a prononcé ces mots un jour, à Bassemeul, au premier colloque pied-noir auquel j'ai assisté. Elle a eu de la chance, j'avais l'habitude de faire attention, de repérer les urnes remplies de larmes. Je n'en ai jamais vu autant réunies dans un même lieu.

C'est un ami qui m'a conseillé d'y aller. Un ami qui aurait dû participer au colloque, mais qui a trouvé le moyen de se fâcher avec tout le monde quelques jours plus tôt. Les Pieds-Noirs aiment bien se fâcher dans le bruit et la fureur pour se réconcilier autour d'une kémia. C'est leur mode de fonctionnement. Ce n'est pas le mien donc il n'y avait aucun risque pour que je mette le feu au colloque. Mais j'ai eu le malheur de dire à la dame que cet ami m'avait conseillé de venir. Elle a pris peur : « faites attention, il y a beaucoup de souffrance ». J'ai pris mon visage le plus doux pour la rassurer : je viens juste pour comprendre, je me ferai tout petit, c'est promis. Elle n'a été rassurée qu'à moitié. Les urnes sont à la fois remplies de larmes et de craintes.

C'était un colloque consacré à la transmission entre générations. On était fin juin 2012, cinquante ans après l'exode, le comité d'organisation avait gonflé des tonnes de petits ballons dans le réfectoire sur lesquels des pieds noirs (des vrais petits pieds avec cinq orteils) étaient dessinés. 1962 était inscrit sur le pied gauche et 2012 sur le pied droit. J'ai trouvé l'idée drôle. Je me suis demandé si je t'en rapporterais puis j'ai laissé tomber. Je venais déjà de faire une journée de colloque, j'avais la tête emplie de désastres en tous genres, je pensais que le tien, ton petit désastre quotidien, suffisait déjà. Je ne me voyais pas l'alourdir davantage avec des histoires atroces. Ces ballons n'avaient rien de joyeux. Je les ai laissés voltiger dans le réfectoire. Tant pis pour la transmission.

Il faut dire aussi que j'avais été refroidi par ma première journée. Et pas seulement à cause des histoires calamiteuses que j'avais endurées toute la journée, mais surtout parce que j'étais le seul enfant de Pieds-Noirs ou presque là au milieu. La plaquette indiquait que ce serait un formidable moment de rencontre et d'échange entre les plus de cinquante ans et les moins de cinquante ans. J'avais 42 ans à l'époque. Je pense que j'étais le plus jeune.

Je ne sais pas ce que j'imaginais.

Le choc a été rude quand j'ai lu dans ton journal que tu avais envie de mourir.

Et puis ta maman m'a dit l'autre jour qu'elle était tombée sur un documentaire consacré à l'association Aladin qui « réalise les rêves des enfants gravement malades » et qu'une jeune fille de vingt ans l'avait un peu réconfortée par son témoignage. Ta maman aussi a reçu un choc en lisant ton journal. Parce que si moi j'ai commis des erreurs, ta maman a été parfaite. Tu le lui as écrit d'ailleurs. Il n'empêche que tu avais envie de mourir. Ou plutôt, que tu es passée par des moments où tu avais envie de mourir. On va se rassurer comme ça.

La jeune fille expliquait qu'il ne se passe pas une journée sans penser à la mort lorsqu'on est malade. Mais vraiment malade. Depuis toujours et pour toujours. Ça fait partie du quotidien. La seule chose qui permet de tenir, c'est l'amour des proches. Je m'en doutais un peu parce que je pensais souvent à ta mort, moi aussi. Mais pas tous les jours. L'évidence surgissait par surprise, à la suite d'une IRM ou devant ton petit neurofibrome de rien du tout sur le nez ; je me rappelais soudain qu'on avait tous les trois une épée de Damoclès sur la tête, Irma, ta maman et moi, que la sentence pouvait tomber à tout instant. Tu pouvais mourir. Mais j'oubliais aussitôt. Par fuite ou parce qu'il est inutile d'y penser. À quoi bon. On faisait le maximum de toute façon. On t'aimait vingt-quatre heures sur vingt-quatre.

À Bassemeul, la mort était partout. La vie aussi. Tu m'as peut-être aidé à surmonter cette contradiction sans le savoir. J'étais prêt à côtoyer des morts en sursis, des urnes vivantes, des révoltés en larmes. Je découvrais un monde. Un monde qui commençait toujours la journée en chantant *C'est nous les Africains qui revenons de loin*, en chœur, debout, dressé fièrement, la tête haute et la voix profonde. Ils revenaient tous de l'enfer, ces chanteurs en fin de vie, portés par des morts qui leur intimaient de s'exalter furieusement contre le vent de l'Histoire. Je te jure que j'ai pris peur la première fois. Je me demandais où j'étais tombé. Je suis resté scotché à mon siège en attendant que ça passe, abasourdi.

Mais j'étais motivé, mon Lapin. Tu imagines à peine. J'avais la certitude que tu étais malade de cette histoire, que je te l'avais transmise, et que je pouvais te guérir si je lui réglais son compte une bonne fois pour toutes. Il y a beaucoup d'autres raisons pour lesquelles je me suis plongé dans ce monde, mais la principale, la plus inconsciente, celle que j'aurais mis des années à entrevoir, c'est que je tenais peut-être une possibilité de te sauver. La recette n'a pas fonctionné parce que c'est idiot, mais le trajet n'a pas été inutile. Triste consolation.

Quand tout le monde s'est assis après avoir entonné le Chant des Africains, j'ai pu redevenir anonyme, un peu honteux. Je venais d'expérimenter ma première lâcheté. La salle avait sommé chacun de choisir son camp, je pouvais me tenir debout avec tout le monde si je le voulais, intégrer la communauté pied-noir en une fraction de seconde, ou bien rester seul assis, à part, en dehors de mon histoire. J'étais resté assis, apathique, incapable de décider de la place que j'étais en droit de m'accorder dans ce nouveau monde. Étais-je autorisé à chanter moi aussi le Chant des Africains sachant que je n'étais pas né en Algérie, que je n'avais connu ni la guerre ni l'exode, que je pouvais à peine placer Oran sur une carte, et que l'art de la calentica m'était totalement étranger ? Le fait que toute ma famille arrive d'Oran suffisait-il à justifier une présence active et chantante ? Et puis avais-je vraiment envie de chanter le Chant des Africains ? Des dizaines de questions se bousculaient dans ma tête.

Ce qui m'étonne toujours, c'est à quel point on se pose des questions pour soi-même qu'on ne se pose pas pour les autres. Si tu avais été là mon Lapin, et que tu avais douté de la légitimité de ta présence, je t'aurais dit, tu doutes ? Toute la famille de ton père arrive d'Oran, s'est coltinée une guerre, un exode, des morts, des disparus, des perdus de vue, des abandons de sépultures et j'en passe, et tu doutes de ta légitime présence ici ? Si tu as envie de chanter, ne te gêne pas, mon cœur ! C'est maintenant ou jamais. Si quelqu'un n'est pas content, je lui casse la figure. Mais je ne pouvais pas me lancer cette diatribe à moi-même. Quelque chose coinçait.

Le soir, je suis allé voir l'organisateur, puis, après avoir échangé quelques politesses d'usage, je lui ai dit avec un certain aplomb que le Chant des Africains en ouverture du colloque ce n'était pas possible, il ferait fuir n'importe quel enfant de Pieds-Noirs. Il m'a répondu très courtoisement que c'était le symbole des Pieds-Noirs et qu'il était inimaginable de s'en passer. C'était tellement définitif que j'en suis resté bouche bée. Était-ce vraiment le symbole des Pieds-Noirs ? Ta mamie se reconnaissait-elle dans ce chant ? Je suis sûr que non. Mais ton papi oui. Davantage en tout cas. Et mes grands-parents ? L'auraient-ils chanté ? L'avaient-ils chanté ? Mes grands-mères j'en doute fortement, mais mes grands-pères ? Peut-être.

Si on se lance dans l'histoire de ce chant, c'est tellement opaque qu'on ne sait plus quoi en penser, si ce n'est qu'il n'a pas la côte. Mais qu'est-ce qui a la côte dans le monde pied-noir ? À peu de choses près, rien. C'était le chant de l'armée d'Afrique et c'est devenu le chant des partisans de l'Algérie française. Il a été inscrit au répertoire national des marches militaires puis interdit puis autorisé puis interdit puis autorisé. Je comprends pourquoi ta mamie ne le chantait pas et pourquoi ton papi le chantait. Et peut-être pourquoi je n'ai pas réussi à le chanter. Je peux assumer mon histoire sans problème, l'aimer même, et profondément, mais pas au point de désirer son retour. On ne peut pas souhaiter le retour d'un système politique aussi bancal et dévastateur. Mais était-ce vraiment ce qui se jouait à Bassemeul ?

Le dimanche matin, j'ai bu mon café devant une vieille dame très délicate qui était venue au colloque parce qu'elle avait besoin d'entendre parler de son histoire ; sa fille lui interdisait de l'évoquer en famille. Je l'imagine bien, cette descendante, parce que j'ai aussi eu vingt ans, trente ans, et même quarante, et que les colères contre De Gaulle, la France traîtresse, ou l'adulation du pays de Cocagne de l'autre côté de la Méditerranée m'assommaient. Il y a des limites au supportable, surtout à vingt ans. On n'a pas la sagesse suffisante pour laisser passer les tempêtes au-dessus de sa tête et attendre que les soubassements se présentent. L'idée même des soubassements ne nous effleure pas l'esprit. Les gens sont comme ils sont parce que c'est dans leur nature, qu'on est mal tombé, qu'ils sont nés sans passé, sans histoire politique, sans guerre, et sans exode. Mais je n'avais plus vingt ans et les vieilles dames me passionnaient.

Celle qui se trouvait devant moi pensait aussi qu'il y aurait une rencontre entre les plus de cinquante ans et les moins de cinquante ans, qu'elle pourrait transmettre son histoire, raconter sa petite vie quotidienne en Algérie. Mais c'était sans compter sur une évidence qui est le talon d'Achille de la communauté pied-noir : les moins de cinquante ans fuient ce genre d'ambiance. Et je peux comprendre. Autant je pourrais retourner à Nîmes Santa Cruz jusqu'à la fin de mes jours pour retrouver des gens que j'aime, un sanctuaire que j'aime, une procession que j'aime, une histoire que j'aime, autant je ne conduirais personne ici parce que personne n'y trouve de place pour exister.

À Nîmes, on aurait fait la course, toi en fauteuil roulant électrique poussé au maximum à la vitesse cinq comme on s'amusait à le faire dans la galerie marchande de Carrefour où tu gagnais en riant parce que je ne pouvais pas lutter contre la vitesse cinq, mais ici, à Bassemeul, où aurait-on fait la course ? Où pouvait-on trouver une place pour commencer à vivre ?

La vieille dame elle-même, si drôle, en était désolée. Non seulement elle ne pouvait pas évoquer son histoire chez elle parce que sa fille refusait d'en entendre parler, mais le colloque la repoussait au plus loin de la journée, comprimant les petits ateliers d'échanges et de témoignages sur une demi-heure, entre la poire des conférences et le fromage du dîner, vite fait bien fait, histoire de se débarrasser d'une promesse encombrante, pour que les historiens de la grande Histoire puissent tenir le haut du pavé, écraser de leurs atrocités l'embryon de vie qui cherchait à germer, refouler les vieilles dames au plus profond de leur douleur – on ne va quand même pas s'embêter avec ce genre de problèmes – parce que ce qui compte, c'est le 19 mars au lendemain d'Évian, le 26 mars à Alger, et le 5 juillet à Oran.

Je suis trop dur. Je n'ai pas envie de taper sur ce monde militant. S'il n'existait pas, qui aurait entendu parler du 5 juillet à Oran ? Pas même ton papi qui ne l'a appris qu'à sa retraite. Mais que le souvenir des morts s'exalte aux dépens des vieilles dames m'exaspère. Dans la hiérarchie des douleurs, les vivants auront toujours ma priorité sur les morts. Irma aura désormais priorité sur toi, mon Lapin, parce que j'ai vu à quel point la vénération des morts a détruit ta mamie et que je ne veux pas de cette violence pour ta sœur. Sa mère s'est détournée de ses deux enfants pour pleurer chaque jour Andrée, la petite morte du 15 février 1954, il n'y a rien de plus dramatique pour ceux qui restent. Ta mamie aura passé sa vie à chercher du regard le regard de sa mère qui ne s'est plus jamais reposé sur elle. La vieille dame attendait que le colloque la regarde enfin, elle attend toujours et peut attendre longtemps, il n'y en a que pour les morts.

La seule chose qui permet de tenir, c'est l'amour des proches, disait la jeune fille à la télévision. Quand on n'a pas l'amour des proches parce que les proches se tiennent à distance, que les enfants ne veulent plus parler aux parents, on cherche une communauté contre laquelle se blottir, une communauté sur qui épancher sa petite douleur refoulée, ses petits cauchemars, son petit chagrin délicat, mais la communauté ne répond pas toujours à l'appel, prise elle-même par ses propres démons, enfermée dans ses obsessions, terrorisée à l'idée de trahir ses morts, de ne pas assez parler d'eux, de ne plus chanter le Chant des Africains au lever du soleil, d'être punie par le grand vent de l'Histoire qui a déjà puni une fois, et la voilà qui se fige, se sclérose, s'enferme sur elle-même et meurt de sa belle mort en préparant un colloque sur la transmission pour des enfants qui ne viennent pas. C'est d'une solitude, Bassemeul.

Faites attention, il y a beaucoup de souffrance, disait la dame à l'entrée. En effet, vous n'imaginez pas.

Bon, j'ai menti pour le plaisir de la narration. Je n'étais pas seul à Bassemeul, on était deux. Deux enfants de Pieds-Noirs. Peut-être dix, allez. Huit fantômes et deux motivés. L'autre motivée était une femme qui devait avoir mon âge, quarante-deux ans à l'époque, pleine d'énergie. On était deux naïfs à croire aux miracles.

Un embryon de quelque chose a failli surgir le samedi en fin de journée, devant la porte d'une salle de classe qui devait être consacrée à « L'agriculture en Algérie en 1958 ». Les ateliers d'échanges entre les plus de cinquante ans et les moins de cinquante ans devaient débuter à 17h30 et se terminer à 19h. Ils ont commencé à 18h30 et se sont terminés à l'heure ; on n'en pouvait plus et tout le monde avait faim. Un bonhomme attendait devant la porte que quelqu'un s'intéresse à son sujet. Il ressemblait à un vieux professeur à la recherche de ses élèves.

Je ne sais pas dans quelle mesure organiser le colloque dans les locaux d'un lycée est une bonne idée, ça nous renvoie tous à l'école, un lieu où tu t'es sérieusement ennuyée. On partait pour ton collège en voiture le matin et on se disait qu'un jour il faudrait qu'on aille à la plage sans rien dire à personne. Je passerais un coup de fil à la vie scolaire avant 8h, je te ferais porter pâle, puis on préparerait des sandwiches et on achèterait des M&M's bleus avant de filer jusqu'à Lacanau Océan. On boirait un chocolat chaud devant les vagues, on ferait deux ou trois parties de Yam et une d'échecs, on se lancerait dans une course en fauteuil roulant sur la promenade, je te montrerais l'endroit où je me suis fait ramener en hélicoptère il y a trente ans, on mangerait sur une table en bois sous les pins le midi, et on filmerait notre journée pour la monter le soir à l'ordinateur, comme à Socoa il y a trois ans, avec des petites musiques et des effets spéciaux. On s'amuserait. C'était presque notre sujet préféré dans la voiture avec *Somely de Brandersous*. On en rêvait. On était à deux doigts de le faire un jour du mois de juin tellement tu en avais marre, tellement j'en avais marre que tu en aies marre, et tellement notre petite fugue n'aurait eu aucune importance pour personne, mais on s'est retenus parce qu'il aurait fallu mentir à ta maman. Ce n'était pas possible. On le savait tous les deux.

J'aurais pu le faire avec Irma, ta maman n'aurait pas été contente non plus, mais elle aurait fini par en rire. Je le sais. Avec toi, elle se serait sentie trahie, parce que la confiance était nécessaire pour qu'on puisse avancer tous les trois et t'accompagner, ne pas douter les uns des autres, être sûrs que la parole circulerait toujours, que tu parlerais s'il y avait un problème, que je parlerais à ta maman s'il y avait un problème, qu'elle me parlerait s'il y avait un problème. On ne pouvait pas jouer avec la maladie. Il y allait de ta santé mentale qui commandait à la fois ton corps et le bien-être familial. Tu le savais comme je le savais. On ne faisait que rêver dans la voiture. Je te serrais fort dans mes bras devant le collège avant de te laisser avec ton auxiliaire de vie scolaire pour claudiquer jusqu'à la salle de cours et t'y ennuyer à mourir. Ça me déchirait.

Aujourd'hui, je me dis qu'on aurait peut-être dû téléphoner à ta maman, qu'elle aurait probablement dit oui parce qu'elle était prête à tout pour toi, mais le charme aurait été rompu. On aurait demandé l'autorisation de transgresser ? C'est un non-sens. Et puis c'était notre petit rêve à tous les deux. On était bel et bien coincés. Impossible de trahir.

La trahison, il n'y a rien de pire pour un Pied-Noir de Bassemeul. Tant qu'on n'a pas intégré cette donnée, on n'a rien compris, on passe à côté de tout. Elle est à la source de chacun de ses mouvements : il ne croit plus en la moindre parole, il ne fait plus confiance en personne, il se méfie de tout le monde, même de ses enfants, en vérité de tous ceux qui cherchent à l'aimer. Il sait que les paroles sont du vent, il ne supporte plus d'entendre qu'on l'aime, qu'on le comprend, parce que la dernière fois qu'on l'a compris on l'a trahi du haut d'un balcon, il ne juge plus qu'aux actes. Tu es ce que tu fais. Montre-moi ce que tu fais et je te dirai si tu m'aimes. Alors je t'aimerai. Peut-être.

À Bassemeul, je n'avais pas encore intégré cette donnée, j'arrivais la fleur au fusil, presque en chantant, tout heureux d'avoir franchi ce pas déjà si difficile à accomplir, je croyais qu'on m'accueillerait à bras ouverts, comme l'enfant prodigue : enfin un descendant qui s'intéresse à notre histoire, viens là mon petit, tu es des nôtres. Erreur. J'avais tout à prouver : « faites attention, il y a beaucoup de souffrance ».

On en revient toujours là, mais pour d'autres raisons, je devais faire attention, non seulement parce qu'il y avait beaucoup de souffrance, mais parce que la méfiance était la donnée de base, que j'étais peut-être le loup dans la bergerie, le mouton noir parmi les loups, le type bizarre qui s'intéresse à notre histoire. Celui qui allait forcément trahir. Attention, il tient un blog.

Le vieux bonhomme devant la salle de classe ruminait sa colère quand je suis arrivé. Pas vraiment parce que ses élèves avaient fait l'école buissonnière, mais parce qu'un jeune professeur d'Histoire-Géographie de vingt-cinq ans (on était trois idiots finalement) avait lancé une bombe pendant la conférence de l'après-midi et avait trahi. Il avait eu le malheur de dire que le multiculturalisme c'était très bien, et que dans sa classe, c'était l'idée fondamentale qu'il essayait de faire passer, le *vivre-ensemble*. Cette lumineuse valeur de notre modernité anachronisée aux années cinquante en Algérie avait eu le don d'énerver toute la salle. Qu'en était-il au juste du vivre-ensemble à Oran et ailleurs à l'époque ? C'était sa question et les huées furent sa réponse. Je n'avais pas encore de réponse à cette question pour ma part, mais je savais que la question était explosive, et j'avais promis de me comporter en observateur sage et discret ; je faisais attention parce qu'il y avait beaucoup de souffrance. Le jeune professeur n'avait pas tenu compte de la souffrance, et le bonhomme devant sa classe bouillait encore de rage, trois heures plus tard, prêt à exploser. Il s'était senti trahi.

Dans le questionnaire de Proust, à la question « pour quelle faute avez-vous le plus d'indulgence ? », Yves Saint Laurent, qui était d'Oran quand il n'allait pas flirter derrière le cabanon de ses parents sur les plages de Trouville, répond : « la trahison ». J'ai toujours trouvé cette réponse d'une profondeur inouïe. On plonge dans des abîmes de réflexion.

J'imagine qu'il évoquait les histoires d'amour parce que l'amour est le terrain de jeu favori de la trahison, mais je ne suis pas sûr qu'il la limitait à ce domaine, tant son intelligence lui permettait d'étendre sa pensée plus loin que les petites histoires sentimentales, au fond banales. Qui n'a pas trahi ? Qui n'a pas été trahi ? En amour ou ailleurs. Venant d'un ancien Français d'Algérie, la réponse ne manquait toutefois pas de sel, voire de piment. Le lecteur pied-noir qui avale ces lignes est peut-être parti se rafraîchir la gorge et maudire le couturier de Trouville. Il est d'ailleurs probable qu'il ne revienne jamais et préfère cultiver son jardin. On ne trahit pas la sacro-sainte trahison.

À quatorze ans, tu n'avais pas le talent d'Yves Saint Laurent pour dessiner, mais tu l'égalais déjà en sagesse ; tu savais qu'on trahirait ton journal intime et tu nous encourageais à trahir encore et encore pour accéder à davantage de vérité.

Allez-y ! Je vous autorise à lire tous mes journaux intimes, je vous y oblige même ! Si vous pouviez, ça me ferait plaisir ! N'ayez pas peur de rentrer dans mon intimité.

Il fallait qu'on trahisse ton intimité pour conserver ton amour, changer ta mort en vie, te ressusciter sous une autre forme puisque l'ancienne reposait dans une urne ; tu avais déjà compris le danger qu'il y a à idolâtrer les morts, ne pas vouloir y toucher, les respecter soi-disant, les trahir en vérité, en les tuant définitivement. Au contraire, tu nous obligeais à danser avec ton intimité, parce que la transgression est le seul moyen de vivre au-delà des urnes. « Il faut que tout change pour que rien ne change » écrivait le duc de Lampedusa dans Le Guépard devant l'effondrement de l'aristocratie italienne, il faut savoir se trahir soi-même et trahir les morts, changer donc, pour qu'advienne une nouvelle génération qui rende hommage à la génération trahie, soudain apaisée et indulgente. Il n'y a pas d'autre chemin. Trahir les morts pour les ressusciter.

Le vieux monsieur était donc très en colère après le jeune professeur d'Histoire-Géographie. J'ai vaguement défendu le point de vue du professeur parce que je suis un petit malin qui aime se faire l'avocat du diable, mais je n'ai pas trop insisté non plus et dérivé vers d'autres choses, tant et si bien que la conversation s'est engagée sur l'après 62 et la façon dont cette histoire serpente sournoisement à l'intérieur des familles.

Je ne détaillerai pas ce qu'il a raconté parce que je reviendrai sur ce problème, et que l'essentiel, pour cette fois, se passait ailleurs. À force de discuter devant la salle, des gens se sont agglutinés et ont commencé à participer à la conversation. La femme de mon âge – qui était très exactement dans le même état d'esprit que moi – a commencé à poser des questions aux uns et aux autres, et pendant dix minutes, nous nous sommes retrouvés à animer un groupe de discussion fort enjoué et très joyeux. C'était l'embryon de vie que j'attendais depuis 24h, celui qui aurait pu me décider à t'amener à Bassemeul si j'avais dû y retourner un jour, celui qu'une personne a tué dans l'œuf quelques minutes plus tard bien malgré elle : c'est vous qui animez l'atelier ? Non, pas du tout, l'atelier c'est « L'agriculture en Algérie en 1958 ».

Tout le monde est alors entré dans la salle et j'ai suivi. On ne pouvait pas laisser le vieux bonhomme en plan alors que les organisateurs lui avaient déjà sacrifié une heure. Il avait été doublement trahi ; on n'allait pas le trahir à notre tour. Il a parlé une demi-heure puis la cloche du repas a sonné. On l'a trahi et on est partis. L'appel du ventre est sans pitié. J'espérais du gâteau au chocolat en dessert.

Le lendemain matin, Daniel Lefeuvre, un historien calé sur les chiffres et malheureusement décédé un an plus tard, s'est assis à côté de moi tout à fait par hasard dans l'amphithéâtre et m'a posé une question l'air dépité : il y a d'autres jeunes qui doivent arriver ? Non, à ma connaissance, les moins de cinquante ans sont tous là… On lui avait vendu de la jeunesse et on l'avait trahi lui aussi. Il a un peu regardé autour de lui et m'a dit : la moyenne d'âge doit être de soixante-dix ans. J'ai confirmé. Il s'est enfoncé dans son fauteuil et a attendu que ça passe.

Bassemeul avait fait son choix : au nom des morts, on trahirait tous les vivants, un par un.

Il y a les vieilles dames, toujours dans la retenue, délicates, et puis les vieux messieurs, touchants. C'est ce que j'aurais appris de Bassemeul. Ils me font penser à toi.

Il ne fallait pas trop te secouer parce que tu étais remplie de larmes, comme le dit Henri Calet, un palais de cristal prêt à se briser en mille morceaux. Dès qu'on te reprochait une toute petite chose, ta voix commençait à chevroter, et tu partais dans ta chambre ou dans la salle de bain sous un prétexte ou un autre, probablement pour verser quelques larmes en cachette.

À Bassemeul, il n'était pas toujours possible de se cacher, les yeux s'embuaient facilement à la moindre évocation du passé. Je m'en suis rendu compte en posant des questions sur Oran. Je n'étais pas venu pour ça, mais j'y suis retourné très vite, parce que c'était la seule chose intéressante, Oran et les petits yeux embués.

Il ne faut pas trop qu'on me demande de parler de toi sinon les larmes me montent aux yeux. Je pense tout de suite « mon petit Lapin » et je pleure. Et si on me parle de petits lapins, je pense à toi et je pleure. Donc j'évite les petits lapins et ton prénom.

J'ai découvert il y a quelques années le *syndrome d'évitement* qui accompagne un choc post-traumatique. Je ne le connaissais pas. On se débrouille pour contourner tout ce qui peut rappeler le traumatisme. Si c'est une personne, on évite la personne ; si c'est un événement ou un lieu, on évite d'y penser ou d'y remettre les pieds. Beaucoup de Pieds-Noirs ne peuvent plus retourner en Algérie pour cette raison. Certains ne peuvent même pas faire une escale à l'aéroport d'Alger pour aller à Dakar, ils préfèrent encore annuler leur voyage. Moi, j'évite de penser à nous deux dans l'appartement, à nos petites soirées

McDo devant une série Netflix, collés l'un contre l'autre sur le canapé ou au fond du lit, avec Broutille étalée de tout son long entre nos jambes. C'est peut-être mal d'éviter, mais pour l'instant, je ne peux pas faire autrement.

Parfois, j'ai l'impression que Bassemeul était un énorme syndrome d'évitement à lui tout seul. Si je m'approchais d'un vieux bonhomme pour lui dire que ma famille était d'Oran, je le faisais pleurer, et dans la foulée il déroulait tous ses souvenirs, alors qu'il pouvait écouter les pires horreurs dans un amphithéâtre sans verser la moindre larme, on ne touchait pas à son intimité meurtrie, au contraire, le conférencier distrayait sa douleur en parlant d'autre chose.

Devant moi, en revanche, il était pris par surprise et ne pouvait plus fuir dans des considérations historiques, ses yeux s'embuaient à l'évocation de Santa Cruz, de la cathédrale, de l'hôpital Baudens, ou du bus qui traversait le centre-ville. Les madeleines se comptaient par centaines, il suffisait de connaître les lieux et de les évoquer pour troubler les regards, faire chevroter les voix. Je connaissais tes petites madeleines à toi sur le bout des doigts et je faisais bien attention à ne pas les évoquer, mais je n'avais aucune retenue à Bassemeul, je découvrais avec un sentiment de toute-puissance les clés des mémoires oranaises.

Et encore, je connaissais mal Oran à l'époque. Je ne pouvais pas donner de nom de rues, d'écoles, de musées, de plages, ni raconter des histoires de carricos ou de migas. J'étais dans les gros symboles (la montagne des Lions, Santa Cruz, la place d'armes, etc.), très loin d'avoir intégré un état d'esprit, une manière de vivre, des références communes, une culture. Je n'y connaissais rien et j'avais faim d'Oran.

Quiconque avait connu la ville me paraissait divin, je voulais toucher son bras, l'entendre raconter sa vie. L'exode ne m'intéressait pas et la guerre encore moins. Je désirais accéder à un mode de vie oranais dégagé de toute idéologie : que mangeait-on chez Espi place de la cathédrale ? Comment les jeunes gens flirtaient-ils rue d'Arzew ? Quels films étaient projetés au Familia ? Qui allait au Belvédère et à quoi ressemblait le Petit Vichy ? Je crois qu'à l'époque, je ne connaissais ni le Familia ni le Belvédère, mais Espi et le Petit Vichy étaient liés à ta mamie et fonctionnaient assez bien dans leurs rôles de madeleines, probablement parce que le Petit Vichy était un jardin d'enfants et qu'Espi vendait des sorbets comme le créponné, tous les gamins en avaient mangé un jour ou l'autre.

Je me rappelle avoir parlé à un bonhomme entre deux conférences, dehors en fumant une cigarette, parce que j'avais repéré qu'il était Oranais. Je m'étais dirigé vers lui et j'avais commencé à évoquer sa ville natale. La lumière était apparue dans ses yeux. C'est lui qui me reste en tête lorsque je pense aux vieux Pieds-Noirs de Bassemeul, même si j'ai eu l'occasion de discuter avec d'autres, parce qu'il avait passé une demi-heure à me raconter ses échappées nocturnes dans les forêts de l'Aïdour. Je serais bien incapable de reproduire ici ses péripéties, mais il me reste l'image d'une passion intime, d'un feu intérieur, qui pouvait enfin se consumer hors de la cage thoracique, cesser de brûler son âme, pour se déployer dans l'air ambiant. Il avait trouvé un réceptacle à son histoire, plus jeune que lui, un peu naïf, une sorte de page blanche sur laquelle inscrire des souvenirs.

Il y en avait partout à Bassemeul des vieilles dames et des vieux messieurs dont la flamme intérieure ne trouvait pas le moindre support pour s'écrire. Ils arrivaient tous pleins d'espoir et repartaient consumés. Ton papi a d'ailleurs cessé d'aller à ce genre de réunion, il ne supporte plus de ressasser sa douleur sans lui trouver une porte de sortie, il préfère apporter son vieux loto d'Oran chaque Noël pour te faire jouer avec les jetons du passé et t'entendre annoncer à voix haute les numéros depuis l'âge de six ans. Son petit feu intérieur reprend vie une fois par an, durant quelques heures, en regardant ta main plonger dans ce vieux sac qui a traversé les générations pour récupérer des bouts de bois numérotés. Le mélange de sa nostalgie et de ta vitalité semble davantage lui convenir que les conférences d'où il repart toujours en colère et frustré. Ce loto est tellement associé à toi maintenant qu'il a décidé de le ranger. Pour lui « Noël est maintenant bien fini ». Tu as gagné, tu vois ; ce n'est pas un mince exploit que de prendre le dessus sur un vieil objet. Sa nostalgie devra trouver une autre pousse sur laquelle se greffer pour continuer à vivre.

J'ai longtemps cherché ce qui clochait à Bassemeul, pourquoi les petits feux intérieurs ne trouvaient pas de jeunes pousses sur lesquelles s'épanouir, pourquoi les courses de fauteuil roulant étaient inimaginables, pourquoi les vieilles dames et les vieux messieurs s'épanchaient sur moi plutôt que sur d'autres.

C'est peut-être le samedi soir que j'ai compris, au repas. Il y avait la table des conférenciers et puis toutes les autres tables. Cette répartition me rappelait le métier que je venais de quitter pour créer mon activité, avec d'un côté le coin des profs, et de l'autre, le chahut des élèves. D'un côté le savoir, à part, sacré, bien souvent dérisoire, et de l'autre la vie profane, foisonnante et désordonnée, insaisissable. Des petites flammes un peu partout, pétillantes et incontrôlables, autour d'un grand vide central, froid, cendré. Avec une impossibilité structurelle pour les petites flammes de venir embraser les cendres. Comment redonner vie aux historiens et à l'Histoire, et surtout, comment les ramener au contact du petit monde d'en bas, plein d'espoir le samedi et de déception le dimanche, se consolant derrière des rires de méchouis ?

Le gouffre me questionnait.

Ces personnes étaient censées arriver du même monde, mais ne partageaient rien ; chacun attendait de l'autre ce qu'il ne pouvait lui offrir, à commencer par du réconfort. Les historiens espéraient être entendus et les participants parler, mais les morts régnaient en maîtres, vénérés par les uns et craints par les autres. La frustration seule s'exprimait, mais depuis tant d'années déjà, que la lassitude avait gagné la partie. On s'agitait bruyamment, on montrait sa colère, on s'applaudissait, puis on rentrait chez soi, conscient surtout de la fin d'un monde, avec toujours l'angoissante question : qui prendra le relais de notre histoire ?

Le dimanche midi, je n'en pouvais plus. J'étouffais. Je crois que je ne suis pas resté manger. J'ai prétexté une longue route et je t'ai rejoint pour retrouver un peu de vie, te tenir dans mes bras, rire. Je n'étais pas désespéré en revenant de Bassemeul, mais j'avais compris que pour moi le chemin ne passerait pas par-là, qu'après tout, ce n'était qu'un minuscule pourcentage de Pieds-Noirs qui avait fait le choix de vénérer les morts et de se figer dans le temps, parce qu'on ne peut tout simplement pas passer sa vie à ça, que la grande majorité vivait sa vie ailleurs, en France et dans le monde, et que tout se passait au fond des cœurs et du silence. Je devais juste partir en quête de l'invisible. Trouver des Pieds-Noirs qui te ressemblent.

À la fois morts et vivants.

On ne sait jamais très bien par où commencer une recherche.

Tu as disparu en quatre mois, petit à petit, sous notre nez à tous les trois, Irma, ta maman et moi, mais c'est comme si tu t'étais subitement évanouie dans un petit nuage. Tu étais là et puis tu n'as plus été là. La sensation est tellement déconcertante, inconcevable, que mon cerveau a pris peur et s'est réfugié dans le travail pour ne surtout pas penser. Que faire devant un tour de magie aussi déstabilisant ? Tu étais avec moi tous les jours, je te préparais à manger, on regardait des séries, on allait au cinéma, on jouait avec Broutille, on riait, et puis tu as disparu. Comme ça. D'un coup.

J'ai découvert que quatre mois de soins palliatifs sont quatre mois hors du temps. Les secondes ne s'écoulent pas. Elles ont repris leur tic-tac à ta mort, si bien que j'ai surtout eu le sentiment d'un tour de magie particulièrement habile. Trop même. Le magicien t'invite dans une armoire puis il l'ouvre à nouveau et tu n'y es plus. Je le regarde. Il va peut-être te faire réapparaître ? Non. Il peut faire disparaître, mais pas réapparaître. Il est désolé. On était au spectacle et tu as disparu dans une armoire. Je ne te reverrai donc plus.

Mais je ne veux pas me plaindre. C'est la règle et ça tombe sur n'importe qui. Il n'y a pas de faveur. Jeune, vieux, handicapé, valide, peu importe, ça tombe. Amstramgram, ce sera toi. J'aurais au moins appris qu'il est inutile d'imaginer qu'on sera récompensé de ses efforts puisque la fin ressemble davantage à un tirage au sort qu'à une forme de mérite. Il faut vraiment n'avoir rien vécu pour s'imaginer qu'on maîtrise quoi que ce soit. On est surtout ballotté au gré du hasard et des coups de baguette magique.

Je craignais beaucoup ta disparition. J'imaginais que je n'y survivrais pas, que je m'effondrerais, que je te chercherais partout à tous les coins de rue, que tu serais mon petit fantôme à moi, et puis je m'aperçois que je continue d'avancer, que je peux encore manger, lire, écrire, conduire, et même rire. C'est incompréhensible. J'en avais un peu honte les premiers mois, et puis je me suis dit que si tu me regardais de là-haut, tu préférais encore me voir vivant plutôt qu'en larmes toute la journée au fond de mon lit.

C'est peut-être parce que je sais que tu as vraiment disparu, que la mort t'a vraiment emportée. J'avais embrassé ton visage dur et froid comme de la pierre. Ce n'était plus toi. Tu étais ailleurs ou nulle part, mais certainement pas dans cette statue de sel. Contre quoi allais-je me révolter ? La vie ? J'avais été familiarisé avec les vrais disparus de l'année 62 à Oran dont les familles mettent aujourd'hui encore une assiette à table en prévision d'un improbable retour, je m'estimais heureux d'avoir pu embrasser ta statue de sel. J'avais pu toucher ton absence définitive, ton vide essentiel, ton étrangeté absolue. Tu ne me reviendrais pas. C'était impossible. Je n'ai jamais remis ton assiette.

La seule assiette qui me tienne à cœur aujourd'hui et que je garde religieusement est décorative. Elle est arrivée de Jérusalem la veille de ta mort. C'est ton amie du lycée qui te l'a envoyée avec un joli mot. Tu ne l'as jamais vue puisque tu n'as plus ouvert les yeux, mais tu as dû la voir quand même. Elle nous a fait du bien. Un petit signe réconfortant de l'au-delà, comme ma grand-mère en avait elle-même reçu un de sa grand-mère, la vieille Zohra, depuis le fin fond de sa tombe.

Elle descendait de ces juifs d'Algérie naturalisés français d'un coup de baguette magique un jour d'octobre 1870 par le fameux décret Crémieux. Ça aussi, ça doit être une drôle d'expérience, se réveiller un beau matin citoyen français, en babouche et parlant arabe. Je n'ai découvert que très tard son ascendance, en grande partie parce qu'elle ne s'en vantait pas. À Oran, il n'a jamais fait bon s'afficher juif, quelle que soit l'époque.

Institutrice de la République avant tout, latiniste de goût, et parfaitement soumise à son mari tyrannique – un descendant d'Espagnols de Valence sûr de lui et dominateur – elle ne pouvait pas s'empêcher de dormir la nuit et de rêver comme tout un chacun. Une nuit donc, sa grand-mère à elle, Zohra, la naturalisée juive arabe de 1870, endormie dans une tombe depuis déjà un bon moment, réveilla ma grand-mère dans son sommeil pour lui signaler qu'un petit garçon la gênait dans son repos éternel. Ni une ni deux, ma grand-mère réveilla mon grand-père : il faut aller au cimetière !

J'imagine qu'ils ont attendu le lendemain matin. Un petit angelot s'était en effet renversé et brisé sur la tombe de Zohra. Trois coups de balayette plus tard, l'affaire était réglée. Il n'y avait pas de quoi en faire un plat. Quelques années plus tard pourtant, mon grand-père rationaliste et républicain dans l'âme, incapable de mettre les pieds dans une église, tançait ma grand-mère : mais enfin, rappelle-toi ! Tu as rêvé que ta grand-mère demandait ton aide ! Non, elle ne se le rappelait pas. Était-ce vraiment si important ? Il faut vraiment être né de ce côté-ci de la Méditerranée pour accorder de l'importance à ce genre de faits. Le reste du monde le considère comme naturel, au même titre que boire ou manger. Le rapport à la mort a bien changé. On a vraiment beaucoup perdu en la reléguant au fin fond des hôpitaux.

Alors en bon Occidental que je suis, j'accorde une importance démesurée à l'événement le plus banal du monde, et je conserve ta petite assiette de Jérusalem comme une relique, un signe de Zohra et de ces juifs d'Algérie, alors que je devrais sûrement m'en servir le soir pour manger ma tarte épinards chèvre devant une bonne série Netflix. Le résultat d'une assimilation qui n'a pas pris plus de quatre générations pour s'oublier elle-même.

Je ne connais que deux personnes – peut-être même trois si je compte ta maman – avec un rapport aussi doux à la mort. Une Algérienne dont je parlerai plus tard, et une centenaire décédée en 1998, mon arrière-grand-mère paternelle, auvergnate d'origine, mais passée par l'Algérie, comme tout le monde dans la famille. J'en avais fait une petite chronique sur Facebook pour tenter de faire passer ce que pouvait être un exode, en profondeur, vraiment. C'est-à-dire la perte, sous toutes ses formes. Et je décrivais à quoi ressemblait la grand-mère de mon père. Je ne peux pas faire mieux donc je copie-colle :

Mon arrière-grand-mère centenaire était toujours joyeuse, où qu'elle aille et en toute saison, aussi bien chez elle qu'en maison de retraite. À 95 ans, elle aidait encore les bonnes sœurs de l'institut à entretenir le potager commun, les conseillant sur la meilleure manière de faire pousser les tomates. Rien ne l'atteignait, elle possédait la flamme, le grand souffle vital. Gamin, elle me servait de « l'eau qui pique » (j'ai mis un temps fou avant de faire le rapprochement avec la limonade) en apéritif, et du couscous au déjeuner, tous les mercredis midi. Les restes étaient destinés aux voisins qui fuyaient parfois son envahissante générosité. Elle fouillait aussi les poubelles pour faire de la récupération et nous offrir ses trouvailles quand on repartait. Mon père, fou de rage, nous interdisait d'y toucher et jetait tout aux ordures en arrivant à l'appartement. Je ne peux pas m'empêcher de rire en l'écrivant. Elle était plus libre que l'air.

C'était une disparue elle aussi, le modèle le plus courant à l'époque, c'est-à-dire une personne perdue de vue dans la cohue du départ. Son fils (mon grand-père) et son petit-fils (ton papi) espéraient juste, depuis Pau où ils avaient réussi à se replier, qu'elle était toujours en vie quelque part, en Algérie ou ailleurs. Ils ont été des dizaines de milliers à s'évaporer comme ça dans la nature, plus de nouvelles de personne, chacun éparpillé aux quatre coins de la France, de l'Espagne, d'Israël, de l'Australie même, que sais-je. Une diaspora instantanée, un grand coup de pied dans la fourmilière, et des fourmis qui tentent de retomber sur leurs pattes comme elles peuvent avant de se demander un peu hébétées où sont passées leurs congénères. Il y avait quelque chose et il n'y a plus rien.

Un jour d'août 1962, mon arrière-grand-mère a fini par atterrir à Pau pour sonner à la porte de la toute fraîche maison familiale. « Coucou c'est moi ! Impossible de rester en Algérie, c'est le bazar ». Elle aurait bien aimé, elle a tenté d'y rester, mais l'été 62 était encore plus invivable que le précédent. Elle a laissé tomber.

Elle est arrivée toute joyeuse parce que c'est comme ça, quand on a la flamme on ne la perd pas, mais elle aurait eu le droit de pleurer parce qu'elle n'avait plus de nouvelles de son autre fils, l'aîné. Perdu dans la cohue lui aussi. Alors elle a fait comme toutes les autres fourmis hébétées – mais en chantonnant – elle a ouvert le journal tous les matins pendant des années parce que le journal est le royaume du hasard, tout peut arriver, surtout du côté des faits divers. Il aura fallu cinq ou six ans pour que le hasard finisse par croiser sa route : une voiture tombe dans la Meuse, elle reconnaît son fils, coup de chance dans le désastre généralisé. Voilà l'aîné qui réapparaît d'un coup de baguette magique un matin d'hiver. Ainsi soit-il. La vie n'a ni queue ni tête. Il vaut mieux éviter de se poser des questions. Le hasard est l'ombre de Dieu.

Je ne sais pas si j'aurais supporté de te chercher dans le journal tous les matins pendant des années. Ce doit être cauchemardesque. Quand je suis arrivé à la maison de santé le dernier jour, j'ai appris que tu étais morte une heure plus tôt. Tu étais recroquevillée dans ton lit, allongée sur le côté, la tête creusée et déjà transformée par la mort, méconnaissable.

Ta maman, que j'avais croisée dans le couloir un peu plus tôt, m'avait prévenu que tu avais changé. En effet. C'est très difficile à décrire parce que je crois qu'il faut l'avoir vécu. On ne peut dire que des banalités or ça n'a rien de banal. Le sentiment d'une vie qui s'est retirée, d'une absence évidente. Je ne peux même pas parler d'une enveloppe vide, c'est encore trop vivant, je ne vois que la métaphore de la statue de sel et pourtant je n'aime pas les métaphores. Mais parfois, il n'y a pas le choix. Une statue parce que tu étais dure et froide comme de la pierre, et le sel, parce que tu étais blanche. Les infirmières sont venues te faire la toilette et nous sommes sortis avec ta maman une demi-heure sur les marches du perron avec un café. Aucun pleur. Aucun soulagement. Une discussion banale. Mais surtout l'étonnement d'avoir envie de quitter les lieux parce que tu n'étais plus là. Il n'y avait plus de raison de rester. Ce corps nous était totalement étranger. Les infirmières t'ont redonné quelques couleurs, je t'ai embrassée une dernière fois, puis nous avons rassemblé les affaires et nous sommes partis. Il a dû se passer deux heures.

Je n'ai pas fait le lien tout de suite, mais c'était un concentré de Bassemeul. Un corps sans vie auprès duquel il est impossible de rester trop longtemps sans mourir soi-même. Le sentiment d'une mort contagieuse, attirante peut-être, un trou sans fond, un vertige. J'avais fui Bassemeul de la même manière quelques années plus tôt, presque en courant, pour te retrouver, toi et ton rire, bien vivante. Il y avait là-bas quelque chose de mortifère que ne portait pas mon arrière-grand-mère, que ne portait pas ma mère, que tu ne portais pas non plus avant de mourir, et que ne portaient même pas les participants au colloque considérés individuellement.

Je devais trouver d'autres arrière-grand-mères éternellement joyeuses, d'autres Pieds-Noirs disparus, mais bien vivants, cachés quelque part, en train de jouer au loto avec leurs petits-enfants.

L'affaire n'a pas été sans mal parce que je me suis encore fait happer par des morts.

Mais je ne les ai pas tout de suite reconnus comme tels puisque la toilette avait été faite, ils paraissaient vivants, plus ou moins en tout cas, comme peut l'être une statue de cire du musée Grévin, comme tu l'as été toi-même dans ton cercueil au funérarium durant une semaine. De loin, on peut vaguement s'illusionner, de près c'est une horreur. Une horreur fascinante, mais une horreur tout de même.

Je ne devrais pas opposer les deux parce que la fascination découle de l'horreur, du méconnaissable, du contraste absolu entre ce qui se trouve allongé au fond d'une boîte plus ou moins rectangulaire et la vivacité de ton esprit quand tu étais encore avec moi, que je te faisais coucou de la main par la fenêtre en te voyant revenir du lycée dans ton fauteuil roulant, zigzaguant pour éviter les voitures et rejoindre le trottoir. C'est le contraste qui est sidérant et laid.

De la même laideur que la statue de cire de Madonna à Paris quand on s'approche trop près. Elle est méconnaissable et d'une horreur sans fond, figée dans une sorte de glaise qui ne ressemble à rien, à mille lieues de son original virevoltant sur scène. On meurt d'envie de la toucher pour lui redonner vie même si c'est interdit. La fixité est insupportable.

Intellectuellement, c'est peut-être plus sournois encore, parce que la fixité peut se parer de tous les attributs de l'intelligence et faire illusion de manière particulièrement convaincante. Il y manque toutefois l'esprit, ce petit mouvement subtil, mercuriel, cette petite touche d'autodérision, de décalage, d'absurdité, d'humour, qui permet de se rassurer quant à l'humanité d'un individu.

Mais la lucidité manque parfois, on peut se faire avoir par un certain besoin de reconnaissance, une faille psychologique. C'est ainsi que je me suis retrouvé pris d'assaut par l'Écho de l'Oranie une semaine seulement après avoir commencé mon blog sur Oran, en avril 2012. Je n'étais pas encore allé à Bassemeul qui se déroulait en juin, j'étais d'une naïveté sans fond, je ne connaissais rien à rien du monde pied-noir, je croyais que j'avais du talent et que c'était la raison pour laquelle on m'avait contacté. Croire qu'on a du talent, c'est la naïveté absolue, à tout âge et de tout temps. C'est redevenir adolescent pour la énième fois. Et pourtant, il faut bien se laisser abuser un peu sans quoi rien ne se crée, rien ne se perd, rien ne se transforme. C'est le néant, ou la fixité, au choix.

Au téléphone, Claude Raymond, charmante, me demandait d'écrire pour son journal lu par quelques milliers de Pieds-Noirs un peu partout en France et dans le monde. Il devait rester 25 000 abonnés à l'époque. Je n'étais pas contre, pourquoi pas, j'avais besoin qu'on m'aime, que les Pieds-Noirs m'aiment. Elle m'a envoyé trois numéros parce que j'hésitais. Je les ai lus et j'ai compris que ce n'était pas possible ; tout s'arrêtait en 1962, à part la rubrique nécrologie. Je le lui ai dit la mort dans l'âme parce que j'aurais aimé écrire pour cette petite revue anachronique à laquelle j'ai fini par m'abonner ces derniers mois dans un accès compatissant (elle perd mille abonnés par an), mais ce n'était pas possible, j'étais né en 1969, et pour moi l'Algérie indépendante était tout aussi nécessaire que l'Algérie française, je devais parler des deux.

Il est évident aujourd'hui que je cherchais à combler une fracture. Je ne suis pas sûr d'en avoir eu conscience à l'époque, mais mon intuition ne supportait pas de devoir choisir. Me concentrer uniquement sur l'Algérie d'aujourd'hui n'aurait pas eu davantage de sens. Non, c'était les deux en même temps que je voulais. Je suis un antimoderne comme le définit Antoine Compagnon : je ne suis pas moderne parce que j'aime beaucoup trop le passé, je ne suis pas réactionnaire parce que je ne crois pas du tout à la possibilité de revenir à de vieilles recettes, je suis un antimoderne : je regarde droit devant moi tout en ayant parfaitement conscience de ce que je perds, ce qui génère d'ailleurs une nostalgie irrationnelle puisque je n'ai rien connu de l'Algérie française et que je préfère autant, elle a brisé mes parents.

Il m'est arrivé de me demander ce que je ferais moi-même si par un coup de baguette magique comme il en existe tant dans l'univers je me retrouvais subitement directeur de l'Écho de l'Oranie. Comment verrais-je les choses ? Je n'en ai aucune idée. J'achoppe toujours sur la même faille depuis ma plus tendre enfance : je n'ai pas l'âme d'un militant. J'aime trop les contradictions. Rien ne me paraît plus vivant qu'une ambiguïté. Or diriger un journal nécessite quelques convictions. Du moins est-ce souhaitable.

Rien ne me paraît plus vrai, plus attractif, plus reposant qu'une dualité en conflit comme l'Algérie indépendante et l'Algérie française. Pourquoi devrais-je choisir d'écrire sur l'une plutôt que sur l'autre ? Choisir c'est se priver et je n'ai plus l'âge de me priver. Je n'avais déjà pas l'âge il y a dix ans. Je n'ai jamais eu l'âge. Personne ne devrait avoir l'âge. Imaginons malgré tout que je sois quelqu'un d'autre, de stable, d'éternellement fixe, incapable de trahir quoi que ce soit et surtout pas ses idées, perpétuellement identique à lui-même jusqu'à la fin de ses jours. Imaginons donc que je sois directeur de l'Écho de l'Oranie puisque je suis fixe.

Je crois que je ferais des entretiens. J'ai toujours aimé les dialogues. Je ferais de faux dialogues, voilà. Du théâtre. Je mettrais quelques morceaux de pièces, des petits bouts de romans passés et présents parce que l'histoire de l'Algérie – et l'Histoire tout court – est assommante à la longue, des photos aussi – qui débordent dans les archives de cette petite revue – avec des légendes drôles, fines, spirituelles, ou balourdes parce que le balourd fait rire quand il ne dure pas, des textes sur Camus et sur la pensée juive, des paroles du dernier album de Daho ou de ses plus anciens, comme *Paris ailleurs* ou les *Voyages immobiles*, ou encore le *Cendrillon* de Bertignac, que sais-je, même le *Oran, juin 62* de François Valéry, avec des liens vers des sites pour les écouter et les voir. Et puis je rajouterais plein d'Algériens.

Mais déjà je viens de trahir. La guerre des mémoires me tombe dessus. On ne mélange pas les serviettes et les torchons, c'est inimaginable, chacun se considérant comme la serviette de l'autre. Je jette l'éponge. Me voilà soulagé d'un poids que personne ne m'a jamais demandé de porter.

Je n'ai donc pas écrit pour l'Écho de l'Oranie, mais sa directrice m'a quotidiennement suivi sur mon blog jusqu'à son décès soudain et prématuré un an plus tard. Elle me lisait avec un certain plaisir, même si elle n'était pas d'accord avec ce que j'écrivais la plupart du temps, ce qui ne m'a jamais dérangé. Je n'étais pas d'accord avec son journal non plus. Et alors ?

Elle possédait une certaine aura dans le milieu pied-noir parce qu'elle s'était fait arrêter dans le grand immeuble du front de mer à

Oran, le Panoramic, en même temps que le général Jouhaud, le 25 mars 1962. Elle avait 23 ans à l'époque, se faisait appeler Cléopâtre, et combattait dans les rangs de l'OAS. On lui a écrasé les doigts pour la faire parler et dénoncer ses camarades. La guerre était finie bien sûr, comme chacun sait, ainsi que la torture.

Je n'ai jamais compris comment elle pouvait tenir un journal aussi inoffensif au regard de son passé sulfureux. Il n'y avait que l'éditorial à être virulent, encore était-il tenu par un garçon à la fois charmant et colérique, né en 1964, avec qui j'ai passé de nombreuses heures au téléphone à tenter de le convaincre de ne pas se faire plus Pied-Noir que les Pieds-Noirs tandis qu'il tentait de me convaincre de ne pas me faire plus Algérien que les Algériens. On continuait la guéguerre qu'on n'avait pas connue, cinquante ans plus tard, traumatisés que nous étions par nos histoires familiales, la sienne étant tout de même bien pire que la mienne, ce qui explique sûrement beaucoup de choses.

C'est terrible comme la mémoire emprisonne, comme on rejoue sans cesse les mêmes histoires, jusqu'à l'épuisement. C'est l'éternel retour du même. On croit avancer, changer, se transformer ; les saisons passent, le printemps apparaît, on s'imagine enfin sorti d'affaires, et puis voilà que l'hiver pointe à nouveau son nez pour nous plomber une énième fois. On n'en sort pas. On n'en sortira jamais.

Il n'y a que toi qui a réussi à t'échapper.

Je m'étais fixé une règle pour mon blog : ne pas parler de la guerre. Une fixation de plus dont je ne verrai que très tard le côté pathologique ; il n'est pas simple de s'extraire de son propre mouvement perpétuel. Mais je voulais au moins m'extraire du perpétuel mouvement de la doxa qui n'accède à l'Algérie que par la guerre.

Lorsque j'ai quitté temporairement les joies de l'enseignement en collège, le 5 juillet 2012, les collègues m'ont offert des cadeaux, et deux d'entre eux étaient liés à l'Algérie, deux livres : Catherine Brun, Olivier Penot-Lacassagne – *Engagements et déchirements : Les intellectuels et la guerre d'Algérie*[1], et Robert Bonnaud – *Itinéraire*[2], avec une préface de Pierre Vidal-Naquet. Je les ai bien évidemment reçus avec beaucoup d'émotion parce qu'ils représentaient avant tout une marque d'affection de la part de personnes avec lesquelles j'avais partagé des moments forts, mais ils me confortaient surtout dans l'idée que la guerre serait mon principal ennemi, que la moindre personne que je rencontrerais me questionnerait d'abord et avant tout sur la colonisation et la décolonisation, la torture et l'OAS, les camps de regroupement et la bataille d'Alger, parce que l'Algérie, c'était d'abord et avant tout ça. Un ça très psychanalytique, un inconscient collectif dont il fallait absolument que je me débarrasse si je voulais accéder à autre chose, à commencer par ma famille, puisque tout le monde arrivait de *Là-bas*.

Les Landais, les Bretons ou les Auvergnats ne mesurent pas la chance qu'ils ont d'arriver des Landes, de la Bretagne ou de l'Auvergne. *Salut, je vais passer un week-end chez moi – Ok, amuse-toi bien, à lundi – Merci.* C'est d'une telle simplicité que j'en rêve parfois la nuit. *Salut, je vais passer un week-end à Oran – Ok, amuse-toi bien, à lundi – Merci.* Mais le miracle ne se produira jamais parce que le rideau idéologique est tel que la moindre évocation de l'Algérie remplit à elle seule l'espace ambiant d'un nombre incalculable de fantômes tous plus envahissants les uns que les autres. On ne sait plus où se mettre ni comment se regarder, les yeux se perdent dans le vide : *pourquoi tu vas là-bas ? Ben parce que c'est chez moi – Mais non, c'est pas chez toi – C'est pas chez moi, mais c'est chez moi. C'est compliqué, laisse tomber...*

Il n'y a que les Algériens à comprendre que c'est chez moi même si ce n'est pas chez moi. Heureusement qu'ils sont là et qu'ils m'accueillent toujours avec des « bienvenue chez toi » sinon je ne saurais même pas que c'est chez moi même si ce n'est pas chez moi. Ils ont tellement bien intégré que c'était chez eux là-bas qu'ils peuvent se permettre de m'accueillir en me souhaitant la bienvenue chez moi. C'est sans véritable conséquence et ils savent que leur parole me fait du bien. Me rendre heureux leur fait du bien. On se fait du bien mutuellement. Ils savent que mes parents, mes grands-parents et mes arrière-grands-parents sont nés chez eux – et pour les plus anciens y sont toujours six pieds sous terre – ont pris plaisir à y vivre pour la plupart, et c'est tout. Le reste de l'histoire, tout le monde le connaît, à quoi bon y revenir, c'est soldé par la guerre. C'est ce qu'ils me disent quand je commence à culpabiliser. Tu es né en 1969 en plus ! C'est sûr que c'est compliqué de me tenir pour responsable de quoi que ce soit. Le problème est qu'il faut beaucoup naviguer entre les batailles mémorielles pour accéder au comptoir d'Air Algérie et commander son billet d'avion. Ça m'aura pris deux ans.

Entre les deux courts épisodes de l'Écho de l'Oranie (avril 2012) et de Bassemeul (juin 2012), j'ai consciencieusement écrit un petit texte par jour sur mon blog. Ils étaient souvent courts, entre 500 et 1 000 mots, et très naïfs. Je voulais de toute façon jouer la carte de la naïveté. Il me semblait que c'était le moyen le plus sûr de passer entre les gouttes d'eau pour éviter les batailles stériles.

J'alternais Oran la Française et Oran l'actuelle, j'évitais soigneusement les sujets polémiques et je me plongeais surtout dans le monde des petites gens, de leur vie quotidienne et de leurs lieux de mémoire, pour tenter de m'imprégner d'un état d'esprit, d'une façon de voir le monde, d'une forme de vie simple et inconsciente au milieu des carricos, des bilotchas et des calenticas pour la période française, d'une forme de vie à la fois joyeuse et difficile au cœur de murs décatis pour la période actuelle. J'avais tout à apprendre du présent et une mémoire familiale à contextualiser parce que je ne connaissais rien de son passé. Chaque membre flottait dans l'air désincarné d'une « Algérie heureuse » qui avait surtout rendu tout le monde très malheureux. Mais dans ce malheur, j'avais au moins une chance, c'est que tout le monde arrivait du même point du globe, Oran, qui existe toujours, et dont les habitants passés et présents étaient prêts à me soutenir dans ma quête. Jamais je ne me suis senti autant soutenu de toutes parts.

Il n'y a qu'Irma et toi qui pouvez imaginer le quotidien de folie qui m'a absorbé pendant plus d'un an. Quand ta maman vous laissait chez moi, le week-end ou dans la semaine, vous voyiez les livres partout dans le salon, au sol, sur le canapé, les étagères, les tables, la cuisine, la chambre, et je devais les repousser dans un coin de la porte-fenêtre pour vous faire une petite place. Mon inconscient se déversait à pleines eaux dans l'appartement, il était impossible d'écoper, je me demandais comment vous pouviez supporter un tel capharnaüm. Sûrement parce que vous étiez plus fortes que lui, que vous me teniez à bout de bras hors de l'eau, que j'adorais vos petits visages d'enfants rieurs.

Mais je devais faire attention à toi. Tu étais un petit roseau tellement fragile que je ne pouvais pas me permettre de m'égarer dans le passé. Oran était une folie, tu étais mon petit amour numéro deux. J'avais au moins cette lucidité-là. Mon inconscient à ciel ouvert ne devait pas gagner la partie ; il avait le droit de me déborder quand tu n'étais pas là, mais je devais absolument remonter à la surface une demi-heure avant ton arrivée, sous peine de te perdre définitivement à plus ou moins long terme. C'était inimaginable. Je décompensais en ton absence, je recompensais en ta présence ; tu étais ma petite respiration intime. Mais je savais aussi que ce capharnaüm transmettait ton passé. Je n'avais pas envie de t'ennuyer avec des histoires vieilles de cinquante ans, et je me disais que ce paysage de folie resterait gravé en toi jusqu'à la fin de tes jours, qu'à un moment ou un autre, plus tard, tu aurais envie de le parcourir, ne serait-ce que pour retrouver une part de ton enfance.

La transmission était mon obsession. Pas tant la mienne à vrai dire, que celle du monde pied-noir, catastrophique. C'est sûrement pour cette raison que je laissais sous tes yeux tous ces livres en désordre dans l'appartement, pour que tu voies le passé, que quelque chose circule, en douceur, que rien ne ressemble à ce que je constatais quotidiennement dans le monde associatif où les enfants n'existent pas. C'est dans le même esprit que je t'ai rapporté un peu de terre rouge d'Oran et un petit coffre que tu adorais. Je ne sais pas trop si tu t'en es servi, peu importe, il arrivait de ton passé et vivait en toi.

On ne m'a jamais rien offert d'Oran maintenant que j'y pense. Je crois pourtant qu'un petit objet m'aurait fait du bien. Je me rends compte en l'écrivant à quel point il m'a manqué. Il devrait y avoir dans toutes les associations un petit sachet de terre rouge à offrir au nouvel adhérent en signe de bienvenue, de reconnaissance, de transmission, de socle. Il devrait y avoir des petits sachets de terre rouge partout, sur les étagères, les bibliothèques, les cuisines, les tables, les chaises, et on devrait pouvoir se servir pour en rapporter des tonnes chez soi, s'en offrir un à soi-même et en offrir des tonnes à ses enfants. Au lieu de quoi il y a méchoui et couscous, rigolade et blabla, traumatisme et fuite. Toi au moins, tu avais ta petite terre rouge de *Là-bas* dans un flacon de parfum ainsi qu'une boîte achetée rue d'Arzew, la grande rue passante d'Oran. Un petit sachet de terre rouge, ça ancre. Je le sais, je l'ai vécu. Il devrait y avoir plein de choses de *Là-bas* dans toutes les associations et on devrait pouvoir se servir pour en ramener des camions. Mais ce n'est pas ainsi que les choses se passent parce que ce qui compte, c'est le 19 mars, le 26 mars et le 5 juillet. La guerre, quoi.

Cette obsession des dates me révoltait. Il aurait fallu que je milite pour la sauvegarde des cigognes avant même d'en avoir vu une, pour la liberté d'expression avant même de savoir parler, pour l'amour libre avant même d'avoir connu l'amour. Alors de temps en temps je me lâchais dans un article ou deux et je tapais sur le monde associatif qui s'en fichait comme d'une guigne, ce que je peux comprendre après tout, ce n'était pas forcément malin de ma part, mais je ne voyais pas quoi faire à part me révolter.

Les associatifs se plaignaient qu'il n'y avait pas d'enfants dans leurs cercles et osaient même organiser des colloques sur la transmission. Tu sais ce que je pense de ces colloques mon Lapin, Bassemeul m'aura bien vacciné. Il aurait fallu que tu portes une banderole « Non au 19 mars » accrochée à ton fauteuil roulant pour recevoir ton petit sachet de terre rouge en guise de récompense et non de bienvenue. Mais le militantisme ne fonctionne pas comme cela. Il faut d'abord tomber amoureux. Ensuite, dans le tas d'amoureux, il y a les amoureux passionnés, et dans le tas d'amoureux passionnés, un militant ou deux. Il faut beaucoup d'amoureux pour fabriquer un militant. On dirait une niaiserie, mais le militantisme commence par l'amour. Au lieu de quoi le monde associatif pied-noir préfère se tirer une balle dans le pied : faites la guerre, pas l'amour. Cette folie me mettait dans des états pas possibles. J'étais prêt à tout pour renverser la table et faire passer l'amour avant la guerre.

Et j'y croyais encore lorsque l'organisateur de Bassemeul m'a tendu la main quatre ans plus tard. Il avait confiance en ma capacité à attirer des descendants dans la marmite. Il a toute ma gratitude parce qu'il n'y a pas grand-monde qui tend la main dans ce milieu. Je revenais de mon deuxième séjour en Algérie. Je faisais plein de live Facebook où je parlais de transmission de mémoire. J'avais encore la foi et j'ai acquiescé à sa proposition. Il m'a donné carte blanche pour organiser une table ronde, le dimanche à 10h30, après le défilé des historiens de la grande Histoire, tout à la fin du week-end de ce nouveau colloque qui ne se déroulait plus à Bassemeul. Dehors, il y avait une manifestation. On était des fachos.

J'ai fait ma table ronde, et on a bien tourné en rond, en effet. Au bout d'une heure, je n'en pouvais plus, j'ai fini par faire ce qu'il ne faut surtout pas faire, je me suis tourné vers le public et je lui ai demandé ce qu'il en pensait. L'organisateur m'a dit que j'avais fait une belle connerie. C'est clair. C'est vite parti en vrille. Les militants ont pris la parole et l'ont monopolisée jusqu'à l'apothéose, lorsqu'un type est descendu du fond de la salle pour crier haut et fort que la seule voie vers la reconnaissance passait par la création d'un État pied-noir, qu'il s'y employait depuis des semaines auprès des instances de Bruxelles, et que c'était en bonne voie. Ça a fini de m'achever.

En sortant, des vieilles dames sont venues me voir, nombreuses. Elles me demandaient comment rétablir le lien avec leurs enfants. C'était touchant. Je ne savais pas quoi répondre. Moi, c'était la mort de ta mamie qui avait tout déclenché. Comme tant d'autres descendants. Mais je ne me voyais pas leur dire « ne vous inquiétez pas Mesdames, quand vous mourrez, le lien se rétablira de lui-même ». Il y avait une telle demande de réconciliation. Et les morts qui monopolisaient tous les discours. Quelle tristesse. Heureusement que j'ai fini par tomber amoureux d'Oran.

Non, pas tout de suite. Je me suis fait happer une dernière fois par un mort.

Les personnes enfermées dans leur mémoire sont faciles à repérer, elles sont envahies de livres rangés dans des dizaines de cartons accumulés dans un garage, une pièce vide, un storage en location. Il n'est pas du tout nécessaire que ces livres soient classés dans une bibliothèque. C'est même plutôt contre-productif. Je l'ai expérimenté durant des années.

Mon garage était une bibliothèque. Je n'y ai presque jamais mis les pieds, toi encore moins, c'était repoussoir. Puis j'ai déménagé dans un appartement plus petit pour nous deux et j'ai dû choisir les ouvrages auxquels je tenais le plus. Résultat : soixante cartons accumulés dans un storage de deux mètres cubes. Autant dire que je ne peux plus y accéder ; c'est parfait. Je peux fantasmer. Tous ces chefs-d'œuvre que je pourrais écrire avec ces livres à portée de main si je trouvais une grande maison pour les accueillir à nouveau ! J'oublie que je les ai eus à disposition pendant des années et que je n'en ai strictement rien fait. Ainsi va ma vie, fantasmatique. Ça permet de passer le temps.

L'été 2012, je suis tombé sur un alter ego, un Pied-Noir – président d'une association plus ou moins fantôme – qui habitait dans les Landes et qui accumulait lui aussi les cartons par dizaines. Dans son salon, il y en avait jusqu'au plafond, et ce n'est pas une métaphore puisque je déteste les métaphores. J'aurais dû prendre une photo. Il me les montrait du doigt et me disait « là-dedans il y a des bombes. Un jour je les sortirai ». Je n'arrive pas à savoir si je le croyais. Il me faisait penser à moi et mes futurs chefs-d'œuvre.

Il avait repéré mon blog et tenté de me récupérer comme l'Écho de l'Oranie l'avait fait quelques mois plus tôt. Il a d'ailleurs réussi dans son entreprise quelque temps en profitant de ma grosse naïveté. J'ai remis en forme son blog très Algérie française (19 mars, 26 mars, 5 juillet) parce que j'étais un passionné de blog à l'époque, je découvrais les joies du marketing de contenu, je voulais voir si je pouvais faire décoller le sien. J'ai réussi à le remettre en forme, mais pas à le faire décoller, il aurait fallu créer du contenu or il n'avait pas la moindre envie de s'astreindre à un tel boulot – moi non plus, j'avais suffisamment à faire avec le mien – alors on fantasmait tous les deux devant un café.

Son truc à lui, c'était le rapprochement avec l'Algérie. Il y croyait vraiment. Il avait envie que son association se rapproche d'associations algériennes pour faire je ne sais quoi parce que je cherche encore où aurait pu se trouver le terrain d'entente compte tenu de ce qu'il publiait sur son blog. Mais le pire, c'était sûrement moi là au milieu, parce que je fantasmais aussi sur l'Algérie et que je ne voyais pas que son projet ne rimait à rien, n'avait aucune forme ni même aucune logique, puisqu'il cassait du « fellagha » à tout va dans la plupart de ses articles. Mais il m'avait hameçonné avec l'Algérie, parce que mon fantasme à moi, c'était l'Algérie. Je me disais pourquoi pas, il connaît plein de choses ce type, il doit savoir ce qu'il fait, même si je sentais qu'il était bizarre, qu'il cherchait à me récupérer parce que c'était gros comme une maison, mais me récupérer dans quel but au juste ? Je crois qu'il ne le savait pas lui-même. Peut-être pour que je fasse le lien avec l'Algérie, que je lui trouve ces fameuses associations algériennes qui voudraient bien travailler avec une association française qui casse du « fellagha ».

Les enfermements mémoriels sont capables de générer les situations les plus grotesques, difformes, abracadabrantesques comme dirait l'autre, délirantes, hors de toute réalité, à mourir de rire si elles n'étaient pas aussi pathétiques.

C'est ma crainte, tu sais. M'enfermer dans ton souvenir et te perdre. On a vite fait de devenir fétichiste lorsque quelqu'un disparaît. Le moindre objet peut revêtir les folies les plus grandes. On le remplit de tout ce qu'on ne peut plus projeter sur la personne, on le dote de tous les pouvoirs, on en fait un veau d'or pour l'idolâtrer chaque jour, à heure fixe, selon des rituels qui s'installent malgré nous, pour tenir le choc, comme ça m'est arrivé pour ta mamie.

J'avais fixé des dates et des rituels pour aller sur sa tombe. Tous les 15 février, les 1er août, et les 25 novembre. Le rituel n'avait pas beaucoup de sens, mais il en avait quand même. J'achetais des fleurs. Toujours les mêmes au début, puis d'autres ensuite ; je me laissais surprendre pour voir si des signes apparaissaient. Mon obsession a bien duré six ans. C'est Amina un jour qui m'a dit que ça suffisait. Comme elle est la personne la plus intelligente que je connaisse, j'ai acquiescé, et je n'y suis plus retourné.

Amina est une amie à Papa, il discute souvent avec elle. Elle a une cinquantaine d'années, deux fils. C'est une femme adorant écrire et faisant de superbes textes. Elle s'appelle Amina Mekahli.

Il m'arrive de relire ton journal recopié par ta maman et relié. Un objet de plus. Il est posé à côté d'un petit lapin gold parce que c'était ta couleur préférée, d'un mouton bouillote, d'une petite plante, et d'autres choses. Je ne les regarde pas trop. Non qu'ils me fassent mal, mais c'est comme ta tombe, elle n'a pas de sens. La dernière fois que je suis allé la voir, j'ai dû y rester deux minutes. Pas plus. Je suis reparti en me demandant pourquoi j'étais venu.

Mais je peux comprendre ma grand-mère qui a éprouvé le besoin de rapatrier le corps d'Andrée, sa fille morte à onze ans et demi, la sœur aînée de ta mamie, à l'automne 1976. Elle est restée quatorze ans à Oran, seule dans sa tombe. Je crois que j'aurais fait la même chose si tu t'étais retrouvée là-bas. Ta tombe ne représente rien quand je vais la voir, mais si elle avait été de l'autre côté de la Méditerranée, je ne l'aurais pas supporté. C'est donc qu'une tombe doit avoir son utilité même si je ne sais pas laquelle. Mais au moins, je ne suis ni dans le rituel ni dans le fétichisme, je te laisse tranquille dans ton urne, tu as bien mérité qu'on te fiche la paix. Il ne manquerait plus que je commence à collectionner les objets pour remplir des cartons jusqu'au plafond. Je ne veux pas m'enfermer dans ta mémoire. Je risquerais de te perdre.

Alors j'essaie de te faire vivre au milieu des morts ressuscités. Ça n'a pas été un mince exploit que de déballer tous les cartons pour libérer les anciens morts de la famille et leur redonner vie. Maintenant je les entends voler, parler, rire, chanter, vivre en moi et hors de moi, me saluer, m'encourager, me renforcer. J'en ressens tous les jours les bienfaits.

À ton enterrement, j'ai lu un petit texte de Camus que j'avais entendu dans une chronique. Il parlait de la mort de sa grand-mère et terminait ainsi :

Bien sûr, j'étais très triste que ma grand-mère meure, mais je sentais, au milieu de cet hiver, la beauté de cet amour dans lequel elle n'avait cessé de me baigner. Je sentais que cet amour apparaissait même avec une intensité particulièrement poignante. Ce moment a été l'un des plus importants de ma vie. Il m'a donné une force et une confiance qui m'accompagnent encore aujourd'hui.

Voilà. Camus n'était pas du genre à enfermer les gens dans des cartons, la mort de sa grand-mère lui a donné encore plus de force ; je voulais vivre le même sentiment avec toi. Et puis il y allait de ma survie de toute façon. On a vite fait de s'enfermer soi-même dans un carton et de s'étonner ensuite qu'il y fasse sombre.

Le vieux Pied-Noir s'est perdu dans ses cartons et je l'y ai laissé, non sans une certaine culpabilité parce que je voyais bien que je me défilais, mais j'avais l'impression de revivre Bassemeul sous une autre forme, plus intime. Je me suis donc sauvé, encore une fois. Le salut est dans la fuite ; on se sauve en se sauvant.

Deux ans plus tard, je revenais d'Oran, il m'a envoyé un message pour qu'on mange ensemble ; il voulait connaître mes impressions. J'ai un peu raconté mon séjour et il a beaucoup parlé. Chacune de mes paroles le renvoyait à un passé qu'il voulait m'expliquer pour que je le comprenne mieux. C'est vrai que je ne connais pas l'Algérie en fin de compte. J'ai passé ma soirée à hocher de la tête. Je pense qu'il a été déçu. Il aurait sûrement aimé autre chose ; je ne sais pas quoi au juste. Comment mes souvenirs du présent auraient-ils pu rejoindre ses fantasmes du passé ? Il avait envie d'y retourner manifestement, ses petits yeux brillaient. Je ne pouvais que l'encourager dans cette voie, mais il n'avait pas conscience de son désir.

Je crois qu'il préférait ses souvenirs en carton.

Une petite étoile a commencé à se lever lorsque j'ai découvert Hubert Ripoll au printemps 2012.

Tout a surgi dans le même mouvement, entre l'Écho de l'Oranie et Bassemeul, avec cette fois une visée totalement différente qui correspondait davantage à ma nature mémorielle et non militante. Il y était question de trois générations de Pieds-Noirs – si tant est que ma génération puisse être considérée comme une génération de Pieds-Noirs, ce dont je doute, même si le débat fait rage dans le milieu invisible des enfants de Pieds-Noirs où l'on se compte sur les doigts d'une main – trois générations donc, l'une qui avait connu le débarquement de Provence, une autre adolescente au moment de la guerre d'Algérie, et puis celle des descendants nés après 1962.

C'était la première fois que je voyais quelqu'un s'intéresser à mon cas. Jusque-là, je croyais que je n'existais pas. Je secouais le cocotier pied-noir d'où il ne tombait rien – et surtout pas une noix de coco née après 1962 – les anciens regardaient ailleurs, j'étais un *patos*, un Français de métropole. Qu'est-ce que je pouvais bien comprendre à leur histoire qui était aussi la mienne ? Rien. De toute façon, j'étais déjà perdu pour la cause, l'école m'avait bourré le crâne avec la colonisation. C'était l'idée. C'est comme si je t'avais tenue à distance sous prétexte que tu n'avais pas vécu la même histoire que moi, que tu ne la comprendrais jamais, que tu n'étais pas assez intelligente pour te projeter dans le passé ; comme si je tenais le lecteur à l'écart de ta propre mort, que rien jamais ne pouvait être partagé, que j'étais le seul à pouvoir comprendre.

Hubert Ripoll, lui, m'avait vu. Je méritais d'être regardé ; un œil se posait enfin sur moi. Incroyable. Il avait fallu attendre un psychologue spécialiste des sportifs de haut niveau pour en arriver là. Je suis comme tout le monde, lorsque je ne connais pas quelqu'un, je tape sur

Google. Qui pouvait bien être ce bonhomme qui considérait ma personne comme digne d'intérêt ? *Neurosciences du sport, Développement psychomoteur de l'enfant, Le mental des coachs, Le mental des champions*. Voilà ce qui l'intéressait. Et puis soudain, printemps 2012 : *Mémoire de là-bas : une psychanalyse de l'exil*[3]. Il fallait bien un mental de champion pour décadenasser la forteresse pied-noir.

Quatrième de couverture :

Cinquante ans après « l'exode des Pieds-Noirs », Mémoire de là-bas donne les clés qui permettent de comprendre un exil d'un pays qui n'existe plus. Hubert Ripoll a sondé une histoire qui est aussi la sienne pour remonter, par les chemins de la mémoire, jusqu'aux moments, heureux ou malheureux, qui ont fondé cette communauté, son exode et son exil. Son cheminement au travers de témoignages de trois générations de Pieds-noirs nous mène jusqu'à la troisième génération, née en France, pour nous faire comprendre les ravages du non-dit des anciens dans la conscience des plus jeunes, mais aussi la résilience et la renaissance de ceux nés en France, loin du pays de leurs pères, qui tiennent, aujourd'hui, le livre de leur histoire.

J'aurais aimé écrire qu'il a réussi dans son entreprise, que les enfants de Pieds-Noirs ont dévoré son œuvre, mais j'en doute aujourd'hui parce que son dernier livre, *L'oubli pour mémoire*[4], n'a pas eu le succès escompté, alors qu'il se focalisait précisément sur les enfants nés après 1962. En vérité, le filon est désastreux : les Pieds-Noirs s'en fichent comme de leur première chaussette, les Français de métropole aussi, et les enfants de Pieds-Noirs – premiers concernés a priori – s'en fichent tout autant mis à part quelques névrosés, dont je fais partie, qui essaient de secouer les branches. Mais l'arbre est creux, mort, et ne donne plus de noix de coco depuis longtemps. Ce sont justement « *les ravages du non-dit des anciens dans la conscience des plus jeunes* ». Il ne pouvait en être autrement. Il est naïf d'écrire un livre sur les enfants de Pieds-Noirs et s'imaginer être lu. J'en sais quelque chose. Il aurait fallu que la grande Histoire se termine autrement.

Si le livre d'Hubert Ripoll m'a fait du bien, c'est que j'étais déjà sensibilisé au problème, que je m'étais déjà réveillé de mon long sommeil dogmatique, que je n'attendais pas de lui qu'il m'éveille. Au contraire, il agrandissait mon horizon ; je découvrais des frères et des sœurs atteints de la même névrose, des individus en plein désarroi qui se demandaient d'où ils sortaient, dans quelle bulle ils flottaient, quelle était leur identité, jusqu'à l'éveil, un beau matin, le plus souvent par le biais du décès d'un parent ou d'un grand-parent. Je me retrouvais dans leurs témoignages. Moi, c'était la mort de ta mamie, le 15 février 2009, qui avait tout déclenché. J'avais presque quarante ans.

Je t'avoue que ta disparition, au-delà de l'inévitable manque qu'elle provoque, m'effraie plus que tout. Quand je vois le séisme invisible que fut la mort de ta mamie, je m'attends au pire avec la tienne. C'est limite si j'ose sortir de chez moi. La nature a horreur du vide et cherche toujours à le combler. Une brèche apparaît et le courant d'air s'engouffre qui dévaste tout sur son passage. Quand ta mamie est partie, mon inconscient s'est levé et m'a transporté cinquante ans plus tôt, dans une contrée disparue qui n'était pas le Kansas, mais l'Algérie coloniale.

Où ta disparition va-t-elle me faire disparaître ? Et combien de temps vais-je mettre pour réapparaître ? Dix ans ? Vingt ans ? Je ne me sens pas la force de vivre un second ouragan ; je n'ai plus quarante ans. Le sentiment de désappartenance est tel dans ces moments-là que je ne pourrais pas le supporter une seconde fois, quand bien même j'en apprendrais encore sur moi-même. Je suis prêt aux pires lâchetés pour échapper à la connaissance de soi.

Malheureusement, ce sont des paroles en l'air parce qu'il est impossible de lutter contre un inconscient qui se lève. Il vaut mieux se laisser porter par le courant du large sans quoi les bras s'épuisent à la nage et le corps sombre. C'est le principe des baïnes de l'Atlantique : faire la planche et regarder les étoiles en attendant d'échouer sur une plage dix kilomètres plus loin.

Je pense que c'est dans le livre d'Hubert Ripoll que j'ai compris pour la première fois que la mort de ta mamie avait tout déclenché. Je n'avais pas fait le rapprochement parce qu'elle est morte le 15 février 2009 et que j'ai commencé mon blog sur Oran trois ans plus tard, en avril 2012. Mais les signes annonciateurs du désastre intime n'avaient pas traîné ; Oran s'était déjà levée fin août 2009.

J'avais pris ma caméra et filmé le trajet qui mène à la tombe de ta mamie, en plein centre du grand cimetière de la Chartreuse à Bordeaux, et qui se termine par une longue ligne droite. En marchant lentement dans l'allée de la Grande Croix, j'entendais résonner en moi les premiers mots du texte qu'elle avait écrit à ma demande, au début des années 2000 :

À Oran, il faisait toujours beau. Quand on sortait le matin, habillé de frais, tiré à quatre épingles, l'air était déjà tiède, le ciel grand et bleu, d'un bleu turquoise inimitable, brillant de pureté. Surtout au printemps et en été. Il pleuvait rarement. Quand on est arrivé en France en 1962, je n'avais pas de parapluie, c'est tout juste si je savais ce que c'était. On était imprégné de soleil et de beauté, c'était merveilleux.

Le soir, je transférais le film sur l'ordinateur et lisais, par-dessus l'image, son texte qui collait parfaitement à la longue marche. Je n'avais pas encore compris ce qui paraît pourtant évident à la lecture de ce paragraphe : je devais partir en quête de mon histoire. J'avais tourné ce film pour d'autres raisons sans voir Oran qui me sautait à la figure. Je n'étais pas encore habitué aux signes. Je vivais dans le noir.
Et je ne voyais pas l'orientation que j'avais moi-même fixée à ce texte lorsque je l'avais réclamé à ma mère : « je veux que tu décrives la vie à Oran, mais sans parler de la guerre ni de la famille ». Voilà tel quel ce que j'avais demandé à ma mère en 2002. *Les ravages du non-dit des anciens dans la conscience des plus jeunes* vont beaucoup plus loin qu'on ne l'imagine quand on ne les a pas soi-même traversés. On pourrait croire en première approximation que le non-dit, par définition même, ne se transmet pas. Or c'est tout l'inverse qui se produit : c'est très exactement le non-dit qui se transmet, mais en tant que non-dit, comme *ce qui ne doit pas se dire*.

Théâtre - Acte I
La Mère : *Mon enfant, voici ce que tu ne dois pas évoquer : la guerre et la famille. Peux-tu répéter ?*
L'enfant : *Je ne dois parler ni de la guerre ni de la famille. Ai-je bien compris ?*
La Mère : *Oui, tu as bien intégré. Maintenant, pose ta question.*
L'enfant : *Peux-tu me raconter Oran sans me parler ni de la guerre ni de la famille ?*
La Mère : *C'est parfait. Maintenant, oublie.*
L'enfant : *Que dois-je oublier ?*
La Mère : *Rien.*

Je dois beaucoup à Hubert Ripoll. Sans son livre, je serais toujours dans le noir, comme des milliers d'enfants de Pieds-Noirs qui ont intégré sans le savoir qu'ils ne devaient pas évoquer l'Algérie et qui l'ont assimilé au point de l'oublier. Il en faut peu pour s'oublier soi-même.

Ce sont les ravages du non-dit et il ne faut pas s'étonner que les enfants de Pieds-Noirs n'existent pas.

Bassemeul était trop mortifère, l'Écho de l'Oranie trop verrouillé sur 62, et Ripoll trop psychologique. Je cherchais à toucher du doigt une réalité disparue, je voulais trouver une porte d'entrée dans l'ancien monde, un moyen de remonter le temps pour rejoindre les personnes qui avaient vécu dans l'Algérie coloniale et surtout à Oran.

J'avais commencé ma recherche sur les mêmes bases que le texte de ma mère : je ne parlerais pas de la guerre et je ne fouillerais pas dans les cartons familiaux, dans un premier temps du moins. Je plongerais seulement dans Oran pour reconstruire ce que ma mère avait rapidement esquissé sur une quinzaine de pages, les contours d'une ville, de sa culture, de ses mythologies. Je devais m'approprier une manière d'être au monde que je ne sentais pas, que je ne comprenais pas, une sensibilité d'un autre siècle aux références inconnues.

Internet avait explosé dix ans plus tôt avec l'arrivée du haut débit, ce qui était encore inimaginable en 2002 devenait un jeu d'enfant en 2012 ; tout était là, à disposition, il suffisait de partir à la pêche aux informations, de monter un blog, et d'écrire sur Oran en choisissant un angle particulier. Si je ne faisais pas l'idiot, je pouvais attirer quelques lecteurs et rencontrer des gens comme moi, échanger autour d'une histoire commune. Des gens comme moi, je n'en ai pas rencontrés beaucoup – les enfants de Pieds-Noirs ne sont pas légion sur ce territoire perdu – mais des Pieds-Noirs et des Algériens à qui je faisais du bien par mon blog, à foison. Je me sentais à la fois très entouré et plus seul que jamais.

En fin de compte, la stratégie du contexte fut salvatrice : Oran la ville, plutôt qu'Oran la famille et Oran la guerre. Je reconnais maintenant que le « pas de guerre – pas de famille » transmis dans le non-dit et scrupuleusement respecté m'aura tout donné. Sans ce non-dit j'aurais plongé dans la torture, le racisme, la repentance, les excuses officielles, et tout ce qui dessine le champ lexical de l'Algérie en France, très largement centré sur la période 54-62, et plutôt orienté vers les grands événements, les grandes sources de polémiques, les grands scandales d'une République à deux vitesses sans foi ni loi. Qui s'intéresse à la vie quotidienne des Pieds-Noirs à Oran ? Et pourquoi s'y intéresserait-on ? On ne va pas abîmer un si parfait bouc émissaire en l'humanisant de trop.

Or je m'étais mis en tête que mon chemin passerait par le petit peuple. Il me fallait accéder à l'Algérie autrement que par la guerre et la famille toutes deux piégées pour des raisons différentes, trop idéologique pour l'une, et trop intime pour l'autre. Je devais circuler entre les gouttes d'eau de l'idéologie et de l'intime en passant par l'Histoire des petites gens et de leurs mythologies. C'était le programme : la vie quotidienne à Oran, pas seulement entre 1954 et 1962, mais le plus loin possible en amont et en aval. Je n'y ai réussi qu'à moitié parce que la mythologie de la mémoire pied-noir a fini par prendre le dessus sur les autres. C'est probablement elle qui m'était le plus nécessaire.

On n'imagine pas ce que fut la révolution numérique du début des années 2000 et plus particulièrement l'explosion d'Internet pour la mémoire pied-noir. C'est littéralement vertigineux. L'arrivée à la retraite de toutes ces mémoires individuelles conjuguée à la puissance de diffusion du Web engendra un feu d'artifice de bouteilles à la mer. Il faut se promener sur les anciens forums de l'époque pour prendre conscience de l'ampleur du désastre qui a eu lieu en 1962 et comment ce désastre a rejoué quarante ans plus tard sur la toile. Un nouveau territoire venait d'apparaître qui permettait enfin aux Pieds-Noirs de poser leurs valises sur une terre.

Ce qui fascine lorsqu'on visite les centaines de sites dédiés à la mémoire de chaque petit village, c'est la qualité du *détail*. Il faut que tout soit dit, que rien ne soit oublié, que le maximum de photos soient publiées et que les textes soient les plus précis possible. Ceux qui n'ont pas conscience des effets de la révolution Internet sur une mémoire d'exode peuvent se rendre sur le site de François Beltra, ils ne seront pas déçus du voyage.

Mers el-Kébir, à deux pas d'Oran, y est entièrement reconstituée, rue par rue, avec les photos de ceux qui y ont vécu, collées sur les petites cases de chaque petite maison de chaque petite rue. Il faut aller voir cette œuvre, c'est hors du commun et visuellement spectaculaire. Y sont aussi recensés toutes les familles qui ont vécu à Mers el-Kébir depuis des lustres, le nom de tous les morts civils répertoriés depuis 1842, de tous les morts tombés à la Première Guerre mondiale, à la Seconde, en Indochine et en Algérie, la liste des familles pionnières du village dont on trouve une trace avant 1850, la liste des familles qui ont eu plus de 10 naissances entre 1840 et 1904, les périodes probables d'arrivée des familles établies durablement dans la ville, les honorés, médaillés, cités, et autres honneurs faits à des Kébiriens, les annonces de décès de tous les journaux des années 1920 à 1958, des anecdotes à foison et jusqu'aux surnoms donnés à chacun.

Aucune autre mémoire liée à l'Algérie ne présente de tels symptômes aussi boursouflés. Nulle part ailleurs je ne suis tombé sur une accumulation de documents aussi abondante, une parole à ce point intarissable, des sites qui se comptent par centaines. On pourrait se demander pourquoi une telle démesure si la réponse n'était pas aussi simple : lorsqu'une mémoire est abandonnée par la société – pour ne pas dire méprisée – elle s'accroît, s'amplifie, s'étend, jusqu'à prendre des proportions démesurées et devenir débordante, chargée de mille détails, comme s'il fallait ne rien oublier, tout retenir entre ses mains, jusqu'au nombre de grains de sable qui mènent à la plage. Puisque la mémoire officielle détourne les yeux de Mers el Kébir, Mers el-Kébir se fera grosse, énorme, écrasante, jusque dans ses lieux les plus intimes, et mille petites paires d'yeux logées dans mille petites maisons regarderont depuis leurs tombes la grande Histoire pour lui faire honte.

J'ai fait un petit mausolée pour toi sur la commode du salon. Je ne sais pas si c'est malin ni si je le laisserai jusqu'à la fin de mes jours, mais j'ai besoin de voir ton lion en peluche, ton cache-col blanc, et le livre que ma sœur a fait quelques jours après ta disparition à partir du texte que j'ai lu au crématorium et de quelques photos rassemblées. La couverture est blanche et reproduit le très beau poème d'Amina qu'on a projeté à la cérémonie :

À l'orée des mondes où tout se reconstruit,
Sur cette bouche lointaine où poussent des étoiles
Aux tiges de cristal et aux pétales de peau,
Je déposerai les ruines du royaume défendu
Dans une urne de chair aux senteurs du désert.

Il est posé sur le vieux tarot des Visconti-Sforza, peut-être parce que tu avais passé des heures à réaliser un merveilleux Pendu en pâte Fimo pour mon dernier anniversaire, et que je veux me rappeler cet infini geste d'amour. Je t'imagine à ton bureau, avec la carte modèle devant toi pour bien respecter tous les symboles parsemés de la tête aux pieds, concentrée comme tu pouvais l'être lorsque quelque chose te passionnait, en communion avec la matière et l'esprit focalisé sur moi. Parfois je me demande si tu ne savais pas intuitivement que ce serait ton dernier cadeau. Ce sont des petites choses simples, non déformées par une mémoire maladive, amoindrie, niée ; je n'ai pas besoin de crier au monde entier que tu as existé parce que tout le monde le sait, tout le monde l'a su, tu as existé. C'est un petit lieu de mémoire ordinaire, sans pathos, sur lequel Broutille vient parfois sauter parce qu'il faut toujours qu'elle pose ses pattes partout.

Je n'ai d'ailleurs pas échappé moi-même à cette mémoire démesurée. Il y a quelques mois, j'ai reçu un mail de ton papi :

Je voulais te demander comment on fait pour retrouver sur Internet tout ce que tu as écrit sur Oran (histoire et autres) dès le début de ce travail de recherche, c'est-à-dire 2011 ou 2012, sans parler des vidéos et autres photos. Quelqu'un m'a demandé comment on y avait accès, car après avoir vu un échantillon sur Memoblog-Oran qu'il a apprécié, il voudrait voir tout le reste. C'est un Oranais, toujours à Oran, qui habite face au port.

Ton papi n'en peut plus d'entendre parler de l'Algérie, mais peu importe, il trouve quand même le moyen de rester en contact avec le pays. J'ai répondu que je n'avais écrit que Memoblog, ce qui n'est ni vrai ni faux, mais le reste n'est pas à la hauteur de ce petit travail de mémoire. Il y passe encore trois cents personnes tous les jours alors que je n'y touche plus depuis 2013. C'est le petit territoire que je me suis créé même si je n'y mets plus les pieds. Je renouvelle la concession tous les ans chez mon hébergeur. Je ne sais pas ce qu'il deviendra quand je disparaîtrai, mais je sais qu'il aura servi à quelques personnes de chaque côté de la Méditerranée. Je l'ai un jour retrouvé en remerciements, à la fin d'un roman, à ma grande surprise. Mon ego s'est gonflé un instant. Puis il s'est rappelé ce que faisaient François Beltra sur Mers el-Kébir et Danmarlou sur *Oran des années 50*, et il s'est dégonflé. C'est incomparable.

Ce qui s'est passé sur Internet dans les années 2000 sera un jour étudié dans toutes les universités, comme un travail exemplaire de mémoire, c'est une évidence. Pour l'instant, les Pieds-Noirs n'ont pas la côte dans les hautes sphères, mais les sphères tournent, et comme l'écrit magnifiquement Carlos Galiana – descendant de l'anisette oranaise du même nom – dans un message reçu au printemps 2013 :

Ces archives se doivent d'appartenir à notre patrimoine commun pour s'y fondre et être consultées par les générations successives. Dans notre malheur historique, nous avons tissé des liens pour mieux nous connaître et nous reconnaître. Soyons certains que le vent de l'Histoire ne pourra jamais balayer tant et tant de témoignages en tous genres.

Non seulement il ne les balaiera pas, mais il les portera haut.

Alors j'ai écrit, beaucoup écrit, un texte par jour et bien d'autres choses par ailleurs, beaucoup lu aussi. Enfin, disons beaucoup parcouru.

Je n'ai jamais su lire. Je dévore très superficiellement les mots à la recherche d'une clé qui me sortirait du marasme dans lequel je suis enfermé. Je ne peux pas savourer. Je dois aller vite, manger tout ce qui passe devant moi, avancer toujours, ne jamais m'arrêter. Je risquerais la dépression. Il le faudrait pourtant, ce serait encore la meilleure façon d'affronter mes démons, mais c'est impossible. Donc je fuis, je cours. Je ne suis encore jamais tombé d'épuisement, je survis, je ne sais pas comment je fais. Même toi, tu n'as pas réussi à me faire tomber. Mais je ne dois surtout pas me retourner. C'est trop tôt. Ce sera toujours trop tôt. Je parle un peu de toi ici, quelques flashs que j'éteins le plus rapidement possible parce qu'ils ne doivent pas durer, ils pourraient m'emporter. Parler de ton petit mausolée tout à l'heure m'a fait verser des larmes. Il a fallu que je sorte fumer une cigarette. Je n'étais pas content parce que je ne pourrais plus écrire de la soirée, voilà ce qui m'ennuyait le plus, tu m'avais freiné dans ma fuite en avant.

Le seul lieu sur lequel j'ai pu me retourner est Oran. Encore est-ce parce que je me suis fait aspirer. Je n'y serais jamais allé de mon plein gré, je suis beaucoup trop lâche ; si je pouvais flotter en apesanteur, je le ferais en attendant que la vie passe, comme un fœtus. Encore plus maintenant que tu n'es plus là.

Mais l'été 2012, je me suis retourné sur Oran et j'ai découvert une solitude comme je n'en ai plus connue depuis, une incroyable solitude qui a duré à peu près neuf mois, une solitude que je n'échangerais contre aucune fraternité.

J'avais cessé de croire aux colloques pieds-noirs, à l'Écho de l'Oranie, aux vieux collectionneurs de cartons, à Ripoll même. Je savais maintenant qu'il existait d'autres âmes solitaires embourbées dans les mêmes marécages que moi, et je savais aussi que je ne pourrais rien leur demander parce qu'on ne peut pas demander à des embourbés de nous extraire des sables mouvants. J'étais donc seul, avec des milliers de photos d'Oran sur Internet, et un blog sur lequel j'écrivais inlassablement sans être lu.

Oran m'a sauvé.

Une ville est un labyrinthe merveilleux. J'ai découvert qu'il était possible de tomber amoureux d'une structure spatio-temporelle inanimée, un golem de béton, auquel je pouvais donner vie si je le désirais. Lorsque quelqu'un vient me voir pour me demander « c'est comment Oran », je suis toujours très ennuyé parce que la réponse objective m'oblige à avouer que la ville est en piteux état alors que je voudrais pouvoir dire que tout dépend toujours de la capacité à donner la vie, où que l'on se trouve, en Égypte ou au Pérou. *Es-tu capable de donner la vie ? – Non – Alors ne va pas à Oran.* C'est aussi simple que cela. *Peux-tu tomber amoureux d'une vieille dame de 90 ans ? – Non – Alors continue de travailler ton regard.*

J'ai toujours aimé les vieilles dames. Leur peau ridée éloigne les paresseux et leur cou parfumé ravive l'âme. Il n'y a pas de touristes à Oran. On est préservé de la muséification. Les choses sombrent, la vieillesse a droit au chapitre, les musées Grévin n'existent pas. Ce n'est pas le paradis, tout le monde souffre, mais au grand jour, sans les artifices habituels, la vie est une vallée de larmes. À Oran, les larmes coulent et la vie devient possible ; il n'y a plus de faux-semblants, on respire.

Mais à l'époque où j'écris quelques textes sur mon blog, je vis la ville par procuration, bien loin de l'expérimentation physique du sol algérien. Je m'installe en enfance, mentalement, dans le salon de mon grand-père à Perpignan, et je tente comme je peux de me détacher de la fameuse vue d'Oran depuis Santa Cruz, en scrutant la basilique sous toutes ses coutures, la faisant et la défaisant cent fois, depuis la petite chapelle des cholériques de 1849 jusqu'au grand édifice de 2012 dont la statue menace tous les jours de chuter au moindre tremblement de terre, lui ravivant ses couleurs, son histoire, son épaisseur, son mystère, sa grâce, la désappropriant de sa mythologie pour l'intégrer dans mon âme, lui raconter mon histoire, entrer en dialogue avec elle, tomber amoureux. C'est le miracle de la grande solitude. Défaire le mythe, fondre la statue dans le moule du temps, puis la reconstruire de ses mains par petites touches jusqu'à la rendre solaire, radieuse, satisfaite.

Je crois que Santa Cruz est le premier mythe que j'ai défait. C'est par là qu'il fallait commencer, puisque depuis le sommet de l'Aïdour, la basilique recouvre entièrement la ville de son linceul translucide. C'est magnifique. Même en photographie. On peut rester des heures à regarder Oran depuis le ciel.

Mais une fois le voile retiré, on découvre un corps décharné, avec les vieux quartiers de la Calère et de la Marine en lambeaux, tandis que plus loin, comme un désastre absolu, l'ancien quartier juif aux vieux noms de rue napoléoniens expose ses incroyables ruines encore habitées par des familles abandonnées à elles-mêmes. Je ne connaissais rien de tout cela ; je fus littéralement transporté. Il faut aimer les vieilles dames.

Alors j'ai plongé la tête la première dans les ruines photographiques et je ne les ai plus quittées. C'est toujours le quartier de la Marine qui m'enivre et celui du Derb qui me fascine, chacun observant l'autre depuis une rive du ravin de Raz-el-Aïn qui a vu naître la ville. Le point zéro se trouve là, gravé sur une borne du trottoir qui jouxte l'ancienne préfecture, un peu en retrait de la place Kléber ; personne ne la voit, elle n'est pas mise en valeur, juste posée dans un coin depuis des décennies, assise comme le mendiant qui attend un regard, solitaire.

J'ai tout de suite aimé cet abandon. Les passants passent et ne lui portent pas plus d'attention qu'à un lampadaire. Aucune plaque ne muséifie, n'explique, ne fige. La borne est. Il en est de même pour à peu près tout, depuis la mosquée du Pacha jusqu'à la Maison du Colon, en passant par la myriade de petits mausolées vert et blanc dédiés à sidi el-Houari, sidi el-Bachir, sidi Snoussi, posés sur les trottoirs depuis une éternité, avant même que la ville haute n'existe. Il faut parcourir les anciennes cartes postales pour découvrir ce miracle. Le même petit mausolée vert et blanc, posé au milieu de nulle part, cent ans plus tôt ; le même petit mausolée vert et blanc, cent ans plus tard, quasiment invisible entre les constructions, sans plaque ni musée, ouvert parfois, fermé souvent, anachronique, vivant.

J'ai passé des mois dans les photographies anciennes et récentes, des mois à comparer le passé et le présent, des mois à voyager dans le temps. Existe-t-il une sensation plus forte que le voyage dans le temps ? Je ne crois pas. On peut faire vibrer son corps en lui procurant les sensations les plus diverses par l'escalade, les montagnes russes, ou le jet ski, rien ne vaudra jamais le trouble extrême de l'esprit qui voyage dans le temps. Il arrive en permanence des miracles. C'est effrayant.

Je suis tombé par hasard sur une photographie de ta mamie, au CP, dans la classe de son père, ton arrière-grand-père, assise tout devant, au milieu des garçons. L'un d'eux avait posté sa photo de classe sur Internet. J'ai pleuré vingt minutes en tapant des poings contre le mur du salon. J'avais tenté de fuir la famille, elle me revenait en pleine figure, violemment, par surprise.

Quand je vais chez ta maman de temps en temps, je regarde les photographies de toi qui se trouvent dans un coin. Elles me frappent toujours. Au sens le plus littéral du mot. Ce sont des claques à répétition. Comment tout cela a-t-il pu exister ? Cela a-t-il même existé ? Je te regarde de plus près, je retrouve un sourire, une moue, une attitude. C'est bien toi et ce n'est plus toi. C'est déjà d'une autre époque. Un morceau du passé incrusté dans le présent, éternellement fixe, immobile, qui s'ouvre et se ferme lorsque je retrouve ta maman dans la maison de ton enfance et que j'en repars, à la fois triste de te quitter, de la quitter, de tout quitter, pour retrouver le présent et sa fuite éperdue de sens.

Neuf mois de solitude magnifique, de voyage dans le temps, de coups de poing dans la figure et dans les murs, de pertes et de retrouvailles. Des milliers de photographies pour reconstruire une ville perdue dans les siècles mérinides, espagnols, ottomans, français et se promener comme chez soi dans les méandres d'une église Saint-Louis squattée, d'un hôpital Baudens abandonné, d'une cathédrale romano-byzantine devenue bibliothèque et d'une monumentale synagogue reconvertie en mosquée. Cinq mois d'enfer paradisiaque à redonner vie à l'épaisseur d'une ville.

Voilà ce qui m'a sauvé.

Mon blog a alors changé de direction.

Jusque-là, il était en partie tourné vers le monde pied-noir et tentait de le secouer pour lui faire part de mon existence, sans succès bien sûr, par ma faute ou par la sienne, probablement un peu des deux. Mais le fait est qu'il n'y avait pas de place pour moi dans le monde pied-noir parce qu'il n'y a pas de place pour les enfants qui doutent. Il faut choisir son camp, c'est la règle, on est toujours en guerre : tu es avec nous ou tu es un traître. La nuance a du mal à se frayer un chemin.

J'ai fini par plonger dans Oran pour me faire historien, de pacotille certes, mais appliqué, parce que l'enjeu était de taille. Il s'agissait de pénétrer une époque pour la connaître aussi bien que ceux qui y avaient vécu. J'avais pour moi l'avantage de ne pas être embourbé dans des souvenirs d'enfance, je pouvais me concentrer sur ceux des autres et en construire une sorte de synthèse agrémentée d'éléments historiques avérés, solides, indéboulonnables, qui assureraient une certaine crédibilité. Je sentais que si je connaissais bien Oran et ses habitudes, les anciens me regarderaient d'un autre œil, et c'est en effet ce qui s'est produit. On a commencé à m'envisager. C'est terrible de devoir en passer par là, mais si peu étonnant. J'étais un *patos*. Qu'est-ce que je pouvais bien comprendre à cette époque que je n'avais pas connue ?

Ce que j'ai découvert, c'est que la réalité n'existe pas. Quand on y réfléchit deux secondes, c'est évident, puisque seul le présent est réel et que le présent s'effondre à tout instant. Le monde n'existe que dans les mémoires. Et les mémoires individuelles comme collectives sont d'une telle plasticité qu'on ne peut même pas leur faire confiance.

Une dame un jour m'a soutenu mordicus sur Facebook qu'il n'y avait que l'école primaire Berthelot sur le plateau Saint-Michel, qu'enfin elle le savait ! C'est là qu'elle habitait quand elle était enfant !

C'est là qu'elle avait appris à lire ! Il a fallu que je lui dise le plus gentiment possible qu'il y avait aussi l'école Lamoricière près de la gare (mais ça n'aurait pas suffi si je m'étais limité à cette précision) puisque mes grands-parents maternels y enseignaient. Argument d'autorité imparable. J'avais rappliqué avec mes grands-parents ressuscités pour l'occasion, c'était maintenant individu contre individu, d'une même génération, mon grand-père et ma grand-mère contre une inconnue de leur époque, finalement vainqueurs d'une mémoire défaillante, comme toutes les mémoires individuelles et collectives.

Il est dangereux de s'appuyer sur sa mémoire et plus encore de croire en son infaillibilité. Elle est tellement retravaillée au fil des ans que le souvenir d'aujourd'hui n'a plus grand-chose à voir avec celui d'il y a dix ans, vingt ans, trente ans, et quasiment plus rien avec l'événement original. C'est le principe du téléphone arabe. Le message se transforme avec le temps et finit par véhiculer son contraire. J'étais à égalité avec tout le monde, tout aussi éloigné de l'Algérie française que les Français d'Algérie eux-mêmes ; il me suffisait d'intégrer les souvenirs bancals de chacun pour obtenir une mémoire collective tout aussi bancale et sans cesse reconstruite depuis cinquante ans. C'était bancal contre bancal. Et dans le genre bancal, j'avais quelques atouts.

Que va-t-il me rester de toi quand tu auras sombré dans les limbes ? Vais-je moi aussi commencer à soutenir mordicus que tu étais blonde, grande et pénible plutôt que brune, petite et drôle ? Dans quels limbes vais-je disparaître ? J'ai déjà perdu tellement de sensations. Le temps efface ton parfum, tes cheveux, tes traits, ta démarche, tes cris, tes rires, et même cette poche urinaire de malheur que j'aurais pourtant passé dix ans à changer quasi quotidiennement avec plus ou moins de succès. Ma mémoire décompose ton petit corps avec patience et méthode pour que j'oublie jusqu'à ton ombre. C'est l'instinct de survie, j'imagine. On ne peut pas lutter contre. L'oubli est indispensable pour continuer à se mouvoir dans le quotidien.

J'en ai rapidement vu les bénéfices dans les mois qui ont suivi ta mort, je pouvais continuer à vivre et à faire tout ce qu'il y avait à faire pour subsister, parce que j'oubliais ta présence-absence. Et puis je me suis rendu compte que c'était un rapport à la mort assez banal. Qui pense à sa fin tous les jours ? Personne. Elle est là, en toile de fond, on construit sa vie dessus parce qu'on sait qu'on n'a pas l'éternité, que notre temps est compté, que le monde est fini, qu'à vingt ans il vaut mieux savoir lire, à trente ans avoir trouvé un boulot, à quarante peut-être mis au monde un ou deux enfants si c'est l'objectif, à cinquante avoir fini de payer ses traites, et ainsi de suite jusqu'à la fin qui arrive vite. On vit sous l'horizon de la mort qui détermine entièrement notre trajectoire ici-bas, qu'on le veuille ou non, qu'on en ait conscience ou pas. Pourquoi aurais-je pensé à ta mort davantage qu'à la mienne ? Parce qu'elle avait déjà eu lieu ? Nos deux morts se tenaient désormais par la main et déterminaient ma nouvelle trajectoire. Quand je pensais à ma fin, je pensais à la tienne dans un même mouvement, et je me voyais te rejoindre, ce qui n'était pas pour me déplaire. Je touchais du doigt le fonds de commerce de toutes les religions : il existait un paradis de l'autre côté de la mort et c'était toi. Un jour je te retrouverais.

Et pourtant je ne pouvais m'empêcher de te chercher, ici et maintenant, comme j'avais cherché ta mamie après sa mort en revenant rituellement sur sa tombe, en allant voir ton papi sous le prétexte de l'Algérie, en travaillant Oran sous le prétexte des racines, en posant le pied *Là-bas* sous le prétexte du retour aux origines, en rejoignant son appartement sous le prétexte des lieux familiaux, et en trouvant porte close au bout du chemin. Je n'ai jamais pu pénétrer dans l'appartement de ta mamie à Oran.

J'ai considéré cet empêchement comme une métaphore bien que je n'aime pas les métaphores. La vie n'est qu'un prétexte pour retrouver les morts, mais la mort seule détient les clés. Il faut soi-même passer la porte pour rejoindre les défunts. Logique imparable. Espoir infini et début de nostalgie : un jour je te retrouverai, mais aujourd'hui, je t'ai perdue. Il n'empêche que je cherche et que je chercherai toujours. Angoisse des angoisses, il n'y a rien, et je creuse le vide comme un désespéré.

Mais pourquoi écrire comme un forcené ? Que fabriquais-je avec ce blog ? Qu'avais-je à y trouver personnellement, profondément, essentiellement ? Pourquoi effeuiller les strates successives de l'église Saint-Louis, de la Casbah ou de Rosalcazar ? Pourquoi vivre quotidiennement avec un plan de la ville à côté de moi ? Pourquoi apprendre par cœur le nom et l'emplacement des rues ?

J'aurais passé des mois à reconstruire un monde englouti depuis des décennies tout en ayant intimement conscience de sa terrible artificialité. Mon blog était un jeu de Lego et les mémoires individuelles des notices de montage. Cette activité névrotique avait davantage à voir avec Les Sims qu'avec Oran. Je faisais et défaisais chaque rue de la ville, chaque immeuble, chaque monument, à ma façon et selon mes fantasmes, de manière à pouvoir y projeter les uns et les autres tels que je les imaginais avant 1962.

Mon grand-père se levait le matin, prenait l'ascenseur, sortait de son immeuble bleu et blanc, passait sous le pont Saint-Charles, tournait sur la gauche vers la rue Leblanc puis la rue Marquis de Morès cent mètres plus loin pour pénétrer dans l'école Lamoricière où il enseignait. Ma grand-mère le suivait un quart d'heure plus tard avec ma mère, son frère et Andrée. Quelques années plus tard, ma mère lycéenne, serait à Stéphane Gsell, et sortirait de son établissement avec un amoureux et des cigarettes cachées dans son cartable, se cacherait pour fumer derrière l'entrée de la crypte de la cathédrale avant d'aller acheter un créponné chez Espi sur la place, et descendre flirter dans la rue d'Arzew pour se trouver un nouveau prétendant. Il était possible de tout reconstituer sans trop se tromper puisque tout le monde suivait les mêmes parcours. Quelque chose commençait à prendre vie.

Neuf mois de solitude à laisser tomber le triste monde de Bassemeul pour rejoindre lentement mais sûrement une mémoire collective infiniment plus riche, éparpillée par l'exode aux quatre coins du temps et de l'espace, passionnante et colorée, vivante.

Des petites vies de vieilles dames et de vieux messieurs qui se promènent tous les soirs dans Oran après avoir éteint la lumière, pour ne surtout pas oublier, refaire le trajet qui mène à l'école primaire Berthelot du plateau Saint-Michel – au point d'en oublier l'école Lamoricière – revoir la maîtresse, se faire à nouveau gronder ou féliciter, rire en cachette avec les camarades, manger le goûter sur le chemin du retour, grimper les escaliers jusqu'à l'appartement, embrasser à nouveau des parents redevenus jeunes, beaux et forts, revoir la mer, le ciel, Santa Cruz, dévorer la mouna à Pâques et surveiller le fagot du quartier pour la fouguera du 24 juin, dévaler les pentes sur un carrico et jouer sur la plage avec sa bilotcha, tout revivre pour ne surtout pas oublier, avant de s'endormir, et recommencer le lendemain soir. C'était la solitude nécessaire des vieilles dames pour conquérir un morceau de vie enfoui dans les décombres, asphyxié sous les discours et les silences, et sur lequel souffler tous les soirs pour éviter sa fin, lui permettre de se transformer au fil du temps, année après année, en un souvenir vivant, quitte à s'éloigner de la source –

tant pis pour la vérité – et prendre mille formes nouvelles dans l'esprit du rêveur.

Et que faisais-je d'autre ici que modeler une petite urne de quelques centaines de pages au sein de laquelle tu pourrais toi aussi à nouveau rire, parler, rouler sur ton fauteuil électrique, angoisser, gémir, aimer, vivre ? Une petite urne de surcroît reproduite en centaines d'exemplaires posées sur des étagères à Nantes, Marseille, Lyon ou Paris, choyée le soir au lit dans des draps frais par des mains tendres prêtes à s'endormir pour rêver de toi. Une petite urne qui me permettrait de rencontrer des gens qui ont rêvé de toi, des gens à qui je parlerai de toi, de ce nouveau toi qui n'es pas toi, mais qui lui ressemble, qui est le prolongement de ta propre trajectoire, ce que tu continues d'être malgré tout, au-delà de l'urne cendrée.

Mon blog a décollé autour de novembre 2012. Je ne parlais plus de transmission, j'avais cessé d'attendre une main tendue ; il faut savoir abdiquer.

Je vivais maintenant dans Oran. Je déroulais les thématiques les unes après les autres, le rapatriement de certaines œuvres emblématiques en France dans les années 60 (la Jeanne d'Arc de la cathédrale à Caen, le monument aux morts dans le quartier populaire de la Duchère à Lyon, la statue de la place d'armes à Périssac, en Gironde), j'évoquais l'Orientalisme à travers le style Jonnart, les Américains à Oran, Édouard Herriot et Robert Cayla, la porte du caravansérail, les Vierges de l'Oranie, le chat noir du musée Nessler et la quête d'honorabilité de Juan March Ordinas. Je traversais le temps en m'arrêtant sur des incongruités qui m'amusaient. Je tombais amoureux.

Et puis je commençais aussi à toucher quelques lecteurs. Il n'y a que dans la plus grande solitude qu'on finit par rejoindre les autres. La surface ne rejoint guère que d'autres surfaces. On s'en lasse vite. Elle permet tout juste de reprendre son souffle, par intermittence, avant le retour en apnée vers les profondeurs où habitent les autres, ceux qui plongent dans leur mémoire et construisent des groupes Facebook, des sites, des livres, des musiques, des peintures, pour révéler ce qui les anime quand la surface ne les accapare plus. C'est ainsi que j'ai commencé à rencontrer des vivants de l'autre côté du tunnel. Il y a toujours quelqu'un au fond du trou.

Ce doit être la raison pour laquelle j'y retourne tous les soirs. Qui sait si je ne retrouverai pas ton petit esprit surdoué en attente d'une partie d'échecs. On s'est tellement fait plaisir autour de ce jeu. Fini les jeunes, les vieux, les valides, les handicapés, les parents, les enfants, seulement deux purs esprits qui s'affrontent autour de quatre tours, quatre chevaux, quatre fous, deux reines, deux rois et quelques pions.

Évanouissement du monde sensible et téléportation dans un espace en noir et blanc où tout est à construire à l'infini selon des règles prédéfinies. Et la question permanente : est-ce que ce coup va fonctionner ? Et puis le rire tout aussi permanent sinon ce ne serait pas un jeu : tu m'as coincé. Tu as vu plus loin que moi. Je t'adore. Le plaisir de se faire avoir par son enfant de dix ans. Et puis l'idiote fierté de s'attribuer les mérites de l'intelligence d'une enfant sous prétexte de paternité, au-delà de toute évidence : tu es douée, je n'y suis pour rien, et je devrais plutôt m'étonner qu'on ait pensé à moi pour s'occuper de toi. En quel honneur une telle responsabilité m'est-elle échue ?

La question de la responsabilité n'est pas une petite question. Je n'ai cessé de me la poser devant mon blog. Je commençais à être lu, aussi bien côté Pied-Noir que côté Algérien, et surtout respecté. Je recevais régulièrement des mails d'étudiants en architecture à Oran qui me demandaient si je pouvais leur fournir des documents sur la Casbah, Rosalcazar ou l'ancienne préfecture tout en me remerciant pour la qualité de mes articles et je devais sans cesse me tourner vers mon miroir pour le questionner : miroir, mon beau miroir, mais qui es-tu Paul Souleyre ? Quelle est donc cette vaste blague ? Qu'a-t-il bien pu se passer pour qu'on en arrive à de tels malentendus ? Je ne m'appelle pas Paul Souleyre, je ne connais rien à l'architecture, je ne suis pas Pied-Noir, et je n'ai jamais mis les pieds à Oran. J'écris mes textes en sautant allègrement du coq à l'âne sans me préoccuper le moins du monde de les articuler. Je choisis mes sujets au petit bonheur la chance et je les bâcle en mille mots, autant dire rien du tout, juste parce que je me suis fixé un article le mercredi, un le samedi, et qu'il faut bien que j'avance. Je survole tout sans le moindre scrupule. Voilà maintenant qu'on me prend pour une référence et, comble du comble, une certaine forme de responsabilité commence sournoisement à germer dans mon esprit : aurais-tu une mission, Paul Souleyre ?

Face à ce genre de questions, il faut vite prendre ses cliques et ses claques et fuir le plus loin possible, sans quoi les mauvais plans s'annoncent. Je n'ai pas pour vocation de sauver qui que ce soit à part moi-même. Le défi est déjà suffisamment compliqué et probablement désespéré. Oran n'a pas besoin de moi. Les Pieds-Noirs non plus. Personne n'a besoin de moi si ce n'est moi, et peut-être mes filles. Les missionnaires m'exaspèrent et je ne voulais surtout pas en devenir un. Je suppliais mon miroir de bien vouloir me le rappeler quotidiennement.

Tu n'as pas pour vocation de rétablir la justice. Tu n'es pas là pour sauver quoi que ce soit et surtout pas l'Histoire pied-noir. Elle se sauvera toute seule ou ne se sauvera pas. Tu n'es pas un messie. Tu cherches juste un moyen de retrouver tes origines (et probablement ta mère). Tu as besoin d'en passer par les autres et les autres ont manifestement besoin d'en passer par ton blog, mais ne confond pas ce qu'ils projettent sur Paul Souleyre avec ta vérité. Suis ton petit bonhomme de chemin et tout ira bien.

Avec le temps, je suis devenu nostalgique de ce blog perdu parce que j'avais trouvé la bonne distance et que je n'ai jamais su reconstruire un tel écosystème autour d'une autre thématique. Je ne me positionnais ni en expert d'une ville ni en sauveur d'un monde englouti, mais comme un amateur toujours émerveillé par ses découvertes. Les lecteurs le sentaient et cherchaient à m'éclairer. Ils me donnaient des précisions, m'envoyaient des photographies, voulaient discuter avec moi pour me renseigner sur telle ou telle rue, témoigner de leur expérience, Algériens comme Pieds-Noirs. C'est ce que j'aimais par-dessus tout. J'avais réussi à faire passer le message que la guerre n'était pas mon chemin si bien qu'il n'y avait plus de querelles sur mon blog ou sur ma page Facebook, les lecteurs voulaient témoigner de leur ville, actuelle ou passée. Les anicroches étaient rares et éphémères. Personne n'avait envie de s'engager dans des batailles interminables et déjà jouées tant de fois par ailleurs, dans les médias, dans les livres, sur les réseaux sociaux, et jusqu'à l'écœurement. Chacun aspirait à autre chose et j'étais disponible.

Je restais ouvert à tous et je ne faisais pas le malin avec mes articles. Il y avait des erreurs, on en discutait, je les corrigeais, et on avançait tous ensemble. Tous ceux qui me suivaient de près savaient que je ne connaissais pas Oran. Ce sont les autres, les visiteurs occasionnels, qui s'imaginaient des montagnes là où n'existait qu'une petite souris en quête de mémoire. Et je dois beaucoup à ces lecteurs fidèles qui ont su jouer le rôle que j'attendais de mon miroir.

Non, tu ne connais rien à Oran, tu ne vas sauver personne, des tas de gens en savent plus que toi et c'est très bien ainsi ; tu fais juste du bien à certains individus, on te soutient dans ta démarche parce que ça nous éclate, mais le jour où tu arrêtes, on passe à autre chose.

Les fidèles m'allégeaient quotidiennement d'une responsabilité fictive qui ne cessait pourtant de croître au fil des articles. Je voulais être à la hauteur. Mais à la hauteur de quoi ? De qui ? À la hauteur d'une histoire tragique, peut-être, et que je n'avais pas le droit de salir. À la hauteur d'un monde pied-noir que je commençais à sentir de l'intérieur et que je ne voulais pas trahir.

C'est peut-être dans ces moments-là que les choses se gâtent, quand on commence à craindre de trahir. Lorsqu'il n'y a plus assez d'irrévérence en soi pour transgresser les interdits, qu'on s'installe peu à peu dans le dogme sans même s'en apercevoir, que la sclérose nous immobilise lentement jusqu'à l'asphyxie. En même temps que les articles se succédaient, prenaient de l'ampleur et gagnaient en lectorat, je voyais s'éloigner de moi une certaine fougue, une certaine fraîcheur, tandis que s'installait subrepticement la terrible et lourde tentation de répondre à quelque chose de l'ordre du *devoir de mémoire*.

Que la vie me protège de cette tentation. Que jamais je ne sente l'obligation d'un devoir de mémoire qui trahirait ton espièglerie, ton goût pour les cachotteries, les blagues, les moqueries, que jamais je n'accable ta mémoire du moindre devoir, que toujours je trahisse et allège ton souvenir des lourdeurs d'un cancer, d'une tombe, d'une urne. Je voudrais pouvoir souffler là-dedans pour faire voler tes cendres aux quatre vents, m'asseoir sur un banc, les regarder flotter dans les nuages, tomber sur les escargots, se mêler à la rosée du matin et se faire emporter par la pluie, dévaler les caniveaux, déborder les trottoirs, les parapets, rejoindre les fleuves et les océans, faire le tour de la Terre et revenir dans l'arrosoir d'un jardinier, dans une autre ville, un autre parc, un autre jour, une autre vie, en face d'un autre banc où je serais assis par le plus grand des hasards.

On a commencé à me contacter d'un peu partout.

De temps en temps pour me récupérer, parfois pour me demander de faire la publicité d'un site personnel ou d'un livre, le plus souvent pour me poser des questions sur Oran. J'étais donc devenu une référence. Pas LA référence, mais une référence parmi quelques autres, un type sur qui on pouvait compter et s'appuyer dès lors qu'il s'agissait d'évoquer Oran ou la mémoire pied-noir.

Je commençais à en savoir un bout même si ça n'avait rien à voir avec ceux qui en savent vraiment un bout. Le miroir déformant des réseaux sociaux me donnait l'illusion d'une certaine importance. Lorsqu'on prêche dans le désert et qu'on rassemble autour de soi douze personnes, on a vite le sentiment qu'il y a foule alors qu'on n'est que douze ; il devient très difficile de rester lucide et de ne pas se sentir investi d'une mission. On a beau se battre contre l'idée, l'idée grandit et déforme tout, on n'écrit plus pour soi, mais pour les autres. On perd peu à peu son chemin pour se fondre dans le grand tout des attentes du groupe. C'est la dernière mue, la mue imaginale, le stade adulte et terminal de toute métamorphose, on ne sait même plus pourquoi on fait ce qu'on fait, mais on le fait, en repos dans le néant. On atteint l'état stable, neutre et indifférencié de l'office de tourisme.

C'est un ami qui m'a fait la réflexion un jour de juillet 2013 au téléphone : « Ça commence à faire office de tourisme, ton blog ». En une dizaine de mots, il venait à la fois de m'achever et de me sauver. Il était temps que j'arrête. Je n'ai pas l'âme d'une brochure. Mais quel crève-cœur. J'allais devoir me couper de tous ces regards portés sur moi, de tous ces yeux qui me donnaient la force d'avancer, d'écrire sur à peu près tout et n'importe quoi, en pilote automatique. Il me suffisait de tenir la barre, le moteur provenait d'ailleurs. Là se trouvait le repos : ne plus avoir à tenir à la fois le rôle de moteur et de pilote.

J'avais juste à gouverner et laisser le vent souffler dans les voiles. Les lecteurs me portaient. Mais la métaphore trouve toujours trop vite ses limites, le vent soufflait non seulement dans les voiles, mais aussi à mon oreille : *dirige-toi vers là-bas. Tes amis te le demandent et tu les aimes.* J'étais devenu un automate au service du désir collectif.

Mais c'est vrai que j'aimais mes amis virtuels depuis que je les avais enfin trouvés. Quelques mois plus tôt, vers la mi-mars, j'avais posté une photographie anodine qui allait tout faire basculer et m'ouvrir la porte d'un monde pied-noir enfin vivifiant : une adolescente tenait la main de sa jeune sœur sur un trottoir de la place Emerat dans le quartier de la Marine. Il y avait tout ce que j'aime dans une photographie : la singularité d'une subjectivité (l'adolescente dirigeait son regard vers l'objectif) surgissant sur un fond historique lui-même chargé de sens. J'étais depuis longtemps attiré par ce quartier disparu et j'en postais régulièrement des images diverses et variées, davantage pour me l'approprier que pour faire sensation, par obsession surtout, comme si quelque chose devait en surgir un jour, par miracle.

Il n'a pas fallu plus de quelques minutes avant qu'un déferlement de commentaires s'abattent sous la photographie. Mon cadre Facebook habituel volait en éclat, on était sorti du train-train quotidien, je venais manifestement de toucher quelque chose. L'adolescente figée dans le papier glacé prenait vie. La photographie était plus connue que je ne le pensais, tournait déjà depuis plusieurs années sur Internet, et avait même servi à illustrer un ouvrage. Elle cristallisa subitement tous les mondes qui gravitaient autour de Paul Souleyre.

Amanda, qui me suivait depuis un bon moment, lança le top départ en me signalant que les deux sœurs étaient ses cousines et les identifia dans son commentaire. L'ancienne adolescente de la place Emerat arriva un quart d'heure plus tard et commença à évoquer le contexte de la photographie. Puis une partie de la famille et des amis rappliquèrent. La photographie débordait de ma page et chacun y allait de ses souvenirs et de ses anecdotes, comme si tout le monde s'était invité chez un inconnu pour discuter du passé dans son salon, d'un passé que l'inconnu lui-même n'avait pas vécu, mais qu'il connaissait malgré tout parce qu'il avait accroché trois malheureuses photographies sur les murs ; des Algériens sonnaient à la porte maintenant et s'invitaient pour discuter, se rappeler leur enfance ou poser des questions ; des Pieds-Noirs suivaient de loin, puis de moins loin, puis de plus près, et toute cette agitation se déroulait chez moi, se cristallisait chez moi, précipitait enfin pour donner une pierre, la première pierre, angulaire, vivante, végétale, prête à croître, se développer, donner des racines, des tiges, des branches, des feuilles, une famille. Bassemeul était bien loin, quasiment un an, le mortifère s'était décomposé et les débris avaient fini par reprendre vie. Au bout du tunnel, la lumière. Il était temps.

Je savais maintenant pour qui j'écrivais. Ils étaient ma seconde famille et je faisais mes articles pour eux, en pensant à eux, en les imaginant eux, lire le mercredi et le samedi, jours de publication. Je voulais les voir discuter sous mes posts. Je voulais maintenir le plus longtemps possible ce petit espace d'amitié dans lequel j'étais reconnu et qui m'acceptait comme un descendant de leur histoire, de mon histoire. Je n'avais eu aucun drapeau à brandir, aucune cause militante à épouser, aucune révolte à mener, il m'avait suffi de travailler Oran pour découvrir le quartier de la Marine, travailler le quartier de la Marine pour découvrir la place Emerat, travailler la place Emerat pour découvrir une adolescente au regard interrogatif, répondre moi-même à son interrogation en retour, et obtenir en fin de compte un assentiment tant recherché : *tu es des nôtres*. J'éprouvais pour eux une infinie gratitude. Ils m'avaient enfin ouvert les portes d'un nouveau monde.

Les fiançailles ont duré deux mois avec comme point d'orgue la réception mariale un jeudi d'Ascension à Nîmes Santa Cruz, pour le grand rassemblement annuel des anciens de l'Oranie, au « Diocèse de la dispersion ».

C'est très étrange Nîmes Santa Cruz un jeudi d'Ascension. Le quartier du Mas de Mingue se métamorphose et devient subitement coloré. On est transporté dans un lieu hors du temps qui n'a plus rien à voir avec le quotidien difficile de ce quartier défavorisé.

Le monde transfiguré prend la forme d'un mélange de melsa et de merguez décoré du nom d'anciens villages algériens suspendus à des bouts de ficelles, de chaises pliantes devant des vieilles photos de classe, d'éclats de rire et de retrouvailles dans les larmes, de livres hors-norme comme cette Histoire de l'Algérie en trois tomes presque entièrement constituée de listes de noms, de musulmans du quartier qui vendent leur gâteau de miel devant les entrées d'immeubles, d'érudits inclassables que tout le monde veut voir pour poser des questions, de badauds qui déambulent pour photographier la Vierge de Santa Cruz et ses bannières, de cloches qui tintent à la volée, de prêtres qui réclament le silence, de jeunes maghrébins qui se promènent en orange fluo comme dans une kermesse d'école, et de policiers qui vont et viennent en se demandant ce qu'ils font là. On est perdu. C'est tellement hors de toute époque, qu'on est désorienté, sans repères. C'est le grand carnaval des origines, l'inversion du monde revisitée, le chevauchement des limites, l'incertitude des territoires. À qui appartient ce lieu entre 9h et 18h ? On serait bien en peine de le découvrir.

Il y a quelques années, un élu du Front national est passé pour tenter de récupérer quelques voix, j'ai vu les gens détourner la tête, écœurés par un opportunisme électoral dégoulinant de mépris, puis s'éloigner du rabat-joie qui venait gâcher la fête dans une méconnaissance totale de l'inversion des mondes, et se moquer à distance des gesticulations déplacées de l'homme politique. Ce n'est pas simple de récupérer un Pied-Noir, parce qu'il se méfie de tout depuis mai 58, surtout sur les terres sacrées et hors-sol d'un jeudi d'Ascension, dans son carnaval à lui du Mas de Mingue dont il vaut mieux connaître les codes. Le Pied-Noir ne badine pas avec la tradition. Il est très difficile de se faire une place là au milieu. Alors si c'est pour venir récupérer une voix en plein milieu des réjouissances à la gloire de sa mémoire, il est préférable de ne pas rouler des mécaniques, le Français d'Algérie goûte peu la manœuvre. L'étranger a fait un rapide tour et s'en est retourné dans ses pénates. Il a dû sentir que l'ambiance n'était pas à la fête, du moins telle qu'il la concevait depuis sa métropole intérieure, une sorte de garden-party, j'imagine.

C'est qu'on n'était plus vraiment en métropole dans ce quartier de Nîmes. Ce n'était pas non plus l'Algérie française, mais quelque chose comme un territoire hors-sol, un lieu de mémoire. Je ne l'ai pas trouvé dans l'encyclopédie en trois volumes du même nom, et pourtant il aurait peut-être dû y figurer au moins en note de bas de page, comme une incongruité inclassable, un lieu de mémoire dispersé, à la manière dont le diocèse du quartier a très vite pris le nom de « diocèse de la dispersion » dans les années 60. Quel magnifique nom. La circonscription territoriale des sans-territoires, le lieu des sans-lieux.

C'est ici que j'aurais aimé t'amener. Dans ce lieu de vie qui bruissait d'une mémoire retrouvée l'espace d'une journée. Comme je connaissais tout de cette histoire, j'avais le sentiment de me promener dans une incarnation de mon blog, un rêve éveillé où les articles s'animent subitement, prennent forme, et entrent en mouvement au sein d'une chorégraphie improvisée et légèrement chaotique.

Amanda m'avait donné rendez-vous non loin du bâtiment qui abritait les exposants. Quelques anciens habitants du vieux quartier de la Marine à Oran m'attendaient pour savoir à quoi ressemblait ce Paul Souleyre dont ils avaient vaguement entendu parler. La plupart ne m'avaient pas lu, mais le nom circulait, j'étais une curiosité sans pour autant remplir les conversations, ils avaient bien d'autres choses à faire, surtout en ce jour si singulier dont la procession de la Vierge de Santa Cruz serait le point culminant.

Ils se préparaient à casser la croûte lorsque je suis arrivé. C'était la première fois que je croisais Amanda et nous étions heureux de pouvoir enfin nous serrer dans les bras. Elle me présenta à quelques marineros qui se trouvaient là. Mateo, à la fois joyeux et fébrile – il avait été désigné comme porteur de la petite statue de la Vierge lors de la procession qui aurait lieu l'après-midi – Pedro, en fauteuil roulant, capable de dessiner de mémoire toutes les rues du quartier de la Marine où il avait grandi, Rose qui avait perdu son frère dans la chasse à l'Européen du 5 juillet 1962 à Oran, Manuel qui ferait l'article du lendemain dans un journal local, Claude qui connaissait toute l'histoire d'Oran et organisait régulièrement des voyages en Oranie pour les Pieds-Noirs, et quelques autres encore. Ils s'appelaient « La Familia ». Ils n'étaient pas seulement les derniers survivants d'un quartier pour moitié disparu, mais surtout les dépositaires de la mémoire de leurs parents et aïeux, ceux par qui la ville pouvait exister autrement que dans des colloques désespérants.

J'ai été accueilli tranquillement. Pas de suspicion ni de grandes accolades. On me demandait si je voulais manger quelque chose. On me conseillait d'aller faire un tour dans le bâtiment des exposants que je ne connaissais pas. On me posait quelques questions sur mes parents. Ils étaient de Choupot ou du plateau Saint-Michel. Choupot, ils ne voyaient pas s'il y avait une pancarte dans le coin avec des anciens du quartier, mais pour le plateau Saint-Michel, ils connaissaient René, qui se trouvait près de la petite église d'où sortirait la procession tout à l'heure. Peut-être qu'il pourrait me parler de ma mère ou du quartier.

L'ambiance était tellement sereine que je me suis très vite détendu. On me demandait si je connaissais Oran. Oui et non. Oui dans les livres et non dans la réalité. Pas encore. Claude m'a dit qu'il organisait un voyage en septembre. Que je pouvais venir. À l'époque, je ne savais pas encore comment aller à Oran, et je me suis dit que je ferais peut-être le voyage avec lui qui connaissait si bien la ville et son histoire. De toute façon, j'irai voir Oran un jour dans ma vie. Je ne pouvais pas faire autrement. Là, je touchais des personnes qui avaient connu le cœur d'Oran et leur voix me faisait vibrer de l'intérieur. C'était déjà énorme.

Ils n'en avaient pas conscience, mais j'étais électrisé par leur contact. Ils se considéraient comme des personnes ordinaires là où je les regardais comme des divinités vivantes. J'avais envie de toucher leur bras pour toucher un corps qui avait touché Oran. J'étais heureux de pouvoir partager un repas avec eux, dans une ambiance apaisée, sans la moindre chape de plomb au-dessus de ma tête. Amanda avait fait le lien. Elle m'avait reconnu. Les autres lui faisaient confiance. J'étais encore un *patos*, bien sûr, mais accepté. Je ne ferais jamais partie de la « Familia » parce qu'un destin commun à la fois tragique et joyeux les liait, mais je pouvais m'immiscer au milieu d'eux, comme des enfants s'immiscent entre des parents tout en ne faisant pas partie de leur histoire intime, et je ne désirais pas autre chose qu'être un enfant qui prolonge une lignée. J'avais recollé la brisure de 1962. J'arrivais de là et ils me laissaient exister au milieu d'eux. Je commençais à respirer. Aujourd'hui, par la force de l'habitude, ils sont redevenus des êtres humains – et c'est plus sain – mais il me reste toujours un frisson intérieur lorsque je les croise. Un frisson qui ne disparaîtra jamais.

Je suis allé me promener dans le bâtiment des exposants. J'y ai retrouvé à peu près tout ce que je connaissais. Le stand de l'Écho de l'Oranie, des auteurs dont j'avais lu les livres, des personnes avec qui j'avais correspondu et que j'étais heureux de pouvoir rencontrer, des petits objets que je ne connaissais qu'en photographie comme les carricos – ces planches à roulettes fabriquées en bois et à la main sur lesquelles les gamins de la ville dévalaient les rues en pentes pour se procurer des émotions fortes – des fanions de villages, des petites vierges en plastique et bien d'autres choses encore. L'ambiance était bon enfant. La guerre n'était pas la préoccupation principale. Il s'agissait surtout de ressusciter une enfance et les sensations d'un pays perdu. On repérait des madeleines à tous les coins de table. C'était le royaume de la mémoire.

La moyenne d'âge n'était plus de soixante-dix ans, mais de cinquante-cinq. On avait un peu progressé par rapport à Bassemeul. Les plus jeunes n'étaient pas les plus nombreux, mais ils étaient repérables, on en croisait sans difficulté. On aurait tranquillement pu acheter un kebab-frites et installer notre jeu d'échecs sur une table en bois derrière le type qui faisait chauffer ses merguez, personne ne nous aurait ennuyés, je regrette vraiment de ne pas avoir eu le temps de t'y amener.

Je crois que c'est en début d'après-midi que la Vierge de Santa Cruz est sortie de l'église pour entamer la procession qui devait conduire tout le monde au sommet de la colline où se trouvait le sanctuaire. Il devait y avoir 30 000 personnes cette année-là. Je trouvais que c'était déjà pas mal, et j'essayais d'imaginer ce qu'avait pu être ce lieu dans les années 70, lorsque 200 000 exilés se rassemblaient pour tenter de retrouver des enfants, des parents, des proches perdus de vue dans la cohue du départ d'Algérie, parce qu'avant d'être un lieu de procession, Nîmes Santa Cruz était surtout un lieu de retrouvailles, un lieu d'espoir.

Il faut imaginer perdre son enfant dans un supermarché et sentir monter en soi la boule au ventre, l'horreur de la disparition, la panique que tout parent ressent lorsqu'il perd de vue la petite main qu'il tenait jusque-là, l'espoir des retrouvailles lorsque le micro annonce qu'un petit garçon attend sa maman ou son papa à l'accueil, la joie de le retrouver devant les caisses ou l'horreur de la déception – ce n'est pas le mien ! – et la panique qui augmente encore, le sentiment de devenir fou, le sol qui se dérobe sous les pieds. C'est l'ambiance de Nîmes Santa Cruz qu'il faut multiplier par 200 000. Vais-je revoir ceux que j'ai tant aimés ? Sont-ils toujours en vie ? Viennent-ils eux aussi à Nîmes ? Et l'espoir de les retrouver devant la petite pancarte du quartier où l'on a vécu, les cris de joie et les larmes des retrouvailles, ou celles plus terribles du déchirement : il est mort là-bas, un voisin l'a vu se faire enlever.

Les Pieds-Noirs, ce n'est pas uniquement le sentiment profondément ancré de la trahison, c'est aussi le grand *cri* de Marthe Villalonga dans une salle de théâtre lorsqu'elle aperçoit Jacob, le vieil ami de la famille perdu de vue, assis quelques rangs plus bas. Le jongleur sur scène en laisse tomber ses assiettes tournantes qui viennent se fracasser sur le sol. C'est le passé qui fait effraction dans le quotidien et pulvérise tout, le pays perdu qui surgit soudain au coin d'une rue, un morceau de soi-même qu'on retrouve, une jambe cassée dont on enlève enfin le plâtre, des yeux opérés qui voient à nouveau. Chaque Pied-Noir ne peut que se reconnaître dans ce moment à la fois drôle et émouvant du film d'Alexandre Arcady, *Le coup de sirocco*, ce cri de renaissance, les poumons qui se gonflent pour la première fois et la vie qui jaillit : Jacooooooooooooob ! Le Pied-Noir était mort à l'intérieur et ne le savait pas. Nîmes Santa Cruz venait de le ressusciter.

Ça devait crier, rire et pleurer de toutes parts, dans les années 70. J'ose à peine imaginer. Nîmes Santa Cruz à l'époque, c'était découvrir au Lutétia, à la fin de la seconde guerre mondiale, sur les listes des survivants, à la fois un mari vivant et un amant mort. Il n'y a pas de mots pour décrire ce double sentiment qui mêle à la fois une profonde tristesse et une profonde joie. Je ne sais pas dans quel état les Pieds-Noirs rentraient chez eux le soir, quelle pouvait être l'ambiance dans le bus du retour entre ceux qui avaient retrouvé quelqu'un, ceux qui l'avaient perdu, d'autres encore qui avaient à la fois retrouvé et perdu quelqu'un dans la même journée, et puis les mains tendues pour réconforter, les mouchoirs offerts dans la retenue, les bras passés autour d'une épaule. Je ne suis pas sûr que les personnes osaient exprimer leur joie devant les malheureux qui revenaient effondrés après avoir appris la mort d'un parent ou d'un enfant. Qui triomphait de la tristesse ou de la joie dans ces bus ? Quelqu'un triomphait-il jamais de son exode ?

Bassemeul laissait exploser la rancœur du sentiment de trahison tandis que Nîmes Santa Cruz pleurait l'indicible douleur de la perte. Mais c'était en vérité les deux versants d'une même pièce, celle de l'abandon. Ils avaient été abandonnés à la fois par leur patrie et leur mère nourricière ; ils avaient été trahis par leur père tandis que leur mère s'était détournée d'eux pour se ranger au côté du père. Je commençais à comprendre sur quels ressorts l'exode des Pieds-Noirs s'appuyait et comment les sentiments de trahison et de perte se mêlaient inextricablement.

Je ne sais pas si c'est ta perte, le sentiment d'abandon ou la trahison de la vie qui m'ont amené à ce genre de considérations, mais j'ai du mal à regarder les choses autrement désormais. Durant les premières semaines de soins palliatifs, je me souviens bien que ta maman refusait de sortir pour au moins deux raisons. La première, assez évidente, est qu'elle avait trop peur de s'éloigner de toi ; la seconde plus étonnante, est qu'à l'extérieur, elle voulait mitrailler tout le monde. C'était son terme. *Mitrailler*.

Rien n'est plus insupportable que de voir les gens continuer à se comporter de façon ordinaire alors qu'une catastrophe s'abat sur nous. L'indifférence du monde est une négation de notre existence. L'invisibilité d'une intime souffrance finit par générer la rancœur et le goût des mitraillettes. Ce n'est pas pour rien que les Algériens ont pris les armes en 54 et que les Pieds-Noirs de Bassemeul organisent des colloques explosifs. Nîmes Santa Cruz m'avait permis d'accéder à Bassemeul. Je comprenais mieux ce qui se passait dans les colloques, cette rage à peine contenue, ces accès de colère collective. La reconnaissance sociale de leur souffrance n'avait jamais existé. Il leur était même plutôt conseillé de raser les murs à ces Français venus d'ailleurs et c'est ce que la plupart des Pieds-Noirs ont fait en arrivant en France en 1962.

Surtout, tu ne te fais pas remarquer à l'école, hein. Tu ne dis pas que tu viens d'Algérie parce qu'on va avoir des ennuis. Papa et moi, on va essayer de perdre notre accent parce qu'on ne trouvera jamais un travail si on continue à parler comme ça. Toi, c'est pareil, tu t'effaces. D'accord ? Tu veux qu'on vive pour toujours dans cette chambre d'hôtel ? Tu n'as pas envie d'avoir ta petite chambre à toi ? Il faut se fondre dans la masse et disparaître, mon Lapin. Et surtout, tu travailles bien en classe. On doit sortir de ce pétrin. Ils nous prennent pour des Arabes, dans la rue, tu comprends ? Les Arabes nous ont mis dehors, et ici, tout le monde nous prend pour des Arabes. C'est le monde à l'envers, mais tu dois t'y faire ; pour eux, on n'est pas des Français. Donc tu rases les murs et tu te fais tout petit. Si tu peux oublier d'où tu arrives, c'est aussi bien. Maintenant, va te brosser les dents.

Nîmes Santa Cruz avait beaucoup mieux réussi dans son entreprise de réconfort en décidant rapidement, à la fin des années 60, de construire un sanctuaire qui reprenait vaguement l'architecture de la basilique d'Oran. De souscription en souscription, il s'était peu à peu agrandi, pour trouver sa forme définitive à la fin des années 80. Il ne s'agissait pas de faire de ce lieu un combat contre la trahison ou la reconnaissance sociale d'une souffrance, mais seulement un territoire de retrouvailles et de mémoire, une réminiscence annuelle de la perte originelle, une révérence aux aïeux et à un monde englouti symbolisée par cette petite Vierge processionnaire rapatriée d'Oran au milieu des années 60 et que la tradition avait baptisée la « petite Murillo ».

Il y avait six porteurs pour la statue. Trois de chaque côté. Mateo s'était positionné sur la droite, en premier porteur. Il était ému. Je peux comprendre. À sa place, j'aurais versé des larmes. Il le méritait de toute façon. J'avais encore en tête les nombreuses anecdotes d'enfance qu'il avait racontées le midi ; sa mère qui lui lèche le dos quand il revient chez lui pour s'assurer qu'il n'est pas allé se baigner – la peau sera salée s'il a transgressé l'interdit – ; le bateau du pêcheur entièrement désossé pour récupérer les planches de bois et alimenter le feu de la Saint-Jean – c'est à celui qui aura le feu le plus imposant entre le quartier de la Calère et celui de la Marine, ce sont les fameuses fougueras de la Saint-Jean – ; les pétards dans la bouse qui explosent sur la vitrine de Salero, le commerçant de la place Emerat ; le jour de paie des pêcheurs (le samedi) au bar le Nautic, avec la cassette de fer qu'on ouvre devant tout le monde pour distribuer les billets de la semaine, *un par un*, en faisant un premier tour de table, puis un deuxième, un troisième, etc. afin que chacun puisse s'assurer de l'égalité de traitement – pas d'addition sur un coin de nappe, tout le monde est illettré, on ne croit que ce qu'on voit. Quand on est capable de transporter une telle mémoire avec soi, des souvenirs aussi vivaces, on mérite assurément de prendre en charge la petite Vierge de Santa Cruz pour la conduire au sanctuaire.

Les cloches de l'église ont sonné et la petite Vierge est sortie. Les porteurs se sont approchés, ont hissé les barres latérales sur leurs épaules, et la procession s'est mise en branle sous la direction de trois prêtres. On avançait lentement sous les bannières, par milliers, le long de cette route en pente qui grimpait vers le sommet de la colline. Il y avait quelque chose de l'ascension mythique des lundis de Pâques à Oran – certains la faisaient même à genoux sur la rocaille dans les temps les plus reculés – et qui se terminait la plupart du temps par un pique-nique champêtre sous les pins, sur une grande nappe au sol ou des tables de camping, à côté de la voiture. On réchauffait la paella cuisinée la veille ou tôt le matin et on terminait avec la mouna, cette brioche locale que toutes les femmes préparaient la semaine précédente et faisaient cuire chez le boulanger du quartier.

La procession s'arrêtait trois ou quatre fois pour changer de porteurs pendant que les prêtres prononçaient quelques paroles, puis s'ébranlait à nouveau pour parcourir cent mètres, lentement, dans un interminable mouvement d'accordéon, comme une chenille à la surface d'une feuille.

Je m'écartais parfois de la foule pour grimper sur les talus du bas-côté et tenter d'apercevoir les extrémités de la bête mouvante. Je ne pouvais m'empêcher de penser aux années 70. Comment était-il possible de mettre 200 000 personnes dans cette rue ? À quoi pouvait bien ressembler une procession dix ans après 1962, quand tout le monde était encore en vie, et que les enfants se mêlaient aux personnes âgées ? J'étais impressionné par les 30 000 personnes qui venaient encore dans ces années 2010, mais tous les anciens ne cessaient de me répéter que c'était fini, que ce que je voyais-là était un peu triste au regard de l'affluence passée, que les gens venaient de moins en moins désormais, parce qu'ils vieillissaient ou étaient morts, tout simplement. Ça sentait la fin.

Au bout de la longue rue, la procession a tourné pour entamer la dernière ligne droite, particulièrement raide, qui menait au portail du sanctuaire. J'ai accéléré le pas pour arriver dans les premiers et me retourner vers les pèlerins.

    La petite Vierge dépassait des têtes et avançait lentement, les mains croisées sur sa poitrine, les joues roses et la cape bleue, les yeux portés vers l'horizon, en lévitation au-dessus des porteurs. Elle est passée devant moi puis a franchi le portail sous les acclamations.

    Je l'ai suivie pour me perdre dans la foule.

Il me passe tant d'idées par la tête… des idées d'autrefois… des idées de maintenant… des idées ou des souvenirs… quand j'étais petite… puis quand j'étais adolescente… puis après, tout ce qui est arrivé et qui n'arrivera plus jamais…

Et puis c'est drôle, il n'y a que cela qui m'intéresse, les choses d'autrefois… Celles qui sont tout au bord de l'oubli, déjà presque englouties dans le gouffre immense, mais pas encore tombées… juste en équilibre sur le bord… celles qui ne tomberont jamais…

La vie, moi je vois ça comme une escadrille de gros rochers informes qui se précipitent vers un gouffre sans fond, où ils tombent tous… Et puis quelques-uns restent en équilibre sur le bord, et ne tombent pas, mais sont là pour l'éternité, et c'est cela, les souvenirs.

Il faut y faire très attention, aux rochers en équilibre ; on a l'impression qu'un rien pourrait les faire tomber… Ne serait-ce que les autres rochers qui les frôlent et les bousculent sans arrêt dans leur course vers le gouffre… Il ne faut pas y toucher non plus, ni parler à qui que ce soit de leur existence, parce que ça les dérange, ils n'aiment pas ça…

Il faut même éviter de les regarder, c'est mieux ; ainsi ils ne bougent pas, autrement on n'est plus sûr de rien, tout peut arriver…

Alors, me direz-vous, si on ne doit pas les toucher, ni les regarder, à quoi servent-ils ? Ils sont plus encombrants qu'autre chose… après tout, des rochers, c'est fait pour tomber dans le gouffre… on n'a pas besoin d'en avoir là en permanence une ribambelle qui bouche et qui empêche les autres de passer…

Alors là ! Alors là ! Moi je vous réponds : malheureux ! Ne faites pas ça ! Vous ne savez pas quelle chance vous avez de posséder ces quelques rochers ! Tout le monde ne peut pas en dire autant ! Il y en a qui n'ont rien ! Rien du tout ! Ils voudraient bien ! Mais bernique ! Ces quelques rochers, c'est tout ce qu'on possède, dans la vie !

Et puis tenez, pendant que j'y suis, je vais tout vous dire : ce qui est bizarre, c'est que soi-même, on est une toute petite chose qui s'en va en sens inverse des rochers. On ne risque pas de tomber dans le gouffre, jamais.

Et quand on a fini son chemin, qu'on arrive au bout, alors on a le droit de se retourner et de contempler ces rochers en équilibre au bord de l'oubli. C'est à cela qu'ils servent, ces rochers.

Et ne me dites pas que vous êtes déçus, que vous attendiez mieux, parce que vous n'avez pas idée de ce que c'est beau, quand on se retourne enfin. On en a les larmes aux yeux.

Moi, du coup, je me suis assise, et j'en ai pleuré d'émotion.

Et maintenant... que je suis très vieille... et que je vais mourir... que vont-ils devenir, mes gros rochers ? Pour qui vont-ils exister ? Qui va les regarder ?

Personne. Ils vont mourir avec moi.

Et pour moi, ça m'est bien égal de mourir.

Mais c'est pour eux.

DAME BLANCHE

*« ...et n'aura pas souillé mon lit de repos,
qui n'aura pas violé mon corps délicat,
et plus encore mon âme
qui est sans fiel, toute belle,
charmante et sans tache,
qui n'aura pas endommagé
mes sièges et mes trônes. »*

Aurora Consurgens – Le lever de l'aurore
1450 – Prague

Comment faire pour te retrouver ?

Comment ne pas tomber dans le piège de ce terrible *devoir de mémoire* qui fixe pour l'éternité le moment de la fin, ne produit rien, et fond l'individu dans la masse pour lui ôter jusqu'à sa propre mémoire en échange d'un peu de rituel collectif ?... Je ne sais pas. Peut-être en prenant l'expression au pied de la lettre. *Se remémorer*. Mais vraiment. Ne pas commémorer. Commémorer, c'est à plusieurs. Remonter le temps, plutôt. Traverser les époques pour saisir les méandres dans lesquels l'esprit se débat. Reconnaître la scène primitive, trouver la place de l'Algérie, la pièce centrale du grand labyrinthe. Et puis ton petit lieu à toi, peut-être, comme une apothéose tragique. Chercher du sens dans le non-sens, fabriquer de l'illusion à partir du vide, se mettre en route vers l'intérieur. Ne pas se laisser hypnotiser par les drapeaux, les monuments, les chants, les discours, les processions, les blogs. Parcourir le labyrinthe plutôt que le commémorer...

On ne t'a jamais commémorée avec Irma et ta maman. On n'est jamais allés tous les trois sur ta tombe pour se souvenir ensemble de toi. Juste la première fois pour y déposer tes cendres. Depuis, plus rien. On y va chacun de notre côté, quand le besoin nous prend, en solitaire. On ne le dit même pas aux autres. Ce qui ne signifie pas que tu es tabou, au contraire, on parle souvent de toi. Dans la cuisine l'autre jour par exemple. C'est arrivé sans prévenir et la discussion a duré longtemps. Je suis rentré chez moi à deux heures du matin.

On s'est remémorés les moments où on était une famille, tous les quatre, sous le même toit, tes petits mensonges et tes grosses souffrances, nos souffrances à nous, cette incroyable période de soins palliatifs durant laquelle on continuait à rire en attendant que tu meures... On se le disait quasi quotidiennement. Je regardais ta maman, elle me regardait, et on se disait : « tu te rends compte ? On attend que notre fille meure ». C'était tellement énorme.

On avait conscience d'être déconnectés de ce qui se passait sous nos yeux. La situation était triste à un point tel que le cerveau l'enfouissait bien profond pour nous permettre de continuer à faire les courses, préparer à manger, se laver, dormir, et surtout sourire devant toi. Toi qui restais zen face à l'innommable, tout aussi déconnectée de tes émotions.

Ça ressemblait à tout sauf à ce qu'on voit dans les films américains. Les films américains, c'était ce que j'imaginais avant le cauchemar, je pouvais même me faire pleurer rien qu'en y pensant. Mais là, non. On ne pleurait pas. Ou très peu. Parfois on se faisait surprendre, mais dans l'ensemble, le cerveau faisait bien son boulot. On en avait parfaitement conscience. On savait qu'on était en plein traumatisme et que le cerveau était passé en mode survie sans notre consentement. On pouvait suivre son œuvre quotidiennement, heure par heure, minute par minute. Il prenait sa pelle et balançait de la terre sur ton visage, consciencieusement, comme un croque-mort, sans même attendre la fin. Il n'avait pas le moindre état d'âme. Il t'enfouissait.

C'est durant cette période-là que j'ai commencé à faire le rapprochement avec d'autres traumatismes. Je venais de passer des années plongé dans l'Algérie à me demander pourquoi cette histoire avait mis quarante ans avant de remonter à la surface, j'en avais décortiqué tous les tenants et les aboutissants, je pouvais suivre le cheminement des traumatismes à travers les décennies – surtout du côté de ta mamie et de son ascendance – c'était limite jouissif, mais la jouissance restait malgré tout intellectuelle. Un sentiment infantile de toute-puissance. Une certaine beauté du monde des idées. Mais je n'éprouvais pas le traumatisme en lui-même. Il se promenait dans les générations comme une luciole violette, éclairant les uns et les autres de sa petite lumière maléfique, bousillant méthodiquement à peu près tout le monde, pour finalement se poser sur moi et peut-être bien sur toi. Ce que je suivais depuis mon promontoire historique n'était toutefois pas le traumatisme en lui-même, mais seulement ses effets multiples et divers sur des individus multiples et divers, une sorte de trou noir diffracté à l'infini des couleurs de l'arc-en-ciel et variable selon les prismes humains.

Le traumatisme lui-même, il a fallu que je le vive en direct à travers toi et que j'aie derrière moi des années de sensibilisation au problème pour le voir enfin dans toute sa laideur, son incroyable puissance de néantisation. Une horreur glaçante. Ce truc-là fabriquait du vide. À l'infini. Et c'était sur ce trou noir que je me construisais. Sur cet oubli fondamental sans lequel il est impossible d'aller faire ses courses, de se préparer à manger, puis de faire une petite sieste avant de partir au boulot. La zombification par l'oubli comme mode d'être au monde. À quoi ressemblerait ma vie si je la passais à me remémorer ce moment hallucinant où, dans la voiture, ta maman m'a annoncé que les neurofibromes avaient envahi ton cœur et qu'il n'y avait plus rien à faire ?

Et pourtant le zombie vit entouré des traces de l'enfouissement originel. C'est ce qu'il appelle des *signes*. Il croise parfois des pelles sur sa route, des petits tas de terre sur les bords des chemins, des bouts d'ongles et de phalanges qui dépassent du sol, parfois même des mains, des pieds, voire des têtes entières qui le regardent et l'appellent. Et aussi incroyable que cela puisse paraître, le zombie peut très bien ne pas les voir. C'est même la règle. Le traumatisme fait signe à tous les coins de rue, appelle sans cesse à la remémoration, mais rien n'y fait, le zombie avance inlassablement vers son métro, son boulot, et son dodo. C'est la seule manière pour lui de tenir encore debout.

Tu pourrais croire que l'Algérie a toujours fait partie de moi puisque tu ne m'as quasiment pas connu autrement que fasciné par mon vide originel, mais non, je suis comme tous les zombies du monde, il fut un temps inconcevable où le général de Gaulle ne signifiait rien pour moi. Mais alors, strictement rien. Cet homme fort de la grande Histoire et de ma petite histoire frappait à toutes les portes et sous toutes les formes, mais je ne le voyais pas. Je zombifiais tranquillement dans le présent sur des terrains de tennis ou devant ma télévision en attendant que le temps passe. C'était en septembre 1997, j'avais 27 ans, et la Vierge de Santa Cruz à Oran était enfouie bien loin dans ma mémoire d'enfant. Autant dire que je n'y pensais jamais. Elle n'était rien et je n'étais pas grand-chose non plus. À peine un tout nouvel enseignant qui emménage à Charleville-Mézières, dans les Ardennes, au deuxième étage d'un appartement de la grande rue du Général Charles de Gaulle.

Aujourd'hui, je ne vois plus que ça, les signes. L'univers s'est presque inversé. Le monde des trottinettes et de l'Euphytose m'indiffère, s'efface même peu à peu de mon environnement au profit des noms de rue, des pigeons sur les toits et des chats errants, des clochers de village au loin quand je fume une cigarette, des odeurs de brûlé quand je croque une cacahuète trop grillée. Les signes sont tous là et me parlent. De quoi ? Je ne sais pas. Du vide originel. De ce qui a été enfoui avec toi et avant toi, lentement mais sûrement, et dont il ne reste que des traces, des petits bouts d'orteils éparpillés, des miettes de chair.

Tu apparais régulièrement sous des formes inattendues, des dates souvent, comme cette photographie dans le journal d'une ancienne petite amie qui a repris contact avec moi après 25 ans de silence et qui s'est fait immortaliser sur son lieu professionnel le jour même de ton incinération. Quel lien ? Aucun probablement. Le signe de quoi ? De rien. Du vide.

Et c'est ce vide que je regarde désormais droit dans les yeux.

Mais en septembre 1997, lorsque je débarque dans la ville de Charles et que je m'installe dans sa rue, le passé n'existe pas. Je flotte dans un espace sans mémoire qui me tient hors du monde des signes.

Et pourtant, je devrais être plus attentif à tous ces Charles depuis longtemps présents dans la famille, le nom de Charleville n'étant guère qu'un avatar supplémentaire du grand Charles primordial, le *Carolus Magnus*, cet « homme fort » situé quelque part dans le ciel des idées. Parce qu'il est déjà là au printemps 1954 à Oran, lorsque mes grands-parents maternels décident de déménager de la rue Sidi-Ferruch à la rue de Mostaganem, dans un immeuble bleu et blanc un peu étrange de six étages en face de la gigantesque Cité Perret, au niveau du pont Saint-Charles. Un pont qui a la particularité de pouvoir tenir le rôle d'une madeleine de Proust et faire remonter quelques larmes si l'occasion se présente.

En 2015, lorsque je vais rendre visite à un cousin germain de ma mère pour tenter d'obtenir quelques éclaircissements sur la famille, le vieil homme ne voit plus à quel niveau de la rue Mostaganem se trouve l'appartement dans lequel mes grands-parents l'ont hébergé durant six mois. Je lui rappelle qu'il se situe à la verticale du pont Saint-Charles. Il me regarde les yeux embués : « Ça faisait longtemps que je n'avais plus entendu ce nom-là. Tu as raison, c'était au niveau du pont Saint-Charles ». Tous ses souvenirs remontent à la surface et il peut commencer à parler. Je ne regrette pas d'avoir davantage travaillé Oran que la colonisation ou la guerre d'Algérie, je peux débloquer des mémoires à volonté, il me suffit de fournir des noms de rues, d'écoles, de musées, de cinémas, de jeux d'enfants ou de célébrités du coin, et la porte s'ouvre.

Charles est aussi le nom de l'unique victime familiale du massacre d'Européens qui a eu lieu à Oran le 5 juillet 1962. C'est mon père qui me l'a appris lorsque nous avons commencé nos entretiens en août 2010. J'ignorais que nous avions des ascendants de ce nom-là du côté paternel, mais j'ai en effet retrouvé le patronyme inscrit sur le très polémique « mur des Français disparus en Algérie » édifié dans l'ancien couvent Sainte-Claire, en plein centre de Perpignan, ville dont j'aurai l'occasion de parler puisque mes grands-parents maternels l'ont habitée durant vingt-cinq ans et y sont aujourd'hui enterrés.

Le cimetière du Haut-Vernet est un lieu étrange dont le centre est marqué par la présence de plusieurs monuments funéraires peu consensuels : une stèle à la mémoire des combattants de l'OAS, une autre à la mémoire des harkis, une autre à la mémoire des victimes du 5 juillet à Oran et du 26 mars à Alger. La petite famille de la rue Sidi-Ferruch est reconstituée non loin, dans un caveau de trois étages, à l'exception notable de ma mère que la perspective de rejoindre ses parents horrifiait. Avant de déménager à Perpignan, mes grands-parents se trouvaient à Pau et habitaient un immeuble de quatorze étages du nom de Carlitos, « Petit Charles ». Ils ont fini par vendre leur appartement à ma mère qui s'y est installée avec mon père en 1974 et c'est à l'ombre du « Petit Charles » que j'ai grandi durant les années 70.

20 ans plus tard, en 1997, dans la ville de Charles, les signes deviennent manifestes – mais seulement avec le recul – et décident de m'envoyer une Turque. Elle s'appelle Baya, est serveuse à la cafétéria de Carrefour, et veut devenir pilote de chasse.

J'ai roulé toute la journée depuis Bordeaux avec ma 205 chargée à bloc, je dépose vite fait mes affaires dans l'appartement vide, et je redescends pour aller acheter un matelas. Il doit être 20h. Une fois chargé dans la voiture, je décide d'aller manger à la cafétéria, et c'est là que je rencontre Baya. Une jolie brune pleine de vie, drôle, intelligente. Le courant passe instantanément, il a suffi que nous échangions trois mots. Elle me dit d'attendre la fin de son service, elle en a pour une demi-heure. Je n'ai pas grand-chose d'autre à faire de toute façon. Je mange puis j'attends en prenant un café. Je ne suis pas un rapide, jamais de ma vie les choses ne se sont passées aussi vite, je me vois en train de l'embrasser le soir et de faire l'amour toute la nuit. La réalité est plus complexe et je vais vite le comprendre. Baya ne peut pas s'approcher de moi, elle est surveillée par sa famille, ses frères surtout, je ne sais même pas si elle me fait une bise. C'est dommage parce qu'on est bien ensemble, comme de vieux amis, dans une immédiate intimité. Je rentre seul à 22h.

Je verrai régulièrement Baya par la suite, la plupart du temps à Carrefour. Elle deviendra une amie hors du cercle de mes amis, une amie parallèle à la fois proche et lointaine, comme le sera plus tard l'Algérie. Pour le moment, l'empêchement domine, je n'ai pas droit à Baya, Charleville refuse. Nous n'avons eu qu'un seul contact physique, peut-être le plus érotique qui soit, celui dont je me souviendrai pour l'éternité.

Je revois la scène : elle m'apporte un frigo d'occasion avec l'un de ses frères. La première semaine probablement. Nous le montons dans l'escalier, le frère le saisit par le haut, moi par le bas, Baya nous suit. La manœuvre n'est pas simple parce que le frigo est lourd et l'escalier ardu. Soudain, je sens des mains qui se posent sur mes hanches, délicatement, comme pour me soutenir et prévenir une éventuelle chute. Du haut des marches, son frère l'interprètera ainsi, je le sais, Baya le sait, elle utilise le subterfuge avec finesse. Mais je ne peux pas me tromper sur le sens profond de ces mains posées sur mes hanches, elles signifient « si je pouvais, je te donnerais plus ». Je ressens dans ce contact à la fois du courage, de la résignation, et de l'amour. Je n'aurai jamais davantage de Baya, mais je m'estime aujourd'hui comblé ; je suis sorti avec une étudiante pendant un mois en arrivant à Charleville, il ne m'en reste rien, je serais incapable de la reconnaître dans la rue. Baya a posé ses mains sur mes hanches pendant trois secondes et la sensation persiste encore vingt-cinq ans plus tard.

En octobre, je suis même invité à un mariage turc. Baya m'encourage à venir avec ma copine. J'y vais bien sûr, ne serait-ce que pour la voir, elle. Je sais déjà qu'il n'y aura rien entre nous, mais j'ai quand même envie de la voir, et puis je ne sais pas à quoi ressemble un mariage turc. Je ne vais pas être déçu. Il y a beaucoup de monde, les hommes d'un côté, les femmes de l'autre, et parfois, qui émergent de la foule, des youyous stridents qui enflamment la salle. Je ne comprends pas pourquoi je suis là, pourquoi j'ai dit oui aussi vite, pourquoi je me sens bien, et pourquoi je n'y ai pas ma place. C'est une situation schizophrénique à laquelle je ne réfléchis pas parce que je n'ai aucun outil pour y réfléchir. Je ne vois pas encore de quoi il s'agit.

On pourrait dire que je suis amoureux de Baya, tout simplement, comme si l'amour sortait de nulle part, était en lui-même l'ultime réponse. Or l'amour n'est pas toujours l'amour, mais parfois le symptôme d'une vérité projetée sur le visage de l'autre. Je suis attiré par Baya parce que je projette sur son être une vérité plus profonde que l'amour, une vérité qui m'appartient, que Baya me permet de voir par sa seule présence, parce qu'elle lui fait écran, comme un écran de cinéma donne forme aux rayons lumineux qui sinon se perdraient dans le néant. Baya est un écran révélateur.

Mais de même qu'on ne peut saisir l'implicite d'un film si l'on n'a pas soi-même un minimum de culture liée à l'œuvre ou à l'auteur, mon défaut de mémoire familiale m'empêche de saisir ce qui se passe ce jour-là dans la salle de mariage alors que l'évidence est criante aujourd'hui pour n'importe quel lecteur. Je lui ai fourni le contexte avant même qu'il ne lise ce livre – un trajet biographique dans une histoire personnelle de l'Algérie – il comprend ce qui se joue derrière les apparences, il saisit l'implicite de chaque situation. Dans le vrai monde, il faut se battre tous les jours pour trouver son propre contexte, cet angle très particulier, très étroit, à partir duquel une vie entière s'illumine. En 1997, dans la ville de Charles, je suis aveugle à moi-même.

Les élèves se chargent d'ailleurs de me le rappeler. Pour fêter mon entrée dans l'Éducation nationale, le recteur a décidé de me faire une fleur, je suis nommé dans une cité scolaire, à Revin, non loin de la frontière belge. Comme je ne sais pas du tout ce qu'est une cité scolaire, je demande des précisions à la secrétaire de mon lycée de rattachement qui me regarde bizarrement et m'explique que c'est une structure qui rassemble un collège et un lycée. Je suis nommé dans le collège. Pourquoi pas. Je lui demande comment est Revin. Elle reste vague. Elle a bien fait.

Revin me fait aujourd'hui penser à ravin ou requin. Ravin parce que la ville est située dans une cuvette d'où émergent très nettement d'une colline quelques tours qui écrasent le collège. Requin parce que je me suis fait manger tout cru. L'ensemble scolaire paraît aujourd'hui restructuré, je ne vois plus les tours qui l'environnaient. J'en viendrais presque à croire que j'ai rêvé. Mais non. Je suis incapable de produire ce genre de rêves. Tous les matins, les gendarmes sont dans le collège pour une raison ou une autre ; tous les jours, c'est le foutoir dans ma classe.

Au premier rang, une jeune Française d'origine marocaine me regarde avec pitié parce que je suis débordé, je la regarde avec pitié parce que je ne peux rien lui enseigner. Je suis trop occupé à sauver ma peau. Mais je ne vais pas épiloguer, tout cela est bien connu. Plus intéressant dans le contexte de ce récit, un Maghrébin m'interpelle un jour : « Vous êtes de Marseille, Monsieur ! ». Je lui demande pourquoi. « Vous avez l'accent ! ». Il me fait sourire parce que tout ce qui vient du sud se résume à Marseille. Mais l'essentiel est à venir. Au terme d'un échange où j'explique à mes élèves que je viens de Bordeaux (je ne sais plus quoi raconter pour tenir l'heure...) l'un d'eux me lance : « Vous êtes comme nous ! » – Comme vous ? C'est-à-dire ? – « Ben comme nous quoi ! Un rebeu. » Je suis désarçonné.

Si les Maghrébins retiennent aujourd'hui mon attention, c'est parce qu'à l'époque, ils ont instantanément repéré chez moi des origines que je mettrai seize ans à reconnaître. J'aurais attendu 2013 pour entendre à nouveau cette phrase, mais dans l'autre sens : « Tu es comme eux ! » C'est un ami pied-noir qui découvre la photo que je viens de poster sur Facebook. Elle montre un couple de juifs de Tlemcen, Schelomo et Zohra Ben Berhoun, tenant un petit enfant d'à peine un an posé sur une table, mon arrière-grand-mère Meriem Souleyre, à l'origine du grand saut assimilatoire.

Le « comme eux » signifie pour mon ami, « comme les Algériens », les amis avec qui je discute quotidiennement depuis un an à travers mon blog sur Oran, puis de plus en plus souvent sur les réseaux sociaux. En résumé, un indigène selon les termes de l'époque, un autochtone si l'on veut être plus anthropologique. Les gens ont besoin de ranger dans des cases. En voici deux. Mais je ne suis pas « comme eux » non plus. C'est un huitième de mon ascendance. La moitié est Espagnole, et le reste Français métropolitain, à la fois de Lorraine et d'Auvergne. Ce serait une erreur de réduire les Pieds-Noirs ou leurs descendants à ce genre de classifications simplificatrices. La plupart sont issus de mélanges inimaginables.

Au fin fond de mon appartement de Charleville, épuisé par mes journées de cours délirantes, je m'affale bien souvent sur mon canapé pour comater devant la télévision. C'est une période faste pour mon temps de cerveau disponible. Les matchs de football me vident l'esprit et m'empêchent de penser trop loin, c'est-à-dire au lendemain, dans l'enfer de Revin. Je dois regarder un Bordeaux–Marseille lorsqu'à la suite d'un but, j'entends le voisin du dessous qui pousse un énorme cri de supporter. Manifestement, son cœur est Marseillais. Le lendemain, je le croise et nous sympathisons.

Il s'appelle Christophe, il est de Grenoble et a suivi sa copine Nathalie, documentaliste dans un collège de la région. Il a repris ses études et fait une licence de psychologie à l'Université de Reims. On passera nos journées de libre à faire du tennis, du vélo, regarder des matchs de foot, manger des cookies et rigoler. On se soutient dans le désert de

Charleville où les journées sont tristes et le ciel bas. C'est la première fois que je suis obligé de rouler tous feux allumés à quatre heures de l'après-midi. Le manque de lumière nous tape sur le système. On discute de la vie et je finis par apprendre que sa mère est pied-noir. Ce grand garçon sans type particulier avec qui je passe mon temps depuis des mois est donc lui aussi un descendant de Français d'Algérie. Qui l'eût cru.

C'est que je ne suis pas différent des autres, je fonctionne aussi avec des cases, j'imagine les descendants de Pieds-Noirs au minimum bruns en oubliant que leurs parents se sont mariés en France métropolitaine avec des personnes de toutes les origines. Plus tard, je découvrirai totalement par hasard que l'adorable collègue que je côtoie depuis des années au travail est aussi originaire d'Oran par son père. Les enfants de Pieds-Noirs sont partout et de toutes les couleurs, invisibles, descendants logiques du million de repliés qui a débarqué en France métropolitaine durant l'été 1962.

Mais comment dire que tout ça n'existe pas pour moi en septembre 1997 ? Les Charles m'environnent de toutes parts, mais je ne vois rien ; une jolie Turque me caresse les hanches et m'invite à un mariage oriental, mais je ne vois rien ; les élèves maghrébins me crient que je suis comme eux, mais je ne vois rien ; je passe mes journées avec Christophe qui devient comme mon frère, mais je ne vois rien. Tout est là, sous mes yeux depuis toujours, tambourine de toutes parts et à toutes les portes, mais je ne vois rien et je suis sourd à tous les signes. Je n'ai conscience de rien et surtout pas de moi. Seuls existent l'enfer de Revin, une étudiante sans relief, la lumineuse Baya, Christophe et Nathalie, et le Festival international de marionnettes qui se déroule du 19 au 28 septembre. Je viens d'en retrouver la très belle affiche sur Internet : un globe terrestre suspendu par quatre fils qui indiquent les points cardinaux. Simple et efficace. Élégant.

Pendant dix jours, des saltimbanques de tous bords viennent s'amuser sous mon nez, un peu partout dans la ville, parfois cachés derrière de gigantesques marionnettes qui défilent à la manière du roi Carnaval, le plus souvent à découvert dans des petits spectacles de rue, installés sur des tables branlantes, faisant rire les enfants et perturbant les adultes avec des tours de passe-passe. Je découvre l'art joyeux de la manipulation.

Mais ce qui m'intrigue surtout, c'est la rapidité avec laquelle mon regard se fixe sur le pantin et oublie tout le reste. Le marionnettiste est là, sous les yeux de la foule, parfaitement en évidence, souriant, mais l'esprit n'en a cure, s'en détourne même, préfère ne pas le voir, et fait le choix en toute conscience de se laisser hypnotiser par un bout de tissus qui tournicote dans le néant, de forme vaguement humaine, un simulacre de vie.

Il en faut peu pour s'oublier.

Tout Oran est là, en tâche de fond, mais impossible à saisir.

Je n'ai ni l'écriture pour fouiller mon esprit ni Internet pour demander de l'aide. Je ne sais même pas ce que je cherche, mais je cherche frénétiquement, à côté de la plaque.

Après un mois de septembre particulièrement actif, la vie à Charleville retrouve un certain calme, au milieu des signes invisibles. Je quitte Revin pour rejoindre un collège calme du centre-ville de Sedan, l'aventure avec l'étudiante cesse concomitamment, les visites à la cafétéria de Baya s'espacent, les repas chez Christophe et Nathalie m'équilibrent, je reprends contact avec Cécile qui deviendra ma femme un an et demi plus tard, les marionnettistes s'envolent vers d'autres cieux, je recommence à lire et à travailler, je me plonge dans la philosophie, la littérature, et l'alchimie. J'y passe beaucoup de temps sans rien comprendre, essentiellement par manque de moyens intellectuels, et je ne les comprends toujours pas aujourd'hui. Mais tout ce petit monde me fait miroiter l'idée qu'il existe autre chose que Charleville, ici-bas ou dans l'au-delà, et j'ai besoin d'y croire. J'ai d'ailleurs besoin de croire tout court.

Mon goût pour la croyance a des origines psychanalytiques que je ne développerai pas ici parce que je ne veux pas m'éparpiller dans des considérations trop personnelles qui éloigneraient le lecteur de ce qui pourrait nous réunir. J'ai trop souvent écrit des textes incompréhensibles que je trouvais passionnants, mais qui ne l'étaient que pour moi, des textes que je considère depuis longtemps comme hermétiques, parfaitement compréhensibles pour son auteur, mais inaccessibles à autrui. Je n'ai plus suffisamment d'ego pour demander à mon lecteur de faire table rase de sa psychologie pour entrer dans la mienne, je préfère tenter de trouver un lieu de connexion mutuellement bienfaisant, comme lorsque j'ai tenu mon blog sur Oran dont l'expérience joyeuse est devenue ma nostalgie. Je donnerais beaucoup pour revivre cette effervescence commune autour de ma quête identitaire. Nous nous faisions tant de bien.

Mais je suis encore loin de la quête identitaire à Charleville, je n'ai pas Internet et je n'écris pas. Je flaire. Je m'agite à la manière d'un chien de chasse parce qu'il flotte dans l'air une odeur entêtante qui ne s'est pas encore incarnée, une odeur à laquelle je ne sais pas donner de nom. Je ne vois pas de quel objet ce parfum peut provenir si bien que je vais y projeter toutes les images possibles et imaginables : des fantasmes. Une pierre philosophale, un hiéroglyphe magique, un cinquième élément platonicien, un pavé dans la cour, et j'en passe. La liste est longue. Je vais toutefois m'attarder un instant sur le cas particulier d'une Vierge aux joues roses et à la robe bleue.

En 1997, les dimanches sont des jours de lessive, et comme je n'ai pas de machine, je vais dans une laverie, non loin de la basilique Notre-Dame-d'Espérance. Je ne sais pas comment le rituel s'installe, mais toutes les semaines, je glisse mon linge dans le tambour et pars déambuler sous les ogives. Il n'y a plus personne dans les églises, les lieux sont devenus favorables à la flânerie.

Je regarde les tableaux, je cherche les pierres angulaires, je compare les rosaces. Souvent je transgresse en prenant la place du prêtre sur l'autel, et les yeux fermés, je pointe du doigt quelques versets au hasard sur la grande bible ouverte. Puis je lis. Parfois dans la tête, parfois tout haut. Le résultat est toujours identique : *ça parle*. Où que je pose mon doigt, quelque chose s'exprime, qui résonne en moi. Je ne sais même plus quoi penser parce que le phénomène est régulier, attendu, sans surprise. Je vais ouvrir les yeux, lire une phrase, et m'étonner de la justesse des mots. Il est aussi possible que j'y mette moi-même ce que je veux bien y trouver. Lorsque j'étais enfant, je me cachais parfois derrière la *porte vitrée* du salon et ma mère me cherchait dans tout l'appartement en chantant à tue-tête « mais où est-il ? Qu'est-ce qu'il est bien caché aujourd'hui ! » J'étais très fier de moi. C'est ce qu'on appelle l'amour maternel. Le Bon Dieu se comporte peut-être à l'identique en m'offrant dans chaque verset ce que je désire entendre afin de ne pas trop me décourager. Je ne sais pas. Tout est possible en la matière.

Ce que je sais en revanche, c'est qu'à la fin de ma petite promenade spirituelle, je passe inévitablement devant une Vierge assez massive et plutôt intrigante. Elle est posée à même le sol, dans un coin de l'église, comme à l'abandon. Habituellement, les statues se tiennent toujours à une certaine distance, l'espace intermédiaire séparant ainsi deux mondes qui cohabitent sans se mêler. Un Ici pour moi et un *Là-bas* pour la statue, tout va bien, chacun dans son petit coin. On n'imagine pas à quel point c'est rassurant, même si l'on fait semblant de vouloir communiquer par la prière, ce qui n'est pas mon cas. Parce qu'il peut arriver que la statue décide un jour de franchir son monde pour venir nous saluer, directement, sans prévenir, et son apparition dans notre espace vital est toujours un choc. Cette Vierge qui a franchi son monde pour m'attendre tous les dimanches au détour d'une colonne de l'église me fascine et m'effraie à la fois.

Les deux ou trois premières semaines, je n'ose même pas la regarder, je passe devant elle en baissant la tête et je sors de l'église. Assez vite cependant, je recouvre mes esprits, et m'arrête à son niveau pour mieux l'envisager. Elle est assise sur un trône entièrement recouvert par sa robe, tient dans ses bras un jeune christ encore enfant, debout sur ses petites jambes, les bras ouverts, le visage orienté vers le monde et probablement en train de parler. La Vierge est tournée vers l'enfant et le regarde tendrement. C'est une scène à la fois vivante et douce, reposante. Son visage m'attire chaque semaine davantage avec ses traces de couleurs plus ou moins effacées ; elle a par endroit du rose sur les joues ainsi qu'un peu de bleu sur certaines parties de la robe. J'en arrive à être heureux de la retrouver le dimanche. La rencontre dure rarement plus de cinq minutes, mais elles suffisent à mon bonheur hebdomadaire. Je n'en parle à personne, c'est notre secret.

Mais bientôt ce n'est plus suffisant, je vais devoir à nouveau transgresser. Le monde des songes et des idées ne m'a jamais suffi. Je l'aime parce qu'il est celui de toutes les possibilités, de toutes les folies, mais il y a plus fou que le songe, c'est l'idée folle s'incarnant elle-même dans le monde. S'imaginer gagner une coupe du monde de football n'est rien à côté de la gagner vraiment un jour. Tous les témoins de 1998 en parleront mieux que moi. Gagner pour la première fois une coupe du monde, en France, en finale contre le Brésil, par trois buts d'écart, avec deux têtes de Zidane, c'était déjà difficile à imaginer, ce fut indescriptible dans le monde réel. Les Champs-Élysées n'ont jamais été aussi bondés depuis la libération de Paris. L'idée de la fin de la guerre devait être un rêve pour tout le monde, la réalité fut une intense exultation. L'incarnation d'un rêve dépasse toujours en intensité le rêve le plus fou. On ne peut se satisfaire indéfiniment de ses rêves. L'exil devient insoutenable. Il s'agit d'accéder au réel.

Mes fantasmes à moi s'appellent pierre philosophale, hiéroglyphe magique, cinquième élément, parce qu'ils ne peuvent pas encore s'appeler Oran. Je ne sais pas qu'Oran existe en moi et demande à s'incarner et je ne sais pas que cela arrivera un jour. Je sens seulement une odeur qui flotte dans l'air et me fait tourner en bourrique. D'où provient cette odeur ? Quelle est-elle ? À quoi est-elle rattachée ? Aucune idée à l'époque et certainement pas Oran. Uniquement des fantasmes ridicules que je tente de concrétiser à la force du poignet. C'est ainsi que je décide un jour de poser ma main sur la joue rose de la Vierge de Charleville. Peut-être va-t-elle enfin prendre vie et me parler ?

Je crains tellement que la statue s'éveille que je suis obligé de fermer les yeux. Des frissons envahissent mon bras, puis mon corps tout entier. Durant une seconde, je suis en apesanteur. Quasiment en extase. Il va forcément arriver quelque chose. La seconde suivante, je sens la pierre froide sous mes doigts, c'est fini. Il ne s'est probablement rien passé hormis une violente décharge d'adrénaline induite par mon attente démesurée. Je ne suis pas Bernadette Soubirou, juste un type qui fantasme parce qu'il ne sait pas d'où il sort. C'est peut-être le moment d'aller récupérer mon linge propre à la laverie.

Une vie polluée par des fantasmes n'est pas de tout repos. Je vais éviter de m'apitoyer sur mon sort parce que j'ai la chance de manger à ma faim et de dormir sous un toit, mais pour ce qui est de participer à la marche du monde, je crois que je suis bon pour attendre une prochaine réincarnation. Dans cette vie, le karma a décidé de faire de moi un spectateur, contre mon gré. Les séjours à Oran m'ont apaisé, mais n'ont pas tout réglé, je rêve maintenant de voyager dans le temps, pour ne citer qu'un fantasme récent et plutôt sympathique. La guerre d'Algérie n'a pas fait que des dégâts matériels, elle a aussi fait voler en éclats quelques esprits, c'est bien connu. Ce qui l'est moins, c'est comment les dégâts se sont propagés à la génération qui n'a connu ni l'Algérie, ni la guerre, ni l'exode, c'est-à-dire la mienne.

Je suis né en novembre 1969 – plus de sept ans après la fin des hostilités algériennes – à Nancy où je ne suis resté que trois mois. J'ai ensuite passé un an à Vichy puis trois ans à Poitiers avant de débarquer à Pau en 1974. Je reste à Pau de 1974 à 1986, date à laquelle je déménage à Bordeaux pour ne plus vraiment bouger, hormis l'intermède Charleville qui dure deux ans. Mon enfance baigne dans les années 70, mon adolescence dans les années 80, ma jeunesse dans les années 90, ma vie d'homme marié et de père dans les années 2000. Les années 2010 sont un retour aux sources parce que le monde s'effondre à la mort de ma mère, le 15 février 2009. Elle est la clé.

    C'est d'une affreuse banalité.

Ce qui est peut-être moins banal, c'est ce qui se passe un soir de 1985 ou 86, dans sa chambre. Je l'ai plus ou moins romancé il y a quelques années, probablement pour le tenir à distance.

À quinze ans, il dort dans la chambre d'à côté lorsque sa mère appelle. Elle est tombée du lit, fiévreuse, ne peut plus se relever. « Je dois aller aux toilettes, aide-moi ». Il ne peut pas la soulever, elle a grossi, elle est un bloc de pierre sur le parquet. Il décide de prendre une couverture dans l'armoire, de la poser sur le sol, d'y rouler le corps. Il y parvient difficilement, saisit les bords du tissu, commence à tirer pour la traîner, passe le seuil de la chambre, suit le couloir, ouvre la porte de la salle de bain, s'arrête devant la cuvette des toilettes. Il va devoir la relever. Il l'extrait de la couverture, tente de la hisser sur le siège, mais c'est difficile. Il essaie plusieurs fois. Sans succès. Elle est beaucoup trop lourde. « Je n'y arriverai pas, maman… ». Sur le sol, une longue flaque jaune s'élargit lentement. C'est trop tard, il n'y a plus rien à faire.

Il lave sa mère, la glisse à nouveau dans la couverture, et tire l'ensemble jusqu'à la chambre. Au pied du lit, même problème, comment la déposer sur le matelas ? Après quelques essais infructueux, il abandonne, la mort dans l'âme. Elle ne veut pas qu'on appelle quelqu'un. Il hésite. Elle insiste. Elle préfère rester là, étendue par terre jusqu'au petit matin, le temps de reprendre des forces. Il insiste à son tour ; elle refuse catégoriquement. Il abdique. Il la couvre du mieux qu'il peut, lui donne une aspirine, l'embrasse. Elle lui dit que tout va bien, qu'il ne s'inquiète pas, que c'est plus drôle qu'autre chose, que demain on en rigolera.

La sclérose en plaques est une maladie sournoise, comme toutes les maladies auto-immunes. Le système de défense de l'organisme s'attaque à la gaine qui protège les nerfs parce qu'il la considère subitement comme un élément étranger au corps. Il ne la reconnaît plus comme faisant partie de soi. Une autodestruction lente et méthodique se met alors en branle. Dans le cas de ma mère, le processus débute l'hiver 1977 à Formigal, petite station de ski espagnole, et s'achève le 15 février 2009 à l'hôpital Saint-André de Bordeaux. 32 ans d'une vie qui avait déjà mal commencé.

Les dates, les noms, et les lieux sont chargés de sens, ce qui est toujours le cas lorsqu'on se lance dans une généalogie, les témoignages abondent sur le sujet. Le défi sera de dérouler la pelote des événements qui remontent loin, étape par étape, doucement, pour tenter de visualiser les circonvolutions d'un traumatisme à la fois familial et historique et rendre un peu de dignité à ma mère.

Commençons déjà par lui redonner des couleurs.

Dans les années 70, c'est une belle femme, séduisante, drôle, dynamique. Elle est professeure de français dans un collège de la banlieue paloise et fait le bonheur de ses élèves. Nous habitons au Carlitos I – le fameux « Petit Charles » – au 4e étage d'une des trois grandes barres (il y a aussi le Carlitos II et III) qui constituent la cité. Les trois Carlitos forment un U (le Carlitos I correspond à la base horizontale du U, le II est à droite et le III à gauche) au centre duquel se trouvent à la fois un espace de jeu avec toboggan, cage à poules, bac à sable, balançoire, et un grand carré de pelouse où je passe mes journées à jouer au football. Les soirs d'été, vers 22 h, ma mère passe la tête par la fenêtre de la cuisine et crie à gorge déployée mon prénom ainsi que celui de ma sœur pour qu'on rentre. Rien ne me paraît plus naturel que cette voix familière qui vole à l'intérieur du U des trois Carlitos, c'est notre petit territoire, et nous y sommes heureux.

Si je fais abstraction de la sclérose en plaques qui n'est encore que balbutiante (et d'ailleurs non diagnostiquée) dans les années 70, les traces de l'Algérie sont presque invisibles au quotidien. Ma mère n'a pas d'accent, déteste cuisiner, et n'est pas nostalgique. Seuls quelques termes révèlent parfois ses origines : une expression amusante comme « il pleut la mer et les poissons » n'est pas d'ici, par exemple, elle ne peut provenir que de *Là-bas*. Mais les éléments lexicaux sont en fin de compte assez rares. Je ne sais pas encore qu'elle les déverse tous les soirs sur un grand cahier vert à spirales pour exprimer son mal-être, et je ne sais pas non plus interpréter les *minuscules reflets de la guerre* qui se présentent de temps en temps sous des formes quasi imperceptibles. J'ai en tête une anecdote que j'appelle intérieurement « la vitre brisée ».

Régulièrement, en fin d'année, ses élèves de troisième viennent danser chez nous l'après-midi sur Boney M avec du jus d'orange et des biscuits. Ces moments sont gravés dans ma mémoire parce qu'ils correspondent à mes premiers émois érotiques. Les grandes filles viennent s'asseoir sur le canapé, me caressent les cheveux, me disent que je suis mignon, me serrent contre elles dans leurs bras humides et chauds. C'est le mois de juin, je dois avoir une dizaine d'années, je suis timide, sûrement mignon, et je les aime. Elles sont toutes belles. Je ne me lasse pas de les regarder. Et pourtant, lorsque j'entends aujourd'hui la chanson *Fernando* du groupe ABBA, ce ne sont pas les filles humides et chaudes qui surgissent instantanément dans le salon, mais ma mère, en robe blanche, dansant au milieu de ses élèves, joyeuse et magnifique. Cette image est la plus lumineuse qui me reste d'elle ; elle brille au firmament de mes souvenirs.

La fête bat son plein et des élèves doivent encore arriver lorsqu'un bruit violent et difficilement identifiable déchire l'espace. Tout le monde crie et se précipite en catastrophe sur le balcon pour regarder dans la rue, mais ça ne se passe pas dans la rue, c'est au pied de l'immeuble que l'incident a eu lieu : un grand gaillard de 3ème vient d'exploser en mille morceaux l'immense baie vitrée de notre Carlitos. Il est arrivé en courant et l'a traversée sans la voir, la faisant voler en éclats. Tout le monde descend les quatre étages en riant pour aller voir le héros du jour, on sait déjà qu'il n'est pas blessé, la panique n'aura duré que quelques secondes.

Mais de panique il n'y en eut point chez ma mère qui ne cessa de sourire. Et ce sourire me questionna longtemps, même enfant. Comment ne rien éprouver face à une explosion aussi soudaine, violente, et inhabituelle ? Je trouvais ma mère forte et j'en éprouvais une certaine fierté. Rien ne lui faisait peur. Tout le monde avait crié de terreur, tandis qu'elle était restée stoïque, souriante même. J'étais impressionné.

Quarante ans plus tard, je soupçonne un tout autre mécanisme psychologique à l'œuvre. Comment ne rien éprouver face à une telle explosion ? Comment même continuer à sourire dans un tel moment ? Peut-être suffit-il d'en avoir déjà entendu des centaines pendant son enfance pour faire instantanément la différence entre une pauvre baie vitrée qui s'effondre et un bloc de plastic qui détruit tout sur son passage. Il ne s'agit que d'une hypothèse bien sûr, discutable comme toutes les hypothèses, mais ce qui n'est pas discutable en revanche, c'est l'absence de réaction de ma mère ; la soudaine violence de l'explosion ne lui a fait ni chaud ni froid. C'est ce que j'appelle « les minuscules reflets de la guerre ».

    Et encore, cette interprétation lui accorde beaucoup de crédit. Il me faudrait le courage d'admettre que ma mère est tout simplement déconnectée du monde. Si l'explosion ne lui fait ni chaud ni froid, c'est qu'elle a depuis longtemps installé entre elle et le monde un espace infranchissable qui la protège de sa violence, de son horreur, de son amoralité. Elle n'est plus tout à fait ici avec ses élèves ni *Là-bas* au milieu de la guerre, elle flotte dans un entre-deux sans nom, une sorte de sas de sécurité où il est tout juste possible de s'étourdir avec des élèves sur du Boney M pour ne plus penser.

Il y a quelques années, j'ai retrouvé ces lignes qui disent tout. Je laisse chacun juge de ce qu'il va lire.

Je me rendis compte que je participais à la folie générale un après-midi au lycée.

Nous étions en cours d'anglais et soudain, la classe retentit d'un bruit sourd, assez lointain toutefois. Le professeur, une jeune femme fort calme de nature, nous dit : « ça doit être une grenade », comme elle aurait dit : « tiens, il pleut ». Quelques instants plus tard, une odeur bizarre, insidieuse, envahit la classe, au point de devenir insupportable ; à la fin, une fille s'exclama : « Madame, ça sent le brûlé ! » Le professeur poursuivit son cours comme si de rien n'était. La fille répéta plusieurs fois tout haut ce qui était une évidence pour tout le monde, tant et si bien que le professeur, excédée, finit par lui répondre : « Eh bien oui, ça sent le brûlé ! Qu'est-ce que vous voulez que j'y fasse ! Il n'y a qu'à fermer les fenêtres ! »

Ce qui fut fait. Le silence revint. Après tout, une grenade... ce n'était pas la première.

Je n'appris que le lendemain ce qui s'était passé et c'est mon père qui me l'expliqua dans les éclats de voix habituels : une voiture d'Européens, circulant au Village Nègre, à quelques dizaines de mètres du lycée, avait été arrêtée de force par les Arabes, qui y avaient mis le feu. Les occupants avaient brûlé vif à l'intérieur. L'armée avait retiré de la voiture calcinée des cadavres tout ratatinés. Mon père nous dit qu'ils ne mesuraient plus que cinquante centimètres. C'était donc ça que j'avais senti en cours : des gens qui étaient en train de brûler tout vivants ! Je réalisai avec horreur que cette odeur m'avait envahie tout entière la veille ; que j'avais respiré l'odeur répandue par des chairs de personnes brûlées vives comme Jeanne d'Arc ; que cette odeur avait pénétré dans mon sang même, sans que je n'y puisse rien. Absolument rien ! Et j'allais retourner au lycée, et même m'asseoir la semaine suivante à la même table ! Le scandale était inouï. À quoi ça rimait, tout ça ? À quoi ?

Je compris que j'étais devenue folle, moi aussi, comme les autres. J'étais complice, contre ma volonté.

Il m'arriva encore autre chose : un soir à cinq heures, je dus attendre un moment l'arrivée de François. Il n'était pas dans ses habitudes de me faire attendre. Bientôt, il apparut tout excité, les yeux bizarres. Aussitôt, il sortit de sa poche un de ces colliers arabes faits de minuscules perles de différentes couleurs.

— Tiens, me dit-il, c'est pour toi.

Ce n'était ni mon anniversaire, ni Noël, ni une autre fête. Et comme il ne m'avait jamais fait de cadeau, j'ouvris des yeux ronds. Néanmoins, je passais le collier autour de mon cou, par politesse. En réalité, je n'aimais pas ce genre de colifichets.

— Il te va bien, me dit François en me regardant d'un air connaisseur.

Je me rengorgeais, puis il ajouta :

— J'en ai pris un aussi pour ma sœur.

L'emploi de ce verbe me parut insolite. Pris ? Il ne l'avait donc pas acheté ? Je demandais :

— Mais tu l'as pris où ?

— À un Arabe qui passait avec une petite carriole. Il y en avait plein.

Je ne comprenais toujours pas.

— Il ne t'a pas vu quand tu l'as piqué ?

— Il ne risquait pas, me répondit François du tac au tac. Il avait la tête comme du petit salé.

Mon cœur fit un bond. Je comprenais enfin que l'Arabe avait été lynché, et que les gens s'étaient servis dans sa petite carriole. Et moi, qui portais autour du cou un de ses colliers !

Alors que pendant ce temps, il devait être, lui, couché sur le trottoir avec sa tête fracassée. Je le voyais dans ma tête à moi comme si j'y étais. Je demandai faiblement :

— Où c'était ?

— Derrière le collège, me répondit tranquillement François.

Autrement dit tout près.

C'était la folie qui recommençait. Je n'eus même pas le réflexe d'ôter le collier. C'était trop tard. Le mal était fait. Encore une fois l'horreur. Sur moi, cette fois-ci. Elle se jouait de moi, elle attaquait quand je m'y attendais le moins, sous les visages les plus imprévus - qui aurait pensé à se méfier d'un collier offert par un amoureux ? - et moi, sotte que j'étais, je m'en apercevais trop tard. Quand je comprenais enfin les choses, j'étais déjà embarquée dans l'histoire, qu'elle me plaise ou pas. C'était comme ça que je participais à l'horreur, moi : rien qu'en existant dans ce pays où je n'avais pas choisi de naître, avec mes cinq sens qui fonctionnaient trop bien et mon petit amoureux qui m'apportait des cadeaux que je ne lui avais pas demandés. Mais je ne pouvais donc pas me sortir de ce guêpier ? Des incidents de cette sorte se mirent à faire partie intégrante de ma vie quotidienne. Je ne m'y habituai jamais.

Quelque chose avait basculé.

Quelque part, un garde-fou avait cédé, et les choses avaient sombré dans un chaos d'apocalypse. Les choses, les gens, tout ensemble cul par-dessus tête dans un trou noir sans fond. Et moi avec. Mon espace vital se rétrécissait de plus en plus, même le Front de mer devenait risqué. Alors mon espace intérieur se creusait, se déformait, se changeait en un no man's land peuplé de monstres sans visages que je passais mon temps à fuir, pour mieux retourner vers eux, car je ne trouvais rien ailleurs.

*

Chez nous, on peut dire que l'Histoire en train de se faire n'avait pas encore la grandeur que donne le recul. Elle était même plutôt moche. Chaque soir, c'était les rafales de mitraillettes au loin, les grenades à faire péter les vitres, les explosions au plastic. La musique habituelle. Mon oreille s'était accoutumée. Quand ça se passait loin, j'écoutais les bruits avec le même intérêt passionné qu'au cinéma devant un film d'action. Quand ça se passait dans le quartier, en revanche, j'éprouvais une peur qui me tordait les entrailles, je me voyais déjà morte, l'immeuble écroulé, et moi dessous agonisant sous les gravats, sans que personne n'entende mes faibles appels ; ou alors les Arabes en train de m'égorger.

À plusieurs reprises, mes promenades sentimentales tournèrent court parce que dans le coin où nous nous trouvions, ça se mettait tout d'un coup à tirer tous azimuts. Les gens se sauvaient avec les yeux fous de terreur. Moi, dans ces cas-là, je lâchais tout et je rentrais chez moi comme un météore, on n'avait pas le temps de me voir passer. Une fois, la fusillade fut si proche de moi que je crus sentir les fusils-mitrailleurs dans mon dos. Il y a des records de course à pied qui se sont perdus ce jour-là.

Mais, le lendemain, je recommençais, têtue comme un bourricot de chez nous. C'était ça, ou ne pas sortir de chez soi. Alors… Déjà qu'on ne pouvait plus sortir du centre-ville. Je pris tout bonnement l'habitude d'oublier la nuit ce que j'avais pu voir pendant la journée, et de tout reprendre à zéro le lendemain matin. Je ne me révoltais même plus d'en être arrivée là. J'avais passé ce cap.

Une fois, je me croyais bien en sécurité, je revenais tranquillement du lycée avec mon amoureux. Tout d'un coup je vois sur le trottoir un Arabe moribond, comme ça, tout seul, plein de sang, et les gens qui faisaient le détour par le caniveau pour passer. Moi-même d'ailleurs. Je n'ai pas tenu le choc, j'ai galopé jusque chez moi et j'ai pleuré toutes les larmes de mon corps. Je ne suis pas allée au lycée le lendemain, et puis après j'ai, disons, oublié.

J'en avais ras le bol de la guerre ! Même plus pouvoir me promener rue d'Arzew en paix. On ne pouvait plus rien faire, alors, ou quoi ? Je connaissais un jeune de mon âge, un nommé Lahouari. C'était un jeune Arabe qui avait été adopté tout petit par des Pieds-Noirs. Il vivait chez des Français, il fut abattu en plein centre-ville par le FLN. Tout le monde tirait sur tout le monde. Ce n'était plus de la folie, ça : c'était quelque chose qui n'a pas de nom.

Nous-mêmes, d'ailleurs, nous fûmes mitraillés par des gardes mobiles français chez nous.

Un beau matin de grand soleil, je me souviens. On était tous à la maison, parce que le quartier avait été bouclé le matin de bonne heure, pour cause de perquisition générale. Tout d'un coup, vers onze heures, paf ! Une explosion énorme : l'OAS avait envoyé une grenade sur le camion de gardes mobiles qui était en faction devant notre immeuble. Et quelques secondes après, la réponse du berger à la bergère : tacatacatacatac... Les mitrailleuses braquées droit sur l'immeuble. Tous planqués sous les lits. Mon frère en pleine crise de nerfs, ma mère qui priait tout fort son Bon Dieu à la noix, mon père qu'on n'entendait pas, qu'est-ce qu'il fabriquait encore, merde ! Tacatacatacatac...

Et moi sous mon lit, verrouillée de partout, cadenassée, barricadée à bloc.

Plus rien ne peut rentrer du dehors. Je suis bonne pour ça, j'ai l'habitude... Je ne sens plus rien, je ne pense pas, je n'existe plus... Tacatacatacatac... Vous pouvez y aller, je peux tenir très longtemps comme ça, moi, très loin où il n'y a plus rien... plus de fusils, plus de soldats, plus de Français ni de Pieds-Noirs, plus rien, je vous dis ! Je suis tranquille, moi ! Quand vous repartirez avec vos mitrailleuses lourdes et vos bazookas, moi je sortirai de mon trou, comme une fleur : qu'est-ce que c'est ? On a frappé ?

Quand vous repartirez...

Mais quand même, ne tardez pas trop, je sens que je vais craquer... Putain de guerre à la con ! J'en ai soupé, moi ! Foutez-moi le camp tous ! Vous m'entendez ? Tous tant que vous êtes ! Je veux rester seule !... Dans le désert !... Qu'il n'y ait plus personne !... Jamais...

Et puis, des cinémas dans le genre, il y en a eu encore et encore... que je ne peux pas raconter... parce que des mots pour ça, dans les dictionnaires, il n'y en a pas... J'ai cherché, vous pouvez me croire, je n'en ai pas trouvé un seul.

Je revois ma mère allongée sur son lit.

Jambes poilues, recroquevillées sur elles-mêmes par la maladie, cuisses de grenouilles d'une raideur cadavérique. Les joies d'une sclérose en plaques en fin de parcours. L'oreiller placé dans son dos ne la soutient pas, elle penche sur la droite et glisse, incapable de se redresser par elle-même. Je suis toujours tenté de l'aider – je le fais parfois – mais c'est absurde, elle glisse. La main gauche est un poing définitif, l'œil droit regarde les anges, et la sueur colle aux draps.

Mes filles n'aiment pas embrasser leur grand-mère parce qu'elle ne sent pas bon. Elles ont raison, mais je leur demande de l'embrasser. La mort est entrée par le bas. Le genou. Ma mère faisait du ski et elle est tombée. Les docteurs ont cru à une entorse, puis à du chiqué. Deux ans plus tard, il a fallu se rendre à l'évidence, c'était grave. Aucun traitement curatif. La mort est entrée par le bas et je n'ai rien compris.

Je lui ai demandé d'écrire quelques pages sur l'Algérie. « Ne parle pas de tes parents, je sais que tu ne les aimes pas ; ne parle pas de la guerre non plus. Parle du pays, c'est tout ». Elle dit qu'elle ne sait pas quoi raconter. « Décris la mer, la terre, le soleil. Ton enfance. Mais pas tes parents ni la guerre ». Elle pose un cahier sur ses jambes, se penche pour libérer la main et se met à écrire.

À Oran, il faisait toujours beau…

Lorsque je relis ce texte, j'oublie les cuisses de grenouille poilues, les flaques de pisse dans les toilettes, les couches remplies de merde, la moiteur de sa peau dégoulinante. J'oublie le goût de la mort. Je n'entends plus le téléphone « je suis tombée, tu peux venir ? », je n'écoute plus mes jurons, ne revois plus la chambre, ne revis plus la scène, ne chiale plus dans la rue. Je jouis seulement de la lumière.

À Oran, il faisait toujours beau…

Ma mère n'a jamais digéré son enfance. À Oran, il ne faisait pas beau tous les jours, mais peu importe, *il faisait toujours beau*. Son père Roberto est fier d'elle parce que dans la classe de CP dont il a la charge en 1952 – classe uniquement constituée de garçons – elle est la seule à savoir lire depuis l'âge de quatre ans. Sa mère Paulia est une femme soumise au service d'un mari qui la trompe ouvertement. Sa grande sœur Andrée, adulée par sa mère, est atteinte de la maladie bleue qui lui ôtera la vie à l'âge de onze ans et demi. Tout cela dans la joie et la bonne humeur, sous le soleil d'Afrique, devant une anisette bien fraîche et quelques calamars farcis.

De temps en temps, je passe la tête dans l'entrebâillement de la porte. Ma mère écrit toujours dans son lit. Visiblement, l'Algérie l'inspire davantage qu'elle ne le pensait. Elle penche de plus en plus, elle est à quarante-cinq degrés, c'est la limite. Un degré de plus et c'est la chute la tête la première dans les oreillers. Elle lève les yeux, m'aperçoit, me sourit, et tire la langue en soufflant : dur dur...

En août 1994, ma mère est couchée au même endroit, côté gauche du lit. À droite, son second mari se lève, fait quelques pas, puis s'effondre. Crise cardiaque. Terminé. Elle aura tout connu.

À l'enterrement, ses parents, Roberto et Paulia, n'en reviennent pas, eux qui ont aussi perdu leur fils Michel, le frère de ma mère, deux ans plus tôt. Paulia se lamente : « *C'est une malédiction* ». Ma mère la fusille du regard. Elle reconnaît cette complaisance dans le morbide, déjà vécue par le passé à Oran, à la mort d'Andrée en février 1954. Ma grand-mère choisit toujours les morts. Ma mère s'y refuse.

Paulia a choisi les morts ? Qu'elle aille pleurer les morts. Elle a voulu pleurer Andrée pour le restant de ses jours ? Qu'elle continue à la pleurer. On ne choisit pas un enfant mort aux dépens des vivants, aussi brillant soit-il. Il y a des gens qui s'épanouissent dans la mélancolie des choses perdues, qui n'attendent même que ça, la chose perdue, pour se repaître de mélancolie. Ma mère aurait pu en faire partie. Elle aurait pu se raconter la souffrance qu'on éprouve à ne plus pouvoir marcher, à perdre la grande sœur qui lit des histoires, à quitter brutalement un pays par la force des armes, à subir l'école sous le regard tyrannique du père, et tant d'autres choses dont je n'ai pas encore parlé. Elle a préféré vivre.

À l'époque, elle peut encore marcher, mais pas longtemps, et avec une canne. Elle reste digne à l'enterrement de son mari. Jamais elle ne criera *c'est une malédiction* pour faire gémir son monde. Elle s'assoit au premier rang à l'église, écoute le prêtre avec distance, se lève quand c'est fini, marche lentement dans la nef centrale, puis dans l'allée du cimetière.

Ma sœur lui tient le bras. Pas de pleurs.

Je suis allé visiter ma grand-mère à l'hôpital quelques jours avant sa mort. Il n'y avait plus rien dans les yeux. Je ne suis pas resté longtemps, elle était déjà morte. Elle bougeait, elle parlait même, mais elle était morte. La mort est là bien avant la fin. La mort pénètre à un moment de la vie et grignote sa place, plus ou moins vite. La fin n'est guère que l'achèvement du processus.

Depuis ce jour, je ne regarde plus les gens de la même manière, je divise l'humanité en deux catégories bien distinctes : les *déjà-morts* et les *vivants*. Les *déjà-morts* sont absents ; ils ne sont pas forcément à l'article de la mort, ils peuvent même être jeunes, mais ils sont ailleurs, loin dans le passé, sans présent, ou loin dans le présent, sans passé. Les *vivants* arrivent à concilier les deux.

Dans le salon de ma mère, je lève la tête de mon livre, et je remarque soudain qu'il n'y a rien de l'Algérie. Ma mère est une *déjà-morte,* fixée dans le présent, absente du passé. Si je compare avec le salon de mon père, la différence est flagrante : tous les meubles de ses parents et de sa grand-mère emplissent la pièce centrale et les chambres. Un musée, comme il le dit lui-même. Il est un *déjà-mort* fixé dans le passé, absent du présent. L'un comme l'autre sont dans l'excès et absents. Figés dans le temps. Comme des photographies. Il n'y a rien du passé chez ma mère, rien du présent chez mon père. L'Algérie les a statufiés.

J'ai fini par me fabriquer quelques catégories qui m'aident à mieux cerner les personnes très contradictoires qui ont jalonné mon enfance. À la base, j'oppose ceux qui aiment la France et ceux qui ne l'aiment pas, ceux qui aiment l'Algérie et ceux qui ne l'aiment pas. J'obtiens quatre cases : les Pieds-Noirs qui aiment à la fois l'Algérie et la France (mon arrière-grand-mère paternelle, la centenaire toujours joyeuse), ceux qui aiment l'Algérie, mais n'aiment pas la France (mon grand-père Roberto), ceux qui aiment la France, mais n'aiment pas l'Algérie (ma mère, même si l'on pourrait en discuter...), ceux qui n'aiment ni l'une ni l'autre (mon père, même si l'on pourrait en discuter…).

Je fabrique ces cases tout en lisant sur le canapé. Je n'ai pas besoin de stylo, les catégories traversent mon esprit comme des petits courants d'air, je ne les prends pas au sérieux. D'autant plus que je pourrais les diviser en sous-catégories basées sur les causes même de l'amour ou de la désaffection portés à chaque pays. Pour un Français d'Algérie, il y a des tas de raisons d'aimer la France (la Mère-Patrie pour l'essentiel, les valeurs de la troisième République, le passé glorieux) de ne pas l'aimer (de Gaulle, la trahison, l'abandon de l'armée française, le général Katz à Oran) d'aimer l'Algérie (la terre, le soleil, la mer, le rire, l'enfance, l'insouciance) de ne pas l'aimer (la guerre, les attentats, l'OAS, le FLN... et les Pieds-Noirs).

Ma mère n'aimait pas les Pieds-Noirs. Plus tard, mon père me confiera qu'il ne les aime pas non plus. On n'est plus à un paradoxe près. Les analyses sont différentes. Ma mère n'aime pas les rires lourds à longueur de journée, « *ce pays de machos dont la femme fait les frais* ». Analyse féministe. Mon père n'aime pas l'ambiance espagnole d'Oran, très catholique, à la limite du fanatisme, qui sait à peine lire et écrire le français, qui n'a rien de commun ni avec la France idéalisée de sa jeunesse ni avec ses origines lorraines dont il est si fier. Analyse sociohistorique. Lorsque je montrerai à mon père quelques textes de ma mère, il dira « *c'est vrai, elle avait raison, ils riaient tout le temps très fort. Mais c'est ça les Espagnols* ». Je cachais la joie d'avoir réconcilié mes parents sur quelque chose, trente-cinq ans après un divorce houleux.

Elle était belle. Je ne me rappelle plus très bien, mais si je regarde les photos qui correspondent à l'époque où j'étais enfant, je suis frappé par sa beauté, par son regard. La mort n'est pas encore là. J'ai mis sous cadre quelques images : assise sur un banc, les genoux relevés dans ses bras, elle rit ; assise sur une chaise autour d'une table, le bras gauche posé sur la chaise d'à côté, le regard perçant, elle est concentrée sur une discussion ; assise, le dos appuyé contre un mur, veste sans manche en grosse laine de mouton, une cigarette à la main, elle regarde l'objectif ; assise dans le salon, très gros plan sur le visage, de trois quarts, elle fixe quelqu'un autour de la table. Elle est jeune et vivante. Sur toutes les autres photos, elle est morte.

Ma fille Irma n'a pas connu sa grand-mère autrement que *déjà-morte*. Sur son petit bureau d'enfant, elle a mis une photo où je suis avec ma mère, appuyée sur sa canne. Je passe le bras autour de son épaule, nous sourions à l'objectif. Je n'aime pas cette photographie. J'y vois ce qu'il y a de pire : ma mère, obligée de rester debout et de sourire au photographe qui fixe son corps ; moi, obligé de sourire et de passer le bras autour de son corps. Chacun voudrait que ce corps n'existe pas, que l'on puisse discuter sans se retrouver en permanence confronté à de la mort, mais je ne dis rien. Tant mieux si ma fille y voit quelque chose de beau.

Les premières photos ont été prises par le second mari de ma mère, Jacques. Un homme à mille lieues de l'homme « algérien ». Grand, blond, frisé, un peu gros, pas très beau. Extrêmement gentil. Trop gentil, peut-être. Soumis.

Je regardais ce drôle de couple si mal assorti. Elle était souvent dure avec lui. Il se rebellait parfois, puis glissait un mot gentil sous l'oreiller pour se faire pardonner. Il ne supportait pas de se voir méchant, ce n'était pas dans sa nature. J'oscillais entre une certaine affection pour son caractère serviable, doux, gentil, accommodant, et un mépris certain pour la faiblesse qui se cachait derrière cette attitude servile. Depuis le fond de son lit, ma mère le dominait. Elle l'aimait pour sa gentillesse, mais la gentillesse l'énervait, il aurait fallu qu'il soit gentil sans l'être, qu'il obéisse sans obéir. Qu'il soit prévenant, en somme. Qu'il comprenne ce qu'elle désire avant d'avoir à le manifester. Ça l'agaçait beaucoup de demander sans cesse ceci ou cela comme s'il ne savait pas ce qu'elle voulait. Il ne la comprenait pas. Peut-être ne la comprenait-il pas, en effet, mais il l'aimait d'une façon simple qui ne souffrait pas discussion. La réciproque était plus discutable ; je me suis souvent demandé si ma mère avait aimé son mari.

Ma mère avait-elle d'ailleurs aimé aucun homme ? Elle disait souvent que l'Algérie lui avait mis sous les yeux un père castrateur qui vénérait ses enfants au point de les tyranniser et méprisait sa femme au point de l'humilier ouvertement devant la famille et les amis en la traitant comme une idiote qui nécessitait toujours son aide puisqu'elle n'avait pas de permis de conduire, puisqu'il cuisinait mieux qu'elle, puisqu'il était meilleur enseignant, puisqu'il était plus doué à tout point de vue. Les Espagnols exubérants qui passaient par là étaient parfois gênés, mais sûrement pas outrés, disait-elle, ils agissaient de même dans leur famille avec plus ou moins de retenue. Leur embarras naissait de l'image en miroir que renvoyait cette posture. Les Pieds-Noirs aimaient leurs femmes, mais ne devaient pas le manifester. Les maîtresses étaient là pour ça. Je ne sais pas quoi en penser, c'était son point de vue.

En Algérie, « les hormones étaient aux commandes ». Il fallait être un homme avec les femmes et une femme avec les hommes. Et surtout, cela devait *se voir*. C'était un monde d'apparats. Les hommes devaient être protecteurs en tant que père, humiliants en tant qu'époux, brillants en tant qu'amants ; les femmes devaient être des mères présentes, des épouses bafouées, et des maîtresses plus ou moins discrètes. C'était selon. Avec un mari sanguin, la réserve était de mise, mais si le danger physique était écarté, le batifolage tolérait une certaine publicité et chacun y trouvait avantage : l'homme en exhibant une épouse dont le succès rejaillissait sur lui (s'il était capable de supporter sa jalousie), la femme en exhibant une puissance de séduction que sa place de mère et d'épouse occultait la plupart du temps. « C'était une société très animale ».

Que faire avec une telle description de l'Algérie ? D'où provenait cette colère démesurée ? Et puis était-elle démesurée ?

Je me relève doucement du canapé, marche sur la pointe des pieds, et jette un œil dans la chambre de ma mère. Elle écrit toujours. Très largement penchée, elle ne s'effondre pas dans les draps, retenue par la grâce d'un stylo qui file à toute allure sur la feuille. L'écriture sauve toujours de la chute. Les souvenirs de l'Algérie s'élèvent du papier pour former un petit nuage salvateur. Elle sourit parfois à l'évocation de certaines scènes, relève la tête, ne me voit pas dans l'embrasure de la porte, replonge entre les lignes, redevient sérieuse, sourit à nouveau. Ses jambes raides se détendent sous la magie de l'écriture.

Elle pourrait presque marcher si elle se levait. J'en suis persuadé. En maintenant cette grâce sur le long terme, en la cultivant, en oubliant le présent, en libérant sa mémoire, le volume des petits nuages pourrait la soutenir dans sa marche, peut-être même finirait-elle par entrer en lévitation.

J'ai mis beaucoup de temps avant de trouver la clé de mon écriture.

Elle ne révolutionnera pas l'histoire de la littérature parce que je manque de tout, mais ce n'est pas non plus sa finalité, elle est davantage une loupe qui m'aide à percevoir le monde et un miroir qui permet de comprendre ce que j'y projette. C'est assez difficile à expliquer et c'est sûrement parce que je n'en saisis pas le processus. « Ce que l'on conçoit bien s'énonce clairement », écrivait Boileau, je la conçois donc mal. Mais je la pratique par périodes et à ma manière. Elle n'est pas innée comme chez ma mère qui passait son temps plongée dans les livres avec une machine à écrire à portée de main, je n'en ai pas besoin pour respirer ni pour vivre, je peux largement m'en passer, mais quand je dois commencer à observer un objet avec un œil singulier, c'est elle que je convoque. Peut-être parce que j'écris très lentement et que ce rythme d'escargot m'oblige à traverser tous les détails. On voit toujours mieux un pays à pied qu'en voiture.

Encore faut-il arriver à avancer, même à un rythme d'escargot.

Plusieurs obstacles m'ont longtemps bloqué à commencer par ma main gauche. Je ne suis pas né dans la bonne civilisation, j'étais fait pour écrire de droite à gauche, mais le hasard en a décidé autrement, et l'Occident des droitiers est devenu mon monde. Écrire de gauche à droite oblige ma main à se contorsionner vers le bas si je veux y voir quelque chose et ne pas faire de taches. Quand je regarde un film et que je tombe sur un gaucher, je déconnecte immédiatement de l'histoire, et je m'intéresse à la façon dont il s'en est sorti ; la plupart semblent se contorsionner plutôt par le haut. C'est le cas de Julia Roberts dans *Homecoming* pour ne prendre que le dernier exemple en date. L'ordinateur m'a libéré de cette contrainte et je bénis au moins la révolution numérique pour ce bienfait.

Le second blocage est d'ordre plus général. J'avais bêtement le sentiment que je devais savoir où j'allais avant de commencer à écrire donc je faisais des plans et des fiches. Probablement un effet collatéral de l'enseignement du français : le plan d'abord, l'écriture ensuite. Au bout de deux ou trois chapitres, je finissais par abandonner parce que le cadre que je m'étais imposé m'empêchait d'avancer ; j'étais gêné par le côté totalement artificiel de mes personnages et de leurs situations, tous déjà figés. J'ai commencé un nombre incalculable d'histoires en passant plus de temps à travailler les plans qu'à écrire. Puis j'ai fini par cesser de croire que je pouvais écrire.

Le dernier obstacle est encore une fois de l'ordre du fantasme. Je devais écrire un *grand roman*. Quand on ne sait pas écrire, c'est dommage de commencer par ce qu'il y a de plus difficile, il n'y a pas de meilleur moyen pour se dégoûter de soi-même. Évidemment, je n'y suis jamais arrivé et je n'y arrive toujours pas. D'ailleurs je n'essaie plus. Mais longtemps j'ai cru que je pouvais le faire. Quand je commence à lire un grand auteur au printemps 1999, je suis toujours dans le fantasme que je peux écrire quelque chose de grand, de fort, de génial, et je me trouve confronté à quelque chose de grand, de fort, de génial. Je comprends assez vite que je n'arriverai jamais à écrire l'équivalent, il me faudrait cent vies et un minimum de talent, c'est le coup de grâce. Mon fantasme de *grand roman* s'effondre et c'est probablement ce qui m'arrive de mieux dans les Ardennes.

Lorsque je quitte Charleville à l'été 1999, j'ai un ordinateur qui libère ma main gauche, j'arrête de faire des plans et des fiches, et je ne rêve plus de concurrencer les écrivains de génie. Je suis prêt à écrire.

Je commence avec de tout petits textes qui ne font pas plus d'une page, c'est la limite que je me fixe. Elle a tous les avantages : je n'ai pas besoin de faire de plan ou de fiche, je ne peux pas y mettre des tonnes de personnages, je ne peux pas construire une histoire compliquée, et aucun éditeur ne publiera jamais un texte d'une page. Je suis seul face à moi-même, sans fantasme ni contrainte, et j'attends de voir ce qui va sortir.

J'écris le premier titre qui me passe par la tête : *La mort du Capitaine Lambert*. Je ne sais pas qui est le Capitaine Lambert, pourquoi c'est un Capitaine, pourquoi je l'ai appelé Lambert, pour quelle raison il meurt, ni à quoi ressemble sa mort. Mais très vite, une image se lève et surgit un homme en uniforme qui marche dans le désert, sur une dune. Je décide de le suivre. Je vois qu'il souffre, peut-être est-il blessé, il tombe. Je regarde le ciel, les dunes, les alentours, je décris. Puis je vois quelqu'un, près de lui, invisible aux yeux du Capitaine, qui devient le narrateur. Un narrateur qui cherche à aider le Capitaine, mais qui est impuissant. Le Capitaine aperçoit une oasis. Il s'en approche, se rafraîchit le visage, puis s'endort. Le narrateur le regarde dormir. Le lendemain, le Capitaine repart. Trois jours plus tard, le narrateur bute sur son corps. Le Capitaine est mort. Le narrateur le prend dans ses bras. Fin. 440 mots. Très court. Je ressors du texte bouleversé. J'y suis. Je viens de toucher du doigt quelque chose. Tout le reste n'a plus aucune importance. Je dois suivre cette voie qui me parle.

Le lendemain, je cherche à supprimer toute histoire pour me concentrer sur la saisie d'un moment. C'est la capture d'événements minuscules que j'ai aimée dans le Capitaine Lambert. Je veux tenter de saisir l'éclipse totale de Soleil visible depuis Charleville en août 1999. Je me suis installé dans un champ avec un ami. Des vaches broutent tranquillement devant nous. Lorsque l'éclipse devient totale, la luminosité diminue, le ciel prend des airs de crépuscule et les vaches se couchent, comme pour passer la nuit. Trois minutes plus tard, le soleil réapparaît, les vaches se relèvent et broutent à nouveau. Un émerveillement. Je suis plus heureux d'avoir vu les vaches s'agenouiller sous le soleil que le soleil se cacher derrière la lune. Je dois l'écrire.

La sensation est aussi forte que pour le Capitaine Lambert. Je suis lancé. Rien ne m'arrêtera plus. J'ai enfin la possibilité de me connecter au monde, d'en capturer des instants, de les fixer sur un support et de les ressusciter. Je ne suis plus en train de toucher la joue d'une Vierge pour tenter vainement de lui insuffler de la vie, je redonne vie aux petites choses tombées dans l'oubli pour en jouir enfin, puisque je suis incapable de les goûter sur l'instant. Les petits textes vont défiler les uns à la suite des autres et très vite dépasser la page sans jamais devenir des romans. De toute façon, je suis fasciné par ce qui se passe sous mes yeux, la publication n'est plus un objectif, ni même une pensée.

Et puis peu à peu, je prends conscience que si l'écriture capture des instants du monde extérieur, elle est aussi capable de saisir le monde intérieur. Des souvenirs remontent, je les attrape au vol :

Dans la cour de l'école primaire, les mains posées sur le grillage, l'église du quartier se dresse face à moi ; elle est constituée de grandes lames de bois parallèles et verticales qui dessinent la forme d'une poire, la base étant plus large que le sommet. C'est un jour de première communion. Je ne comprends pas ce que je fais derrière le grillage de l'école un dimanche, mais la scène est pourtant nette : mes camarades de classe sont bien habillés, leurs parents sont là, et le prêtre se promène dans l'assemblée. Je suis mal à l'aise. À la réflexion, il s'agit probablement d'une répétition pour le dimanche à venir. Je les connais bien, mes camarades, aucun ne s'étonne de l'église qui jouxte l'école, pour eux le catéchisme est une tradition, Dieu quelque chose d'un peu vague, et Jésus un individu qui fait des miracles. C'est d'ailleurs la même chose pour moi, je ne suis pas en train de dire que je suis plus malin. Dimanche, ils recevront des cadeaux de leur famille (probablement suis-je quelque peu envieux) et le sentiment qui domine pour l'instant n'est pas la jalousie, mais la perplexité. Les églises ont toujours représenté, pour moi, le lieu où les hommes se demandent quel est le sens de leur vie, un lieu sacré, le lieu dans lequel ne peuvent pénétrer que des gens sérieux. Ce matin-là, lorsque mes camarades se présentent autour du prêtre satisfait, je ne peux m'empêcher de porter mon regard vers l'édifice qui les accueille pour lui demander si la scène qui se déroule devant moi, cette scène forcément mensongère, possède un sens.

Encore une église, un parvis, un prêtre, une communion, de la religion. Quand je ne caresse pas la joue d'une Vierge au fin fond d'une basilique, le passé vient me rappeler qu'il en a pourtant toujours été ainsi, que la structure religieuse me fascine et me frustre à la fois. Je perçois un autre côté et je n'y ai pas accès.

Ma mère m'inscrit une année au catéchisme – probablement à ma demande parce que ce n'est pas sa tasse de thé – et je n'y trouve qu'une pauvre morale enseignée par un parent au quatrième étage d'un immeuble. Je ne suis même pas sûr de tenir l'année tellement l'ennui m'envahit. Ce n'est pas là que je risque de lire « *le Royaume des Cieux est forcé et ce sont les violents qui s'en emparent* ». Je me sens floué. Et lorsque je joue à cache-cache dans la cité, un vrai cache-cache comme on n'en fait plus où cent gamins ont le droit de se cacher où ils veulent pendant que trois autres se lancent à leur recherche, je me vois accroupi derrière des pneus de voiture en train de me demander quel est le sens de ce jeu. Je suis ici, ils sont là-bas, je les vois, ils me cherchent. C'est encore un souvenir, et il est structuré comme tous les autres, en forme de religion : il y a un ici et un *là-bas*, invisible, voire inaccessible, on cherche, il faut voir, ne pas être vu, c'est un peu l'histoire du Capitaine Lambert et de son narrateur invisible.

J'aurai mis du temps avant de m'apercevoir que la famille entière était mentalement structurée autour d'un ici et d'un *Là-bas*. Un ici grisâtre et un *Là-bas* lumineux ; un ici mauvais et un *Là-bas* bon ; un ici faux et un

Là-bas vrai. Un double monde. Mais à la différence de tous les membres de la famille pour qui le *Là-bas* lumineux peut encore s'accrocher à un lieu, une terre, un nom, l'Algérie, mon *Là-bas* à moi tourne dans le vide à la recherche d'un point d'ancrage qui peut prendre n'importe quelle forme. Bienvenue au royaume des fantasmes.

Dieu merci, il arrive parfois – parmi tous les fantasmes qui voltigent dans ma tête vide – que l'écriture saisisse une perle, en provenance directe de la source. J'ai commencé à écrire mes textes d'une page en septembre 1999, et en janvier 2000, l'Algérie apparaît enfin. Le texte s'appelle tout simplement « Algérie ». Il évoque ma mère, son père, sa mère, son frère, et il n'est pas très gai. Quelque chose de sombre se trame dans l'inconscient familial. Je mettrai quinze ans à le circonscrire.

Pour l'instant je me glisse dans la peau de ma mère et j'en suis là :

1960. Le soleil et la plage. Les mille reflets de l'eau qui scintillent sur mon père, ma mère et mon frère. Près d'eux, le parasol familial qui protège quelques sandwiches au fond d'un panier. La chaleur est assommante. Dans l'eau fraîche de cette fin de matinée, j'ai décidé de nager sur plusieurs centaines de mètres, droit devant moi, sans chercher à savoir si des forces me resteront pour effectuer le retour. Je veux sentir la mer s'emparer de mon corps et les vagues glisser sous mes seins, je veux connaître le vertige de la houle et la violence des fonds. Des larmes se mêlent à l'eau. Quelques gouttes salées rejoignent la mer. Je vous regarde. Vous ne saurez jamais à quel point je vous aime... Les flots m'ont prise depuis des heures, il me semble, mais peut-être cela ne fait-il que quelques minutes... Le soleil est encore haut, je ne ressens aucune fatigue. Au contraire, le bien-être est immense et l'eau caresse mes joues comme aucun vent ne l'a jamais fait. Au loin, le rivage s'éloigne irrémédiablement. C'est la première fois que je peux vous observer de si près. Vos visages sont étonnants. À la fois doux et forts. Tous les trois. Ton regard ne m'impressionne plus maintenant que je peux m'approcher de toi, Papa. Je pensais que tu ne m'aimais pas. Quelle douceur derrière ta tristesse, Maman. Je crois qu'il t'aime, tu sais. Et puis tu as Michou. Il a besoin de toi. Je suis désolée Michou...

Une vague m'a soulevée plus haut que les autres. J'ai embrassé d'un coup la côte entière, et plus loin, le désert m'est apparu... puis j'ai plongé. La tête s'est engagée dans les entrailles de la mer, et comme un enfant dans la nuit, je me suis entendu crier de terreur. L'instant suivant, au-dessus des vagues, une mouette est venue jouer avec moi... et j'ai compris que j'étais morte.

Alors je suis venue près de vous. Je vous ai regardés, puis tout bas, j'ai prononcé des mots : « Vous ne saurez jamais à quel point je vous aime, car pour

cela, il faut aimer souvent, et vous ne savez pas encore aimer ».
Je vous ai embrassés chacun deux fois sur la joue, et je me suis envolée.

Je vois ma mère plonger dans les eaux pour mettre fin à ses souffrances familiales. Rien de nouveau sous le soleil d'Algérie. Lorsque je lui ai demandé d'écrire son texte sur Oran, j'ai posé deux conditions dont j'ai déjà parlé : ni guerre ni famille, mais Oran et seulement Oran. Si je laisse ma mère librement parler de l'Algérie, tout dérivera très vite sur la famille, parce que le drame est familial avant d'être historique. La mort d'un enfant a vite fait de détruire une famille.

Ma mère perd sa sœur aînée en 1954. Tout le monde habite rue Sidi-Ferruch à Oran et déménage rue de Mostaganem pour tenter de fuir le souvenir de l'enfant disparu, sans succès. Comment pourrait-il en être autrement ? Elle s'appelait Andrée, et elle est morte le 15 février 1954 à l'âge de onze ans et demi, c'est écrit sur la tombe du cimetière Tamashouet à Oran. Ma mère mourra très exactement 55 ans plus tard, le 15 février 2009, à l'hôpital Saint-André. Ça ne s'invente pas. On ne se débarrasse pas facilement des fantômes.

Surtout que le petit fantôme est brillant. Lorsque la maîtresse demande à Andrée, le mardi 3 novembre 1953, trois mois avant sa mort, d'écrire un texte sur Noël, il en ressort cette merveille :

Cette année-là, l'arbre de Noël fut dressé dans une caisse remplie de sable et placé dans un coin de la salle à manger. Seule, j'eus la permission d'aider mes parents à la décoration du pin. Ce furent d'abord les boules, argentées, suspendues à toutes les branches. Puis les bougies et petits sujets furent installés à leur tour. Enfin, papa disposa les guirlandes multicolores et les ampoules à la grande joie de mon frère et de ma sœur. Le soir nous avons illuminé le sapin. La flamme tremblotante des bougies était bien pâle auprès de la clarté vive des ampoules, mais elle donnait plus de vie et de chaleur aux branches vertes.

S'il faut décrire les reflets d'une lampe de chevet, on récupère un diamant :

Nous avions une lampe de chevet que maman allumait quelquefois quand l'un de nous était malade. L'abat-jour était monté sur un support original qui représentait un chien dressé sur son arrière-train et faisant le beau. L'abat-jour en cretonne fleurie tamisait la lumière, mais celle-ci s'échappait par l'ouverture supérieure en dessinant sur le plafond un grand cercle jaune. C'était un halo lumineux se détachant sur le fond grisâtre du plafond. À proximité de la lampe, les objets éclairés faisaient paraître ailleurs l'obscurité plus grande.

On peut lui donner n'importe quoi, elle le sublime : « Décrire, en insistant sur les lumières, un rayon de soleil à travers les persiennes ».

Il est l'heure de la sieste. De mon lit tout en rêvassant j'aperçois tout à coup un rayon de soleil se glisser entre les volets entrecroisés. Une petite poussière fine anime le pinceau lumineux. Les grains dansent, filent avant de plonger dans l'obscurité. On dirait mille petites paires d'yeux qui vous observent et épient vos mouvements. On dirait aussi un ciel clair parsemé d'un nombre infini d'étoiles filantes et minuscules.

Le miracle de l'écriture, c'est qu'elle permet de voir. Couchée au fond de son lit avec sa sclérose en plaques, ma mère traque ses démons et tente de les neutraliser en les emprisonnant dans sa toile. Couché au fond de mon lit, je tente comme je peux de saisir quelques instants du monde extérieur, quelques souvenirs, et quelques fantasmes. Couchée au fond de son lit, avec son écritoire, Andrée voit la lumière qui brille de l'autre côté : *mille petites paires d'yeux l'observent et épient ses mouvements. On dirait un ciel clair parsemé d'un nombre infini d'étoiles filantes et minuscules.*

Andrée avait déjà un œil dans la tombe. Elle s'est fait opérer plusieurs fois à Paris ; le 15 février 1954, c'est un peu l'opération de la dernière chance à l'hôpital Edouard Herriot de Lyon.

Oran, le 22 janvier 1954

Ma chère Mémé.
Quand tu recevras cette lettre, je ne serai plus à Oran, et peut-être même que je serai rentrée à l'hôpital de Lyon.
Car il faut te dire que je m'en vais mercredi 26 janvier par le « Breguet 2 ponts » et l'on a accordé le bas de l'avion rien que pour Papa et moi. On me fera de l'oxygène pendant le trajet pour que je puisse descendre pendant une escale de deux heures à Marseille. Si tu voyais le joli peignoir que maman m'a acheté ! Il est rose vif et bleu clair et il me va à merveille. On m'a offert une écritoire en cuir dehors et en soie dedans, et c'est la lettre que je t'ai écrite qui a été la

première. Je l'ai étrennée pour t'écrire. On m'a offert aussi une trousse de toilette.

N'ayant pas eu de réponse à ma lettre, je me suis décidée à t'écrire à nouveau en espérant que tu me répondras. Embrasse tout le monde de ma part ainsi que je t'embrasse bien fort.

Ta petite-fille, Andrée.

Cette fois-ci, ce n'est pas la sclérose en plaques qui fait des ravages, mais la maladie bleue. La cloison entre la partie droite et la partie gauche du cœur est incomplète et laisse passer le sang. En 1954, on ne sait faire que du palliatif. On ne rebouche pas la cloison pour faire du dérivatif, on essaie juste de trouver un moyen de réoxygéner le sang.

Le 31 janvier 1954, Andrée écrit une dernière lettre depuis l'hôpital de Lyon.

Ma chère Maman.

C'est aujourd'hui dimanche, et dimanche commence avec la neige. Il a beaucoup neigé hier et avant-hier. Ce matin avec le radiateur en marche j'ai été obligée d'enfiler ma liseuse tant il faisait froid. C'est bien simple, le café au lait était gelé d'après ce que nous a dit la Sœur. À longueur de journées, nous entendons les vieilles grands-mères qui pleurent parce qu'elles ne veulent pas de piqûres. Hier soir, le Père est venu nous voir. Papa vient d'arriver. Il a dit qu'il fait un froid dehors. Hier j'ai oublié de demander ma ration de vin alors aujourd'hui on m'en donne le double. Je suis heureuse car le dimanche il n'y a pas de docteurs ni d'étudiants. Papa m'a acheté des cartes de Lyon. Je vais te donner ma température de ce matin : 36°8. Les arbres sont nus, dépouillés et ils sont très laids. Je voudrais qu'il neige beaucoup pour qu'ils redeviennent blancs. Mais le vent empêche les flocons de se poser…

La suite, c'est ma mère qui la raconte.

Et puis ma sœur est morte.

Dans mon esprit, ce fut un commencement plutôt qu'une fin. Une fin pour elle, un commencement pour moi. Ma vie à moi a commencé quand elle est morte. Je suis devenu quelqu'un. L'aînée. La fille de la famille. Je me suis mis à exister à mes propres yeux. J'ai commencé à me considérer moi-même comme une personne à part entière.

Ce devait être en 53. Encore que j'hésite à une année près. Nous étions en plein hiver, au mois de février. Qui fut chargé de me dire qu'Andrée allait de nouveau subir une opération ? Je suis incapable de m'en souvenir. En tout cas ni l'un ni l'autre de mes parents, c'est une chose certaine.

Ils partaient donc en France, une fois de plus. Où nous caser, mon frère et moi ? Il y eut un léger flottement. Pendant un certain temps, je ne sus chez qui j'allais échouer. De nombreuses personnes, à commencer par la famille, s'offraient à nous prendre chez elles. Des amis aussi. Une institutrice de l'école où enseignait ma mère, une charmante demoiselle qui portait le joli nom de Mlle M. faillit emporter l'affaire, pour moi tout au moins. J'aurais bien aimé aller chez elle, parce que c'était une demoiselle relativement jeune, coquette, toujours bien habillée, maquillée et parfumée. Souriante de surcroît. Mais non. Il fut finalement décidé que j'irai chez ma tante Suzanne, la plus jeune sœur de ma mère, qui n'avait qu'une fille, ma cousine. Où passa mon frère, je n'en ai pas la moindre idée. J'aimerais bien le savoir. Même encore aujourd'hui. Malheureusement, il est exclu que je demande ce genre de choses à qui que ce soit. C'est un sujet tabou.

La veille ou l'avant-veille du départ de mes parents et d'Andrée eut lieu une sorte de cérémonie en plusieurs épisodes qui me frappa beaucoup.

Les nombreuses relations de mes parents, et tous leurs amis tinrent à venir voir ma sœur à la maison, en lui apportant un cadeau. Un véritable défilé s'instaura pendant quelques jours, que j'interprétais à ma manière. Ces gens étaient certainement sincères, car mes parents avaient une grande popularité à Oran. Mais ce fut littéralement à celui qui apporterait le cadeau le plus somptueux, le plus démesuré, en un mot le plus cher. Et une fois de plus, je ne pus me défendre de l'impression diffuse et accablante d'une comédie absurde à laquelle je ne comprenais rien. Ma sœur était couchée dans son lit, jolie – car elle était très jolie en dépit de ses malheurs, un ovale très pur, de grands yeux en amande, un teint parfaitement mat et lisse – appuyée sur des oreillers immaculés qui faisaient ressortir sa beauté brune. Elle souriait doucement, avec son air de petit ange malheureux mais pas révolté, dans le genre « c'est la faute de personne ». Pourquoi me suis-je tellement imaginé que c'était de la comédie ? Peut-être qu'elle le ressentait comme ça : les petites filles sont tellement intuitives. Elle souriait sans relâche, elle avait la politesse innée, ce qui n'est pas mon cas. Il arrivait quelqu'un, elle disait :

— Bonjour madame.

En général, c'étaient les femmes qui venaient, les maris s'étant défilés. Alors la dame disait :

— Bonjour Andrée.

Puis quelques mots. Puis :

— Je t'ai apporté quelque chose.

Et la dame posait sur le lit un paquet enrubanné comme pour une étrange fête. Andrée disait tout de suite :

— Oh merci madame, que c'est gentil…

Elle embrassait la dame, avant même d'ouvrir le paquet, comme ma mère nous avait appris à le faire. La dame reprenait :

— Ce n'est pas grand-chose, tu sais.

Andrée, avec une science de la conversation étonnante que je suis loin d'avoir, continuait à parler :

— Mais si, c'est très gentil, il ne fallait pas vous déranger, etc.

Elle ouvrait le paquet avec grâce, sans cesser de parler.

Puis elle s'extasiait :

— Oh que c'est beau, Madame ! Vous me gâtez ! C'est merveilleux…

Puis elle trouvait quelque chose de personnel à ajouter, que justement elle n'en avait pas, qu'elle adorait ce genre d'objets, que ceci, que cela. Elle était fantastique. Ensuite la dame restait encore un moment, Andrée faisait la conversation sans jamais tomber en panne d'inspiration. La dame ne parlait pas de l'opération, Andrée non plus, ma mère non plus, il n'y avait que moi dans mon coin qui me demandais à quoi tout cela rimait. Je ne voyais jamais le rapport entre les cadeaux et l'opération. On lui apporta de nombreux accessoires de toilette somptueux, des nécessaires à écrire ou à autre chose, en cuir, reluisant comme des parquets bien cirés et qui embaumaient la pièce, des pièces de lingerie finement ornées de dentelle, des liseuses blanches ou roses, légères comme des nuages, des livres en quantité, de grands beaux livres illustrés d'images incroyables. Et puis d'autres choses encore.

Moi, comme je n'arrivais pas à m'imaginer ce que serait sa vie à l'hôpital, je ne comprenais pas un seul instant à quoi lui servirait tout ça. Une seule fois, il arriva que la dame en visite dit à ma sœur :

— Je t'ai apporté une robe de chambre pour que tu puisses te promener dans les couloirs de l'hôpital sans prendre froid.

Là, je compris, et je trouvais que c'était la première dame qui disait quelque chose d'intelligent. D'un énorme paquet, ma sœur déballa une robe de chambre en laine des Pyrénées rouge sombre avec un col châle et des poignets ornés d'un galon brodé. Je ne sais pourquoi, cette robe de chambre ne me plut pas. Je la trouvai triste. Mais ma sœur remercia comme d'habitude. Je crois qu'elle a été enterrée plus tard dans ce vêtement-là. J'avais bien raison de la trouver triste.

Si j'ai ressenti de la jalousie à l'égard d'Andrée qui recevait tous ces cadeaux – le contraire, à vrai dire, serait étonnant – je ne m'en souviens pas. Peu importe. Ce dont je suis sûre en revanche, c'est que, pendant ces moments-là, j'ai admiré ma sœur de toute mon âme, pour l'aisance de son comportement et de ses manières dans des circonstances pareilles. Il y avait là toute une comédie qui se jouait, mais pas celle que je croyais. Ma sœur ne faisait pas l'intéressante comme je le pensais. Elle savait qu'elle risquait de mourir, ma mère le savait, la visiteuse le savait. Tout le monde le savait sauf moi. Et pourtant chacun faisait comme si. Que les grandes personnes aient pu faire comme si – soit. Mais que ma sœur, qui avait dix ans, ait pu le faire, c'est autre chose et je reste confondue quand j'y repense. Car en fin de compte, cette admiration que j'ai éprouvée, elle n'allait pas tant aux bonnes manières de ma sœur, qu'au fait proprement stupéfiant qu'elle puisse avoir ces manières-là dans ces circonstances-là. À sa place, je le savais bien, moi j'aurais tourné la tête contre le mur, j'aurais pleuré, j'aurais reproché au monde entier ma malchance, j'aurais refusé de dire merci à la dame, je n'aurais pas accepté mon sort, oh non ! Je sentais bien que j'étais incapable de montrer la même classe qu'elle. Peut-être qu'elle jouait un rôle, mais même ça, il fallait le faire.

*

Je partis donc pour quelque temps chez ma tante. Avec mon oncle, ils habitaient une petite ville dans l'intérieur, Relizane, je crois. Ou plus exactement un village dans les environs, Tiaret. Je ne saurais dire si j'y restais 15 jours ou un mois, ou plus. Ce séjour me parut très long, mais non parce que je m'ennuyais. Parce que je perdis la notion du temps. Je n'allais pas à l'école. Je restais avec ma tante à la maison, une vaste ferme. Je ne me rappelle que la grande chambre où l'on m'avait logée. C'était celle de ma cousine, qui, elle, était en pension je ne sais où. Que de choses dont je ne me souviens pas. J'ai vraiment une enfance à trous, à crevasses subites, larges zones de ténèbres pleines de choses inconnues ou oubliées. Ils ne me le diront plus, maintenant, ils sont tous morts et ont emporté avec eux des tas de secrets qui étaient pourtant à moi aussi. Où était mon frère ? Où était ma cousine ? Combien de temps suis-je resté là-bas ? Pourquoi ne me disait-on jamais rien ? Je ne posais pas de questions, je n'embêtais personne. Je me faisais oublier le plus possible, je savais qu'il ne fallait pas parler de « ça », sinon tout le monde se mettait à pleurer, ou à prendre un air gêné, ou à pousser de grands soupirs et à dire : « quel malheur ! » Et des choses de ce genre, des lamentations, quoi. Je voyais bien que les gens ne me répondaient pas normalement, alors ce n'était pas la peine, et je crois bien que je n'ai même jamais essayé.

Je me trouvais donc logée dans une chambre qui me parut immense, avec un seul lit au milieu, un grand lit à deux places pour moi toute seule. Ma tante était tout à fait gentille avec moi, d'ailleurs c'était sa nature d'être gentille. Ce fut pour moi une découverte que d'avoir à mes côtés une femme normale, qui avait pour moi de petites attentions et de vrais mouvements d'affection. Elle m'aimait bien. Elle avait bon cœur. Mon oncle, lui, ne m'a jamais aimé, mais ça m'était égal, parce que je ne l'aimais pas non plus.

Elle venait tous les soirs me souhaiter bonne nuit et me border dans mon lit. Ma mère le faisait aussi, chez nous ; seulement ma mère le faisait par sens du devoir et sans chaleur. Ma tante le faisait spontanément et même restait un peu pour me parler, seulement moi je ne savais pas parler à une femme qui reste après m'avoir bordée. J'étais muette, je répondais par monosyllabes, j'étais comme une pierre.

Un soir qu'elle bavardait un peu comme ça au pied de mon lit, tout d'un coup, j'aperçois sur le mur blanc, juste en face de moi, un cafard qui grimpe. Un de ces énormes cafards noirs qui se traînaient lourdement chez nous en Algérie. Ma tante voit mes yeux exorbités, elle se retourne, elle comprend. Elle se lève en me disant :

— N'aie pas peur, ils ne font pas de mal.

Peut-être qu'ils ne faisaient pas de mal, mais moi j'éprouvais une véritable terreur à l'idée qu'il allait me grimper dessus pendant la nuit. J'étais paralysée d'horreur. Ma tante va au cafard, enlève tranquillement sa pantoufle droite, assomme la malheureuse bête qui tombe à terre, et l'achève au sol. Puis, satisfaite :

— Voilà, ça y est, il est mort.

Évidemment, je n'ai pas dit ma crainte qu'il y en ait d'autres cachés. Puis elle revient vers moi, m'explique avec beaucoup de naturel qu'à la campagne il y a parfois des bêtes qui entrent par la fenêtre, lesquelles ne sont pas dangereuses. Puis elle m'embrasse et s'en va en me demandant encore si je n'ai plus peur, si je suis sûr que ça va aller. C'était la première fois que quelqu'un s'inquiétait de savoir si je n'allais pas avoir peur.

Une autre fois, c'était le matin, nous étions ma tante et moi dans la cuisine à déjeuner et mon oncle faisait sa toilette dans la salle de bains. Brusquement, on entend un éternuement à ébranler la maison sur ses fondations. Je regarde ma tante. Avant même qu'elle ait dit quoi que ce soit, un autre éternuement monumental. Puis un autre, puis un autre. Il ne pouvait plus s'arrêter et je m'attendais à une mort prochaine. Ma tante savait reconnaître la peur chez moi, elle me rassura en deux mots :

— Ne t'inquiète pas, ça lui arrive souvent le matin, ce n'est rien.

Nous avons fini par en rire.

Chaque fois que ma tante était si gentille avec moi, je ressentais un pincement au cœur : elle n'était pas ma mère. Mais elle avait l'air de m'aimer plus que ma mère. Il est vrai que ça n'était pas difficile.

Je crois que j'ai été malade à Tiaret. J'ai eu la scarlatine. Ma tante m'a soignée, bien sûr. Elle avait repéré je ne sais comment que je me touchais la nuit sous les draps, elle me dit un jour que ce n'était pas bien. Je ne la pris pas un seul instant au sérieux et je continuais, mais je ne lui en voulais pas, elle ne faisait que son devoir après tout. Peut-être sa remarque aurait-elle davantage porté si elle avait eu une bonne raison à me donner, et pour une fois elle n'en avait pas. Ce n'était pas bien, voilà tout. Puisqu'il n'y avait aucune raison sérieuse, je continuai. Je pense qu'elle craignait surtout que ma mère lui reproche de m'avoir laissée prendre de mauvaises habitudes.

*

J'étais là depuis pas mal de temps lorsqu'arriva la nouvelle. Occupée dans ma chambre à je ne sais quoi, j'entendis qu'on sonnait à la porte. Tout de suite, je me levai et je tendis l'oreille. Sans sortir de la pièce. Quelques bruits de voix, puis un court silence, qui devint très vite un silence de plomb, un silence irréel, un silence sidéral, terrible. Et puis soudain, une explosion effroyable. Des cris de bête blessée, de bête sauvage qui souffre, des bruits incompréhensibles de voix humaine qui n'a plus rien d'humain, des bruits de voix comme je n'en ai jamais entendus et comme je n'en ai jamais plus entendus depuis. Et puis mon oncle qui crie, qui crie : « arrête, arrête, tu m'entends, arrête ! Calme-toi ! Je te dis de te calmer ! » Il avait une telle voie de colère que cela me rassura un peu : je pensais qu'ils se disputaient comme cela arrivait si souvent à mes propres parents. Il cria encore un peu, puis une autre sorte de silence revint, troublé par des gémissements étranges. Au bout d'un moment, je compris que ma tante pleurait. J'en fus attristée, mais je ne pensais pas un seul instant à autre chose. J'avais suffisamment vu de disputes extrêmement violentes chez moi pour ne pas m'étonner.

Tout de même, une angoisse étrange me mettait mal à l'aise. Il s'était passé quelque chose d'inhabituel, de très inhabituel. Pour rien au monde je ne serais sortie de la chambre de ma propre initiative. Là, j'étais à l'abri. Il ne fallait pas que je sorte. Sous aucun prétexte. À moins que quelqu'un vienne me chercher. Mais à part ça, je ne devais pas sortir. Je devais rester là, sans bouger, voilà tout. Surtout ne pas bouger. Ne pas bouger. La grande chambre toute blanche et fermée. Fenêtre fermée. Porte fermée. Plus de bruit maintenant. Plus rien que mon cœur à moi qui bat. C'est encore trop. Il ne faudrait pas. Il faudrait qu'il n'y ait plus rien. Plus rien.

Plus tard, bien plus tard, ma tante vint me voir. Son visage était comme d'habitude. Quand elle me borda, ce soir-là, elle me dit :

— Tu sais, il va falloir être très gentille avec ta maman, maintenant. Elle va avoir besoin de toi.

Mais moi je savais bien qu'elle se trompait, comme les autres, que ma mère n'avait jamais eu besoin de moi, et qu'elle n'allait certainement pas commencer maintenant.

*

Je ne me souviens pas que quelqu'un, qui que ce soit, m'ait jamais annoncé en termes clairs la mort de ma sœur : je revins simplement à Oran, je retrouvais mon frère Michel, mes parents. Nous étions quatre maintenant. Deux enfants, un garçon et une fille. C'était plus carré. Presque mathématique. Un père, une mère, un garçon, une fille. Prêts pour le quadrille.

Malheureusement l'atmosphère n'était pas à la danse, c'est le moins qu'on puisse dire. Est-ce que, petite fille que j'étais, je m'imaginais qu'Andrée disparue, la vie allait redevenir normale ? Je n'en sais rien. Toujours est-il que ce fut l'inverse qui se produisit. La vie devint proprement infernale.

Ma mère, qui n'allait plus porter autre chose que du noir pendant une bonne dizaine d'années, était une morte vivante. Mon père allait devenir un empoisonneur patenté, puis un tyran domestique, puis une sorte de malade invivable. Il m'a dit un jour, alors que j'étais déjà adulte et avant que nous cessions toute relation, qu'après la mort d'Andrée, il avait voulu divorcer, mais que ma mère avait refusé désespérément.

La photo d'Andrée fit son apparition sur le buffet de la salle à manger, un agrandissement où elle souriait comme la Joconde, ineffablement, avec ses rubans noués dans les cheveux. Elle était là pour l'éternité, présente plus que jamais. Je me sentis flouée. Tous les jours que Dieu faisait, des fleurs se penchaient gracieusement au-dessus du cadre. À peine menaçaient-elles de se faner qu'elles étaient immédiatement remplacées par d'autres fleurs blanches toutes neuves. Ma mère faisait elle-même la poussière de ce cadre-là et souvent elle ne pouvait pas terminer parce qu'elle pleurait trop. Alors mon père se mettait en colère, des colères épouvantables. Il criait des choses que je ne comprenais pas. Elle pleurait de plus en plus et répondait en criant aussi. Mais ce n'était pas le même genre de cri. Mon père, quand il criait, c'était avec violence et hargne, ma mère c'était avec désespoir, et dans le genre pathétique. Ça la rendait plus émouvante. Mon père, les cris le rendaient odieux. Mais au fond elle devait être bien exaspérante aussi dans son style. Mon père, il devait en avoir marre d'avoir une fontaine en guise de femme. Bref, ils ne pouvaient plus se parler, quoi. À partir de ce moment-là, il y eut à la maison trois hôtes supplémentaires et permanents : le drame – mon père –, la tragédie – ma mère –, et la mort – le fantôme d'Andrée. Ils s'installèrent chez nous avec un sans-gêne incroyable, grimaçant à la table familiale, ricanant dans tous les coins de la maison, tendant à chaque instant leurs mains crochues pour s'emparer de moi, mais en vain. Une petite fille, c'est malin, on ne l'a pas comme ça. Une bonne part de ma vie s'était déjà réfugiée ailleurs : à l'école, dans les livres. Il n'en fallait pas beaucoup pour qu'elle finisse d'y transporter son quartier général. C'est ce que je fis, sans rien dire à personne, et je me mis à vivre dans un autre univers. Dans la maison maudite, dans la maison hantée, il ne resta plus que des vêtements vides.

*

Et heureusement, car je n'avais pas vu le pire. Au bout d'un certain temps, nous nous mîmes à aller au cimetière sur la tombe d'Andrée. Ma mère tenait à ce que la famille ne l'oublie pas. Comme si on pouvait l'oublier ! Tous les dimanches, je crois, ou tous les jeudis, ou peut-être les deux, nous partions tous les quatre en voiture pour porter des fleurs. Déjà pendant le trajet, ma mère commençait à pleurer. Moi je regardais par la vitre de la voiture. Michel, je ne sais pas ce qu'il faisait. Mon père se mettait en colère. On arrivait. Devant le cimetière Tamashouet à Oran, il y avait une grande esplanade où l'on pouvait garer les voitures et aussi acheter des fleurs aux marchands en plein air.

On se garait. Les jours d'affluence, on avait du mal à trouver une place. Mon père grondait des jurons dans toutes les langues, en français, en espagnol, en valencien, sa langue maternelle, un peu en arabe, mais là il n'en connaissait qu'un seul, c'était « Nalbouk ! ». (Écriture phonétique, je ne sais même pas ce que ça veut dire). Quand il avait épuisé les jurons, il s'en prenait à nous, qu'on sortait pas assez vite, qu'on avait mal fermé les portières.

Ma mère, elle allait droit aux marchands de fleurs, là tout d'un coup, elle ne pleurait plus, elle montrait un intérêt passionné pour le prix des fleurs, si des fois il y avait les mêmes moins chères chez le voisin. Elle achetait des fleurs blanches, des arums le plus souvent, mais d'autres fois des chrysanthèmes si c'était la saison, ou des glaïeuls. Ça faisait un bouquet énorme, on entrait dans le cimetière comme un cortège de mariage, ma mère en tête avec sa gerbe. Nous on la laissait passer devant, après tout elle était chez elle.

On arrivait à la tombe. Ma mère se remettait à pleurer. Puis elle faisait le ménage. C'était très long, parce qu'elle était maniaque pour la propreté. Elle s'affairait autour du rectangle blanc avec un air absorbé. On voyait qu'elle était dans son royaume.

Michel et moi, on partait jouer dans l'allée à côté. Elle était très large, avec un grand talus en pente raide sur l'un des bords. Le jeu, c'était de grimper en haut du talus comme on pouvait, et de descendre le plus vite possible. Toujours nos jeux compétitifs. On se cassait la figure. Terrible. Moi je poussais des cris perçants, puis je me retournais vers les tombes. Si le mort allait sortir pour me dire de le laisser « reposer en paix », comme c'était écrit sur sa porte d'entrée ? Mais comme aucun n'a jamais manifesté son mécontentement, je recommençais encore une fois. Et une autre, et une autre. En me retournant tout de même à chaque fois.

Mon père, lui, pendant le petit ménage de ma mère, s'en allait marcher un peu au hasard des allées. Des fois il devait voir des choses marrantes, parce qu'il revenait tout guilleret.

Puis, avertis je ne sais comment que le travail était terminé, nous nous retrouvions tous quatre debout devant la tombe. Ma mère faisait des prières avant de partir. D'abord très longtemps toute seule, les mains croisées sous son menton, son foulard serré sur la tête, et en pleurant. Mon père, mécréant comme pas deux, se tenait un peu à l'écart. Il prenait l'air concentré, mais on voyait bien que c'était de la comédie. En réalité il s'ennuyait. Moi, je n'allais pas encore au catéchisme. Je ne savais pas mes prières. Mais ma mère voulait absolument que j'en dise au moins une. Dès la première fois, après avoir marmonné toute seule ses propres litanies, elle me dit :

— Viens.

Je vins.

— Répète après moi : « je vous salue Marie pleine de grâce... »

— Je vous salue Marie pleine de grâce...

— Le Seigneur est avec vous...

— Le Seigneur est avec vous...

Et c'est ainsi que j'ai appris le « Je vous salue Marie ». C'est la seule de mes prières dont je me souvienne avec certitude. Il est vrai qu'elle est courte. Je la sus tout de suite, car en plus, je trouvais un charme étrange à ce texte auquel je ne comprenais rien.

Mais il me restait encore quelque chose à faire. Ma prière finie, ma mère m'ordonna :

— Viens avec moi.

Et elle s'avança vers la tombe. Je suivis. Elle se baissa vers le grand livre de marbre qui portait, inscrit en lettres d'or, tout ce qu'il faut savoir sur un mort. Elle embrassa passionnément les lettres qui formaient le mot « Andrée » de plusieurs baisers précipités comme pour une vraie petite fille. Je trouvais cela très bizarre. Je trouvais même cela complètement dingue. Mais tout de suite, elle ajouta :

— Fais-le, toi aussi, embrasse là.

Elle montrait de la main le prénom gravé. Je ne songeais pas à me dérober, ce n'était pas possible. J'embrassai le marbre, profondément humiliée d'avoir à embrasser un objet. C'était glacé. Cependant j'embrassai, une fois, et même deux, parce que, tant qu'à faire, un peu plus, un peu moins… Je pouvais en rajouter un peu, ça ferait plus vrai. Mais à ce moment, j'entendis une phrase horrible. Ma mère me disait :

— Là où elle est, elle saura qu'on pense à elle.

Je fus instantanément persuadée que ma sœur, « là où elle était », avait senti que mes baisers n'étaient pas sincères, et qu'elle allait bien trouver un moyen, un jour ou l'autre, de me punir. Une angoisse, une espèce de sueur froide intérieure m'envahit. Je manquais m'évanouir, mais je n'en montrai rien. Heureusement, la cérémonie était finie, et nous partîmes. Sitôt franchie la porte du cimetière, j'oubliais tout. Les fois suivantes, j'allais de moi-même, le cœur presque léger, embrasser le livre. Ma sœur en effet, si elle n'était pas contente, faisait preuve dans la mort de la même politesse que dans la vie, et gardait ses sentiments pour elle.

Un autre cérémonial avait lieu aussi fréquemment, mais à la maison celui-là.

Ma mère avait gardé dans une petite valise rouge (celle-là même que ma sœur avait emporté à l'hôpital), quelques effets ou objets personnels qui avaient appartenu à Andrée. Peu de choses en réalité, mais qui n'en étaient devenues que plus précieuses. Peut-être les dernières qu'elle ait touchées ou portées : deux ou trois bijoux d'enfants très fins, chaîne de baptême, médaille, gourmette, et ainsi de suite. Et puis aussi un beau livre qu'elle aimait, dont elle avait tourné les pages. Un cahier d'écolière avec des lignes écrites à l'encre violette, d'une jolie écriture soignée. Quoi encore ? Son stylo à encre, marron, noir et jaune, dont le capuchon se dévissait. La liseuse qu'elle avait portée à l'hôpital. Des bricoles, quoi. Et parfois, comme ça, d'un coup, ma mère remettait ça. Ça la prenait. Elle était repartie dans les grandes eaux. Les reliques, il fallait absolument qu'elle les regarde. Elle sortait la petite valise rouge. Quelquefois, elle déballait tous les objets, et elle piquait de véritables crises de désespoir en les embrassant. Des crises terribles. Elle ne se contrôlait plus. Je n'aimais pas ça du tout. C'était la fin de tout, je mourrais de peur. Mais elle ne me voyait pas, elle ne voyait plus rien ni personne.

Une fois, elle eut la fâcheuse idée d'étaler tout cela sur mon propre lit et je la surpris ainsi, se livrant à ses jérémiades sur mon lit. Je ne saurais dire si la peine ou la blessure l'emportèrent sur la colère. Déjà, à ce moment-là, je commençais à être habitée par la colère. Se pouvait-il qu'on soit folle à ce point ? Qu'ils soient fous tous les deux à ce point ? Qu'il n'y ait en somme que moi de sensée dans la famille ? Mais quand donc tout ce cirque finirait-il ? Quand donc pourrais-je mener une vie normale ? Et commencer à exister à leurs yeux ? Quand donc s'apercevraient-ils que j'étais là ?

Je suis là, moi ! Merde à la fin !

J'ai l'impression d'entendre Irma...

Et pourtant, on a tout fait pour ne pas entendre Irma crier « je suis là moi ! Merde à la fin ! » Mais on l'a quand même entendue.

Comment faire pour que ta grande sœur qui n'a pas huit ans lors de ta première opération ne soit plus obligée de se poser des questions à l'infini et tout imaginer dans sa petite tête d'enfant mis à l'écart ? L'abandon avait détruit ta mamie. Je ne voulais pas qu'il détruise Irma. Mais on n'était pas toujours présents. Trop souvent l'oreille tendue vers toi, à l'affût du moindre bruit de travers, de la moindre anomalie. Irma devait le sentir. Forcément. Elle nous l'a parfois reproché, du bout des lèvres parce qu'elle savait que la situation était complexe, que la maladie est tyrannique et n'admet pas la moindre distraction, qu'elle réclame même la plus grande vigilance, mais elle en a forcément souffert, malgré nos efforts.

Et Dieu sait qu'on en a fait. Ta maman plus encore que moi. Et jusqu'aux derniers jours des soins palliatifs, un babyphone dans une main et un téléphone dans l'autre. Écartelée. D'un côté la mort et de l'autre la vie, avec la volonté de tenir les deux bouts sans produire aucun mal, aucune culpabilité, chez personne.

Mais rien n'est simple. Sais-tu la dernière pensée qu'Irma a eue pour toi ? « Je suis désolée, je n'ai pas pu te sauver ». Elle avait réussi à formuler ce qu'on n'arrive pas soi-même à se formuler. On croyait pouvoir échapper à la culpabilité par notre éternelle présence de tous côtés, mais elle nous tombait malgré tout sur la tête, sans même de coupable nulle part si ce n'est la mort, la grande sanguinaire, lâche. Qui n'assume rien.

J'ai un peu discuté avec ta maman :
— Tu dis que « la culpabilité nous tombait malgré tout sur la tête »,

mais je ne crois pas avoir ressenti de culpabilité, pour ma part.

— Moi non plus, et pourtant, je doute, aujourd'hui. Je me demande si ton envie de *mitrailler* tout le monde comme mon besoin *frénétique* d'écrire n'est pas une culpabilité déguisée derrière la colère ou les mots, et qu'on retourne contre les autres. Comme si la culpabilité pouvait prendre toutes les formes pour ne jamais se dévoiler.

— Je ne sais pas. Je ne m'avancerais pas là-dessus. Tu devrais mettre des points d'interrogation. Sachant que notre cerveau nous livre des informations et des émotions nouvelles en fonction de ce que nous sommes capables de supporter...

Ta maman a raison. On découvre sans cesse de nouvelles émotions. C'est un trou sans fond d'émotions nouvelles, ta mort. Il est plus raisonnable de glisser quelques points d'interrogation. Mais j'ai du mal à faire dans la nuance avec la mort et la culpabilité. C'est mon côté binaire.

J'ai tellement le sentiment que la culpabilité nous tombe d'emblée dessus. Il y a un meurtre à la fin et nous sommes les coupables. On prend sur nos épaules ce qui n'appartient qu'à la mort avec tant de générosité. Pas de problème la Mort, exécute ton méfait, j'irai me dénoncer pour toi. Quelle bienveillance. C'est un scandale de l'alléger à ce point de ses responsabilités pour prendre sur soi la culpabilité d'un crime dont on n'est ni l'auteur ni la victime. « Je suis désolée, je n'ai pas pu te sauver ». Quelle douleur d'entendre une telle culpabilité dans la bouche d'Irma.

Je ne pouvais pas anéantir la mort dans son carnage millénaire, mais je pouvais au moins tenter d'enrayer le cirque infernal des réincarnations traumatiques, le cercle vicieux des malades et des morts prématurés. Et je savais déjà par ta mamie que ce n'était pas en idolâtrant les morts que j'y arriverais. Que je ne m'instituerais jamais en victime de quoi que ce soit non plus – et surtout pas de mes traumatismes – pour me donner en spectacle aux vivants. Ta mamie s'était battue contre cette folie, je n'allais pas m'y abandonner non plus.

Mais n'étais-je pas en train de t'idolâtrer à mon tour dans ce récit et m'instituer moi-même en victime à idolâtrer ? De t'imposer en petite reine des morts sur le buffet de la salle à manger, comme ma grand-mère avec Andrée, pour te pleurer sur des centaines de pages et enfoncer la culpabilité à coup de marteau dans la tête d'Irma et peut-être bien dans la mienne ?

J'entendais Irma crier dans ma tête depuis le début de ce récit :

« *Se pouvait-il que mon père soit fou à ce point ? Qu'il n'y ait en somme que moi de sensée ? Mais quand donc tout ce cirque finirait-il ? Quand donc pourrais-je mener une vie normale et commencer à exister à ses yeux ? Quand donc s'apercevrait-il que j'étais là, mon père ? Je suis là, moi ! Merde à la fin !* »

Étais-je en train de te commémorer, moi aussi ? Dans cette urne de papier ? Comme ma grand-mère l'avait fait avec Andrée ? Étais-je moi aussi en train de devenir complètement fou ?

J'espérais que non. J'essayais surtout de me remémorer pour ne plus avoir à te commémorer. C'est en se remémorant qu'on commémore, et non l'inverse. La commémoration, c'est pour rappeler aux autres ce qu'ils ont oublié. En me remémorant ici, je te commémore pour rappeler à tous ceux qui ont oublié ton passage ou qui n'en parlent pas, que tu as existé. Mais si on commence à commémorer pour soi, on est fichu. Il faut se remémorer. Et à la fin de la remémoration, on dit adieu, parce que la vie mérite autre chose qu'une commémoration annuelle.

On ne va pas offrir notre tristesse à la mort. Qu'elle continue à errer dans les millénaires, si ça l'amuse, la Mort ! Elle m'a refilé sa culpabilité ? Je conserverai ma tristesse. C'est mon trésor. Ma petite vengeance à moi. Ma dignité. Je ne veux pas finir comme une statue habillée de mort pendant dix ans, sans jamais cesser d'entendre Irma crier sa solitude, et hurlant moi-même que je suis une victime, le type le plus triste du monde. Je me remémore une dernière fois ta petite vie de seize ans pour te dire adieu et ne plus me rappeler de toi que dans la légèreté, au hasard des rues, dans le plaisir de la réminiscence de quelques madeleines. Je n'ai envie ni de me statufier ni de statufier Irma. L'Algérie ne sculptera pas une statue de plus à la génération suivante. J'ai bien l'intention d'arrêter le massacre.

C'est quand on clame la malédiction que la malédiction persiste. Si on se remémore pour dire adieu, on se souvient de tout pour l'éternité, et c'est suffisant pour enrayer la fatalité. J'en suis persuadé.

On se retire du cercle infernal des malédictions.

Il fallait donc en passer par Andrée.

Cette petite fille qui te ressemble comme deux gouttes d'eau. La petite morte du passé. Le fantôme de la famille. Elle était là depuis le début, à tes côtés, comme un destin possible. Je l'ai su très tôt sans vraiment le savoir. Comme une épée de Damoclès qu'on aperçoit par flashs. Un événement déjà présent, mais qui n'a pas encore eu lieu, qui se reflète dans la mémoire comme une possible certitude, une vérité incertaine et floue, un déjà-vu fugace.

Je me demande souvent dans quelle mesure le futur n'influence pas le présent au moins autant que le passé. Comme si j'avais toujours compris qu'il en serait ainsi sans jamais me l'avouer. Comme si je l'avais éternellement su, avant même ta naissance, sans pour autant être capable de mettre ton nom dessus puisque je ne te connaissais pas.

Tu sais qu'il y a trois phrases qui me trottent dans la tête depuis l'enfance. *Je vais mourir jeune. Je vais voir la fin du monde. Il me tarde d'être vieux.* Enfant, je ne les comprenais pas. Elles me laissaient perplexe. J'y voyais bien un rapport à la mort, mais elles restaient insondables, aussi bien singulièrement que prises ensemble. Et puis l'autre jour, quand j'en ai fait part à ta maman, elle m'a dit que la première phrase pouvait peut-être se rapporter à toi. Sa remarque m'a semblé une évidence, subitement. Ce n'est pas moi qui suis mort jeune, c'est toi. Mais je ne te connaissais pas à l'âge de sept ans et j'ai cru qu'il s'agissait de moi. Que je mourrai jeune. Ce n'est pas moi qui suis mort jeune, mais un peu quand même, une partie de mon âme en tout cas. Un petit bout de moi.

Mais peut-être n'est-ce guère que l'influence d'Andrée dans ma mémoire, après tout...

Je ne me rappelle plus exactement l'enchaînement des faits, mais j'ai fini par accéder à la tombe oranaise d'Andrée. Je crois que c'est arrivé par l'intermédiaire de mon cousin alors inconnu. À force d'écrire un article par jour sur mon blog depuis plusieurs mois, Paul Souleyre avait fini par apparaître dans les résultats de Google, et mon cousin – parti en quête de ses origines depuis plusieurs années – s'était trouvé tout surpris de me découvrir omniprésent alors qu'il n'y avait personne en ligne un an plus tôt. Nulle trace de Paul Souleyre jusqu'ici et soudain des Paul Souleyre à foison. J'ai reçu un mail : avais-je un lien avec Paulia Souleyre ? Oui, c'était ma grand-mère. Savez-vous que Paul Souleyre était son père et qu'il est enterré à Oran ? Non pas du tout ! Vous me l'apprenez.

Je n'avais pas encore mis mon nez dans les cartons familiaux donc je ne savais rien. Il n'y avait qu'Oran pour moi. Une ville, un contexte, que je voulais à tout prix mettre en place avant d'y inscrire la famille. Étrange démarche, mais salutaire en fin de compte, parce qu'en novembre 2012, je commençais à connaître du monde à Oran, et il ne m'a pas fallu longtemps pour trouver quelqu'un qui pourrait aller faire un tour du côté du cimetière chrétien de la ville afin de m'envoyer une photographie de la fameuse tombe.

C'est important les tombes. Pour s'y recueillir, je ne sais pas, mais pour y obtenir des informations, c'est fondamental. Sur la tienne, on s'est bien appliqués à y inscrire tes dates précises de naissance et de mort et pas seulement les années. Ce n'est pas le cas de toutes les tombes récentes, j'ai pu m'en apercevoir avec étonnement. Et puis j'ai ajouté une petite plaque *Somely de Brandersous*. Peut-être que le geste sera important un jour puisque tu m'as demandé de le faire. On ne sait jamais. Une sœur de ta maman y a même ajouté un petit renard. Pourquoi ? Je n'en ai aucune idée. Je regarde ce petit renard et je me demande ce qu'il fait là, mais il faudrait me payer cher pour le retirer. Dans cent cinquante ans, quelqu'un viendra se recueillir sur ta tombe, découvrira ce petit renard usé par le temps, et comprendra quelque chose. C'est ainsi, donc je n'ôte pas les petits renards des petites tombes, et je ne leur cherche pas non plus de signification. Je les laisse attendre.

Ce n'est pas un renard que j'ai découvert sur la tombe d'Andrée à Oran en 2012, mais sa date de décès. Le 15 février 1954. Un choc. Ta mamie était donc morte le même jour, 55 ans plus tard, en 2009. On peut toujours imaginer que le hasard est de la fête, mais mon esprit rationnel n'aime pas se résoudre à ce genre de facilité. Quel pourcentage de chance pour que le hasard entre en jeu ? Quasiment aucun. Une chance sur 365 si l'on veut être un peu précis. C'est toujours possible – et ça évite surtout de se poser des questions – mais j'ai préféré considérer que je venais de mettre le doigt sur le premier traumatisme familial. Andrée avait donc plus d'importance que je ne l'imaginais.

Elle était tellement absente de la famille que j'avais fini par l'oublier, malgré tout ce que j'ai pu écrire précédemment. C'est un peu le problème de l'écriture, on extrait l'essentiel au grand jour, or l'essentiel est naturellement caché, c'est sa place. Andrée était une photographie, une petite fille avec des rubans blancs dans les cheveux, souriante sur le buffet de mes grands-parents, discrète. Ta mamie n'en parlait pas. Personne n'en parlait. Il a fallu que ta mamie s'éteigne le même jour que sa sœur aînée pour que l'évidence me saute aux yeux : *Ta mamie avait perdu sa sœur aînée durant son enfance*. Comment ne pas en être traumatisée d'une manière ou d'une autre ?

Mais la tombe oranaise est vide. Andrée n'y est plus puisque ses restes se trouvent à Perpignan, auprès de mes grands-parents qui l'ont rapatriée. C'est étrange deux tombes pour quelqu'un. On dirait une vraie et une fausse. Que ressentirais-je si l'une de tes deux tombes se trouvait à Oran et l'autre ici ? Que ressentirais-je surtout pour cette tombe vide, à 1500 km, de l'autre côté de la Méditerranée ? Serait-elle la « vraie tombe » ? Qu'est-ce qu'une « vraie tombe » ? Celle où le corps se trouve ? À Perpignan, il y avait une tombe sans âme, et à Oran une tombe sans corps.

C'est viscéral un enfant. On a toujours besoin de le savoir près de soi pour le protéger. Même dans l'au-delà. Donc je peux comprendre mes grands-parents. Ma grand-mère, surtout, pour qui le rapatriement était une obsession. Parce que mon grand-père aurait probablement laissé Andrée à Oran, en paix. On ne trimbale par les morts partout juste pour les avoir près de soi. J'imagine que mon grand-père a fini par abdiquer pour être enfin débarrassé de la requête de ma grand-mère. Je serais bien en peine de prendre parti pour l'un ou l'autre. Ce ne sont pas des décisions faciles. Mais du point de vue de la généalogie familiale, ma grand-mère a eu raison, je peux au moins la remercier pour cet acte particulièrement éclairant.

En octobre 1976, la dépouille d'Andrée traverse donc à nouveau la Méditerranée après l'avoir survolée une première fois – mais dans l'autre sens – en février 1954. C'est assez morbide quand on cherche à se l'imaginer, donc je n'essaierai pas. En revanche, deux tombes, ce n'est pas morbide, c'est mystérieux, et davantage encore lorsque les dates de décès ne coïncident pas.

Le caveau de Perpignan ne plonge pas en profondeur comme à Oran, il s'étage en surface. Il y a de la place pour tout le monde, le père, la mère et les enfants. J'y suis retourné à Pâques 2015. Il me restait un vague souvenir de 2001 ou 2002, date du décès de ma grand-mère. Mon grand-père était mort quelques années plus tôt. Tout le monde était donc là, réuni non pas autour d'une table comme le jour de la fête des Mères 1961 à Oran – il me reste une photographie – mais entassé les uns sur les autres, à Perpignan. Date de décès d'Andrée : 16 février 1954...

Quelle déception. Elle n'était donc pas morte un 15 février, comme ta mamie. On aime bien les jolies coïncidences, le sentiment que l'univers est plus profond que le pénible quotidien des apparences, les retours de dates miraculeuses qui donnent l'illusion d'un ordre derrière le désordre. J'avais perdu mon fil d'Ariane en allant à Perpignan. Ta mamie n'était pas morte le même jour que sa sœur aînée. Ils n'avaient pas pu se tromper en 1976, au contraire, ils avaient même dû rectifier l'erreur d'Oran. Ma théorie tombait à l'eau. Ce n'était que du hasard. On aimerait tellement que les choses aient parfois un peu de sens. Mais non. Ça tombe sur n'importe qui et n'importe quand. Je suis reparti désespéré.

C'est peut-être dans la voiture que je me suis remémoré le texte de ta mamie :

Mais il me restait encore quelque chose à faire. Ma prière finie, ma mère m'ordonna :
— Viens avec moi.
Et elle s'avança vers la tombe. Je suivis. Elle se baissa vers le grand livre de marbre qui portait, inscrit en lettres d'or, tout ce qu'il faut savoir sur un mort. Elle embrassa passionnément les lettres qui formaient le mot « Andrée » de plusieurs baisers précipités comme pour une vraie petite fille. Je trouvais cela très bizarre. Je trouvais même cela complètement dingue. Mais tout de suite, elle ajouta :
— Fais-le, toi aussi, embrasse là.
Elle montrait de la main le prénom gravé. Je ne songeais pas à me dérober, ce n'était pas possible. J'embrassai le marbre, profondément humiliée d'avoir à embrasser un objet. C'était glacé. Cependant j'embrassai, une fois, et même deux, parce que, tant qu'à faire, un peu plus, un peu moins... Je pouvais en rajouter un peu, ça ferait plus vrai. Mais à ce moment, j'entendis une phrase

horrible. Ma mère me disait :
— *Là où elle est, elle saura qu'on pense à elle.*

Je n'ai jamais embrassé ta plaque de marbre. Je la scrute parfois parce que ton nom me semble irréel, mais je ne ressens pas le besoin de l'embrasser, l'idée ne m'effleure même pas l'esprit. Il faut dire que tout me semble irréel sur cette tombe. Les fleurs artificielles de ton papi, le petit renard incompréhensible, la plaque *Somely de Brandersous* et tout le reste. Mais que mettre sur une tombe ? « Tu étais notre petit ange enlevé trop tôt » comme je le vois un peu partout ? Tu voulais qu'on « dabe » à ton enterrement, toi ! Pour rigoler de là-haut comme on le faisait avec McFly et Carlito quand c'était la mode de « daber ». « À mon petit Lapin qui voulait qu'on dabe à son enterrement ». Voilà ce que j'aimerais pouvoir mettre sur ta tombe. Pourquoi pas d'ailleurs ? Sûrement parce que *Somely de Brandersous* est plus élégant. La délicatesse a toujours été notre valeur. Faire très attention à l'autre. Il y a toujours quelqu'un derrière le masque social. Quelqu'un de très fragile. Le tact plutôt que la politesse, donc. La finesse plutôt que la muflerie. Même si l'on n'y arrive pas toujours, parce que c'est difficile, et que la plupart du temps on est balourd. Mais, au moins, on tente. Donc *Somely de Brandersous* plutôt que « le petit lapin qui voulait qu'on dabe à son enterrement ». Tu verras, un jour, tout le monde emploiera cette expression sans même savoir d'où elle provient, juste pour le plaisir. Tu auras créé la plus belle locution du monde dans un grand éclat de rire. Et quoi de plus élégant que le rire ?

Ma grand-mère ne faisait pas dans la finesse, en revanche. Les morts sont sacrés, on les vénère, on s'agenouille devant eux, on leur baise les pieds de marbre, et plutôt dix fois qu'une. On ne sait jamais. Ils pourraient revenir de l'enfer et nous maudire. Alors ta mamie s'est exécutée pendant des années : deux baisers sur le marbre d'Andrée qui devaient regarder sa petite sœur avec pitié depuis là-haut. Tous les dimanches matin, génuflexion et baiser glacé, sentiment de culpabilité enfoncé à coups de marteau, lentement mais sûrement, un peu plus profondément chaque semaine, les yeux rivés sur une date maudite : 15 février 1954.

J'ai fini par comprendre. Le traumatisme n'est pas la mort d'Andrée le 16 février 1954, mais la génuflexion dominicale devant la date du 15 février 1954. Le front collé contre le marbre, tous les dimanches matin, sous l'injonction d'une mère figée dans le perpétuel souvenir de sa fille aînée. Que la vie me protège le plus longtemps possible de cette folie. Il n'y a pas de miracle ni de transcendance, juste un morceau de marbre, dont la date s'est gravée sur le front d'une enfant agenouillée.

En octobre 1976, Andrée est de retour d'Oran dans son cercueil volant, pour être une seconde fois inhumée, à Perpignan. En février 1977, autour du 15 – les vacances d'hiver cette année-là dans la région de Pau sont du « lundi 14 février inclus au lundi 21 février au matin » – ta mamie se tord le genou à Formigal, petite station de ski espagnole, et ne s'en remettra plus ; c'est le début de sa sclérose en plaques qui ne sera toutefois diagnostiquée que quelques années plus tard.

Voilà comment on circonscrit un traumatisme grâce à une tombe. Ceux qui ne comprennent rien aux tombes fabriquent des ossuaires pour libérer de la place et permettre aux promoteurs de construire des immeubles. Je plains les Pieds-Noirs obligés de se recueillir devant l'ossuaire du cimetière chrétien de Tamashouet à Oran. C'est toujours mieux que rien, mais on ne peut vraiment pas se glorifier d'un tel acte, des trésors se sont perdus dans les déchèteries d'Algérie. Un ossuaire est un acte de politesse et tu sais ce que je pense de la politesse mon Lapin.

Le tact, c'est tout de même autre chose.

Sur le plan purement intellectuel, je trouvais ça beau cette histoire de traumatisme, ces dates qui s'ajustaient à la perfection, ces tombes qui se répondaient à distance, ces splendides enchaînements de causes à effets, je me trouvais malin. Je n'avais pas encore mesuré les abîmes de souffrance qui se cachaient derrière le petit vestibule de 1977. Je n'avais rien compris.

On se satisfait de peu de choses dans la vie. On n'a besoin de rien pour vivre bêtement sa vie quotidienne et expliquer aux autres comment vivre la leur. On élève ses enfants en leur expliquant ce qu'on a compris de la vie, tranquillement, avec la certitude de quelques valeurs qui ne valent rien. Le jour où l'on commence à y voir clair, on est saisi d'un tel vertige qu'on n'a plus envie de leur expliquer quoi que ce soit, seulement de les protéger, ce qui est peut-être pire encore, parce qu'on voudrait ne plus les embrasser, les regarder de loin, de très loin, pour être bien sûr de ne pas les contaminer. Or c'est déjà trop tard, on le sait, ils sont contaminés. On les a contaminés. Parce que le mal lui-même nous constitue depuis toujours, nous a donné forme, sculpté en négatif, et que sans lui, nous ne serions pas là, nous n'existerions pas, nous n'aurions pas d'enfants.

Il arrive toutefois qu'on puisse éprouver le besoin de glisser une vérité dans la main de l'un de ses enfants pour nommer le mal.

Je ne saurais précisément dater le moment, peut-être autour de 2006 ou 2007, deux ou trois ans avant la mort de ta mamie. Elle est en maison de retraite à 500 mètres de chez moi, j'y vais tous les week-ends et ma sœur plutôt en semaine, quand son métier d'infirmière lui laisse un peu de temps libre. Elle ne bouge quasiment plus de sa chambre parce que la sclérose en plaques de 1977 a déjà trente ans de bons et loyaux services derrière elle, il ne lui reste plus beaucoup à faire pour achever son travail de démantèlement, c'est pénible à supporter, aussi bien pour ma mère que pour nous. Alors on se tient près d'elle et on discute, dans la mesure du possible, on se tient la main parfois, ma sœur plus souvent que moi. On essaie de faire en sorte que le temps passe agréablement. Ta mamie est une Pied-Noir, elle ne se répand pas en lamentations. Sa fierté lui impose le sourire, sa délicatesse devrais-je dire, une certaine forme de retenue. Mais ce jour-là, c'est relâche, elle demande à ma sœur de prendre un bout de papier et d'écrire quelques mots dessus, en n'oubliant pas d'ajouter *tu le diras à ton frère*. Ça y est, le mal est nommé et transmis. Sur un bout de papier.

Ton bout de papier à toi, il fait quelques dizaines de pages, c'est ton journal. Le mal y est clairement nommé, c'est la maladie, et peut-être même la vie : « *je n'ai pas envie de vivre plus de trucs* ». Tu nous aimes, tu nous le dis, tu n'aurais pas voulu avoir un autre papa ni une autre maman ni une autre sœur, mais là c'est bon, tu en as assez, tu n'as pas envie de vivre plus de trucs. C'est en 2017, tu vas devoir attendre encore deux ans, « vivre plus de trucs » comme tu dis, des trucs pas drôles du tout, jusqu'aux quatre mois de soins palliatifs durant lesquels tu attendras que le temps s'arrête, sans rien dire ni rien écrire. Silence. Pas évident le silence dans ces moments-là. On aimerait pouvoir tout se dire en larmoyant comme dans les films américains, mais non décidément, ce n'est pas un film américain – en tout cas pas pour nous – tu as décidé que tout avait été dit, et que le reste, le soulagement que ça se termine enfin, le bonheur peut-être, l'extase suprême d'une fin de calvaire, tu ne pouvais pas les clamer haut et fort, parce que tout de même, il serait indélicat d'exprimer tant de joie dans un tel moment.

Alors à la fin, épuisée de vivre ses trucs à elle, ta mamie a transmis le mal sur un bout de papier : « Pépé est un salaud qui a abusé de moi ».

C'est toujours le genre de révélation auquel on ne s'attend pas, la grosse surprise, on tombe des nues, et puis une fois étalé au sol par K.O., on reste désarçonné devant la patate chaude. *Tu le diras à ton frère…* Heureusement que ta mamie a eu la délicatesse de ne pas tout faire peser sur les épaules de ma sœur, elle a senti qu'il valait mieux être deux pour supporter l'impensable. Mon grand-père avait abusé de ma mère, ton arrière-grand-père avait abusé de ta grand-mère. Mais comment ? Quand ? Où ? On ne sait pas. Ta mamie n'est pas allée plus loin dans la confidence. C'était peut-être déjà beaucoup.

Que faire avec une clé lorsqu'on n'a aucune idée de la porte qu'elle est censée ouvrir, quand on ne voit même pas de quelle maison il s'agit, quand on ne sait absolument pas dans quelle ville il faut chercher, ni dans quel pays, ni à quelle époque ? C'était avant 1962, à Oran ? Plus tard, à Pau ? Dans l'enfance ? Durant l'adolescence ? Et puis dois-je y croire ?... Après tout, il semble que le souvenir ait été enfoui jusque dans les années 80, date à laquelle ta mamie entame une psychothérapie, date à laquelle on se rend compte aussi que certains psychothérapeutes suggèrent bien involontairement des faits qui n'ont jamais eu lieu et dont le patient va finir par s'autopersuader. C'est ce que j'ai découvert en fouillant dans les histoires d'incestes pour tenter de comprendre ce que peut traverser une victime. Mais quand même. Difficile de ne pas croire ta mamie. C'est horrible comme la première pensée qui nous traverse est le déni. On refuse d'y croire. C'est limite si on ne traite pas l'autre d'affabulateur. Avec le recul, j'en ai honte. Parce que c'est mon histoire, mine de rien. C'est comme si je venais de trouver une clé dans la forêt avec mon nom inscrit dessus. Ça m'appartient aussi. C'est ma patate chaude.

Et maintenant, on fait quoi ? Rien. Pendant des années, je n'ai rien fait. J'ai rangé la clé dans un tiroir et j'ai continué à vivoter. En même temps, je ne bats pas ma coulpe, qu'est-ce que je pouvais bien faire ? La phrase me trottait parfois dans la tête, mais enfin, une clé sans porte, sans maison, sans lieu et sans date, trouvée la nuit par hasard et en pleine forêt, c'est tout de même un casse-tête. Donc tiroir. C'était en 2006 ou 2007.

En 2013, j'ai quelques armes, et notamment mon approche des traumatismes. Je ne vois que ça puisque le Pied-Noir (catégorie imaginaire mais bien pratique) est un traumatisme ambulant qui affecte toujours la bonne santé. Il faut juste éviter d'évoquer son enfance parce que la voix commence à chevroter.

J'aperçois même mon petit traumatisme à moi, celui qui touche les enfants d'exilés comme les Chiliens ou les Arméniens, ce que j'appelle intérieurement le « syndrôme d'Alboran ». Une petite île de rien du tout perdue dans la Méditerranée entre Oran et Alméria avec pour seul signe distinctif une piste d'atterrissage. Il y a un peu d'Oran dans son nom, mais c'est flou, diaphane, albâtre. C'est Alboran. Et ça ne rime à rien : un héliport militaire, point barre. J'ai trouvé une description parfaite sur *El Mundo* il y a quelques années. Sans date et sans auteur. Même l'article est perdu dans le néant. D'ailleurs je ne le retrouve plus. Il a sombré.

« *À Alboran, la terre est mauvaise. Il n'y a pas d'arbres, pas d'eau potable, et les plantes qui ont tenté de s'enraciner ne poussent pas. Le sol rougi est recouvert d'une triste végétation brune : stérile pour les yeux du profane, fabuleuse pour le regard du botaniste* ».

On est perdu sur cet îlot ridicule et on regarde autour de soi en se demandant ce qu'on fiche là, comment même on y a atterri, et où se trouvent les hélicoptères qui permettraient de dégager au plus vite de cette chimère.

C'est à cause de ce néant que je te parle mon Lapin. Pour ne pas me retrouver au milieu de nulle part sans même me rappeler que tu as été là un jour, que je t'ai aimée et que tu m'as aimé, que tu étais drôle, qu'on riait de voir Broutille sauter sur le séchoir à linge et se cacher derrière les draps – comme si on pouvait ne pas voir un chat tanguer à tout va sur un séchoir – que tu m'envoyais toujours un SMS pour que je n'oublie pas la sauce barbecue quand je partais chercher nos nuggets-frites les vendredis soir de séries télé, que tu me demandais le plus sérieusement du monde de bien serrer ton petit bras avant une prise de sang, *c'est pas grave si j'ai mal, t'inquiète pas si je crie*. Je ne veux rien oublier de tout ça. Cette saloperie de traumatisme ne t'ensevelira pas. J'ai bien l'intention de ne pas me laisser faire cette fois-ci, même si je sais que *je dois te laisser partir* comme le répètent machinalement les naturopathes en manque d'imagination. Je te laisserai partir, mais je ne te laisserai pas partir. Voilà ce qu'ils ne savent pas dire. Il faut que tout change pour que rien ne change. Il y a toujours une serrure quelque part puisqu'il y a une clé. Il suffit de trouver le mot de passe. La clé de la clé. C'est le serpent qui se mord la queue. Le fameux Ouroboros. Tu le connais bien puisque je n'ai cessé de t'en parler. C'est la clé secrète de la clé forestière.

Et c'est dans un livre que j'ai trouvé le mot de passe de ma petite clé en 2013. J'ai cherché pendant des mois, fouillé tous les recoins de papier, lu tous les grimoires d'incestes, et j'ai fini par tomber sur la phrase, LA phrase, écrite en gras par la grande spécialiste de la question, la psychiatre Muriel Salmona : **l'inceste n'a rien à voir avec un désir sexuel**. Pour l'agresseur, l'acte incestueux est un puissant anesthésiant de son propre traumatisme. Voilà, j'y étais.

Derrière chaque inceste traumatique se cache un traumatisme en amont.

« *L'inceste est une violence insensée terriblement efficace pour s'anesthésier, pour se soulager. Le but de l'agresseur est d'imposer à une personne qu'il a sous sa main, comme son enfant, d'être son « esclave-soignant et son médicament » pour traiter sa mémoire traumatique, car la violence extrême est très efficace pour momentanément anesthésier un mal-être par un mécanisme neurobiologique de sauvegarde qui s'apparente à une disjonction au niveau du cerveau déclenché par le stress extrême que la violence produit. L'agresseur instrumentalise donc sa victime pour servir de fusible pour qu'il puisse disjoncter par procuration et s'anesthésier »*[5].

Je ne te cache pas que je me suis fait froid dans le dos à la lecture de ce paragraphe. Étais-je en train d'absoudre mon grand-père de ses péchés ? Étais-je en train de le déresponsabiliser de son acte ignoble ? Il m'a fallu plusieurs jours avant de trouver un début de réponse. J'ai parfois le *cerveau lent* comme il aimait à dire pour me faire rire lorsque j'étais enfant. Mais comment rire aujourd'hui ?

Est-ce pour cette raison que ta mamie l'a traité de *salaud* dans la cuisine de Perpignan un matin de vacances avant de prendre ses valises sous le bras en tirant ses enfants derrière elle pour nous éloigner de ce détraqué ? Peut-être bien. Je ne saurai jamais. Est-ce pour cette raison que le petit film que je tourne avec un caméscope en octobre 2005 et que je signe pour la première fois Paul Souleyre s'appellera « le film du Salaud » ? Peut-être aussi. Je ne saurai jamais. Avais-je déjà quelque intuition du salaud qui n'avait pas su trouver d'autre anesthésiant à son traumatisme que de glisser la main dans la culotte de sa fille ? Peut-être enfin. Je ne saurai jamais. Mais ce que je sais, c'est que la réponse est simple : il aurait pu se trouver un autre anesthésiant.

La drogue, l'alcool, le porno, la baise, la bouffe, le bricolage effréné, que sais-je, ce n'est pas ce qui manque les anesthésiants. Non. Il a préféré utiliser ce qui se trouvait à portée de main et qui ne lui offrirait aucune résistance. L'alcool, la drogue, la baise, c'est pénible parce que ça déforme le corps ou ça oblige à se mettre à poil devant les autres, c'est risqué tout de même. Une gamine à la maison, c'est tranquille. On lui dit de se la fermer et c'est bon. De toute façon, si elle l'ouvre, personne ne la croira...

Mais peut-être n'est-ce guère qu'un système de domination de plus. Peut-être est-ce pire encore que ce que j'imagine. Peut-être ne puis-je même pas à me résoudre au fait que mon grand-père a juste profité de la toute-puissance que la société de l'époque lui offrait, cette possibilité de se servir de l'autre, quel qu'il soit du moment qu'il est plus faible, comme d'un *esclave-soignant* pour anesthésier ses propres souffrances. Alors dans une société aussi dévoyée que la construction coloniale paternaliste, n'en parlons pas.

J'ai commencé à avoir le vertige parce que je venais de faire un second tour de spirale dans le temps. Du traumatisme de la mort d'Andrée en 1954 – qui s'ajoutait déjà au traumatisme d'une guerre atroce – je venais de glisser, sans même m'en apercevoir, à un traumatisme incestueux qui allait me faire remonter les années, tout doucement, bien au-delà de ce que j'imaginais.

C'était l'entrée dans le gouffre.

C'était quoi son traumatisme à mon grand-père ? La mort d'Andrée lui aussi ? Oui et non.

Je connaissais une partie de son histoire personnelle parce qu'il la rappelait souvent avec une certaine fierté : il était pupille de la nation. Un enfant de la France. Particulièrement ironique lorsqu'on sait comment la France s'est comportée avec cet instituteur de la République passionné par son métier. C'est le seul de la famille à avoir basculé à fond dans l'OAS. Il n'a pas aimé qu'on le prenne pour le dindon de la farce, cet Espagnol d'origine valencienne qui avait tout donné pour son pays d'adoption, sa nouvelle mère patrie, la France. Il n'a pas supporté que cette France lui mette sur le dos tous les malheurs de l'Algérie depuis 1830 parce que son père à lui était allé mourir en France – et pour la France – sur les champs de bataille de la Première Guerre mondiale. Il ne l'a pas connu. Il est né en 1916. Son père est mort la même année. Mon grand-père a grandi du côté de la place Hoche à Oran, dans les jupons de sa mère, une femme de ménage espagnole. Un destin à la Camus. Mais Camus a réussi à sublimer son traumatisme dans la littérature alors que mon grand-père n'a rien sublimé du tout. Il a préféré se faire tyran domestique : je glisse la main dans la culotte de ma fille et j'humilie ma femme à longueur de repas.

Tu aurais vu ça, mon Lapin, c'était quelque chose les repas de vacances à Perpignan. Et plus les spectateurs étaient nombreux, plus il s'en donnait à cœur joie, le sadique. Devant tout le monde.

« Eh bien, ce ragoût est tout simplement dégueulasse. La sauce, c'est de la flotte. Pourquoi tu ne l'as pas fait réduire ? – Je l'ai fait bouillir quatre heures – eh ben, cinq heures, six heures, je m'en fous ! Je te l'ai déjà dit vingt fois. Quand la viande est cuite, tu la tiens au chaud. Et la sauce, tu la fais réduire à part. Dans une casserole. A-part ! Dans-une-ca-sse-ro-le ! »

Je n'ai pas eu le courage de me glisser dans la peau du sadique. Je sens que c'est douloureux. Ça me fait de la peine. C'est Jean Yanne dans *Que la bête meure* de Claude Chabrol. C'est assez ressemblant.

On ne savait plus où se mettre. Ma grand-mère qui cuisinait à merveille faisait tout de travers du point de vue de ce grand malade qui passait son temps à avaler des pastilles Rennie pour lutter contre ses aigreurs d'estomac. Si seulement les aigreurs avaient pu se limiter à l'estomac. Mais non. Elles refluaient jusqu'à la gorge et éructaient le plus vil mépris à l'égard de cette descendante de juifs indigènes devenus Française par la grâce d'un décret métropolitain de 1870. Il avait bien choisi sa cible, le tyran. Il savait qu'il pouvait faire ce qu'il voulait, il avait face à lui un puits sans fond de culpabilité qui ne répliquerait jamais aux humiliations répétées, le risque était trop grand pour elle qu'il rappelle à tout le monde ce que tout le monde avait oublié, ses origines honnies, cette honte absolue, elle arrivait du fin fond d'un quartier de Tlemcen où les juifs parlaient arabe depuis la nuit des temps. Il la tenait par là, le salaud, et il en jouait impunément. Risque zéro. La lâcheté absolue. Mais pourquoi ma grand-mère voulait-elle à tout prix cacher ses origines juives arabes, aussi ? Sûrement parce qu'à Oran, il n'a jamais fait bon s'afficher juif, et qu'à l'époque, de surcroît, il ne faisait pas bon afficher des origines indigènes. La totale. Donc profil bas. Tant pis pour les humiliations. Plutôt crever sous les coups du salaud.

Fin 1943, le tyran part faire la guerre en Europe tandis que son premier fils voit le jour à Oran. Les temps sont durs. C'est la famine. On manque de lait. Six mois plus tard, le nourrisson meurt de malnutrition dans les bras de ma grand-mère. Mon grand-père ne l'aura pas connu. C'est reparti pour un tour de spirale, on reprend les mêmes et on recommence, mais dans l'autre sens cette fois-ci, vingt-cinq ans plus tard. Effet miroir. On fait rejouer le traumatisme de la première guerre mondiale à travers la seconde, c'est mon grand-père qui jouera le rôle du soldat sur le champ de bataille, et c'est son fils qui mourra de l'autre côté de la Méditerranée, loin de lui.

Où qu'il se trouve, c'est toujours de l'autre côté de la Méditerranée qu'on meurt. Culpabilité assurée. Il est le père, il doit protéger son fils, il l'a laissé mourir. Il n'y peut rien se dit-il, il était à la guerre. Mais l'inconscient n'a cure de ce genre de raisonnement, il sera jugé coupable. Il était déjà coupable de la mort de son père vingt-cinq ans plus tôt (un enfant ne raisonne pas, ou alors à sa manière ; si ses parents meurent, c'est sa faute) il a encore failli à sa tâche. Il aurait dû être là. L'estomac se noue davantage. En avant les pastilles Rennie.

C'est pathétique un traumatisme. On se met tout sur le dos par goût du fardeau. Si on a le choix entre se dire « ce n'est pas ma faute, j'étais à la guerre » et « c'est ma faute, j'aurais dû être là », on choisit « c'est ma faute, j'aurais dû être là ». Pourquoi ? Je ne sais pas. Les psychologues sauront probablement me trouver une réponse. Pour ma part, je n'en ai aucune. Je constate juste qu'on se charge instantanément d'une culpabilité que la mort n'a pas le courage d'assumer. Je suis sûr que mon grand-père s'est rabâché tous les jours sous son casque et derrière son fusil « mais enfin mon gars, ce n'est pas ta faute, tu es à la guerre » et que son diable intérieur lui a répondu, tu peux frapper tous les jours à la cabine si ça te chante, en attendant, c'est moi qui pilote. *Tu aurais dû être là, tu n'as pas été là*. Ceci est un fait. Tiens, je t'ai trouvé des pastilles Rennie.

Heureusement, j'avais conscience de ce genre de faille quand le cancer a décidé de s'attaquer à toi, en 2013. Je me suis armé. Il était hors de question que je ressente la moindre culpabilité si les choses tournaient mal. Je devais être présent et faire le maximum, ne jamais me défiler devant quoi que ce soit, tenir ma place et te soutenir, te remonter le moral si nécessaire, continuer à faire l'idiot pour le plaisir de te voir rire malgré ta boule à zéro, ta perfusion sur roulette, et tes envies de vomir.

Deux mois plus tard, tu te faisais opérer à Paris. Le chirurgien a pris ta maman à part et lui a dit c'est simple, il y a trois possibilités : soit j'ouvre et je referme tout de suite parce qu'il n'y a plus rien à faire, soit j'ouvre et je répare ce que je peux, soit j'ouvre et miracle, ce n'est pas aussi grave que prévu. On s'est promenés dans la cour de l'hôpital Necker en attendant que le téléphone sonne. Là aussi, c'était simple. Il y avait trois possibilités : soit il sonnait tout de suite et c'était fini, soit il mettait un peu de temps et c'était plutôt bon signe, soit il mettait un temps fou à sonner et c'était le miracle. Il a mis un temps fou à sonner. J'en ai bêtement déduit qu'il y avait une corrélation entre le dévouement et la guérison, qu'on était forcément récompensé si on était présent. Question de mérite, tout simplement. C'est idiot et je l'ai appris à mes dépens six ans plus tard.

Mais si le dévouement ne guérit pas, il peut éviter la culpabilité. Au moins en apparence. Je le savais déjà et ta maman aussi. On a continué jusqu'au bout à faire le maximum. Quand tu t'es éteinte dans ses bras fin août 2019, ta maman n'a ressenti aucune culpabilité. Elle avait été présente jusqu'au bout du bout, les infirmières étaient admiratives, il y avait de quoi. Je l'étais aussi. La semaine suivante, il y a eu la cérémonie, et puis plus tard, le retour au quotidien, sans toi, mais sans culpabilité non plus, seulement de la tristesse. Une tristesse douce, sans effusion ni crise, diffuse. Belle. Mon inconscient sait que j'ai été là, tout le temps, que je ne me suis jamais défilé, il ne peut pas me raconter de blagues. Ici, j'essaie juste de me remémorer. Parce que tu me manques.

Mais mon grand-père n'a pas eu ce loisir, la France avait priorité sur ses enfants, la guerre c'est important. Quand il revient, c'est comme s'il n'était jamais parti, il retrouve une situation identique à celle de son départ. Une femme soumise et une fille aînée atteinte de la maladie bleue. Mais bien sûr, rien n'est plus pareil. Il a connu les horreurs de la guerre en Europe pendant que son premier fils faisait une apparition éclair à Oran. Je ne sais pas comment allait le couple avant cette période, mais après, ça ne peut qu'empirer. Ta mamie arrive en 1946 et son jeune frère en 1949. Et pendant ce temps, Andrée grandit, devient de plus en plus malade. Il faut aller à Paris pour voir des chirurgiens et s'entendre dire il y a trois solutions : soit ça ne va pas, soit ça va moyen, soit c'est le miracle.

Je l'imagine bien se dire « là c'est bon, je suis là et je serai là tout le temps, la guerre c'est fini, je vais faire le maximum, ne jamais me défiler devant quoi que ce soit, tenir ma place et te soutenir, te remonter le moral si nécessaire, continuer à faire l'idiot pour le plaisir de te voir rire ». Il aimait être au centre de toutes les attentions mon grand-père, surtout quand il y avait du monde. Il savait faire rire parce que le rire est une valeur en Algérie plus que partout ailleurs, donc il a dû faire rire Andrée, j'en suis convaincu, comme j'ai su te faire rire.

Le 16 février 1954, Andrée meurt, il est avec ma grand-mère à Lyon. Troisième tour de spirale. Il faut l'imaginer à la Poste, encore une fois seul de l'autre côté de la Méditerranée, en train d'écrire son petit télégramme à toute la famille qui attend des nouvelles, à Oran : « Andrée décédée ». Il aurait bien aimé ajouter « c'est ma faute et pourtant j'étais là cette fois-ci » – parce qu'au troisième tour de spirale, c'est trop tard, on ne peut plus s'empêcher de faire la corrélation – mais il n'ose pas. Il préfère garder ça pour lui. De toute façon, il a une bonne réserve de pastilles Rennie maintenant, ce n'est plus un problème.

À partir de là, rien ne va plus. 1954 n'est vraiment pas la bonne année pour mourir. Ils habitaient rue Sidi Ferruch à Oran, non loin de la gare, et déménagent dès le mois de mai rue de Mostaganem, au niveau du pont Saint-Charles. Ça n'a pas traîné. Et si ça n'a pas traîné, c'est que ça devait être insupportable. Mais les catastrophes s'enchaînent. Ils n'ont pas le temps de monter les meubles que Diên Biên Phu débarque, la France perd l'Indochine, l'Algérie commence à frémir et mon grand-père prend peur. Ce n'est pas possible ! Je ne vais pas perdre mon pays en plus ! Il ne manquerait plus que ça ! Et ma femme qui pleure tous les jours comme une fontaine !

La Toussaint rouge se présente six mois plus tard. Mais si c'est possible ! Je vais perdre mon pays ! Ça devient cauchemardesque ! Les pastilles Rennie ne suffisent plus, il va falloir trouver un anesthésiant plus puissant. C'est là qu'il doit commencer à avoir des vues sur ta mamie. Plus tard, ce sera l'OAS, et l'enivrement des pains de plastic. Puisque c'est comme ça, je ferai tout péter !

Je ne sais pas si les choses se sont vraiment déroulées ainsi, mais je ne crois pas être loin de la vérité. La mort d'Andrée comme rejeu de traumatismes plus anciens et ta mamie comme anesthésiant suprême. Il aurait été préférable pour tout le monde que le salaud croise plutôt une bouteille de vin et sombre dans l'alcool, mais non, il a préféré abuser de sa fille qui ne s'en est jamais remise.

En 1976, Andrée est rapatriée d'Oran, le traumatisme rejoue à plein et la sclérose en plaques de ta mamie prend son envol. Un soir de 1986, je suis obligé de la traîner jusqu'aux toilettes sur une couverture, puis de la nettoyer parce qu'elle s'est urinée dessus. Jolie transmission.

On n'en sort pas de ces histoires.

Mon grand-père est mort le 1er janvier 1998 à l'âge de 82 ans.

46 ans en Algérie et 36 ans en France. 36 ans de retraite puisqu'il avait décidé qu'il ne travaillerait plus jamais pour les Français. Il avait aussi mis ma grand-mère à la retraite. Je ne suis pas sûr qu'elle avait envie de continuer à travailler, mais de toute façon, elle n'a pas eu le choix. On ne discutait pas les ordres de mon grand-père. Il a fallu qu'il meure pour que je la voie enfin prendre une décision. Il déteste les églises et veut se faire incinérer ? Hors de question. Il passera à l'église, comme tout le monde, il se décomposera dans son cercueil comme tout le monde, il rejoindra Andrée dans le caveau familial, comme prévu. Personne n'a osé s'opposer à sa volonté. Elle était déterminée. Je crois que c'était surtout la crainte de Dieu. Le prêtre a fait son homélie : « Il était très aimé ». J'ai senti comme un frémissement dans l'église.

Je n'ai jamais eu de problème avec les églises hormis une période adolescente durant laquelle j'ai considéré que c'était un truc pour les trouillards. Mais je me suis assez vite raisonné. On ne pouvait pas écrire des textes aussi profonds (le Royaume des Cieux est forcé et ce sont les violents qui s'en emparent) et construire des cathédrales aussi incroyables (rosace noire au nord, blanche au sud, et rouge à l'ouest) en tremblant comme une feuille devant la vie. Ce n'était tout simplement pas compatible. Si les plus grands de l'Histoire y avaient trouvé quelque chose, c'est qu'il y avait quelque chose à y chercher, et pas seulement des génuflexions à exécuter. Mais c'est vrai qu'il faut chercher. Rien n'est donné. Il faut passer par l'épreuve du feu.

C'est pour ça que je t'ai offert une petite salamandre à ton anniversaire. Je t'avais dit tu es incroyablement forte. Tu passes toutes les épreuves et tu t'en sors toujours. Je t'offre cette salamandre parce qu'elle est comme toi. Elle ne se consume pas dans le feu. Elle résiste à toutes les flammes. Et c'est comme ça que tu as écrit dans ton journal :

« *Ah et j'ai quelque chose de moins drôle à vous demander… je voudrais être incinérée… je sais c'est dur… mon urne sera dans un cimetière avec ma salamandre dedans* ».

Ça a surpris tout le monde et moi le premier cette petite salamandre. Je l'avais presque oubliée. Mais toi non. J'étais content parce que l'idée me plaisait bien. On n'a pas réussi à ouvrir l'urne alors on a posé la salamandre dessus. J'espère que ce n'est pas trop grave. Elle veille sur tes cendres.

Je crois que ta mamie n'avait rien pour se protéger. Et pourtant elle a quand même passé toutes les épreuves. L'écriture a dû lui permettre de tenir. Elle s'est très peu racontée elle-même, elle a préféré écrire des nouvelles, raconter des histoires. Mais on la reconnaît à tous les coins de phrases. Tant mieux pour moi. Je n'ai pas grand-chose à deviner. On y découvre une haine féroce du journalisme, un amour du merveilleux et un certain désenchantement du monde (ce qui n'est pas forcément incompatible puisque le merveilleux permet de le réenchanter), la maladie aussi, et puis la solitude qui l'accompagne. Mais au milieu de toutes ces nouvelles, il y en a une qui sort du lot, de mon point de vue en tout cas. Ce n'est pas du merveilleux, mais du fantastique. Très familial.

C'est compliqué de raconter un inceste sans le dire ouvertement. La nouvelle s'intitule « Les visions de Valentin ». C'est l'histoire d'un petit garçon, Valentin, qui voit peu à peu les adultes autour de lui se transformer en animaux.

La nouvelle débute par une réception organisée dans un salon. Tout le monde est très élégant. On se promène en smoking, on boit du champagne, on mange des chocolats fins. Tout n'est qu'apparence et apparat. C'est l'idée. Jusqu'à ce qu'un des invités, un certain Monsieur Turpinet, se transforme en cochon, mais un cochon toujours élégant, en smoking, « dégoûtant » toutefois (c'est le terme employé), qui mange des chocolats tout en continuant à discuter. Valentin est extrêmement surpris d'autant plus que personne ne remarque la métamorphose. Il est *le seul* à « voir ». La réception continue et d'autres invités se métamorphosent ainsi tout au long de la soirée en animaux divers et variés, toujours élégants en apparence, hideux et « dégoûtant » en profondeur. Seuls les parents de Valentin et sa grand-mère Beth restent identiques à eux-mêmes.

Le lendemain c'est dimanche, mais les visions reprennent. Valentin est à table. Il fait tomber sa serviette sur le sol, se baisse pour la ramasser, et aperçoit un billet de 100 francs que son père a dû laisser tomber par mégarde. Il veut le prendre pour le lui rendre, mais le maître d'hôtel se métamorphose alors en « grand escogriffe », met son pied sur le billet, le prend, et regarde Valentin : « Attention si tu parles ! ».

Pendant quinze jours, les visions ne cessent de s'amplifier. Il arrive même que les personnes se dédoublent. Les images bestiales se tiennent alors près d'elles ou déambulent dans la demeure, indépendantes, et de plus en plus dégoûtantes. Puis le phénomène prend encore de l'ampleur, gagne le collège de Valentin, ses camarades, les professeurs, le directeur.

Un jour, Valentin rentre chez lui, découragé. La porte est entrouverte, il pénètre doucement dans la maison et aperçoit dans le salon, à travers la porte vitrée, deux formes animales qui dépassent du fauteuil. Elles portent des cornes sur la tête. Il comprend que ses parents, les dernières personnes en qui il avait encore confiance, se sont eux aussi transformés. Il s'évanouit.

Valentin a été malade, il a eu beaucoup de fièvre, il a déliré. Le médecin a trouvé un nom à sa maladie, naturellement. Mais Valentin, lui, sait bien ce qui s'est passé en réalité.

Grand-mère Beth est venue le voir plusieurs fois pendant sa maladie. Au début, Valentin ne voulait pas la voir, il hurlait si on lui disait, pourtant bien doucement : « mon chéri, tu ne veux pas voir ta grand-mère, elle est venue tout exprès pour toi, tu sais ». Et puis, un jour, grand-mère Beth a crié à travers la porte : « Valentin, mon petit, je t'assure que c'est bien moi, et que je ne me changerai pas en animal ! »

Il fallait voir les yeux étonnés de Maman, surtout quand, à la suite de ces paroles saugrenues, Valentin est venu entrouvrir sa porte, oh, très lentement, avec beaucoup de méfiance, mais enfin tout de même...

Ce jour-là, Valentin a tout raconté à grand-mère Beth. Elle lui a caressé les cheveux, elle a dit plusieurs fois : « mon pauvre petit... » et elle l'a bercé dans ses bras, elle a dit aussi : « je savais bien que ça finirait par t'arriver, à toi aussi, tu es trop sensible, tu es trop vulnérable... » Et puis elle a repris, après avoir réfléchi quelques instants : « mais tu verras, on s'y fait, et même, on finit par en rire... plus tard... » À vrai dire, Valentin n'a pas très bien compris ce que voulait dire grand-mère Beth. Mais ces paroles lui ont tout de même fait du bien, il s'est senti mieux après les avoir entendues.

Chose curieuse, une fois guéri, il n'a plus vu d'animaux. Il a vu les gens comme ils sont. Il est devenu très silencieux aussi. Et puis il a eu beaucoup de mal à retrouver son sourire. Encore n'est-ce plus son sourire d'autrefois.

On dit dans la famille de Valentin que sa grande maladie l'a « mûri », et l'on ajoute souvent, avec une réelle fierté, qu'il est maintenant un « grand garçon ».

C'est une nouvelle que j'avais déjà lue il y a longtemps, tu sais. Mais c'est comme tout, lorsqu'il n'y a pas de contexte, on reste aveugle. On traverse une petite histoire et on se dit que c'est bien raconté. Mais on sent que quelque chose nous échappe. Et encore, dans le meilleur des cas. La plupart du temps, on en reste au stade de l'émotion. On a éprouvé quelque chose. Or il existe toujours, dans toute histoire, dans toute parole, un angle très précis à partir duquel une vie entière s'illumine, « un certain point de l'esprit d'où la vie et la mort, le réel et l'imaginaire, le passé et le futur, le communicable et l'incommunicable, le haut et le bas cessent d'être perçus contradictoirement »[6]. J'étais dans le contexte de l'inceste lorsque j'ai relu la nouvelle et tout s'est éclairé. J'en suis resté bouche bée, sidéré.

Mais il m'a fallu encore un peu de temps avant de saisir la profondeur vertigineuse de ce texte. Il ne s'agissait pas seulement de ta mamie.

Il s'agissait de grand-mère Beth.

Sur la tombe d'Andrée à Oran sont inscrits un autre nom et une autre date : *Edmond Souleyre. Mort le 9 novembre 1942 à l'âge de vingt ans.*

Le 8 novembre 1942 – la veille donc – n'est pas une date anodine à Oran, c'est l'opération Torch, le débarquement américain sur les côtes d'Afrique du Nord. Une partie des troupes débarque à l'ouest du Maroc, une autre à Oran, et une autre à Alger. Les combats sont violents et durent trois jours au terme desquels la ville est libérée de Vichy. C'est les youyous à l'américaine, distribution de chewing-gum et de cigarettes, bises aux soldats du Nouveau Monde, jazz à gogo.

Mais grand-mère Beth n'est pas de la fête, son jeune fils Edmond manque à l'appel. Il défendait Vichy depuis le fort de Santa Cruz, tout en haut de la ville, perché sur la montagne de l'Aïdour avec une vue imprenable à la fois sur la baie d'Oran et sur celle de mers el-Kébir. Le fort lui aussi était censé être imprenable. Mais ce 9 novembre 1942, les Américains ne font pas dans le détail, c'est la bérézina là-haut, tout le monde y passe.

Au terme du troisième jour, grand-mère Beth entame alors une ascension habituellement réservée au lundi de Pâques avec pour objectif de récupérer le corps de son fils abandonné à lui-même au sommet de la ville en fête. L'imagination seule peut prendre le relais.

En 1942, grand-mère Beth a 57 ans, je ne sais pas si elle entame vraiment l'ascension à pied, au milieu des pins, comme l'exige la tradition. C'est ainsi qu'on me l'a raconté et c'est ainsi que je me le suis toujours imaginé, mais avec un peu de recul critique, le doute s'immisce. En admettant qu'elle soit vraiment montée là-haut, elle a plus probablement pris une voiture – peut-être même étaient-elles plusieurs mères à entamer l'ascension morbide – jusqu'au fort de Santa Cruz. Là, il faut bien que je me rende à l'évidence, elle est descendue de voiture, a pénétré dans le fort – seule ou avec d'autres mères – et a commencé à retourner les cadavres un par un pour tenter d'identifier Edmond. Au bout d'une heure, elle finit par le trouver, le prend sur ses épaules – ou se fait aider – le ramène dans la voiture, retourne chez elle – après avoir déposé tout le monde ? Chacun avec son cadavre ? – le déshabille, le toilette, et l'installe enfin sur son lit de mort. À la réflexion, je me demande si la légende familiale n'est pas plus crédible. Elle fait l'ascension à pied jusqu'au fort, récupère Edmond, et le redescend dans ses bras jusque chez elle. Quoi qu'il en soit, la conclusion est identique, c'est une horreur.

Grand-mère Beth, c'est « Mémé Souleyre », Meriem Ben Beroum, née en 1885 à Tlemcen, de Zohra Bent Mouchi ben Samoun et Schelomo ben Beroum, cordonnier juif.

La question qui se pose (et que je me pose immédiatement) en découvrant le parcours de cette branche familiale est celle-ci : comment a-t-on pu passer aussi rapidement du vieux cordonnier juif au jeune soldat de Vichy ? On ne peut pas nier qu'il y a là, sous les yeux, une contradiction particulièrement frappante. La seule personne qui tient les deux bouts de la corde, c'est Mémé Souleyre, grand-mère Beth, fille de Schelomo et mère d'Edmond.

Bien sûr il y a le décret Crémieux de 1870, les 35 000 juifs indigènes naturalisés français un beau matin d'octobre d'un coup de haskala magique, la possibilité de s'émanciper d'un statut de sujet français peu reluisant même s'il l'est davantage que celui de dhimmi, la liberté si l'on s'en donne la peine et les moyens de gravir les échelons de cette société française coloniale verrouillée à triple tour, l'espoir pour une femme de faire autre chose de sa vie que de croupir dans le quartier juif de Tlemcen à l'ombre d'un mari cordonnier ou bijoutier, le bout du tunnel enfin, la petite lumière à l'horizon qui fait accélérer le pas, courir même, pour se trouver ce Français qui l'arrachera définitivement à sa condition d'indigène, ce Paul Souleyre auvergnat d'origine, né à Constantine en 1882, qui l'attend sans le savoir, du côté d'Oran. Elle saura le séduire, sa détermination est sans faille, elle doit se sortir de là.

Valentin fut tenté de regagner sa chambre avant de perdre complètement la tête. Mais il aperçut alors quelqu'un dont il n'avait pas encore remarqué la présence : c'était sa très chère grand-mère Beth qui était assise là-bas, près de la cheminée, au fond de la pièce à droite, non loin de tante Cécile. Grand-mère était très âgée, très fatiguée, et déclinait souvent les invitations de Maman, c'est pourquoi Valentin ne l'avait pas particulièrement cherchée du regard. Mais aujourd'hui, elle était là, et même, elle regardait du côté de Valentin avec un petit sourire. Valentin pensa aussitôt : « elle a vu », et attendit le signe de connivence qui ne saurait tarder à venir. Mais grand-mère Beth fit seulement un petit sourire à Valentin en l'accompagnant d'un clin d'œil comme elle le faisait souvent ; toutefois, rien dans son comportement ne pouvait laisser supposer à Valentin qu'elle avait vu elle aussi le phénomène.

Je me suis toujours demandé si le décret Crémieux était à lui seul un moteur suffisant pour avancer aussi vite. Certes, c'est une porte ouverte, un vent d'air frais soudain, un lever de soleil au matin, un espoir vivifiant, j'en conviens. La perspective d'une vie meilleure est un bon stimulant. Mais de là à courir aussi vite ?

Tu n'as jamais couru aussi vite que lorsqu'un chien t'a poursuivi un jour chez ma sœur. Tu as fait le tour de la maison en un temps record pour venir te jeter dans mes bras, la tête tournée vers l'arrière, pour t'assurer que le monstre avait abandonné sa course. Et pourtant, tu avais du mal à marcher ne serait-ce qu'un peu vite, ton handicap t'en empêchait. As-tu jamais couru aussi vite pour rejoindre un objet de désir ? Non. À aucun moment. Quand tu te réveillais d'une opération, tu te remettais sur pied de plus en plus vite, mais c'était quoi le moteur ? Le désir de revenir le plus vite possible au collège ? Sans commentaire. Ou bien le sentiment de plus en plus prégnant que la mort se rapprochait de toi à grands pas et qu'il ne fallait pas traîner en route, bien faire tes exercices respiratoires, bien prendre soin de ta cicatrice, bien exécuter tes mouvements de kiné, pour t'éloigner vite fait de cette gueule de néant à l'haleine fétide.

Si je trouve la force d'écrire aujourd'hui, ce n'est pas parce que le désir est plus intense qu'il y a cinq ans, c'est parce que la mort s'est rapprochée de cinq ans. Ça motive. J'ai de moins en moins envie de procrastiner.

Ce jour-là, Valentin a tout raconté à grand-mère Beth. Elle lui a caressé les cheveux, elle a dit plusieurs fois : « mon pauvre petit… » et elle l'a bercé dans ses bras, elle a dit aussi : « je savais bien que ça finirait par t'arriver, à toi aussi, tu es trop sensible, tu es trop vulnérable… » Et puis elle a repris, après avoir réfléchi quelques instants : « mais tu verras, on s'y fait, et même, on finit par en rire… Plus tard… »

Ce qui a surmultiplié les forces de Meriem Souleyre, je l'ai trouvé dans

« Les visions de Valentin », je n'aurais jamais pu le deviner tout seul. Se marier le plus vite possible pour fuir l'enfer familial. Comme ta mamie.

Lorsqu'on est poussé aux fesses par un diable pervers, on projette immédiatement l'image du prince charmant sur le premier individu qui passe, même si ce dernier doit posséder quelques caractéristiques singulières pour que l'image adhère pleinement. Meriem a projeté le prince charmant sur Paul Souleyre l'ancien, le vrai, l'unique, parce qu'il était le Français parfait sur lequel projeter sa toute nouvelle identité nationale encore embryonnaire, inemployée, mais surtout parce qu'il lui permettait de fuir la main perverse de Schelomo ben Beroum, cordonnier juif de Tlemcen, traumatisé.

Mars 2013, je suis à Paris, chez une petite-fille de Meriem, cousine de ma mère. Il ne reste plus grand monde dans la famille. Je suis venu parler des uns et des autres, voir des photographies, évoquer Oran. Que leur reste-t-il ?

« Ton grand-père… Il était dur avec ta grand-mère... »

C'est quasiment la première remarque que me fait la cousine de ma mère. C'est ce qui l'a marquée. Elle ne peut pas s'empêcher de le dire, ça sort tout seul, sans filtre. Le reste viendra plus tard, mais là, comme ça, sans retenue, ce qui jaillit, c'est l'attitude abjecte de mon grand-père à l'égard de ma grand-mère. Je hoche la tête. Il n'y a pas grand-chose à rajouter ou alors il faudrait écrire un roman.

On boit le café, on mange quelques gâteaux, on évoque la famille et Oran, mais rien que je ne connaisse déjà. Et puis elle se rappelle les photographies. Elle les sort une par une, les étale sur la table, me donne des indications sur la vie de celui-ci, l'appartement de celle-là, les morts, les toujours vivants mais perdus de vue, les dates de mariages et d'enterrements, la pauvre Andrée, et les photographies défilent.

Le temps passe et je commence à m'ennuyer parce que je connais à peu près tout. Soudain, tout au fond de la boîte, une grande photographie. La cousine la prend dans sa main, la regarde étonnée, qu'est-ce que c'est ? Il lui faut cinq secondes pour reprendre ses esprits. Ah oui, ça doit être les parents de Mémé Souleyre. Et le bébé là ? Sûrement Mémé Souleyre.

Elles sont belles ces cinq secondes d'égarement. Elles me resteront gravées à vie. Elles marquent l'enfouissement de Zohra Bent Mouchi ben Samoun et Schelomo ben Beroum dans les limbes de l'Histoire, l'oubli de la judéité familiale. Enfin, pas vraiment de la judéité, mais de l'origine indigène de cette judéité. L'étoile juive, ce n'est pas un problème dans la famille, la cousine s'en souvient – même si elle est catholique depuis l'enfance – mais l'origine indigène de cette étoile à six branches s'est effacée. On est juif, et peu importe par quel miracle, l'essentiel est de l'être. Or ce n'est jamais dans l'être que se situe l'essence, mais dans le peu importe, l'anodin, le superflu, l'absence, le vide. Cinq secondes de vide, c'est parfait. Voilà ce qu'a transmis Mémé Souleyre. Schelomo et Zohra, on tire un trait, ça n'existe pas.

Théâtre - Acte II

La Mère : *Mon enfant, voici ce que tu ne dois pas évoquer : nous provenons d'une famille de juifs indigènes. Peux-tu répéter ?*

L'enfant : *Je ne dois jamais évoquer que nous provenons d'une famille de juifs indigènes. Ai-je bien compris ?*

La Mère : *Oui, tu as bien intégré. Maintenant, pose ta question.*

L'enfant : *Peux-tu me raconter ma judéité sans jamais évoquer que nous provenons d'une famille de juifs indigènes ?*

La Mère : *C'est parfait. Maintenant, oublie.*

L'enfant : *Que dois-je oublier ?*

La Mère : *Rien.*

Le non-dit s'est parfaitement transmis. Il faut dire que Mémé Souleyre en imposait. Avec son petit air de Golda Meir, on n'avait pas trop envie de lui chatouiller les orteils, tant pis pour les origines. Ce n'est pas bien grave de toute façon. Personne n'est jamais mort de ne pas connaître ses origines. Ce qui compte, c'est le présent. Le problème, c'est que ce sont les origines qui pilotent la machine. On le saisit bien lorsqu'un ascendant décède, parents ou grands-parents, quelque chose se détraque à l'intérieur, on met du temps avant de retomber sur ses nouvelles pattes.

Un descendant qui disparaît, je suis en train de l'expérimenter, et le moins que l'on puisse dire, c'est que ce n'est pas rassurant. Tu me fiches la trouille, mon Lapin. Ça se fissure grave à l'intérieur. Ça tremble sur les fondations. C'est un craquement qui a lieu très loin en profondeur et dont on perçoit les ondes peu à peu rejoindre la surface. J'ai encore un peu de temps pour écrire et raconter Mémé Souleyre, mais pas tant que ça, je le sens bien. Le séisme est proche. Je ne sais pas si j'en sortirai vivant. C'est sûrement la raison pour laquelle on enfouit le traumatisme comme on enfouit des essais nucléaires. Il faut que les ondes de surface soient les moins violentes possible.

Grand-mère Beth était un roc : « *Mais tu verras, on s'y fait, et même, on finit par en rire… Plus tard…* » Ta mamie a enfoui un inceste, une guerre, et la mort de sa sœur Andrée, chapeau. Mémé Souleyre a enfoui ses origines juives indigènes, un inceste, et deux guerres mondiales, double chapeau. C'est un sacré reniement.

Mais qu'a-t-il bien pu se passer dans la tête de Schelomo pour qu'on en arrive là ? Sur la grande photographie des ancêtres exhumée par la cousine parisienne, tous les protagonistes sont présents : Zohra debout à droite, Schelomo assis au centre, et Meriem, petit bébé d'un an, assise sur la table. Elle est effrayante cette photographie. Pour deux raisons au moins. D'abord la grande main gauche de Schelomo posée sur le petit ventre de Meriem comme un signe annonciateur de l'inceste à venir. Ensuite, la main de Zohra sur l'épaule de Schelomo comme le signe d'un indéfectible soutien, une soumission absolue, la promesse d'un silence.

Quel est ton traumatisme Schelomo ? Que s'est-il donc passé pour que tu choisisses toi aussi d'aller anesthésier ton séisme intérieur dans les jupons de ta fille ? Il faut chercher trois tours de spirale. Comme le grand-père. C'est toujours au troisième tour de spirale qu'on dégoupille. Mais c'est plus compliqué à tracer parce que je n'ai que peu de cartes en main.

Le premier tour de spirale pourrait être l'arrivée des Français à Tlemcen le 31 janvier 1842. Ça donnerait un mois de février perturbant pour le petit Schelomo, et les 16 février 1954 (mort d'Andrée) et 15 février 2009 (mort de ta mamie) en seraient des traces résiduelles. Pourquoi pas.

Deuxième tour de spirale, le 24 octobre 1870, décret Crémieux. Second coup de bambou sur la tête de Schelomo. Les Français n'entrent plus seulement dans sa ville, mais dans sa tête, le voilà Français par l'opération du Saint-Esprit des Lumières juives européennes. Schelomo commence sérieusement à vaciller.

Troisième tour de spirale ? Meriem naît en 1885. Je dois chercher un événement qui a eu lieu entre 1885 et 1900, fourchette probable de l'inceste. Peut-être la naturalisation en masse des Espagnols qui fait rejouer le décret Crémieux de 1870 ? Les émeutes anti-juives d'Oran qui font rejouer le même décret ? Quand on découvre les pages du Petit Oranais de 1898, on n'est pas déçu du voyage. Le degré de haine dont ces nouveaux Français font l'objet laisse pantois :

« Il faut mettre le soufre, la poix, et s'il se peut le feu de l'enfer aux synagogues juives, détruire les maisons des juifs, s'emparer de leurs capitaux, et les chasser en pleine campagne comme des chiens enragés ».

Mais je n'irai pas plus loin dans les spéculations. Il faut savoir abdiquer devant les mystères du temps. Je n'ai pas les moyens de mes ambitions.

Zohra Bent Mouchi ben Samoun pose la main sur l'épaule de Schelomo le salaud et l'assure de son silence.
Meriem découvre la métamorphose de ses parents en bêtes à cornes derrière la vitre du cordonnier.
Elle s'enferme dans le mutisme de l'inceste, renie ses origines, et s'enfuit avec le premier Français qui passe.
Elle transmet à ses filles le goût du silence dans la soumission.
Ma grand-mère intègre.
Elle se transforme en bête à cornes aux côtés de mon grand-père à qui elle accorde un soutien sans faille.
Ma mère s'enferme dans le mutisme de l'inceste sur les conseils avisés de grand-mère Beth.
Le mutisme dure longtemps.
Et puis un jour, enfin, elle demande à ma sœur d'écrire ce qu'elle va lui dicter.
Tu le diras à ton frère.
Il était temps que ça s'arrête.

Que serais-je devenu sans la région PACA ?

C'est elle qui a pris soin de restaurer le carré du cimetière chrétien d'Oran dans lequel se trouve la tombe d'Andrée. Le Collectif de Sauvegarde des Cimetières d'Oranie a toute ma gratitude. Il peut se passer quarante ans sans qu'on se préoccupe le moins du monde de sa propre histoire, le C.S.C.O. veille sur ta tombe, un jour viendra où toi aussi, l'enfant perdu, tu comprendras qu'*un secret est fait pour être partagé sinon c'est une pensée*, que ta tombe attend d'être découverte. Tant qu'elles n'ont pas trouvé leur tombe, les pensées voltigent aux quatre vents, opaques, chargées d'illusions poétiques, de belles images qui tournoient dans le ciel, de métaphores subtiles, mais elles vivent emprisonnées dans le présent, en exil de leur propre vérité, mortes pour tout dire. Une pensée est un secret qui s'ignore.

Rien n'est plus étrange, je crois, que de découvrir un jour une tombe qui porte le nom du pseudonyme qu'on s'est donné dans la plus totale inconscience quelques années plus tôt. Et rien n'est plus troublant que de découvrir cette tombe en plein cœur d'Oran. On a le sentiment d'être mort. On perd contact avec le monde. La réalité s'effondre comme un château de cartes.

On court chercher sa carte d'identité pour la regarder comme un étranger, hagard, plongé dans les abîmes. Qui suis-je ? Où suis-je ? Dans quel état j'erre ? On se sauve par le rire parce que le rire est la seule issue, mais on ne peut rire indéfiniment sans risque de devenir fou, il faut en revenir à la carte d'identité. Ce nom officiel, inscrit en toutes lettres à côté de l'horrible photomaton, ce nom qui me sert à obtenir un visa, une carte bancaire, un travail, une maison, que vaut-il au regard de Paul Souleyre, cette identité jaillie de nulle part un jour d'octobre 2005 en guise de *signature d'artiste* – c'est ainsi que je la concevais à l'époque – en achevant la réalisation d'un petit film intimiste et solitaire que j'avais décidé d'intituler « le film du salaud » en référence au *Salaud* de Sartre ?

Je suis tombé par hasard sur une interview d'Olivia Elkaim qui évoque son beau roman *Le tailleur de Relizane*[7]. Relizane est un petit village algérien, au sud-est d'Oran. Olivia Elkaim est issue d'une famille de juifs d'Algérie. À la première question classique « Que saviez-vous de Relizane avant d'écrire ce livre ? Quelle place occupait ce lieu dans votre mythologie personnelle ? », elle répond :

« Relizane, j'en ai entendu parler toute ma vie. Et en particulier toute mon enfance parce que Relizane était une sorte d'eldorado. J'entendais ce nom comme le paradis perdu. À table, autour du couscous du vendredi soir, ma grand-mère, mon grand-père, mon père, mes oncles, tout le monde parlait de Relizane. Et ce mot Relizane était tellement fort, que lorsque j'ai été enceinte, et qu'on ne savait pas si j'attendais une fille ou un garçon, je pensais à un prénom de fille qui aurait été Lise-Anne. Sans me rendre compte que c'était une façon de prolonger Relizane »[8].

Pour une Olivia Elkaim qui éclate de rire à la lumière du passé, combien de Lise-Anne égarées dans le présent en quête de développement personnel, combien d'âmes au nom transmis par une âme qui ne sait pas elle-même ce qu'elle transmet ? Combien de Paul Souleyre qui ne cherchent pas la tombe qui porte leur nom ? Combien de noms perdus dans le temps, à la fois opaques et transparents, chargés d'allusions poétiques et de métaphores subtiles, qui vivent emprisonnées dans le présent, en exil de leur propre vérité, morts pour tout dire. Combien de noms qui ignorent leur secret, qui ignorent même jusqu'à la présence d'un secret, un doux secret comme Relizane.

Dans la tombe d'Oran, il n'y a plus Andrée puisqu'elle est à Perpignan depuis 1976, mais il y a Edmond Souleyre, mort pour la France à l'âge de vingt ans au sommet du fort de Santa Cruz, et Paul Souleyre, son père, l'auvergnat de Constantine, agent des Postes à Oran, mort le 16 avril 1940 à l'âge de 51 ans. Il était le père de ma grand-mère Paulia, la bête à cornes, mère de ta mamie. Paulia Souleyre de son nom de jeune fille.

Il ne faut pas aller chercher bien loin, parfois. Les Paul se suivent et n'ont même pas sauté la génération de ta mamie qui ne s'appelaient pas Pauline, mais qui, une fois dans sa vie, a signé Pauline Souleyre une nouvelle publiée dans le quotidien régional où travaillait son second mari. Paul Souleyre, Paulia Souleyre, Pauline Souleyre... et de nouveau Paul Souleyre. Paul, Paul, Paul et encore Paul.

Je ne connaissais ni Paul Souleyre le père, ni Pauline Souleyre le nom de plume de ta mamie. Ce qui me travaillait en octobre 2005, c'était le nom de jeune fille de ma grand-mère maternelle, Souleyre, parce qu'il charriait avec lui une judéité dont j'avais vaguement entendu parler dans la famille et que j'imaginais en provenance directe d'Israël. Une judéité en provenance d'Algérie, ça n'avait aucun sens dans mon esprit dévoyé de l'époque, puisque le pays était arabe. Mais Israël, ça m'intriguait. Donc va pour Souleyre.

Paul, c'est vraiment la partie inconsciente. Rien à voir avec ma grand-mère. Encore moins avec son père, inconnu au bataillon à l'époque, ou le nom de plume de ma mère, qui n'a été utilisé qu'une fois. Non, j'ai accolé le prénom Paul au nom Souleyre, comme ça, parce que c'était lui, parce que c'était moi. Plus tard, bien plus tard, il m'a semblé que les choses n'avaient pas été aussi simples.

Quand je dis « rien à voir avec ma grand-mère », ce n'est pas tout à fait vrai, rien à voir avec son prénom Paulia serait plus juste. Parce qu'il reste un dernier fantôme qui rôde dans la famille, c'est le petit Paul, le fameux bébé, mort de malnutrition dans les bras de ma grand-mère pendant que mon grand-père fait la guerre en Europe.

L'enfant qui n'a pas de tombe.

Comment t'imaginer sans une tombe ? Tu n'es plus qu'une pensée aujourd'hui, mais que serait cette pensée si ta tombe n'existait pas, si cette pensée n'avait nulle part où s'ancrer ? Que deviendrait ton cerf-volant sans le fil qui le relie à ma main. Un souvenir. Il s'envolerait très loin et je finirais probablement par le perdre de vue comme on a perdu de vue le petit Paul qui circulait dans la famille à l'état de souvenir brut. « Ils ont aussi eu un enfant pendant la guerre. Un petit Paul. Il est mort de malnutrition ».

Si tu existes encore à l'état de pensée virevoltante, c'est que tu as une tombe qui tient ensemble tous les fils de tous les cerfs-volants, sinon ils se seraient depuis longtemps égarés dans l'atmosphère et tu n'existerais plus qu'à l'état de souvenir brut : « elle portait des lunettes. Elle était petite. Elle avait un fauteuil roulant. Elle boitait. Elle lisait. » Toutes sortes de souvenirs gelés, glacés, marbrés, comme pouvaient l'être les souvenirs d'Andrée avant que je trouve sa tombe au cœur d'Oran. « Elle est morte jeune de la maladie bleue. Il y avait une photographie sur le buffet de mes grands-parents. Elle portait des rubans blancs dans les cheveux ».

Le petit Paul, je suis allé voir tout le monde, et j'ai toujours obtenu la même réponse glacée : « Oui, c'est vrai. Ils ont eu un enfant pendant la guerre. Mais il est mort jeune. De malnutrition, je crois ». Pourquoi il n'a pas de tombe ? « Je ne sais pas ». Personne ne sait. Et personne ne s'en préoccupe. Il n'est rien.

Ce rien-là m'a toujours hanté, et c'est lui qui s'est glissé en amont du patronyme Souleyre en octobre 2005, en guise de « nom d'artiste ». Souleyre est le fantôme de Schelomo le cordonnier de Tlemcen, et Paul, le fantôme de cet enfant sans tombe qui erre dans le néant de la famille Souleyre à l'état de souvenir sans âme.

Ce n'est pas tout à fait un hasard si l'accolement de Paul et de Souleyre a formé une troisième personne qui donne son nom à la tombe d'Oran – « Famille Paul Souleyre » y est inscrit en bas – mais ce n'est pas cette personne qui me hante. C'est l'absence transgénérationnelle du petit Paul. En octobre 2005, c'est dans la figure de cet enfant exilé de lui-même que je me projette, que j'imagine me reconnaître.

J'ai cherché les raisons pour lesquelles un enfant pouvait se retrouver sans tombe. Annie Tranvouëz Cantele, spécialiste de la symbolique des prénoms transgénérationnels, explique dans une vidéo[9] ce qu'est un « ange » :

Un « ange », c'est un enfant qui est mort avant d'avoir été baptisé. Aujourd'hui, ce n'est pas grave, mais dans le temps, les parents étaient quasiment excommuniés avec une culpabilité énorme, on les montrait du doigt, c'était horrible.

L'Église a créé « les Limbes » pour permettre à ces pauvres âmes non baptisées d'errer dans le néant plutôt que d'être vouées aux gémonies de l'enfer. Ça laisse songeur. Elle a fini par supprimer ce concept en 2007 devant les dégâts psychologiques occasionnés par cette trouvaille chez les parents.

Le petit Paul n'a peut-être pas eu le temps d'être baptisé. Dans le livret de famille de mes grands-parents, les trois autres enfants sont baptisés. Les dates et lieux de baptêmes sont indiqués. Le petit Paul ne semble pas avoir eu cette chance. Mais cela dispense-t-il pour autant d'une tombe ? Parfois oui. Il y a un très bel article à ce sujet sur Slate. J'en extrais un paragraphe particulièrement éclairant :

Par ailleurs, il serait naïf d'oublier que le baptême d'hier avait aussi, plus qu'une signification religieuse, une importante dimension sociale. Autrefois, ne pas pouvoir avoir de sépulture chrétienne signifiait devoir être enterré au fond du jardin, loin de là où reposent les siens, sans cérémonie, sans recevoir de nom ni de parrain et marraine permettant de s'insérer dans une filiation, c'est-à-dire à la façon dont on aurait enterré un animal ou jeté des ordures[10].

Ma grand-mère en est-elle arrivée à une telle extrémité ? Le petit Paul erre-t-il dans les limbes oranais sans « parrain ni marraine permettant de s'insérer dans une filiation » ?

Mais peut-être n'est-il pas mort de malnutrition, après tout. Peut-être est-il mort du typhus ou d'une épidémie quelconque qui auraient obligé à l'enterrer rapidement dans une fosse commune, même si je ne vois aucune trace d'épidémie à Oran entre janvier et mai 1944. Ou bien ma grand-mère a-t-elle perdu son bébé et ne l'a-t-elle jamais retrouvé ? Difficile à croire puisqu'il existe une date de décès dans le livret de famille. L'hypothèse la plus probable reste encore l'enfouissement sans sacrements au fin fond d'un jardin. J'imagine en effet la culpabilité de ma grand-mère.

Il n'existe aucune photographie du petit Paul nulle part. Andrée trônait sur le buffet de mes grands-parents avec ses rubans blancs dans les cheveux en reine absolue des morts de la famille. Rayonnante. Je crois que c'est en réaction contre cette photographie que je me refuse à en mettre une de toi dans mon nouveau salon. Je ne veux pas que tu deviennes une icône à rubans blancs. Du coup, je n'en mets pas d'Irma non plus parce que le déséquilibre ne ferait que renforcer ton absence, tu n'en serais que plus présente. Donc rien. Nulle part. De personne. On en arrive à faire n'importe quoi.

C'est comme ça que les traumatismes se transmettent. Par le vide. En négatif. Si un nouvel enfant devait un jour grandir dans ma maison, il serait inconsciemment confronté au vide des photographies familiales, tout en continuant à jouer avec son train électrique. Qui sait l'adulte que j'en ferais ? Ne suis-je d'ailleurs pas moi-même en train de reproduire le schéma très familial de l'obsédant petit Paul qui n'a pas eu droit à sa photographie dans le salon ? On peut tourner en rond très longtemps dans les dédales d'une histoire traumatique. C'est presque sans issue.

Je dis « presque » parce qu'il me restait encore une carte à jouer au mois d'avril 2014. J'avais commencé à tenir mon blog en avril 2012 et arrêté d'écrire fin juillet 2013 parce qu'il était devenu un office de tourisme. Je chantais les louanges d'Oran. J'en avais perdu de vue ce qui m'intéressait vraiment et n'intéressait pas les lecteurs, la transmission du traumatisme pied-noir. Pas le traumatisme en lui-même de la perte d'une terre, d'un exode, ou d'une guerre déjà tous mille fois racontés dans autant de livres qui m'ont nourri. Ce n'est pas ma vie. Mais la *transmission* de ce traumatisme. La manière dont le serpent de mer circule encore dans les familles et dans la mémoire de tous les enfants de Pieds-Noirs en 2020. Parce que ça, c'est ma vie.

J'ai continué à poster sur Facebook des documents liés à Oran, mais la tête n'y était plus, mon esprit avait plongé dans les circonvolutions d'histoires familiales tortueuses. Je devais comprendre les répercussions d'un inceste, d'une guerre, de la mort d'un enfant, à la fois sur les familles elles-mêmes et sur leurs descendants. Donc je lisais *Ces parents qui vivent à travers moi : les enfants des guerres*[11] de Yolanda Gampel ; *Honte, culpabilité et traumatisme*[12] de Albert Ciccone et Alain Ferrant ; *Mort des enfants et structures familiales*[13] de Odile Bourguignon ; *Renaître grâce à la psychogénéalogie - Les clés du décodage familial de l'inceste*[14] de Noëlle Le Dréau, pour ne citer que les titres les plus explicites. Il fallait que je comprenne, mais surtout, que je me retrouve. Que je me reconnaisse dans les enfants des guerres, dans les enfants de familles qui ont perdu des enfants, dans les enfants d'une mère qui a subi un inceste.

J'y ai passé six mois entre août 2013 et février 2014. Six mois durant lesquels je suis revenu vivre chez ta maman pour te soutenir dans ta lutte contre le cancer qui venait d'apparaître. En février, tu t'en étais sortie, et je m'en étais aussi sorti. Je commençais à y voir clair dans la circulation des traumatismes familiaux. Mais je commençais surtout à comprendre que le cercle des traumatismes est sans fin, qu'il nous structure bien avant qu'on possède la moindre arme pour lutter, et que le combat est quasi perdu d'avance.

Je ne vais pas dire que j'étais désespéré, mais je ne voyais pas comment rompre la longue chaîne de maladies et de décès prématurés, ce cycle infernal des réincarnations traumatiques. Une *malédiction*, aurait dit ma grand-mère.

Il restait toutefois une dernière carte à jouer : le voyage à Oran.

Je crois que j'ai rêvé de toi une fois avant de te connaître. Je ne sais plus quand. Il y a longtemps. Ton prénom a existé dans mon rêve. Je savais que tu arriverais dans ma vie. Mais c'est flou. Une fenêtre, des rideaux, et ton prénom qui flotte. Trop peu pour que j'en écrive davantage.

C'est le privilège dramatique de la famille Souleyre, on a la prescience, on *voit*. Ta mamie devinait parfois les morts célèbres quelques jours à l'avance. Ma grand-mère rêvait que Zohra dans sa tombe lui demandait de la débarrasser d'un petit garçon qui l'empêchait de dormir. Moi, j'ai un jour rêvé d'un ami que je ne rencontrerais que deux mois plus tard.

On peut toujours imaginer des explications plus rationnelles à toutes ces bizarreries, elles ne m'enlèveront pas de l'idée que le temps circule parfois dans l'autre sens, comme lorsque je sursaute deux secondes avant que le réveil sonne. Et s'il avait déjà sonné et m'avait réveillé ? C'est idiot probablement. Illogique puisqu'il va sonner dans deux secondes et que je vais l'arrêter. Je n'arrive pas encore à concilier les deux.

Tu es née le 11 mai 2003 avec la neurofibromatose de type I gravée sur ta peau sous la forme d'une multitude de petites taches café au lait. On nous a prévenus que ta vie, la nôtre par ricochet, ne serait pas simple dans les années à venir. Qu'on avait deux ou trois ans devant nous avant que la machine infernale se mette en route, et que l'adolescence pouvait être un moment critique. Ils ne se sont trompés sur rien. La médecine a fait de gros progrès en termes de prédiction. En termes de thérapeutique aussi, soyons honnête, sinon tu n'aurais pas survécu à la première grave crise que tu as traversée. La maladie n'a pas fait dans la dentelle, elle s'est attaquée à ta vessie et à ton utérus, et les a envahis à un point tel qu'il a fallu les retirer. Les organes étaient totalement comprimés et infiltrés par les neurofibromes. Un micmac inextricable. Le chirurgien a fait une dérivation depuis les reins et t'a installé une poche urinaire. Tu avais à peine six ans. À une autre époque, l'époque d'Andrée peut-être, tu n'aurais pas survécu. Tu serais morte à six ans. J'ai eu la chance de pouvoir profiter de toi dix ans de plus.

À trois ans, c'est ta fesse droite qui a commencé à grossir. On s'est demandé si on ne rêvait pas. Six mois plus tard, il n'y avait plus de doute. Ta fesse droite faisait le double de la gauche. C'est par là que tout a commencé. La fesse.

Parfois elle te faisait mal, tu avais des élancements insupportables, il fallait que tu t'allonges. Je venais près de toi, je me collais derrière ton dos, et je posais ma main sur ta fesse pour tenter de l'apaiser. On m'a dit un jour que si je m'en donnais la peine, je pourrais devenir magnétiseur, parce que les cristaux de magnétite tiennent tout seul sur le bout de mes doigts. À quoi bon maintenant. Lorsque tu t'endormais enfin apaisée, je quittais le lit pour retourner à mes affaires, tout content de retrouver un peu de tranquillité. C'est mon côté égoïste. Ou bien le soulagement de tout parent qui met son enfant à la sieste et sait qu'il a devant lui trois quarts d'heure de folle liberté.

Ta maman et moi avons passé dix ans à changer quotidiennement ta poche urinaire (souvent plusieurs fois par jour parce que ces poches ne sont pas des modèles de fiabilité) et c'était à chaque fois un stress insurmontable pour toi. Il n'y avait aucun moyen de te calmer. Tu serrais les dents, tu gémissais, tu te prenais la tête entre les mains, tu te griffais parfois, tout en essayant de ne pas trop bouger pour qu'on puisse poser la poche, tu soufflais, tu essayais les grandes respirations apaisantes, tu jurais tout en disant pardon, tu te traitais de tous les noms d'oiseaux parce que tu te trouvais nulle, tu demandais si c'était fini – non ce n'était pas encore fini, bientôt – tu jurais encore, et il valait mieux qu'on assure du premier coup parce que si c'était à refaire, tu souffrais deux fois plus. Tu pouvais en ressortir épuisée. J'avais l'impression de te faire du mal deux fois par jour. Le matin au réveil et le soir avant de dormir. « *T'inquiète pas si je crie. C'est pas grave si j'ai mal* ». C'était notre quotidien.

Il faut dire qu'une stomie n'est pas un modèle d'élégance. Ce petit morceau de chair rouge qui sort du ventre et qu'il faut bien nettoyer pour rester fonctionnel n'est pas très engageant. Tu n'as jamais pu le regarder, il te faisait horreur, tu le trouvais dégoûtant. En théorie, il aurait fallu que tu apprennes à changer ta poche toute seule pour devenir autonome au fil du temps ; dix ans plus tard, on n'avait pas avancé d'un pouce, c'était toujours l'enfer. Tu ne pouvais même pas tenir une poche urinaire entre tes mains pour commencer à découper un petit cercle de la taille de la stomie. Alors enfoncer le trou de cette poche dans le petit morceau de chair rouge, n'en parlons pas, c'était inconcevable. C'est donc ta maman ou moi qui le faisions tous les matins et tous les soirs. Et ce n'était pas une partie de plaisir même si on s'habitue à tout.

Mais la période la plus folle a probablement été l'année qui a précédé la pose de ta poche urinaire par le chirurgien. Tu avais cinq ans. Ta mamie venait de mourir le 15 février 2009. La première semaine des vacances d'hiver s'est conclue par son enterrement, puis nous sommes partis dans la montagne parce qu'Irma apprenait le ski et que tu aimais bien faire de la luge avec moi. J'étais un peu sur une autre planète. Je me rappelle précisément ce que je lisais à ce moment-là : *Journal de Deuil*[15], de Roland Barthes, à propos de la mort de sa mère. J'en avais entendu une critique sur une radio. J'imagine que j'ai fini par le commander après la mort de ta mamie. On y lit tout l'attachement qu'il pouvait avoir pour sa mère. Moi, je n'en menais pas large dans les montagnes. Je découvrais avec effroi qu'il est possible de se sentir soulagé par la mort de quelqu'un. Un poids énorme venait de s'envoler et je me sentais léger. C'était à Luchon.

On prenait tous les quatre le funiculaire jusqu'à la station de Superbagnères, et tandis que ta maman et Irma tournaient à droite pour s'élancer sur les pistes de ski, nous tournions à gauche pour rejoindre la piste de luge. C'était notre petit domaine. Je m'installais au fond de la luge et je te prenais devant moi entre les jambes. Je te serrais bien fort puis on lâchait les freins. On aimait crier pendant la descente. Une fois en bas, on se tapait dans la main et on riait. Parfois, on ne remontait pas tout de suite. On restait au pied de la piste pour profiter du spectacle. C'était drôle. Quand on avait fait vingt descentes, on reprenait le funiculaire et on allait boire un chocolat chaud à Luchon, dans notre café préféré.

C'est à Luchon que tu as été conçue en août 2002 et c'est à Luchon que tu as passé tes dernières vacances en février 2019. On n'était que tous les deux, cette fois-ci. On n'y était pas retourné depuis des années. Je t'ai proposé l'idée et tu as accepté. Deux mois plus tard, le chirurgien nous annonçait qu'il n'y avait plus d'espoir, et nous dirigeait vers le service des soins palliatifs. Il y a des lieux mystérieux comme ça. Luchon en est un. Il est l'Alpha et l'Omega de ta vie, mais il en est aussi le milieu du chemin. Il y a un avant et un après février 2009 à Luchon. Ta mamie meurt le 15 février, la première semaine est consacrée à la préparation de l'enterrement, la seconde on fait de la luge, et dès les premiers jours de mars, tu te fais opérer de la vessie.

Elle est tellement comprimée par le neurofibrome que l'urine ne peut plus s'écouler normalement par l'orifice extérieur. La poche urinaire n'est pas encore d'actualité, le chirurgien décide d'installer une sonde sur le côté droit de ton abdomen d'où sortira l'urine par un petit trou pour venir s'accumuler dans une poche cachée sous ton pantalon. En théorie c'est simple, astucieux, mais dans la pratique c'est l'enfer. Le tuyau qui perce ton abdomen jusqu'à la vessie pour récolter l'urine a tendance à glisser vers l'extérieur. Il faut régulièrement le repousser à l'intérieur pour qu'il reste en contact avec la vessie. On fait des petites marques sur le tuyau avec ta maman. Et lorsque la marque s'éloigne de l'abdomen, c'est que le tuyau glisse, il faut le repousser à l'intérieur jusqu'au repère. Inutile de dire que c'est le stress permanent, aussi bien pour toi que pour nous, d'autant plus que le tuyau gagne parfois la partie et s'échappe de l'abdomen. Là, il n'y a plus d'autre solution que de partir aux urgences pour que le chirurgien introduise à nouveau le tuyau. Ça lui prend cinq secondes, puis on retourne à la maison, et on surveille le tuyau jusqu'à la fois suivante.

L'affaire va durer des mois. C'est le grand n'importe quoi. On essaiera toutes les stratégies, aussi bien de notre côté que de celui du chirurgien, rien n'y fera, même après une nouvelle opération. De toute façon, le neurofibrome continue sa marche inexorable. Au mois de janvier 2010, ta vessie ne ressemble plus à rien, il faut la retirer et installer une poche urinaire. Fini les tuyaux ingérables. Il se passera encore quelques mois avant que tu t'habitues à ce nouvel appendice de plastique et nous aussi. Mis à part le fait qu'on a le sentiment de t'arracher la peau du ventre soir et matin, on peut dire que la période devient calme.

Avant la mort de ta mamie, le neurofibrome grossit dans l'ombre ; après sa mort, les grands travaux commencent et ne s'arrêteront plus. Le timing est parfait. Ça a frappé ta maman au point qu'elle me le rappelle de temps en temps. *Ta mère est morte et juste après il y a eu l'opération.* Je confirme. Cette intime corrélation entre toi et ton ascendance n'a pas mis longtemps à se manifester en moi. Elle ne signifie d'ailleurs pas qu'il y en a une, elle signifie juste que je la fais, ce qui n'est pas la même chose. Ce n'est pas parce que je fais une corrélation qu'elle existe. Je ne suis pas encore complotiste. Elle révèle plutôt mes obsessions profondes.

Tu n'as même pas six mois en octobre 2003 que je suis déjà en train de faire la corrélation entre Andrée et toi. Ça m'obsède. Le peu que je connais de l'Algérie familiale m'envahit pendant des semaines au point que je dois arrêter de travailler, parce que je tombe au fond du trou, je n'arrive plus à me concentrer sur mon enseignement. Je vais passer trois mois à écrire avant de pouvoir retourner au collège. À Noël, j'ai fini mon chef-d'œuvre (j'y crois vraiment alors que c'est un gloubi-boulga incompréhensible pour lequel je conserve malgré tout une certaine affection), j'en tire quelques exemplaires, et j'en emporte un à Paris pour le déposer à la SACD. Il ne faudrait pas qu'on me pique mes idées tout de même ! Ta maman a du mérite de m'avoir supporté si longtemps...

J'ai emporté avec moi trois textes d'Andrée récupérés lors du décès de ma grand-mère un an plus tôt, et je les glisse dans la grande enveloppe qui contient l'exemplaire de mon chef-d'œuvre, en y ajoutant un de tes dessins. Pourquoi je fais ça, je n'en ai aucune idée. J'ai du mal à me rappeler la logique du geste. Mais il me semble qu'il n'est pas morbide, plutôt positif au contraire, un acte magique. Ce mélange devrait te protéger. Tu n'es pas malade à l'époque, tu as juste quelques taches café au lait un peu partout sur le corps, tout va bien. Mais le diagnostic des médecins à ta naissance a dû faire rejouer de vieux traumatismes, des non-dits familiaux, en l'occurrence la maladie et le décès d'Andrée. Je ne le comprends aujourd'hui qu'en l'écrivant et c'est l'unique raison qui me pousse à écrire. Il y a dans cette activité quelque chose de l'ordre de la maïeutique. Le dialogue avec toi m'éclaire.

À l'autre extrémité de ta vie, la veille de ton décès, tu n'étais plus consciente, mais peut-être l'as-tu vu, tu as reçu un cadeau de ton amie du lycée qui avait fait le voyage à Jérusalem durant l'été : une assiette décorative avec le mur des Lamentations, la mosquée d'Omar sur la gauche et le dôme du rocher sur la droite. Classique. Quoi de plus parlant dans la famille que ce mélange d'Arabe et de Juif. Le lendemain, dans la voiture, le Pendu en pâte Fimo que tu m'avais offert pour mon anniversaire est tombé du rétroviseur où je l'avais accroché. Je n'ai jamais réussi à le remettre. L'après-midi, tu mourrais paisiblement dans les bras de ta maman. Le lendemain, Amina était à Tlemcen pour fêter le Nouvel An islamique. Elle préparait un plat pour la Sadaka ; on offre un repas à un malheureux dans la rue et il fait une prière pour la personne de notre choix en retour. Amina a proposé une prière pour toi. Le dimanche, un mendiant a donc prié au Nouvel An pour ton salut, à Tlemcen. Ta maman en avait les larmes aux yeux.

Tu étais une Reine de la Nuit.

TERRE ROUGE

Je ne fais injure à aucun de nous, vous le remarquerez, en affirmant que ceci est la voix même de la défaite, pour ne pas dire de la mort.

William Faulkner – *Absalon, Absalon*

Mardi 12 avril 2016 - 23h21

Hier, ce fut l'anniversaire de Maman mais nous le fêterons dimanche pour des raisons saugrenues. Je n'aime pas écrire sur la page de gauche mais j'aime écrire sur la page de droite. Mais quand on y réfléchit, la page de gauche était une page de droite avant, tout comme la page de droite devient page de gauche. Je crois que c'est un sujet sur lequel je pourrai réfléchir très longtemps. Bref, nous sommes le soir, je suis dans mon lit. Demain, nous recevons des gens. Je déteste recevoir des gens. Vous savez quand je me sens le plus seule ? Quand je suis avec des gens. Au fait, je précise qu'on est en vacances. Je vais écrire une histoire. Mes débuts d'écrivaine commencent maintenant.

*

Je n'étais pas revenu dans ce lieu depuis des années. J'avais fui la guerre tellement lâche. Mais j'avais peur. Donc je suis partie de ce pays.
Je m'appelle Mia et j'ai fui mon pays.
Dix ans plus tard, je décidais de revenir saluer ce beau pays si mystérieux aux yeux des humains... En même temps, je les comprends. Ils pensent qu'il n'existe qu'eux dans cette galaxie et dès qu'ils repèrent une autre forme de vie, ils ont peur. Les humains sont faibles et ne savent que combattre.
Je me trouve donc dans mon pays. Mais tout a changé. Les immeubles, qui auparavant étaient fait d'une jolie pierre minutieusement creusée, étaient devenus de vulgaires tas de pierre. C'était très triste à voir car les scènes semblaient figées. Je revois le corps mort de cette petite fille d'à peine une dizaine d'années. Elle avait, serrée contre elle, un jeune chat et de son autre main, sa

mère la tenait tendrement par la main. Les humains avaient lancé un gaz qui transformait tout ce qu'il touchait en pierre. J'étais l'une des rares survivantes.

Je continuais donc ma route. J'observais les scènes figées.

Une scène attira mon attention. C'était une famille qui priait devant une croix. Ils étaient tous devenus pierre sauf Jésus au centre de la croix.

Il brillait de tout son éclat, c'était magnifique.

Inconsciemment, je marchais en direction de mon ancienne demeure.

Il me fallut m'y reprendre à deux fois avant de reconnaître que c'était ma maison. Je vis mon père en pierre, il était agenouillé au sol, hurlant sûrement sa misère. A l'entrée, je vis mon petit frère accroché à la robe de ma mère, l'air figé, apeuré.

Je n'ai pas tout de suite réalisé ce que je venais de voir. Mais quelques minutes plus tard, ce fut une prise de conscience énorme. Je me jetai par terre, me lamentant, hurlant, pleurant, je frappai la pierre de mes poings. Puis je m'arrêtai. Je me relevai, je fis demi-tour et je repartis de cette ville figée.

*

Voilà, j'ai fini mon histoire. Elle était courte mais pertinente. Je ne sais pas ce que veut dire « pertinente », mais je sais que mon histoire est pertinente.

Ne cherchez pas à comprendre :)

Bref vendredi, je vais chez mon papi.

Bref, mon papa est en voyage à Oran.

Bref, en musique, nous apprenons la chanson « Hijo de la luna »

Bref, demain, je vais à la rue Ste Catherine avec ma mère.

Bref, un jour, on mourra tous, sans exception.

Je ne sais plus quoi écrire qui serait intéressant donc je vais arrêter d'écrire même si la pensée est infinie.

Quel texte, mon Lapin...

C'est quoi la « pertinence » de cette histoire ? C'est étonnant cette fin des temps, ces statues de sel et ce monde de pierre. Pourquoi tout est figé comme ça ? Peut-être dois-je trouver la première pierre ? Celle à partir de laquelle tout reconstruire ? Mon Algérie à moi ?

Mais je ne sais pas ce qu'est l'Algérie pour moi, mon Lapin. Je ne sais pas comment tout reconstruire et rompre le cycle infernal des réincarnations traumatiques, ni même comment te dire adieu pour faire de toi une belle libellule verte. Et je ne sais pas non plus ce que je veux raconter de mes trois voyages. Je n'ai pas envie de faire dans l'office de tourisme. Je veux juste comprendre ce que je n'ai pas vu de l'Algérie, sa quintessence, qui seule peut me sauver de la malédiction.

Autant j'avais une vague idée des Pieds-Noirs et de la circulation des traumatismes dans le temps, autant pour l'Algérie, je suis perdu dans ta forêt de pierres. On ne peut pas lire un texte aussi fou et ne pas chercher à comprendre, tu es bien d'accord ? Tu me fais même un petit sourire à la fin de ta phrase ! Comme le clin d'œil de grand-mère Beth au petit Valentin. Tu « vois » des trucs bizarres, toi aussi ? C'est l'Algérie, ton monde de pierre ? Une métaphore ? Non. Tu n'aimes pas les métaphores. Alors, que raconter ?

Mon psy m'a dit l'autre jour de raconter les rencontres. Que c'était la seule chose intéressante. C'est sûr. Je lui ai répondu que c'était compliqué parce qu'on est en terrain miné dès qu'on aborde l'Algérie. Tout le monde s'écharpe. « Eh bien racontez que c'est compliqué de raconter l'Algérie parce qu'on est en terrain miné et que tout le monde s'écharpe. ». Oui, il n'a pas tort. C'est toujours la guerre, depuis 62. C'est pénible la guerre. Surtout quand elle est finie depuis longtemps et qu'elle continue. *J'avais fui la guerre tellement lâche.*

Commençons déjà par le corps.

J'avais retrouvé ton petit corps meurtri de Reine de la Nuit, il fallait bien maintenant que je parle du mien, et de sa joie de retrouver des racines. Le corps ne ment pas. Il n'y a ni vrai ni faux dans un corps, il n'y a que ce qui est. Ton petit corps si malmené m'aura au moins appris cette vérité : il est notre rocher, celui sur lequel on danse en équilibre précaire, toujours à deux doigts de tomber dans le gouffre. Il est celui qui vit et parle, sans cesse, et dont la parole s'incarne dans la matière. Il apparaît parfois à sa surface les traces d'une vie profonde qu'on ne lui reconnaît pas, parce qu'il est difficile d'accorder une pensée à une tache de naissance, un grain de beauté, ou une verrue. Il faudrait accepter de devenir fou. Or personne ne veut devenir fou ni se perdre dans la forêt. Il est préférable de rester sur la route. C'est plus sûr... Si le loup y était, il nous mangerait.

Comment raconte-t-on une histoire, déjà ? Ah oui. *Il était une fois.* Les cheveux noirs, le teint blanc, et les lèvres rouges. Blanche-Neige et la sorcière à la pomme écarlate empoisonnée. Je me rappelle.

Il faut aimer les vieilles dames.

Il était une fois un pied qui devait poser sa plante à Oran.

Sous ce pied se logeait une verrue, une vieille verrue qui devait bien avoir dix ans d'âge, et que personne n'avait jamais réussi à extraire malgré des soins divers et variés qui allaient des brûlures de dermatologues jusqu'aux pommades de charlatans. Elle n'était pas handicapante, mais disgracieuse, parfois gênante. Je sentais sa présence sans la considérer autrement qu'un agrégat de peaux mortes, une sorte de mie de pain collée sous le pied, un élément étranger dont je n'arrivais pas à me débarrasser. J'imaginais bien qu'elle pouvait avoir des sources mystérieuses, mais je ne voyais pas lesquelles, et j'étais loin de me douter qu'en réalité, depuis dix ans, l'Algérie était en train de frapper à la porte. C'est un événement très précis et particulièrement éclairant qui m'a permis d'en prendre conscience. Un objet physique serait d'ailleurs plus juste, puisqu'il s'agit de mon premier visa, récupéré le samedi 5 avril 2014 en fin de matinée.

Le soir même, je commençais à percevoir d'étranges sensations, sans trop savoir quoi en penser parce que la verrue conservait sa forme habituelle. Peut-être avais-je mangé quelque chose de particulier ? Le lendemain, les sensations s'étaient à nouveau modifiées, et il me semblait que sa taille avait légèrement diminué, même si j'avais un doute. Le lundi, je n'avais plus de doute, elle avait bien diminué, et je ne la sentais quasiment plus. Mais j'avais peine à croire qu'elle puisse totalement disparaître étant donné le nombre d'années que nous avions passées ensemble. Je ne comprenais pas ce qui se passait. Le mardi, il n'y avait quasiment plus rien et le mercredi c'était fini. Ma si familière verrue avait entièrement disparu en quatre jours.

À quel moment ai-je fait le lien avec le visa, je ne saurais le dire, mais je ne pense pas avoir mis longtemps. L'évidence était trop criante. Il s'était passé quelque chose. Mais quoi ?

Je fais parfois le lien avec ta propre disparition, étalée non pas sur quatre jours, mais sur quatre mois. Une extrême familiarité, un morceau de soi s'évanouit peu à peu sans qu'on y croie vraiment, jusqu'au jour où le doute n'est plus permis parce que l'absence devient manifeste. Il y avait quelque chose et il n'y a plus rien. La sensation est surréaliste. On passe son temps à chercher des raisons à la mort alors qu'il n'y en a pas, mais il est malgré tout difficile de s'en empêcher, et je me suis parfois demandé dans quelle mesure je pouvais pousser la comparaison avec la verrue.

Je suis allé voir un médecin généraliste aussi homéopathe dans les mois qui ont suivi la disparition de ma verrue et je lui ai fait part de mon étonnement devant ce miracle plantaire. Il m'a alors donné une réponse suffisamment frappante pour que je la conserve en mémoire : « Les pieds, ce sont les racines. Vous êtes en train de nettoyer votre corps. Ce qui est éliminé sort par la voûte plantaire ».

Plus tard, je me suis demandé si tu n'avais pas été, toi aussi, à ta manière, le terrible réceptacle d'une accumulation d'individus tous plus traumatisés les uns que les autres, et si quelque part tu n'avais pas effectué, bien malgré toi, le grand nettoyage de cette longue lignée d'ancêtres désastreux.

C'est une terrible idée parce qu'elle nie ta singularité et donne le sentiment d'un rite sacrificiel auquel je ne peux pas adhérer, mais le non-sens de ta mort est parfois si insupportable qu'on en arrive à imaginer les pires éventualités, quitte à sombrer dans la folie. En vérité, il n'y a pas de sens, c'est le hasard. Mais tous les mathématiciens le diront, le hasard n'est pas le chaos, il possède une forme, sans quoi on ne le reconnaîtrait pas. Je préfère donc chercher la forme du hasard, plutôt qu'injecter du sens partout où il n'y en a pas. L'attitude me paraît plus saine.

Je regardais mon passeport intrigué. Je tenais entre les mains l'autorisation officielle de me rendre en Algérie et cette autorisation officielle avait effacé ma verrue plantaire. Je caressais doucement la plante de mon pied en rêvassant. Cette verrue était-elle la verrue que porte en lui tout Pied-Noir depuis 1830 consciemment ou inconsciemment ? La trace de l'interdiction qu'il s'est faite à lui-même de remettre les pieds sur cette terre natale dont il a été chassé d'une façon qu'il considère comme injuste ? La trace de l'interdiction morale qui lui a été faite (ou qu'il s'est imaginé recevoir) de revenir en Algérie ? La culpabilité devant ses propres ancêtres de n'avoir pas su conserver une terre qu'ils avaient conquise ? Un sentiment d'illégitimité contre lequel il s'était battu de toutes ses forces en construisant des ponts, des routes, des hôpitaux et des écoles, pour se rassurer ? Un peu de tout ça à la fois ? Que m'avait-on transmis au juste à travers cette verrue ? Que s'était-il accumulé sous mon pied au fil des ans ?

Ce qui est sûr, c'est que je ressentais la levée d'un interdit. Un interdit qui ne pouvait pas être levé sans une autorisation officielle qui venait justement d'arriver de l'autre côté de la Méditerranée sous la forme d'un visa. Comme si quelqu'un m'avait dit *Là-bas*, c'est bon, c'est fini, les comptes sont soldés, tout ça c'est du passé, tu peux venir fouler la terre natale de tes ancêtres si tu le désires : « bienvenue chez toi ». Comme si j'avais intériorisé une culpabilité ou une honte qui me rongeait de l'intérieur et dont je ne pouvais pas me débarrasser sans l'autorisation de l'autre camp.

Mais peut-être était-ce plus subtil. Peut-être avais-je intériorisé le fait que je n'étais guère qu'un *patos*, un Français de métropole né bien après la bataille, trop tard donc, qui ne pouvait rien comprendre à son histoire, à ses racines, aux douleurs ancestrales, au pays disparu, comme je l'ai souvent entendu. Peut-être qu'à force de travail et de reconnaissance, le *patos* avait fini par se persuader du contraire, et qu'il venait de franchir la dernière étape d'un parcours harassant, extorqué à la force du poignet contre toutes les idéologies du « il n'y a rien plus rien là-bas ».

Il y avait bien quelque chose *Là-bas* et j'allais enfin pouvoir y accéder.

Qu'est-ce que c'est compliqué de raconter l'Algérie, mon Lapin… Je ne sais pas par quel bout la prendre.

Les lecteurs n'attendent que ça, en plus. Pouvoir enfin entrer dans l'arène et livrer la bataille. C'est pire encore que les Français d'Algérie, parce que même si je sais que les vieux Pieds-Noirs de Bassemeul me tomberont dessus à bras raccourcis pour tout ce que j'ai pu écrire, je sais aussi que je leur fais plus de bien que de mal. J'ai montré la souffrance qu'ils cachent derrière leurs rires de méchoui et leurs colères désordonnées. C'est l'essentiel. Les Algériens ont été les victimes de cette farce meurtrière, mais une bonne partie des Pieds-Noirs en ont été les dindons. Être le dindon de la farce est un destin préférable à celui de victime, mais il faut faire attention avec les dindons, parce qu'ils accumulent de la rage et finissent par taper sur tout ce qui bouge. Ils peuvent me taper dessus, les Pieds-Noirs de Bassemeul, je garderai toujours de l'affection pour eux. Ils ont un sale caractère et se laissent souvent déborder par leurs morts révérés, mais peu importe, je sais ce qui se cache derrière. Faites attention, il y a beaucoup de souffrance. Je suis au courant. Non, c'est tous les autres.

Quand j'ai demandé à ta sœur si elle n'avait pas envie d'aller faire un tour à Constantine avec sa copine Malika dont c'était la ville d'origine, elle m'a répondu : « écoute, j'y serais bien allée il y a un an, mais là, je viens de passer des mois à travailler la colonisation pour mon concours, je ne pourrais plus regarder sa famille dans les yeux, j'ai trop honte ». Je lui ai dit que sa famille l'accueillerait probablement avec des « bienvenue chez toi » et l'allègerait ainsi de sa honte, mais c'était trop tard, le mal était fait. J'ai bien senti que ce n'était pas la peine d'insister.

Mais je ne m'inquiète pas pour Irma, elle a la rage, rien ne l'arrête, elle ne se laissera pas longtemps déborder par une honte qu'elle n'a aucune raison de porter, c'est un bébé 2000. Un autre siècle. C'est toujours sur les aînés que ça tombe ces histoires de mémoire. On se ramasse tout en pleine figure même si on n'a rien demandé. On récupère une culpabilité tombée du ciel et on apprend à raser les murs.

Mais ta sœur finira par trouver sa voie parce qu'elle est une *Amazone*, qu'elle *discute* tout le temps, qu'elle est capable de *pleurer sur commande*, et qu'elle sait faire *parler la matière*. Quand on possède ces qualités-là, il ne peut rien nous arriver. Il suffit d'avancer pour déposer les miettes de pain de sa culpabilité sur le chemin, et s'alléger, pas à pas, pour retrouver une route qu'on n'aurait jamais dû quitter. Un récit permet de s'alléger d'une culpabilité originelle. On dépose tout à l'intérieur d'un livre, on inscrit FIN au bas de la dernière page, on le referme doucement avec un baiser pour s'endormir le soir, et puis on part jouer sur la plage. Mais en attendant, il faut se battre, et arpenter un long chemin de briques jaunes parsemé d'embûches.

La vraie difficulté pour un descendant de Pieds-Noirs (si tant est qu'il s'en souvienne parce que j'ai quand même réussi à l'oublier pendant quarante ans) est de sortir de tous les discours culpabilisants pour accéder à sa propre histoire. C'est proprement infernal. On félicite spontanément quelqu'un qui part à Rome en quête de ses racines italiennes tandis qu'on assaille de questions celui qui entreprend le voyage en Algérie. Pourquoi tu y vas ? Tu n'as rien connu (un ami) ? Il n'y a plus rien là-bas, qu'est-ce que tu veux retrouver (ton papi) ? Pourquoi tu es obsédé par Oran (tant d'autres) ? Sans compter les multiples questions autour de la guerre ou de la colonisation. C'est un rideau idéologique pénible à traverser. Je me suis souvent dit qu'il devait décourager un grand nombre de personnes qui préféraient encore ne rien entreprendre du tout plutôt que de devoir se justifier à tout bout de champ. Ça donne envie de partir incognito et d'envoyer des cartes postales d'office de tourisme. C'est insupportable.

Quand j'ai fait lire la première version de ce récit à ta maman, elle m'a dit que ce n'était pas mal, mais qu'elle n'avait jamais réussi à entrer dans la dernière partie sur l'Algérie, ça faisait « documentaire ». Heureusement qu'elle a eu la délicatesse de ne pas dire « office de tourisme », je crois que je me serais évanoui. « Même le passage avec Amina, à Timimoun, dans le Sahara ? » – « Oui, même le passage avec Amina. Peut-être que ça plaira à tes lecteurs, mais moi, je n'ai jamais réussi à m'y intéresser » – « Donc il vaut mieux que je la réécrive ? » – « Tu fais comme tu veux… » – Je l'ai réécrite et je me suis laissé aller. Avec l'Algérie, on n'a pas le choix. Si on est dans la retenue, il ne se passe rien.

Et puis statufier Amina dans une version touristique de l'Algérie, ce n'était pas possible, de toute façon. Elle m'avait tellement donné. Elle *nous* avait tellement donné. Elle avait même réussi à faire pleurer ta maman à distance avec la Sadaka du Nouvel An islamique au lendemain de ta mort. Je ne pouvais pas la réduire à de l'office de tourisme. C'est toujours dans l'office de tourisme qu'on finit par tomber si l'on n'y prête pas garde. Et pourtant, je m'étais surveillé dans la première version de ce récit. Je ne voulais surtout pas que mes séjours en Algérie ressemblent à un carnet de voyage, un décryptage sociologique, une analyse historique, coloniale, décoloniale, politique, ou je ne sais quoi. Mais je ne comprenais pas ce qu'était ce pays pour moi. Ni ce qu'Amina m'avait montré dans le désert. Ni même comment te redonner vie, à toi, là au milieu.

Tout à l'heure, au téléphone, la voix un peu fébrile, ta maman m'a fait une confidence : « quand j'ai lu ton passage sur mon envie de *mitrailler* tout le monde, j'ai baissé la tête, et ce n'est pas une mitrailleuse que j'ai vue, mais une hache. Je détruisais tous les murs de la maison en petites miettes, puis je la brûlais ».

La terrible tentation de la terre brûlée…

Et pourtant, ta maman a refait sa cuisine. Elle m'a même dit il y a quelques jours qu'elle pensait transformer ta chambre pour en faire un bureau. Elle en était au même point que moi finalement. Deux ans après ta mort, on avait réussi à éviter que tu deviennes tabou, on parlait de toi de temps en temps, on se remémorait sans pleurer, on avait à peu près tout dit, et on cherchait maintenant la meilleure manière de changer de vie sans t'oublier. Mais on contenait une immense colère. Sans même le savoir. Et un grand désarroi.

Moi aussi, je devais réduire en miettes et brûler toute la folie que j'avais construite en jouant avec les traumatismes des uns et des autres pour tenter de ne pas m'effondrer. Cette mégaconstruction mentale, cette déferlante d'incestes, cette remémoration fantasmée que j'avais mis des années à élaborer ne faisait plus sens aujourd'hui. Il y avait tellement de failles… La convention de Genève de 1929 qui interdit aux civils de récupérer les morts sur les champs de bataille, la possibilité d'inhumer des nourrissons sans mettre de nom sur la tombe (j'ai fini par apprendre qu'il y avait un autre nourrisson de huit mois dans le caveau de la famille Souleyre), la déduction de l'inceste de Mémé Souleyre à partir d'une petite nouvelle intitulée « les visions de Valentin »... Tout cela manquait de sérieux. J'étais manifestement atteint par le syndrome du sauveur, le pauvre gamin qui a dû relever cent fois sa mère, qui traîne une culpabilité sans fond, qui passe le restant de sa vie à tout vouloir sauver, qui force même un peu la réalité pour sauver une famille détraquée par l'exode, et qui dans un élan de générosité pathétique pousse le vice jusqu'à sauver les morts qui n'ont rien demandé. On finit par se créer des fictions. Peut-être était-il plus sage, en effet, de refaire la cuisine et de changer la chambre plutôt que de tout brûler. Défaire plutôt que brûler. Puis reconstruire une autre maison à partir des mêmes pierres pour enfin commencer à se sauver soi-même.

Je n'avais pas su injecter d'émotion dans ce morceau de désert qui s'était transformé en un « documentaire » sur Timimoun parce que la colère (le désarroi ?) dominait et que je ne voulais pas la glisser au milieu des grains de sable. On ne construit pas grand-chose sur la colère. Mais cette émotion vénéneuse contaminait toutes les autres. Si je voulais parler de l'Algérie, il allait falloir que je dilue la colère en une juste émulsion de larmes, que je sorte des commémorations et des remémorations, du temps et de l'espace, de la mémoire, et que je trouve en moi la force de pleurer pour ranimer les pierres figées.

On peut toujours rêver...

Mais on aime bien rêver avec Amina. Si on achetait une parcelle pour finir nos vieux jours à Timimoun et se construire une petite maison ? Je crois qu'on en serait capables. On a tout ce qu'il faut en nous pour vivre au Sud sans nostalgie. Il fallait juste ne pas craindre les scorpions et les vipères à cornes, avec leur longue écaille au-dessus de chaque œil, invisibles dans le sable. Mais sinon, c'était parfait : les foggaras pour irriguer les palmeraies, les vieux sur la place qui nous souhaitaient *Mar7ba bikoum fi al ardh al 7amra* – bienvenue à vous en terre rouge – et les ziaras chaque année qui commençaient à Tinerkouk et dont les cortèges portant chacun l'étendard d'un saint patron traversaient les principaux villages pour finalement se retrouver à Timimoun.

C'était fait pour nous, le désert. Des signes et uniquement des signes, à perte de vue.

C'est beau Timimoun. Tout est rouge et blanc. Les couleurs de la fin du monde. L'eau et le feu réunis. Il faut dire que c'est leur problème, au Sud, l'eau du sous-sol et le feu du ciel. Ils sont pris dans l'étau. Interdiction de sortir sans chapeau sur la tête et gourde à portée de main. La ville est un entre-deux-mondes à l'équilibre fragile, une plateforme de survie dans le désert, une oasis entre la boule de feu et l'océan phréatique.

Le lieu le plus marquant de ce point de vue est probablement Ighzer, à l'est de Timimoun. Il est possible d'en avoir une vue d'ensemble depuis un rebord de la falaise de Tlalet, sur le côté de la route. À l'abri d'un énorme piton rouge se tient la koubba de Sidi Abderrahmane, toute blanche, qui surplombe le village lui-même installé au-dessus de la palmeraie.

On s'est promené dans le village, avec Amina. Des habitants construisaient une mosquée. De souscription en souscription, ils bâtissaient leur lieu sacré. On est entré dans un temple de terre un peu mystérieux avec un vieux assis au fond de la pièce. On pouvait faire un vœu en échange d'une pièce et on récupérait trois dattes. J'ai demandé un peu de lumière et j'ai récupéré trois dattes.

Comme toutes les oasis, Timimoun est bâtie selon la même logique : une source, une ville, une palmeraie, et plus loin, la sebkha. Notre hôtel se trouvait dans la palmeraie. On nous a donné nos clés. La chambre 17 avec terrasse sous les étoiles pour Amina, et la 15 pour moi, au rez-de-chaussée. Le hasard me convenait parfaitement. Le chiffre 15 m'a immédiatement renvoyé aux 15 février 1954 et 2009, les dates d'Andrée et de ta mamie, dont la double présence sur le seuil de ma chambre était quasi physique. J'ai poussé la porte et posé mes affaires.

L'hôtel était rouge et blanc…

C'est important les couleurs. C'est ce qui sauve.

Je t'avais conseillé d'être attentive aux associations, le jaune et bleu, le vert et rouge, notamment. Mais d'abord l'apprentissage du rouge et blanc. Tu aimais ce monde mystérieux presque autant que moi. Je ne pensais pas que tu en étais déjà passée à la prise de notes :

Hey (pourquoi je salue alors que je ne parle à personne ?...). On est lundi, il est presque 1h du matin. On a regardé Lemming. Super film qui fait miroir avec Alice au pays des merveilles. Et pas seulement à cause du fait qu'il y ait un personnage s'appelant Alice. Le lemming représente le lapin... Enfin bon, toute personne capable de reconnaître les « références » des films sera capable d'analyser. Comme mon père. C'est lui qui me dit tout, moi je ne vois pas ce qu'il voit. Presque pas. Je commence à voir le rouge et blanc. Je vais tenter d'expliquer pourquoi mon père accorde tant d'importance à ces deux couleurs.

LE ROUGE ET LE BLANC
(Et par la même occasion le rose puisque c'est le mélange du rouge et du blanc). Mon père dit que le rouge et le blanc sont le secret du monde avec Epiménide le Crétois. Le rouge et blanc semblent intervenir dans les films lorsque quelque chose va changer. Ça peut être :

L'APPARITION DU RÉEL
Dans The Truman Show de Peter Weir, c'est l'histoire de Truman, un homme qui vit dans une téléréalité sans le savoir. Ses parents, ses amis, sa famille et tous les habitants de la ville sont des acteurs. Ou des complices, au choix. Truman va rencontrer une femme qui va lui dire la vérité. Celle-ci est vêtue de rouge et blanc. Elle montre le réel à Truman qui vit dans le faux depuis longtemps. Donc déjà un exemple.

LE MYSTÈRE

Le rouge et le blanc c'est aussi le mystère. Dans Mary Poppins, les parents cherchent une nounou pour leurs enfants. Au bout de plusieurs centaines d'essais plus tard, ils tombent sur une nounou assez atypique. Elle s'envole avec son parapluie, peut rentrer dans des tableaux en sautant dedans, a un sac de taille normale pouvant contenir des objets beaucoup plus grands, a des sirops un peu étranges… Enfin, bref, la famille est un peu en conflit. La nounou Mary Poppins arrive vêtue de ROUGE et BLANC. Lorsqu'elle quitte la maison à la fin du film, la famille est soudée, pleine de joie et d'amour. Le rouge et le blanc semble jouer un rôle important encore une fois. Je vais vous donner un dernier exemple pour ce soir, car j'en donnerai plein d'autres d'ici quelques jours, mais là, je suis fatiguée.

LE RETOUR À CE QUE L'ON EST VRAIMENT

Dans le film, « Harry, un ami qui vous veut du bien », on a affaire à un homme qui va retrouver un ami d'enfance, du passé. Ce dernier va lui faire remarquer qu'il n'écrit plus comme il le faisait au lycée. Il va l'encourager à reprendre l'écriture (alors que celui ayant arrêté d'écrire a fondé une famille), en éliminant de manière radicale les personnes l'empêchant de reprendre l'écriture. Il va recommencer à écrire dans sa salle de bain… rose pétante ! Le rouge et le blanc font du rose. Dans ce film, l'homme a retrouvé qui il était vraiment et a réussi à reprendre l'écriture dans le rouge et le blanc.

Donc voilà pour aujourd'hui.
Bonne nuit à moi-même

Je me demandais vraiment de quel trauma ce rouge et blanc était la marque. C'était des petits bouts d'orteils et de phalanges qui se levaient de terre pour m'appeler, des traces d'un traumatisme primitif que je ne comprenais pas, une chute originelle. Peut-être une goutte de sang tombée dans la neige un matin d'hiver après une écorchure ? La piqûre d'un bourdon caché dans un buisson d'aubépines ? Une dent de lait tombée dans ma grenadine ? Un peu comme si tous les Charles qui m'environnaient il y a vingt-cinq ans à Charleville-Mézières me saluaient, tandis que je les questionnais, sidéré – Nous connaissons-nous ? Nous sommes-nous déjà rencontrés quelque part ? – sans obtenir d'autre réponse qu'un nouveau signe de la main.

C'était le secret du monde. De mon monde.

Tu aurais probablement fini par te détacher de ma folie intérieure pour aller chercher ta propre couleur si la vie t'en avait laissé le temps. Je l'espère en tout cas. Sinon je t'aurais aidé à t'éloigner de mes obsessions. On se tenait vraiment à la limite de la dissociation mentale. Je t'avais dit accroche-toi au réel, continue à bosser, à rire avec tes copines, à pousser tout le monde dans le tramway pour te faire ta place en fauteuil roulant, à faire les magasins rue Sainte-Catherine, à t'acheter ce qui te fait plaisir même si les autres trouvent ça nul, c'est le plus important. Tu es handicapée, mais tout le monde l'est d'une manière ou d'une autre ; j'ai des tas d'élèves qui lisent n'importe comment, toi tu as appris à lire toute seule. Tu ne crois pas qu'ils sont plus handicapés que toi ? Tu ne crois pas qu'ils vivent dans un inquiétant monde parallèle ? Le rouge et blanc c'est pour respirer de temps en temps, quand le réel devient trop insupportable, c'est le petit espace vital entre la violence du monde et la folie de sa rêverie, le lieu du jeu et de l'enfance retrouvée.

Ta maman m'a dit l'autre jour qu'elle avait toujours eu le sentiment que la maladie t'avait volé ton enfance. Elle a mille fois raison. Tu as été enfant jusqu'au mois de mars 2009. Quand tu es sortie de ton opération chirurgicale, c'était fini. Ton enfance a duré très exactement cinq ans et dix mois. Et le passage au monde adulte a duré très exactement trois jours. À ton réveil, tu étais en colère, une colère froide, terrifiante. Tu t'es emmurée dans le silence pendant trois jours. Tu regardais droit devant toi, tu ne répondais plus à la moindre question, tu avais la haine. Tu veux manger quelque chose ? Silence. Qu'est-ce qui te ferait plaisir ? Silence. Regarde ce que je t'ai apporté. Silence. Tu veux qu'on joue à la console ? Silence. Je t'aime mon Lapin. Silence. C'était dur.

Alors comme tous les traumatisés du monde, tu as fait un peu de dissociation mentale pour oublier, mettre le réel à distance, parce que ce genre de réel, ces délires de tuyaux qui sortent de l'abdomen pour récupérer une urine qu'on va accumuler dans une poche planquée sous le pantalon, c'est bien gentil, mais ça va un moment. Il y a des limites à la bonne volonté. Qu'on me laisse rigoler de temps en temps avec le rouge et blanc avant de repartir en enfer. Je crois que j'ai gagné le droit de retrouver la part d'enfance qu'on m'a volée. *Bonne nuit à moi-même.*

Mais moi, quelle part d'enfance m'avait-on volée avec cette vieille histoire de 62 que je n'avais pas vécue ? C'était quoi ces petites têtes rouges et blanches fantomatiques qui faisaient signe à tous les coins de rue ? Qui se jouait de moi dans la mémoire des temps perdus ?

Je venais en Algérie pour la troisième fois et Amina m'avait conduit au désert, dans la ville du rouge et blanc, à Timimoun. Je ne venais pas pour rejouer la guerre, moi, même la guerre des mémoires ; j'en avais fini avec ces histoires. Je venais pour me sauver. Pour comprendre le rouge et blanc et m'extraire du cycle des réincarnations traumatiques.

À l'orée des mondes où tout se reconstruit
Sur cette bouche lointaine où poussent des étoiles
Aux tiges de cristal et aux pétales de peau
Je déposerai les ruines du royaume défendu
Dans une urne de chair aux senteurs du désert

Parce que c'était là que ça se passait, mon Lapin. En Algérie. Dans la terre rouge d'Afrique. Je devais remonter le temps, encore une fois, mais mon propre temps intérieur, cette fois-ci.

Comment s'extraire de la mémoire, Amina ? Comment ne plus commémorer, remémorer, ressasser, fantasmer, délirer, une fois que tout a été traversé ? Comment voler la nuit et voyager dans le temps ? Pas dans les siècles et les siècles, mais jusqu'au trauma originel, au cœur du rouge et blanc, dans la grande pièce centrale du labyrinthe.

C'est bien le pays des voyants et des mystiques ici, non ?

RÊVE – QUELQUES SEMAINES AVANT LES SOINS PALLIATIFS – NOTES

Vicky – Infirmière rousse de Londres, assez grande avec des cheveux relevés et tressés – Empoisonne les enfants.

J'ai acheté sa maison qui est en France (je ne sais plus où – mais pas à Bordeaux).

On est sur la route – Je suis en voiture devant toi – Tu me suis en voiture – A un embranchement, je vais à droite, tu vas à gauche – Je tombe sur un panneau « fin de route » – On se contacte – Tu fais marche arrière et tu me rejoins – Mais ça prend du temps.

De l'autre côté de cette « fin de route », la maison de Vicky est plus ou moins en friche – Elle ressemble un peu à celle de ton enfance.

Sur un parking d'autoroute – Irma est sur le toit et serre des sangles au-dessus de la voiture – Il n'y a pas de bagages – Les sangles sont juste installées sur le toit de la voiture – Irma serre tellement fort qu'elle finit par tomber.

Amina m'avait répondu : « Tu veux voler la nuit ? Allège-toi ».

Je n'y avais pas pensé. J'imaginais devoir lutter de toutes mes forces contre la pesanteur, à la manière dont un avion ou une fusée s'envolent, alors que j'avais juste à abandonner ma mémoire. Oublier, peut-être... Trahir. C'était la leçon du Sud. Il suffit de regarder les cimetières archaïques qu'on croise parfois sur le bord de la route du côté de Ferraoun. Des pierres dressées sans nom, sans date, sans lieu, à l'infini. À quoi bon s'alourdir ?

Je m'étais accordé un second rituel du plomb pour m'alléger avant le désert. On fait bouillir de l'eau puis on y jette du plomb dans un chaudron pour interpréter la forme qu'il prend et nettoyer son âme. C'était à Misserghin, non loin d'Oran, la veille du Sahara. La femme m'avait demandé pourquoi je croyais au plomb. Je lui avais répondu « parce que je suis un naïf, un Medjdoub ». Elle avait souri. Deux clous étaient sortis du plomb. Un petit et un grand. Le plomb était devenu doré au fond de la casserole. Elle m'a fait remarquer que c'était assez rare. Il y avait du bleu au milieu du plomb qu'elle interprétait comme la méditerranée et le fait que je n'habite pas ici. Elle m'a dit que j'étais très fatigué. Une fatigue mentale et physique. Aussi demandé si j'avais des maux de tête. Pas spécialement. Ou alors il faut le prendre au second degré. Là oui, j'ai mal à la tête. À la fin, le plomb était propre. Quand je suis reparti, j'ai acheté de la javel et un gobelet. Je me suis arrêté quelque part. J'ai mis la javel dans le gobelet et j'y ai plongé les deux clous pour les nettoyer. Puis j'ai jeté le contenu dans l'herbe. Voilà. Je m'étais allégé. Le sable doré du Sahara, c'était pour le lendemain. J'étais prêt pour Timimoun.

J'ai rejoint Amina à la terrasse ombragée du restaurant de l'hôtel. Elle discutait déjà avec le serveur et le patron qui s'étaient assis à sa table. Il n'y a plus de hiérarchie au Sud. Le patron, le serveur, le client. Tout le monde est rendu au même palier. On vit à hauteur d'homme. Du moins si l'on en est capable. Amina possède cette faculté-là. Tout ramener au mince filet de vie qui ruisselle sur le sol. Déposséder l'homme de son statut social pour le réduire à son âme.

Je l'ai vue discuter avec un enfant qui mendiait dans la rue. Pourquoi tu as besoin d'argent ? L'enfant désarçonné. Tu vas à l'école ? Oui. Tu as besoin de quelque chose ? L'enfant de plus en plus désarçonné. Tu as un sac pour tes affaires ? Non. C'est quoi ton adresse ? Je ne sais pas. Tu vas à quelle école ? Il donne le nom. Il y en a d'autres comme toi ? Il regarde autour de lui. On est six. Dès que je reviens chez moi, j'envoie six sacs à l'école, ils seront pour vous. C'est compris ? Hochement de tête. En cinq minutes, elle venait de déshabiller l'enfant de son statut de mendiant pour le ramener à lui-même. Il est reparti un peu hébété.

Il y a beaucoup de simples d'esprit dans les rues, des drawiche. Les Algériens possèdent de nombreux noms pour les idiots et les fous. Des Medjdoub, des Drawiche, et d'autres encore, dont je ne me rappelle plus. Ils font partie du monde. Le tact suprême les réintègre dans le quotidien et restitue la dignité volée, cette dignité suprême qu'on a perdue et qui distingue le fou du roi, avec son chapeau à clochettes, capable de s'emparer de toutes les places puisqu'il n'en a aucune. Absolument libre. Sans mémoire. Hors du temps. Sauf.

Les drawiche ne sont pas méchants, mais ils font peur à des personnes comme moi qui n'ont pas l'habitude. Les fous sont toujours effrayants. On passe son temps à les fuir. Ils tirent par la manche et cherchent à vendre des objets bizarres ou des biscuits, qu'ils ont faits de leurs mains, comme s'ils avaient quelque chose à dire et parlaient dans une langue inconnue. Ils m'interpellent, attendent un geste, mais je refuse d'entendre. La moitié sont plus ou moins aveugles, en guenilles, hirsutes. Amina leur parle comme elle me parle, sur la même tonalité, les rhabille de leur dignité, prend un biscuit contre une pièce, et fait quelques pas pour offrir à manger à un derwiche plus démuni, tout en continuant à discuter avec moi.

Il faut que je te présente Monsieur Radjouli, un grand mystique qui connaît tout de Timimoun, très drôle et très intéressant. Je suis sûr qu'il va te plaire. – Oui. Un mystique pourrait m'alléger. Sûrement. – Elle prend son téléphone et l'appelle. Nous sommes invités à dîner. Tout va très vite. On circule d'âmes en âmes. Dans le salon, Monsieur Radjouli raconte des anecdotes, explique Timimoun, nous présente son fils. Et puis il tchate avec ses étudiants sur son smartphone. Il se rappelle le monde et le rappelle aux autres. On est déshabillé de toutes ses illusions. Seul face à son énigme. Perdu.

C'est la nuit que le mystère a lieu. Et durant des heures pour Monsieur Radjouli. Dans le secret de son intime relation avec Allah. Le jour, il se consacre aux hommes. La nuit, il vole.

Il lâche son fou.

La lâcheté – cet autre nom de la trahison – est l'autre clé de tout parcours initiatique.

C'est une horreur. On est seul et on passe son temps à dire *non*. Il faut lâcher du lest et se faire lâche. Toujours plus lâche jusqu'à se rendre faible. Le plus faible possible. Et s'affaiblir toujours et encore. Redevenir un petit enfant malade. Retrouver le royaume – celui qui est forcé et dont seuls les violents s'emparent – puis protéger le roi comme on le protège aux échecs parce qu'il est la pièce la plus faible. Dire *non* à l'office de tourisme et au désir des autres. Dire *non* aux rencontres possibles. Dire *non* même aux plus proches, à ceux qu'on aime, à son père : c'est bon là, « je n'ai pas envie de vivre plus de trucs », allez vous faire voir avec vos certitudes et vos acharnements ; je vous aime, vous êtes super, mais ça va comme ça. On n'est jamais fier de ses décisions, même si l'on tente de les masquer derrière la figure du courage, parce qu'on sait très bien ce qu'il en est au fond : on est lâche et on se sauve. Et puis on avance, de lâcheté en lâcheté, de salut en salut. C'est le mystère de l'allègement.

Une de mes premières lâchetés fut de me cacher derrière mon blog, en avril 2012, sous le pseudonyme de Paul Souleyre – ce « nom d'artiste » presque oublié – qui m'avait permis de tourner « le film du Salaud » sept ans plus tôt, en octobre 2005. J'avais inscrit au générique « réalisé par Paul Souleyre », mis le DVD dans une boîte, la boîte dans un carton, et rangé mon carton dans le cabanon du jardin. Personne ne l'avait vu et je l'avais rapidement oublié. Quelques mois plus tard, j'arrêtais même d'écrire. Les petits textes d'une page avaient fini par me lasser. Ils ne menaient nulle part.

J'étais mentalement structuré autour de la lâcheté et du courage, de la trahison et de la loyauté, de la perte et de la quête, à la recherche de quelque chose à sauver, probablement par transmission familiale et historique. Quand il a fallu que je me révèle au grand jour en avril 2012, je me suis dit « mais c'est un véritable champ de mines les blogs autour de l'Algérie ; il vaut mieux que je me planque parce que ça va tirer dans tous les sens, ils ont l'air d'aimer ça en plus. Heureusement, ce sont des balles à blanc, mais tout de même ».

Le vacarme me rappelait mes trois semaines de classe durant mon service militaire, et plus particulièrement une soirée de guerre factice dans la forêt des Landes. Mes camarades de chambrée s'étaient tellement amusés ce soir-là que je m'étais posé de sérieuses questions. Étaient-ils redevenus enfants ou bien l'âme humaine possède-t-elle en elle de sales pulsions ? Retrouvaient-ils le bonheur de jouer aux cow-boys et aux indiens ou portaient-ils en eux le goût du sang répandu ? Je n'ai pas de réponse à ces questions, mais en 2012, mon pessimisme (que je considère aujourd'hui comme du réalisme) me conseillait plutôt de choisir un paravent, au moins pour protéger les miens des balles à blanc qui ne manqueraient pas de siffler à mes oreilles.

Putain de guerre à la con ! J'en ai soupé, moi ! Foutez-moi le camp, tous ! Vous m'entendez ? Tous tant que vous êtes ! Je veux rester seule !... Dans le désert !... Qu'il n'y ait plus personne !... Jamais...

Et puis, des cinémas dans le genre, il y en a eu encore et encore... Que je ne peux pas raconter... Parce que des mots pour ça, dans les dictionnaires, il n'y en a pas... J'ai cherché, vous pouvez me croire, je n'en ai pas trouvé un seul.

Je reconnaissais Bardamu, dans ces deux paragraphes, aussi bien dans le style que dans la nécessaire lâcheté face à une guerre absurde. Ta mamie avait fait sa maîtrise de Lettres modernes sur *Voyage au bout de la nuit* et *Mort à crédit* de Louis-Ferdinand Céline. La guerre devait sérieusement la travailler. L'antisémitisme aussi, par ses origines juives indigènes. Et puis la lâcheté, j'imagine. Elle s'en voulait peut-être de ne pas trouver la force de nous raconter l'ignominie de son père.

J'ai fini par plonger dans la guerre, bien entendu. Comment faire autrement ? Mais je l'ai gardée pour moi. C'était surtout pour mieux comprendre comment éviter les balles à blanc et tenter de me frayer un chemin jusqu'à Oran, me fabriquer une carte d'État-Major avec les emplacements des mines, de manière à bien pouvoir les contourner. Les autres avaient toujours envie de faire la guerre ? Qu'ils y aillent, ce sera sans moi. Vous ne me ferez pas croire que c'est important, la guerre, plus important que mon petit Lapin.

Mais je ne regrette pas de m'être penché sur les fameux « événements » puisque ta sœur m'a un jour demandé de lui faire un topo sur la guerre d'Algérie pour ses études. Il a fallu que j'y retourne et que je traverse une seconde fois les balles à blanc, dans les livres cette fois-ci, parce que j'y tenais le mauvais rôle, celui du méchant. J'en ai tiré un résumé d'une soixantaine de pages et on a travaillé de quatorze heures jusqu'à minuit, sans discontinuer, pour tout retraverser. Vive les traumatismes familiaux et les mémoires démesurées. On en est ressortis épuisés, mais légers. On s'est dit qu'on se rappellerait ce moment-là toute notre vie.

On peut rester des heures à parler, Irma et moi. C'est fou. Et depuis toujours. Ça t'énervait parfois. Souvent même. Tu devais être un peu jalouse. Mais je n'ai jamais réussi à abréger nos conversations enflammées. Je suis désolé mon Lapin, mais je ne peux pas m'empêcher de discuter avec ta sœur. C'est de la joie à l'état pur. Heureusement que ta maman a pensé à nous apporter des croque-monsieur sinon on serait morts d'inanition. Deux victimes de plus de la guerre d'Algérie.

Mais comment regretter ma lâcheté ? Elle m'a dirigé vers Paul Souleyre l'ancien et la petite tombe d'Andrée. Où serais-je sans ma lâcheté ? En train de faire la guerre, probablement. Rappelle-toi ce pseudonyme que tu as sorti de nulle part sept ans plus tôt, me suis-je dit lâchement en avril 2012. Pourquoi ne pas le reprendre aujourd'hui ? Tu vas inventer quoi, sinon ? Toto l'Oranais ? Paul Souleyre, c'est très bien.

La lâcheté, c'est parfait pour contourner les guerres et commencer à se sauver.

En 1982, de retour à Oran, ta mamie retrouvait encore des impacts de balles sur les murs de son immeuble bleu et blanc à la verticale du pont Saint-Charles. Elles devaient lui rappeler sa lâcheté originelle de petit enfant qui fuit les rafales de mitraillettes et court comme une dératée pour se cacher sous son lit. *Il y a des records de course à pied qui se sont perdus ce jour-là.*

Elle avait écrit une longue lettre à ses parents pour leur raconter :

Tout de suite, nous avons pris le chemin de la rue de Mostaganem. J'étais comme attirée par un aimant, il me semblait que je rêvais. Nous avons dû demander notre chemin à un agent, car je ne m'y retrouvais pas très bien. Enfin, nous nous sommes retrouvés vers le début de la rue de Mostaganem que j'ai bien reconnue.

Comme vous le savez, je crois, son nom n'a pas changé. Nous sommes remontés jusqu'à la Cité Perret, la rue était très animée, avec plein de boutiques plus ou moins encombrées de chaque côté, mais pas vraiment de magasins. Ce sont plutôt des bouis-bouis couleur locale.

Enfin, nous sommes arrivés au carrefour d'où l'on découvre l'immeuble.

J'ai été désolée par la saleté de la façade qui est noire de crasse et les balcons sont des sortes d'entrepôts où l'on voit de tout. Mais quoi ? Il faut s'y faire, maintenant. On voit toujours très bien les impacts de balles, Jacques n'en revenait pas.

Nous avons traversé la rue et nous sommes passés sous le pont. [Le fameux pont Saint-Charles]. *Je suis passée devant l'entrée de l'immeuble, les vitres derrière les grilles de fer forgé sont cassées. J'ai voulu voir les fenêtres de derrière, mais il fallait entrer dans l'ancienne entreprise de bois qu'il y avait là et on ne pouvait pas entrer, car maintenant, cette entreprise est nationalisée et gardée par un planton.*

Ça m'ennuyait tout de même, je voulais voir les fenêtres de la cuisine, de la salle de bain et de ma chambre.

À ce moment-là, un Arabe est sorti de l'entreprise en question, il nous a vus là, il nous a demandé ce qu'on voulait. J'ai expliqué mon histoire, il nous a souhaité la bienvenue en Algérie, et il est allé parler à l'intérieur pour qu'on nous laisse entrer et on nous a laissés entrer. J'ai vu les fenêtres.

Celle de la salle de bain était toujours bleue !

Tu vois mon Lapin, ce sont les couleurs qui sauvent. Il faut chercher ses couleurs. Moi, c'est le rouge et blanc, ta mamie c'était le bleu. Quand on les retrouve, tout va mieux.

J'avais raconté à Bahi – avec qui j'avais de fortes affinités autour de l'école Ben Boulaïd (ex. école Lamoricière de mes grands-parents) où il était allé enfant – le retour de ta mamie à Oran en 1982 et la manière dont les fantômes continuaient d'exister dans les appartements de la ville vingt ans après l'exode.

Elle relate notamment dans sa lettre l'incroyable expérience qu'une femme du groupe avait vécue l'année précédente en retrouvant son appartement tel qu'elle l'avait quitté en 1962. L'Algérien qui vivait là lui avait dit : « c'est à toi, tu reprends tout, j'ai tout laissé comme c'était parce que je savais qu'un jour, toi ou tes enfants, tu reviendrais tout chercher ». La femme avait récupéré les photos de famille qui étaient restées très exactement là où elles se trouvaient vingt ans plus tôt et laissé le reste à son nouveau propriétaire.

Le vieil Algérien a dû être allégé d'un poids le jour où la femme est arrivée chez lui pour récupérer ses photographies, comme je me suis trouvé allégé le jour où j'ai pu libérer les morts enfermés dans le caveau de la famille Paul Souleyre. On s'est peut-être chacun trouvés très allégés de quelques fantômes encombrants, à trente-deux ans d'écart, pour enfin commencer à prendre nos marques dans ces vies qui n'avaient jamais été les nôtres.

On est souvent embarqué dans des histoires étrangères à nous-mêmes.

La vie que tu as vécue a-t-elle d'ailleurs jamais été la tienne ?

Il y a quelque temps, Irma m'a envoyé un texto parce qu'une de ses copines venait de faire un rêve. Il te concernait. Tu avais passé la tête par la fenêtre et demandé de transmettre un message à ta sœur : *tu allais bien ; tu avais été une libellule verte*.

Inutile de dire que ça nous a beaucoup émus. Je n'ai pas pu m'empêcher d'aller chercher des libellules vertes sur Internet. J'ai trouvé une petite sculpture que j'ai tout de suite commandée. Elle est actuellement posée à côté de l'ordinateur et me regarde de ses gros yeux globuleux.

La vie de la libellule avant de se métamorphoser n'est pas très enviable, elle passe son temps embourbée au fond des mares pour traverser l'hiver comme elle peut, jusqu'à l'arrivée du printemps. Les journées doivent sembler longues. Il n'est pas impossible qu'on ait pris soin durant seize ans d'une petite larve de libellule verte qui attendait impatiemment le printemps libérateur. Il n'est pas impossible non plus que j'aille de moins en moins sur ta tombe, puis que je n'y aille plus du tout. Il semble bien que tu te sois échappée de ton urne.

Est-il vraiment nécessaire que je m'agenouille encore devant ton marbre ?

Parfois, c'est tellement peu notre vie que le monde s'inverse et devient drôle.

Amina était revenue de l'accueil de l'hôtel en riant pendant que je mangeais des cacahuètes devant un thé à la menthe. « Tu ne devineras jamais ! Il y a une équipe de tournage qui vient s'installer dans l'hôtel ce soir. Un type est allé voir un responsable de l'hôtel pour lui demander s'il ne connaissait pas une Française qui pourrait faire la figurante. Il faut qu'elle marche le long d'une route et il se passe un truc avec un chien. Tu sais ce qu'il a répondu ? « *Il y a une Française avec un Algérien à l'hôtel. Vous devriez aller la voir* ».

On a éclaté de rire.

Amina toujours multicolore avec ses chapeaux sur la tête et sa grande liberté ne pouvait être qu'une Française. Les mystiques n'ont pas de nationalité même s'ils y sont attachés. Et Dieu sait qu'Amina est attachée à l'Algérie. Toutes ses sœurs sont parties en Europe, mais elle non, c'est l'Algérie ou rien. L'Algérie ou alors le pays de l'au-delà. Mais ici-bas, dans le monde sublunaire, ce sera toujours l'Algérie.

J'avais évoqué devant elle mon histoire de rouge et blanc, mais elle n'avait pas bronché. Manifestement, c'était mon problème. La trace de mon trauma originel. Ma petite fixette à moi. Elle m'avait amené au pays du rouge et blanc parce qu'elle devait le faire, elle se l'était promis et me l'avait promis, mais je devais trouver la réponse seul. Logique. Il fallait passer par l'épreuve du feu. Comme ta salamandre. Ce serait trop simple si les réponses étaient données. Ce qui est terrible, c'est qu'elles sont pourtant inscrites sur tous les frontispices.

Il y a certaines choses que je ne comprends pas. Comment résout-on une énigme ? Je vais en mettre une ci-dessous.

« *Un prince pour détendre sa princesse lui demande d'écrire un seul mot avec toutes ces lettres* : NELOTUUMS »

Si vous trouvez tout seul et sans Internet ou sans un truc autre que votre cerveau, écrivez la réponse ici ....

Si vous avez trouvé grâce à autre chose que votre cerveau, cochez ici ☐

Si vous ne trouvez pas du tout, cochez ici ☐

Oui... Comment résout-on une énigme, mon Lapin ?... Comment se sauve-t-on d'une mémoire désastreuse ?

Il faut remonter le temps, je crois. Je suis sûr qu'il est circulaire et qu'on retraverse son histoire à l'envers, toutes les nuits, pour lire et encore lire sur des murs indéchiffrables la petite énigme de nos vies, comme le faisait sûrement Monsieur Radjouli quand il ne s'occupait plus des hommes, comme le faisaient aussi les vieilles dames et les vieux messieurs de Bassemeul le soir après avoir éteint la lumière pour retrouver l'eau pure des origines.

Bahi m'avait donné rendez-vous pour me montrer Kristel, un petit village atypique à une vingtaine de kilomètres d'Oran. Aujourd'hui, ce lieu me rappelle Ighzer, dans le Sahara. Kristel est une oasis de pêcheurs hors du temps et de l'espace. Ils vivent quasiment en autonomie, libres, à partir d'une source dont les filets d'eau se répartissent savamment entre les cultures de radis, de poireaux, de courges, qui se déploient à l'ombre des jujubiers et des grenadiers. Au centre du village, tout le monde attend l'apparition d'une anguille revenue à la source, installée dans ce lieu des origines depuis des lustres, et qui révèle la pureté de l'eau. C'est un petit spectacle agréable à regarder. Les enfants lancent quelques miettes de pain pour tenter d'attirer l'anguille hors de sa cachette et les cris joyeux annoncent sa manifestation : l'eau est bien pure ! Le miracle s'est encore renouvelé.

Mais comment pêcher mon anguille rouge et blanche ?

Oran a fini par se rappeler à nous au détour d'une bicoque de souvenirs perdue dans le nord de la sebkha de Timimoun, à Aghlad.

L'imam Sidi el Houari, saint patron du vieux quartier d'Oran, était censé reposer dans le petit mausolée blanc qui se trouve non loin de l'entrée. Pourquoi pas après tout. Ce serait drôle de retrouver ce saint homme perdu dans le désert, non loin de Timimoun. Il y en a partout des légendes du genre en Algérie. À croire que Sidi el Houari possédait plusieurs corps. Les tombes ne renfermaient plus rien dans le désert. Elles étaient devenues des traces et tentaient comme elles pouvaient d'enfermer les âmes qui voltigeaient dans les airs en riant comme des mouettes. Attrape-moi si tu peux ! Tu ne me mangeras pas !

Amina m'avait dit « il faudra que tu amènes Irma. Tu lui montreras un peu Oran, mais pas trop. Elle est jeune. C'est mieux qu'elle soit avec des personnes de son âge. Avec les copains de Jamâl, par exemple. Ils iront faire la fête et écouter de la musique au Mélomane. Tu te rappelles, le cabaret où je t'ai amené avec Bob la première fois qu'on s'est vus, ça lui plaira ». Oui, avec Jamâl, ce serait très bien. Les jeunes, c'est parfait, c'est plein de courage.

J'avais sympathisé sur Facebook avec Farid qui travaillait au Sheraton, ce grand hôtel luxueux en bord de falaise, et je lui avais demandé s'il pouvait récupérer une petite bouteille d'eau de la piscine. C'était pour une amie qui était née à Oran juste après l'indépendance et qui avait écrit un roman qui se terminait au bord de la piscine du Sheraton. Je suis sûr qu'elle adorerait que je lui rapporte un peu de cette eau chlorée plutôt qu'une babiole trouvée dans un magasin.

Il m'avait répondu que c'était interdit. C'est interdit de récupérer de l'eau de la piscine ? – « Oui... » – Mais pourquoi ? – « Je ne sais pas, c'est comme ça ». Il n'empêche qu'il m'en avait quand même récupérée. Je crois qu'il y était allé le soir, comme un cambrioleur, avec sa petite bouteille de plastique. Il avait dû bondir de buisson en buisson, comme un chat, jusqu'au dernier buisson tout proche de l'eau, regarder à droite et à gauche pour s'assurer que personne ne le voyait, et hop, vite fait bien fait, un petit peu d'eau chlorée dans la bouteille.

C'est pour ça que j'aime l'Algérie, mon Lapin. C'est un pays illogique qui invite à la transgression. Il faut s'attendre à tout parce que rien ne se passe comme prévu. On met un peu de temps à s'habituer, mais après, ce n'est que du bonheur.

Dès l'aéroport, on est plongé dans l'ambiance. La première fois que j'ai posé mon pied tout neuf à Oran, je me suis posté devant le tapis roulant d'où les bagages débordaient, et j'ai attendu une demi-heure avec tout le monde, les mains dans les poches et la tête dans les étoiles, en espérant voir sortir mon sac qui ne sortait jamais. Et je n'étais pas le seul, personne ne trouvait ses bagages. On se regardait, on parlait même, et certains commençaient à s'énerver. Je n'étais pas sorti de l'aéroport que je connaissais déjà du monde. Subitement, j'ai perçu un mouvement de foule ; ceux qui attendaient devant le tapis d'un autre avion sont venus à notre rencontre : « Ils ont mélangé les avions ! Vos bagages sont là-bas ! Ici ce sont les nôtres ! » Tout le monde s'est croisé dans un joyeux bazar et j'ai en effet reconnu mon sac sur le tapis d'à côté.

J'en ris aujourd'hui, mais la première fois, on n'en rit pas. On a l'impression que c'est mauvais signe, qu'on a déjà perdu ses bagages alors qu'on n'a pas vu le soleil, que le séjour est mal parti. Mais non, c'est tout le temps comme ça. Et au troisième voyage, on se sent libre dès qu'on pose les pieds dans l'aéroport, on respire à nouveau. Fini les trucs bien rangés, en avant les surprises, voyons voir ce qui va nous arriver aujourd'hui. On se prend au jeu. Après, il faut aimer les surprises, c'est sûr. Si on n'aime pas les surprises, ce n'est pas la peine d'aller en Algérie. Ni même au Consulat pour obtenir son visa. Parce qu'au Consulat, on est déjà en Algérie.

La première fois, je trouvais le bonhomme du guichet désagréable. Taciturne. Je me suis fait tout petit et tout poli et j'ai récupéré mon visa. En ressortant, je pestais contre ce que je pensais être du mépris. La deuxième fois, je me préparais mentalement à son mépris, mais je n'avais encore rien compris. Cette fois-ci, la tactique, c'était tu laisses courir, tu te déconnectes, tout va bien se passer, il doit avoir des problèmes chez lui. J'ai récupéré mon visa et j'ai de nouveau pesté. La troisième fois, je me suis rappelé que j'étais en Algérie. Ce n'est pas parce que c'est en France que ce n'est pas l'Algérie. Il ne fallait pas du tout s'y prendre comme ça. Je n'étais pas à La Poste, où on dit bonjour, on donne sa lettre à peser, on dit merci en souriant, et puis on s'en va. Le Consulat, c'est déjà le territoire algérien. Donc je me suis décidé à lui raconter ma vie. Je suis allé au guichet, comme si j'allais chez un ami.

« Bonjour. Comment allez-vous ? Je vais à Oran pour la troisième fois. Il me tarde. J'ai une amie là-bas que j'ai envie de revoir. Ça fait quatre ans qu'on discute par messagerie. La dernière fois qu'on s'est vus, c'était en 2016. Une éternité. »

Et là, bien sûr, il est devenu charmant. On a discuté pendant une demi-heure. Il m'a raconté sa vie et je lui ai raconté la mienne. Je ne sais pas s'il y avait quelqu'un derrière moi, mais il a dû pester. On peste toujours quand on a décidé d'être poli. Et tu sais ce que je pense de la politesse, mon Lapin.

La cerise sur le gâteau, c'est que je suis même sorti du Consulat avec un dessin de sa main. Lui, ce qu'il adorait, c'était dessiner. Je comprenais mieux pourquoi il faisait la tête derrière son guichet. Il aurait bien aimé, mais il n'avait pas pu. Ou pas réussi. Je ne me rappelle plus. Il me faisait des plans sur des bouts d'enveloppe, il m'expliquait des trucs aussi, et à la fin, il a dessiné un avion d'Air Algérie qu'il m'a donné. Non seulement je partais avec un visa, mais en prime, j'avais un petit dessin sur une enveloppe bleue.

Voilà, c'est toute l'Algérie, ce petit dessin du Consulat. Et c'est très incommode à raconter parce qu'on sort des logiques de causes à effets et des questions d'efficacité. Il faut décrire des petits dessins. C'est autrement plus difficile que de raconter une histoire. Une demi-heure pour récupérer un visa déjà prêt et sans faire la queue, c'est sûr que c'est long. Surtout pour celui qui attend derrière. Pas efficace du tout. Mais on ressort avec un dessin. Qu'est-ce que tu veux que je te dise ? C'est comme pour les vieilles dames. Tu n'aimes pas les vieilles dames ? Eh bien ne va pas à Oran. Tu n'es pas capable de convertir ton regard pour dénicher la beauté ? Eh bien ne va pas à Oran. Tu n'aimes pas qu'on t'offre des petits dessins ? Ce que tu veux, c'est ton visa, et plus vite que ça ? Eh bien ne va pas en Algérie.

Un jour, ton papi m'a dit qu'il trouvait que c'était fade, la France. La réflexion m'a paru bizarre sur l'instant, mais aujourd'hui, je crois que je vois ce qu'il a voulu dire. C'est beau, mais c'est fade. C'est libre, rassurant, on est bien cadré, comme tenu par la main, mais c'est vrai qu'il y a un côté artificiel qu'on ne risque pas de trouver à Oran.

Ça fait un peu office de tourisme.

C'est le rapport au temps qui fait la différence. Je crois.

Jamais on ne s'est dit « c'est l'heure de manger » avec Amina. C'était toujours « on mange ? » Ça pouvait être n'importe quand. Et pourtant, on était en permanence fourrés dans sa cuisine à discuter, ou alors sur son balcon pour prendre l'air.

En Algérie, tout le monde a perdu sa montre. Une fois, il était minuit passé – il me semble, parce qu'au fond, on ne sait plus quelle heure il est là-bas – Amina reçoit un coup de téléphone. C'était un ami qu'elle n'avait pas revu depuis des années et qui passait prendre des nouvelles. Comme ça. À minuit passé. « Vas-y monte ! Je te lance les clés de l'ascenseur par la fenêtre » (du quinzième étage hein, il vaut mieux éviter de se les prendre sur la tête, même si elles sont protégées dans une petite pochette. Je comprends pourquoi les voitures ont des bosses). Il est resté une demi-heure et puis il est reparti. Je ne sais même pas s'ils se sont revus. Il venait juste prendre des nouvelles. Discuter.

Mais il est minuit passé mon gars ! – « Oui, et c'est quoi le problème ? » – Tu restes une demi-heure, en plus ! Même pas une heure ! – « Et alors ? » – Rien... C'est moi, laisse tomber.

On se sent tellement étriqué dans ses petits horaires qu'on met du temps à lâcher son fou. Pourquoi s'alourdir ? C'est léger, l'Algérie. C'est lourd quand il faut y construire son avenir, mais sinon, c'est léger.

Non, on ne peut pas dire ça. Il y a un côté léger, mais c'est compliqué. Tout ce qui est de l'ordre du bien commun est un problème. Ce n'est pas pour rien qu'il faut balancer des clés d'ascenseur depuis le quinzième étage : « Ça fait des années que je demande qu'on répare cet ascenseur et rien n'est fait ou alors c'est réparé n'importe comment. Dès que ça ne concerne plus directement leur petit chez-soi, ils s'en fichent. Alors avec quelques propriétaires, on a pris en charge la réparation, mais on a fait mettre des clés. Ceux qui ont payé ont les clés de l'ascenseur. Au moins, on est sûr qu'ils vont faire attention ».

Ce qui est beau en Algérie, ce sont les petits événements, les petites scènes de la vie quotidienne qui découlent de tous les gros problèmes de bien commun, comme les pochettes de clés d'ascenseur qui voltigent dans l'air depuis le quinzième étage à minuit et demi. Le jour où il n'y aura plus de problèmes de bien commun, les ascenseurs marcheront à nouveau, les murs ne seront plus lézardés, les fils électriques ne pendront plus dans les rues, les trottoirs deviendront praticables, et les fauteuils roulants pourront rouler. Ce sera devenu beau, mais fade. On est toujours pris entre le marteau et l'enclume. Comment ne pas espérer que l'Algérie devienne belle mais fade ? Ne serait-ce que pour les handicapés.

C'est pour ça que je t'ai montré la photographie d'un handicapé dans son fauteuil qui roulait au milieu de la route avec les voitures qui ralentissent et s'écartent. Je la trouvais belle et pas fade du tout, cette photographie. Mais triste aussi. Et pourtant gaie. On avait l'impression d'entendre le bonhomme crier « allez vous faire voir avec vos trottoirs défoncés, puisque c'est comme ça, je roule au milieu de la route ».

C'est l'humain qui ressort. En permanence. Partout.

Mais parfois, c'est glaçant.

Je voulais revoir Bilal qui avait été l'un des premiers à suivre mon blog en avril 2012. Il aimait bien écrire lui aussi. Il me passait quelquefois des textes. Mais ce qu'il aimait par-dessus tout, c'était la botanique, les petites fleurs et les grands arbres, surtout du côté des forêts de Santa Cruz. Il plantait même quelques graines parfois. Je lui avais demandé d'en planter une en mon nom, au tout début, pendant que je me débattais au milieu de l'Écho de l'Oranie, de Bassemeul, de Ripoll, et des collectionneurs de cartons. Il était ma bouffée d'air, Bilal. Comme Driss d'ailleurs. Un autre jeune dont les parents m'ont accueilli lors du premier séjour. Il aimait écrire lui aussi. Et lire. On passait beaucoup de temps sur Facebook à discuter, tous les trois. Et pourtant, on était très différents. Et eux deux encore plus que moi. Ils ont fini par se fâcher, je crois.

Une fin d'après-midi, je donne rendez-vous à Bilal non loin de la cathédrale. On doit discuter depuis dix minutes lorsque des potes à lui se ramènent dans une voiture. Ils commencent à rigoler ensemble en arabe. Je ne comprends rien bien évidemment. Bilal vient me voir et me propose d'aller à Santa Cruz avec ses amis. Pourquoi pas. J'aime bien Bilal et Santa Cruz. Il n'a pas de voiture, ils en ont une, donc on y va. Commence alors une étrange expédition.

On passe par Sidi el Houari, puis on se dirige vers Bab El Hamra, un bidonville entièrement rasé aujourd'hui, et on s'arrête sur un parking. C'est le pied de Santa Cruz. La forêt est au-dessus de nous. On part se promener. Il fait beau (à Oran, il fait toujours beau). Et on commence à regarder les petites fleurs et les grands arbres sur les chemins. On arrive à mi-colline, au niveau de la batterie de San Gregorio dont il ne reste rien si ce n'est une grande étendue de béton sur laquelle des gamins jouent au football, et on décide de pénétrer dans l'une des nombreuses galeries militaires creusées dans la montagne par les Espagnols sous le fort de Santa Cruz.

On s'enfonce dans une galerie jusqu'à ne plus rien y voir. On allume quelques lampes. On aperçoit des tags un peu partout aux parois, des tessons de bouteilles de bière au sol mélangés à des morceaux de papier hygiénique, un vrai foutoir. Les deux potes de Bilal se marrent. Je n'en mène pas large. Je ne suis pas le plus courageux des êtres humains. L'ambiance est glauque.

On s'extrait de la galerie, on retrouve les gamins qui jouent au football et on continue notre marche vers Mers el-Kébir, la nuit commence à tomber. Je leur dis qu'il faudrait peut-être retourner à la voiture parce qu'on a fait du chemin. On retourne à la voiture. Il fait nuit, mais je me sens rassuré.

Seulement, au lieu de redescendre vers Oran, ils ont envie de monter au plateau. De nuit ? Vraiment ? Vous êtes sérieux ? Vous savez que c'est dangereux, la nuit, là-haut ? Tout Oran le sait, mais ce n'est pas grave, vous voulez monter au plateau ? – « Détends-toi l'ami, on va rigoler, qu'est-ce que tu veux qu'il nous arrive ? » – Eh bien j'aime autant qu'il ne nous arrive rien, en effet. Et on monte donc de nuit.

Aucun éclairage. Le trou noir tout en haut du plateau. Et on s'embourbe avec la voiture... On voit bien la ville de là-haut la nuit... Je ne sais même plus ce qu'on fait parce que je n'ai plus tout à fait ma tête à moi. Je pense à toi et je me rappelle que j'ai deux filles, dont une handicapée. Je fais quoi sur le plateau de l'Aïdour en pleine nuit ? Je risque ma vie ou je me fais un film ?

C'est une bonne question parce qu'en redescendant, dans la voiture, les deux types rigolent et glissent un CD dans l'autoradio. Une voix hallucinée sort des enceintes. Je ne comprends pas ce que c'est, mais ça fait bien marrer les deux gars à l'avant. Je demande à Bilal ce qu'ils écoutent de si drôle devant ? « Laisse tomber, ce sont des barjots. Ils ont récupéré les prêches de DAESH et ça les fait marrer ». Donc là je suis en train d'écouter les prêches de DAESH avec des mecs qui rigolent, c'est bien ça ? – « Oui, ils s'amusent » – D'accord. J'ai souri jaune et j'ai attendu que ça passe.

Voilà. C'est aussi ça l'Algérie. Les petites clés argentées qui volent dans une pochette depuis le quinzième étage et les prêches de DAESH dans une voiture pour rigoler. On passe par toutes les émotions. Des plus brillantes aux plus sombres.

Ça me rappelle une nouvelle de ta mamie.

Dieu et le Diable sont en haut d'une colline, depuis un belvédère, d'où ils regardent une ville en feu qui vient d'exploser, désastreuse, la fin du monde. Ils se désolent tous les deux. Un inspecteur doit bientôt passer pour voir comment ils se sont occupés du monde des hommes, comme chaque année. Dieu et le Diable ne font pas les fiers (elle a de l'humour, ta mamie. Une certaine dérision à l'endroit de Dieu. Un peu comme Woody Allen. Une trace de sa judéité refoulée). Ils se disent qu'ils vont sûrement passer devant un tribunal parce qu'ils ont fait n'importe quoi et que l'inspecteur – à la barbe blanche encore plus longue que Dieu – n'est pas commode.

Quand j'ai lu cette nouvelle, c'est surtout le belvédère qui a fait tilt. C'est l'intérêt d'avoir travaillé Oran, il y a des mots qui ne sont plus neutres. Ils peuvent aussi bien servir de madeleines que de repères. C'est comme lorsque ta mamie appelle un de ses personnages Mari-Cruz, une petite loupiote s'allume en moi, il devient difficile de me dire qu'elle a ouvert un livre de prénoms au hasard pour tomber sur Mari-Cruz. Il y a toujours un contexte, un point de vue depuis lequel une vie entière s'illumine, etc. Ici, le point de vue, c'est le belvédère. Et depuis ce point de vue, c'est la fin du monde.

Pour qui connaît un peu l'histoire d'Oran, l'image d'une ville en feu recouverte d'une fumée noire, c'est le lundi 25 juin 1962 à 17h45, presque la fin. Parce qu'il restera le grand trou noir du 5 juillet. Benjamin Stora raconte le 25 juin 1962 dans un article sur son site :

« *Les réservoirs à mazout de la British Petroleum ont été plastiqués* [par l'OAS], *et 50 millions de litres de carburants brûlent. Vision dantesque de flammes qui montent souvent à plus de 150 mètres. Dans certains quartiers, il fait presque nuit, et cette éclipse dure deux jours »*.

On va dire trois jours – lundi, mardi, mercredi – sachant que ça ne doit pas être joli le jeudi non plus. C'est le dernier soubresaut de la fameuse politique de la terre brûlée. Le mardi 26 juin 1962 au matin – dès le lendemain donc – ta mamie part sur la route de La Sénia en direction de l'aéroport, avec son père, sa mère, son jeune frère, sa vieille tante Émilie (de son vrai nom Mezaltoub, 82 ans, sœur aînée de Mémé Souleyre) chacun sa valise, une main devant une main derrière, comme on dit. Apparemment, tout le monde a compris que c'était l'apocalypse, il suffit de lever les yeux. Je sais qu'elle reste deux jours à l'aéroport à dormir sur des lits de camp de l'armée, et je sais qu'elle arrive le 28 juin en France. Donc le jeudi.

C'est quoi son belvédère à elle ? Le hublot de l'avion sûrement. Depuis là-haut, l'avion s'envole en direction de Lyon et elle regarde par la fenêtre. Elle a quinze ans et demi. Comme toi quasiment. Et ce qu'elle voit, c'est une ville en feu depuis trois jours au pied de la basilique de Santa Cruz et du Belvédère. C'est la dernière image qui lui reste d'Oran. Elle est Dieu et elle se dit que c'est la fin de son monde. Qu'un jour on viendra sûrement la juger, mais que ce n'est pas entièrement sa faute ni celle du Diable, que les hommes font juste n'importe quoi. Et ça fait un moment qu'elle s'en est rendue compte.

Ces trois jours-là, à l'aéroport de la Sénia, emmitouflée dans les couvertures piquantes de l'armée et nageant probablement dans les odeurs de fioul qui arrivent d'Oran, au milieu de toutes les autres fourmis, c'est l'enfer. Son enfer à elle et ses trois jours de traumatisme. Son père n'est même pas là ; Dieu s'est retiré comme un lâche dans son grand trou noir. Il reste à Oran jusqu'au 19 juillet. Il les a juste accompagnés à l'aéroport. Elles sont deux femmes (dont une vieille à moitié aveugle) une jeune fille, et un petit garçon. Tous attendent le prochain avion. Le premier qui arrivera et dans lequel ils pourront monter. Pas de chance, ce sera pour Lyon, la ville où Andrée est morte huit ans plus tôt, le petit fantôme qui a foutu en l'air toute la famille. Ils n'avaient pas besoin de ça.

Je ne sais même pas si je dois m'arrêter ici parce qu'on retrouve notre ami Dieu dans une seconde nouvelle tout aussi réjouissante que la première : une âme arrive au paradis avec sa valise, elle est accueillie par Saint Pierre : « Je suis désolé, mais vous devez ouvrir la valise, sinon vous n'entrez pas – Dans ce cas, je n'entre pas ; je reste assise sur ma valise ! – Mince, se dit Saint Pierre ». C'est l'idée.

Bon, je mets le début, parce qu'il est drôle :

Histoire d'une âme qui voulut entrer en paradis avec une valise

Une âme se présenta un jour aux portes du paradis avec une valise. Le bon Saint Pierre s'en vint ouvrir. Mais, au moment où il allait engager la grosse clé du paradis dans la serrure de la vieille grille, son regard tomba sur la valise posée à terre, et il demanda :

— Mais... Qu'est-ce que c'est ?

Car il n'avait jamais vu de valise.

L'âme dut expliquer qu'il s'agissait là d'une valise, sur Terre utilisée pour transporter du linge, des objets divers, ce qu'on voulait, en somme.

Le bon Saint Pierre fit :

— Ah ! Bon !

Et, tout naturellement, il s'enquit :

— Et... qu'y a-t-il dans cette... valise ?

C'est alors que les choses commencèrent à se gâter.

Dès le premier instant, l'âme refusa tout net de dévoiler le contenu de la valise. Elle répondit fort poliment à Saint Pierre que ce n'était nullement son affaire. La stupéfaction coupa une seconde la parole au bon Saint. L'âme en profita pour préciser sa pensée : cette valise lui appartenait, il n'avait pas à en communiquer le contenu à qui que ce soit, même à Saint Pierre, sauf votre respect.

Sentant bien la nécessité de dire quelque chose, Saint Pierre ouvrit la bouche et prit une aspiration puissante :

— Mais enfin... Commença-t-il.

Et il s'arrêta, car il ne savait pas quoi dire.

L'âme eut un petit sourire, oh, à peine ébauché, il est vrai, mais tout de même un peu humiliant pour Saint Pierre, ce qui aida, du reste, celui-ci à se ressaisir. C'est d'une voix mieux assurée qu'il reprit :

— Âme, je ne sais qui vous êtes, mais ce que je sais, c'est que vous ne pouvez entrer au paradis avec cette valise. Tout au moins sans avoir dit ce qu'elle contenait.

L'âme demanda :

— *Pourquoi ?*
Saint Pierre parut sur le point de se troubler encore une fois, mais cela ne dura pas. Il avait retrouvé tous ses esprits. Il répondit du tac au tac :
— *Parce que c'est comme ça.*
Il fut content d'avoir rivé son clou à l'âme. Toutefois, conscient qu'il était prématuré de crier victoire, il attendit de pied ferme la réponse de l'âme.
— *Dans ce cas, répondit l'âme, je n'entre pas. Je reste là.*
Et elle s'assit sur sa valise.
L'âme avait vécu assez longtemps sur Terre, et Saint Pierre était assez ancien pour qu'ils se rendissent compte tous deux que les négociations étaient dans ce qu'on pourrait appeler une impasse. Ce fut Saint Pierre qui trouva, à sa manière, une issue.
Il annonça :
— *Bon, je vais en référer à Dieu.*
Et il disparut.

« Les négociations étaient dans ce qu'on pourrait appeler une impasse... »
Une pensée est vraiment un secret qui s'ignore. On passe son temps à penser, à tourner en rond à l'infini dans son cerveau et à se trouver intelligent, jusqu'au jour où on tombe sur le secret qui éclaire tout. On se rend compte alors à quel point c'est simple, un secret, et pas du tout intelligent comme peut l'être une pensée. C'est tout bête et on en reste sidéré.
Si ce n'est pas une âme pied-noir qui débarque au paradis de la métropole, une âme « têtue comme un bourricot de chez nous » avec sa valise, alors je ne sais pas ce que c'est. Et si l'accueil suspicieux du bon Saint Pierre avec sa grosse clé dans la serrure – cet inceste sublimé – n'est pas l'accueil plutôt frisquet des policiers français le jeudi 28 juin 1962 à l'aéroport de Lyon, alors je ne sais pas ce que c'est non plus. Et encore, l'accueil frisquet des policiers dans le meilleur des cas, parce qu'il est fort possible qu'il faille généraliser l'accueil frisquet à la moitié de la population française et pas seulement aux policiers de l'aéroport qui ne faisaient jamais que leur boulot. C'est un beau mélange d'intime et d'historique, cette petite nouvelle. Ses trois jours de tempête l'ont amenée à se questionner sur Dieu, visiblement. Et pas vraiment dans le bon sens. Elle s'est sentie abandonnée, ta mamie, trahie par la vie.
Mais ta mamie était déjà une *Amazone*. Elle avait du répondant ! Saint

Pierre en a pris pour son grade. Espèce de salaud, mais délicatement. Elle n'était pas du genre à se laisser faire, ta mamie, ou à se répandre en lamentation, comme sa mère. Elle n'avait aucun goût pour les *malédictions*. Même si, à la fin de sa vie, elle est revenue à Dieu. Probablement par intérêt d'ailleurs. On ne sait jamais ce que la mort nous réserve. Autant prendre quelques précautions. Mais Dieu devait la travailler, tout de même. Ou son père. Ce qui n'est pas si différent.

Enfant, je lui avais demandé ce que Dieu faisait des os, une fois que les gens étaient morts. Elle était restée perplexe. Et puis, quelques minutes plus tard, j'étais revenu vers elle, tout heureux d'avoir trouvé la solution à ce problème fondamental. Je sais ! Il les donne à son chien ! Ça l'avait fait rire.

Et il vaut mieux en rire, en effet.

Un soir de juin 62, mon père nous annonça que nous allions partir.

Oh il en était question depuis un moment déjà. On m'avait même fait demander le livret scolaire pour le cas où. Tout le monde s'en allait. C'était la débâcle. La fin des fins. Dans ma classe, de nombreuses filles étaient déjà parties. Un matin, elles ne venaient plus, et on disait : « Elle est partie ». On disait ça comme on aurait dit : « Elle est morte ». Il n'y avait plus rien à ajouter. Ce lundi soir, je ne fus pas étonnée. Mais nous ne partions pas tous les quatre. Seulement ma mère, Michel et moi, avec notre vieille tante Émilie qui était presque aveugle. Mon père restait encore pendant un temps indéterminé.

Le lendemain, mon père nous accompagnait à l'aéroport de La Sénia.

Nous portions une valise chacun. Mon père essayait d'être normal, ma mère arborait un masque de marbre en guise de visage. Au moment de partir, alors que nous étions déjà debout sur le palier avec nos valises, je compris brutalement que je ne reviendrais jamais dans cet appartement qui avait été le nôtre. Un vide vertigineux s'ouvrit dans ma tête, et je sentis que j'étais en train d'y tomber, indéfiniment. Je cherchais avec désespoir une branche pour me raccrocher. Il n'y en avait pas, dans cette espèce de néant sans fond. Vite, il fallait que je trouve quelque chose, pourtant. Question de vie ou de mort. L'ascenseur arrivait, je l'entendais. Mon père était occupé à fermer la porte à clé : alors je fixais intensément la serrure avec la clé qui tournait, voilà. Je gravais l'image soigneusement dans mon cerveau vide. Je le gravais en me faisant bien mal, exprès. Pour que ça reste. Pour que ça se creuse en sillons ineffaçables, comme faisait mon père quand il sculptait un tableau, et moi j'étais le bois, le ciseau et le sculpteur, et le contremaître qui dit dépêche-toi on n'a pas que ça à faire. Quand l'ascenseur arriva, sur le palier, mon tableau était achevé. Je pouvais l'emporter avec moi, pour toujours.

Une serrure avec une clé qui tourne dedans.

À La Sénia, on a attendu des places dans un avion pendant deux jours.

L'armée avait installé des lits de camp avec des couvertures marron qui piquaient horriblement. Mon père avait dit : « *Le premier avion où il y a quatre places, vous le prenez, même s'il va à Dunkerque. Une fois en France, vous prendrez le train* ». *On devait aller à Paris, chez la sœur aînée de ma mère. Le premier avion, il allait à Lyon. On l'a pris.*
Lyon, ça tombait mal pour ma mère, voilà la dernière pensée que j'ai eue.

Voilà de quoi se souvient ta mamie en partant. Une serrure avec une clé qui tourne dedans. Et puis son père qui grave le tableau avec ses ciseaux. Et dépêche-toi parce que ça fait bien mal dans mon cerveau vide.
Ça creuse des sillons.

Je suis retourné voir mon psy et je lui ai raconté mon histoire de rouge et blanc. C'était la première fois que je lui en faisais part. Depuis quatre ans. Qu'est-ce qu'on peut fuir devant un psy.

Je lui ai dit que je voyais le rouge et blanc un peu partout, sur la tête des pharaons, dans les yeux des statues de l'île de Pâque, et même dans les boucheries. C'est en Algérie que je m'en suis rendu compte, pour les boucheries. J'ai demandé à Amina pourquoi les boucheries étaient toujours rouges et blanches. Elle ne savait pas trop. Peut-être pour éloigner les mouches. Apparemment, ça les fait fuir. Bon, c'est déjà un début de réponse : je ne suis pas une mouche. Mais ça manquait un peu de substance. Le psy m'a dirigé vers une autre piste.

Une petite question, retirée dans son fauteuil derrière moi, s'est mise à voltiger dans les airs : « Vous me dîtes que vous êtes figé devant le rouge et blanc ? C'est bien ça ? » – Oui, comme sidéré. Je suis obligé de me détourner de ce que je fais pour fixer le rouge et blanc – « Vous détournez le regard, dîtes-vous ? » – Oui, j'arrête tout et je regarde le rouge et blanc. Je suis pétrifié – « Donc, le rouge et blanc vous permet de détourner le regard, si je comprends bien… » – Oui… Mais non ! Ce n'est pas tout à fait ça, enfin oui, mais pas complètement, je ne sais pas…

Bon, il venait de me coincer. C'est pénible de se faire coincer par son psy. Très dégradant pour l'ego. En plus, on n'obtient même pas de réponse. On glisse sans cesse d'une question à une autre, comme un cerf-volant dans le ciel, de mouette en mouette.

Le rouge et blanc était-il en effet le seul moyen que j'avais trouvé pour ne pas regarder le monde ? Une espèce de chiffon rouge que je m'agitais tout seul sous les yeux pour baisser la tête pendant qu'un torero me plantait une épée dans le dos et me paralysait dans l'arène ? Qu'est-ce que je ne voulais pas voir dans cette histoire ? Qu'on allait me planter une épée dans le dos un jour ou l'autre ? Que j'allais moi-même y passer, comme tout le monde ?

Le rouge et blanc est apparu en même temps que toi, maintenant que j'y pense, six mois après ta naissance, pendant que je tombais au fond du trou et que j'écrivais mon chef-d'œuvre en forme de gloubi-boulga, puis que je l'apportai fièrement à la SACD avec un de tes dessins et les pages d'écriture d'Andrée. Il s'agissait bien d'une épée en effet, une belle épée de Damoclès qu'on avait installée au-dessus de la tête d'Andrée en 1943, puis au-dessus de la tienne en 2003, et par voie de conséquence au-dessus de la mienne. C'est ça que je ne voulais pas voir ? Et que je ne veux toujours pas voir en continuant à te parler jour et nuit comme on parle à un fantôme ? Ta mort ?

Je fais comment pour te rendre mon chiffon rouge, maintenant ? Je fais comment pour me sauver et discuter à l'infini avec Irma ? Parce que j'en ai assez de cette épine de culpabilité plantée dans le dos. Elle m'épuise.

Mince, tu fais semblant de ne pas savoir résoudre les énigmes.

Il allait donc falloir que je me débrouille tout seul, encore une fois.

Amina et ses fils m'ont offert une reproduction des *Femmes d'Alger* de Picasso. Encadrée et sous verre. Magnifique. Mais les femmes sont toutes cassées. Brisées en mille morceaux par le Maître. Même dans le miroir du fond. Ça ressemble surtout à un puzzle, son tableau. Il y a du rouge et du blanc tout en haut, en plein centre, sous forme de zébrures, comme un plafonnier qui éclaire la pièce de ses rayons et diffracte les couleurs. Dans le miroir, une femme semble être la tête en bas, inversée. Heureusement qu'il y a des seins sinon je la prendrais pour un porte-manteau. Picasso, pour tenter d'y voir clair dans sa vie, ce n'est pas un cadeau.

Mais c'était celui d'Amina et de ses fils donc je devais m'appuyer sur les *Femmes d'Alger* pour tenter de cheminer puisque c'était toujours les femmes qui m'avaient guidé : Amina, Amanda, Mémé Souleyre, ta mamie, Andrée, Irma, ta maman, ma sœur, Baya même, et puis toi, bien sûr. Elles étaient mon petit Gang de Sorcières. Mais dehors, dans la rue, c'était comment les femmes ?

Oran a mauvaise réputation en Algérie. C'est la ville de la débauche, soi-disant. Les femmes y sont un peu trop libres... Sérieusement ? J'ai posé des questions à Amina. Elle m'a dit « viens, on va aller dans la rue, moi avec mon chapeau et toi avec tes yeux, je vais te montrer les femmes voilées d'Oran, parce que tu ne comprends pas ». On est donc partis se promener dans la rue d'Arzew, la grande rue passante d'Oran, là où tout le monde jette des regards dérobés sur tout le monde, et depuis tout temps.

On croisait beaucoup de passants. Amina me faisait des réflexions, discrètement, sur les femmes voilées. « Elle, tu vois, son mari commande à la maison. C'est évident. C'est cadenassé de partout. En revanche, elle, regarde comme elle est maquillée, avec son voile délicat sur les cheveux et quelques mèches qui dépassent. Elle prend soin d'elle. Elle est coquette. Il n'y en a pas une qui ressemble à une autre, si tu fais un peu attention. Et tu peux deviner comment ça se passe à la maison rien qu'en regardant le voile. Tu comprends ? Il faut exercer ton regard ».

Son argumentaire ne m'avait que moyennement convaincu. « Pourquoi tu portes un chapeau toi, alors ? » – « Parce que j'aime bien les chapeaux ! Je ne cherche pas à te convaincre de quoi que ce soit, Paul, j'essaie juste d'introduire un peu de nuance dans ton regard. Tu es trop binaire avec ton rouge et blanc. Ça ne marche pas comme ça, dans la vie. Tout n'est pas tout rouge ou tout blanc. » – « Certes. Mais tout de même. Ce n'est pas toi qui es en train de monter une association de femmes écrivaines parce que tu en as marre que la littérature soit verrouillée par les hommes ? » – « Évidemment ! Et j'ai bien l'intention d'y arriver ! Mais tu veux quoi ? Qu'on devienne des Occidentales ? C'est notre destin ? » – « Non, bien sûr. Enfin, je ne sais pas. » – « Non, tu ne sais pas et moi non plus. Ce que je sais, c'est que je n'ai pas envie de me faire écraser par les hommes. Mais l'Islam, ce n'est pas l'écrasement des femmes par les hommes, tu le sais aussi bien que moi ! Tu es en train de lire Ahmad Al-Alawi, non ? Tu as vraiment l'impression que son truc, c'est d'écraser les femmes ? » – « Non, pas vraiment ». – « Moi non plus. On ne va pas singer les Occidentales juste pour leur faire plaisir. Je ne sais pas où est notre voie, mais on finira bien par la trouver, fais-moi confiance » – « Je te fais confiance, Amina ».

Elle éclata de rire.

Amina ressemblait à ta mamie. Et ta mamie ressemblait à Irma. Même en photographie. Elles étaient des *Amazones*. Pas du genre à se faire emmerder, et même par les autres femmes. Je crois que c'est le goût de la liberté. C'est ce qui avait dû nous réunir au-delà d'un certain plaisir à côtoyer les choses bizarres de la vie. Elle aimait bien voler la nuit, Amina, mais ça ne l'empêchait pas de combattre ici-bas, comme Monsieur Radjouli ou Irma. La nuit, c'est fait pour voler, le jour pour combattre. Ils n'avaient pas peur de faire la guerre, eux. Je me sentais tout petit et tout poli.

Moi, je combattais dans ma tête, mais ce n'était pas comparable.

L'autre jour, Irma m'a envoyé une photographie tirée du film « Persepolis » de Marjane Satrapi. Une *Amazone* elle aussi. « Regarde Papa, c'est nous ! »

On y voyait la petite Marjane encore enfant, couchée dans son lit et légèrement redressée, la tête tournée vers son oncle assis sur une chaise près d'elle, en train de lui parler. C'était le câlin du soir, avant d'éteindre la lumière, pour souhaiter une bonne nuit. Sauf que nous, ça durait des heures. Je me faisais parfois réprimander par ta maman, quand j'habitais encore dans la maison de ton enfance, parce qu'il y avait école le lendemain. Mais on ne pouvait pas s'arrêter.

Toi, tu étais une Reine de la nuit, et Irma une Reine du jour.

Un jour, ta sœur m'a dit « c'est quand même moins classe d'être une Reine du jour ». La remarque m'a un peu déstabilisé et puis je me suis rappelé le tarot. Il y a beaucoup de femmes dans le tarot, mais deux que j'aime plus particulièrement, la Papesse et l'Impératrice. Je lui ai dit « tu te trompes. Dans le tarot, il y a une Papesse et une Impératrice, et je n'ai jamais entendu aucun tarologue dire que la Papesse était plus classe que l'Impératrice. Ce sont des puissances différentes, c'est tout. Ta sœur est une Papesse et toi une Impératrice. Aucun tarologue ne hiérarchise les cartes. Chacune possède sa puissance. C'est d'ailleurs la difficulté. Quand deux cartes se retrouvent côte à côte, il ne s'agit pas de savoir laquelle domine l'autre, ça n'a aucun sens, mais comment les deux puissances fonctionnent ensemble. Je t'assure que l'Impératrice est aussi magnifique que la Papesse ». Je ne suis pas sûr que l'argument tarologique ait convaincu Irma (parce qu'en général, il ne convainc pas grand monde) mais moi je le suis, ce qui n'est déjà pas si mal. Toutes les cartes sont des puissances.

Et tous les soirs, on refaisait le monde.

C'est pour ça que je commençais toujours par te faire la bise à toi, parce qu'on ne savait jamais quand on aurait fini de sauver le monde, avec Irma. Alors, quand elle avait des coups de mou, ma Reine du jour, assise au fond de son lit avec ses grands yeux ronds, on embarquait pour un long voyage. Je devais la remettre d'aplomb, lui retourner le cerveau pour lui permettre de repartir en guerre, de retrouver la force de se trahir, toujours et encore, changer, évoluer, prendre confiance, grandir. J'étais le marchand de sable et je retournais le sablier, sans cesse, toujours et encore, le lendemain et le surlendemain. Et curieusement, j'arrivais souvent à la remettre d'aplomb, ma Reine du jour.

Ce que je ne comprenais pas, en revanche, c'est pourquoi j'étais incapable de me retourner moi-même le cerveau pour commencer à combattre et devenir comme Irma ou Amina. Pourquoi je restais tout petit et tout poli. Moi, c'était le Pendu, ma carte favorite. Le type coincé la tête en bas et pendu par un pied. Emberlificoté dans son histoire. Mais pourquoi suis-je bêtement coincé la tête en bas et pendu par un pied comme Saint Pierre, pétrifié par le rouge et blanc, perdu dans ma campagne avec Broutille ? Comment fait-on pour s'extraire de sa mémoire quand a fini de commémorer et de remémorer, dis-moi, Broutille ? (*Oh, moi, tu sais, à part la boite de thon, je ne me rappelle pas grand-chose... Mais je compatis*).

L'acrobatie me rappelait le Baron de Münchhausen qui devait lui-même se tirer par les cheveux pour s'extraire des sables mouvants. J'avais déjà traversé ce genre de situation avec les Pieds-Noirs il y a longtemps. Et j'avais réussi à m'en sortir.

Mais comment ?

On était allé rejoindre Rayan pour rencontrer Rachid Talbi, un peintre oranais, talentueux. C'était un cadeau du ciel que nous faisait Rayan. Il m'avait dit « viens avec Amina, je vais te présenter Rachid Talbi puisque tu l'aimes, c'est un type simple ».

Comment définir sa peinture ? Quelque chose comme un « réalisme subjectif ». À la fois très réaliste (on se demande même parfois si ce n'est pas une photographie) et très subjectif parce que les formes tremblent. Sa peinture est à la fois nette et floue. Un peu comme lorsqu'on regarde le monde derrière une vitre après la pluie. Les gouttes d'eau renforcent les couleurs et font briller les arbres même si c'est incertain. Le paysage frémit.

On a pénétré dans son salon que je devrais plutôt appeler son atelier. Il aurait plu à Irma. Elle en aurait peut-être un similaire, un jour. Mais plutôt avec de la matière que de la peinture. Des petits objets, des bizarreries de la nature, des capsules de coca et des branches d'arbres reliés entre eux par des bouts de ficelles. C'est toujours intrigant ses petites sculptures.

Chez Rachid Talbi, ça ressemblait à un atelier comme on l'imagine d'ordinaire : des tableaux éparpillés, parfois visibles et parfois retournés, grands, petits, moyens, de toutes les couleurs et de toutes les formes, avec des palettes et des tubes de gouaches un peu partout. En revanche, c'était Oran, et tout le temps Oran (quasiment). J'avais trouvé un alter ego. Mon double, mais avec du talent.

Je ne savais pas trop quoi dire alors je fuyais dans le rouge et blanc, comme d'habitude, mon petit chiffon rouge qui me sauvait des dures réalités du monde, ma petite bouée de sauvetage et mon cauchemar bicolore. J'avais juste envie de dire à Rachid Talbi : « alors toi aussi, tu aimes Oran ? » Mais c'était tellement idiot comme remarque. Comme si j'avais dit à Picasso « alors toi aussi, tu aimes Alger ? » Il vaut mieux se taire dans ces cas-là. Sur un malentendu, on peut paraître intelligent.

Alors il parlait avec Rayan et Amina. De temps en temps, j'intervenais pour ne pas paraître désintéressé – d'autant plus que je ne l'étais pas – mais je ne savais pas quoi faire de mon corps. J'étais juste pétrifié, comme d'habitude. Et de surcroît entouré d'une ribambelle de tableaux qui représentaient tous Oran, sous tous les angles, et de toutes les couleurs. Mais qui es-tu Rachid Talbi ? Nous connaissons-nous ? Nous sommes-nous déjà rencontrés dans une autre vie ? Es-tu le double que chacun possède à la surface du globe ? Voilà les seules questions qui me taraudaient.

Cet homme était tellement simple. Pas du tout le genre à tout intellectualiser comme je peux le faire. L'inverse même. Un double inversé. Comme la femme dans le miroir de Picasso, mais en un seul morceau. Les émotions diffusaient tranquillement de sa peau et emplissaient l'atmosphère pour répandre un parfum apaisé, de l'encens, comme une goutte d'eau qui glisse lentement le long de la fenêtre. C'est ça. Il était doux comme une goutte d'eau qui glisse sur la fenêtre. Et on regardait le monde à travers sa goutte d'eau.

Il n'était pas un guerrier, lui. Enfin je ne crois pas. Ou alors à sa manière. À la manière des gouttes d'eau. À la manière d'une larme qui coule sur la joue. C'est peut-être pour cette raison que les vieilles dames ont des rides, les larmes ont creusé des sillons.

C'est vrai. J'avais oublié que je devais apprendre à pleurer.

Ce n'est pas évident de pleurer.

En tous cas moi, j'ai du mal. Irma peut se faire pleurer sur commande, mais moi, je suis bien cadenassé. C'est vrai aussi qu'il est difficile de pleurer la tête en bas et accroché par un pied à son histoire. On a plutôt mal au pied et des verrues qui poussent dessous. Et puis un peu mal à la tête aussi. On a l'impression qu'elle va éclater.

Quelques mois après mon second voyage à Oran, j'ai retrouvé Rayan et j'ai pleuré. C'était la nuit. Dans mon sommeil. Là, c'est plus simple de pleurer. On ne peut plus réprimer ses émotions. Et puis ça fait du bien, quand même. On se sent plus léger.

C'était Oran et ce n'était pas Oran, comme dans tous les rêves, une autre ville. Il m'est impossible de donner des noms de rues parce que ces rues oniriques n'ont aucun nom, elles se situent dans une Oran parallèle sans plan. Je descendais un grand boulevard dont le trottoir de droite était occupé par des petits immeubles à un ou deux étages tandis que celui de gauche donnait sur une falaise. J'étais avec Rayan, très proche dans mon rêve, comme un frère. On poussait un fauteuil roulant vide, celui de ma mère, le long de cette interminable route. Sur la gauche, une crevasse est apparue dans la falaise qui donnait sur une plage. On s'est regardé et on a balancé le fauteuil roulant qui a dévalé la pente pour s'écraser sur les rochers en contrebas. Une fraction de seconde plus tard, je me trouvais sur le rond-point qui terminait le boulevard, sans Rayan qui avait disparu. Je jouais au foot sur l'herbe avec des petits Algériens, comme lorsque j'étais enfant au bas des trois Carlitos à Pau, entouré de voitures qui circulaient sans nous voir. J'ai récupéré le ballon, regardé le gardien de but, tiré et marqué, puis je me suis tourné vers la gauche pour serrer ta mamie contre moi, la tête logée dans sa poitrine.

Je me suis réveillé en pleurs. Il était trois heures du matin. J'ai dû sortir pour fumer une cigarette et réprimer mes émotions. Il m'a bien fallu vingt minutes pour ressurgir.

Mais ressurgir de quoi ? Dans quoi avais-je été embarqué ? Le ballon de football n'était pas rouge et blanc, et pourtant, j'avais touché quelque chose. Forcément. Cette histoire ressemblait à un allègement généralisé. Comme si je venais de retraverser toute ma mémoire : Rayan mon frère arabe, la fin des fauteuils roulants, l'enfance retrouvée au bas de Carlitos, le sein maternel, Oran. On pouvait même aller très loin avec le rond-point gazonné et le but marqué. Quelque chose comme l'origine du monde.

Je me demande parfois si le rouge et blanc n'est pas la couleur du traumatisme originel et universel, celui de la naissance. On est tranquillement en train de flotter dans du liquide amniotique, la tête en bas et les yeux dans le noir, et puis voilà que les parois de l'utérus se contractent pour nous pousser dehors. L'affaire ne se fait pas sans mal, en plus. C'est long. On est secoué dans tous les sens et bouté hors du monde pour atterrir en pleine lumière et recouvert de sang.

Dans quelle mesure la première tache colorée qui s'imprime sur la rétine n'est pas le rose ?

Quand on s'enfonce dans le gouffre, peut-être tombe-t-on sur du rouge et blanc, tout au fond. Comme lorsqu'on marche dans le désert. On atterrit parfois dans un champ de roses des sables.

Tu aimais que ta maman te prépare ce dessert de cornflakes enrobés de chocolat. C'est sa petite spécialité. Tout se joue dans la consistance du chocolat. Pas trop mou sinon les pétales se défont, ni trop dur sinon on ne sent plus que le chocolat. Dans le désert, il y en avait de toutes les formes, très loin de celles vendues dans les magasins de souvenirs.

J'en ai trouvé une perpendiculaire, énorme. Un grand cornflake horizontal qui croisait un grand cornflake vertical. Plus loin, une autre, de la forme d'un disque, avec un petit cornflake qui dépassait à peine du centre. Plus loin encore, la même, mais avec deux cornflakes cette fois-ci. Et puis trois, quatre, qui formaient une petite étoile. J'ai tourné pendant une demi-heure à la recherche de la rose des sables parfaite, un disque avec une étoile à cinq cornflakes, mais il a fallu partir parce que la nuit menaçait. J'étais un peu déçu.

Le soir, je lisais un livre qu'Amina m'avait prêté, « De la révélation »[16], mon arcane dix-sept, un commentaire ésotérique de la sourate « L'Étoile » écrit par le grand mystique algérien de Mostaganem, Ahmad Al-Alawi, lumineux. J'aurais aimé poser ma petite rose des sables à cinq branches sur la table de nuit à côté du livre. Mais non. Je n'étais pas encore Monsieur Radjouli. La nuit, je n'étais pas en connexion avec le mystère. La nuit, je dormais. Et le matin, sur ma tablette, je remplissais péniblement les bulletins de mes élèves pour le second trimestre. J'avais l'impression de tourner en rond.

Rouler dans les dunes est une sensation étrange. Comme si l'on n'allait nulle part. On avance et le paysage ne change pas. On a l'espoir que quelque chose apparaisse au sommet d'une dune, mais rien ne surgit, si ce n'est une nouvelle dune et des dunes à perte de vue. On descend et on monte, et c'est l'éternel retour du même, le sentiment de toujours gravir la même dune, d'être pris dans un cycle de réincarnation sans fin, dans la roue d'un hamster, comme un Sisyphe des sables. Il y a un côté enivrant. On expérimente une version saharienne des derviches tourneurs.

Passé le moment de la découverte, on finirait presque par s'endormir. Mais pour rêver de quoi ? De coucher de soleil peut-être. On s'est assis au sommet d'une dune et on a attendu de voir le soleil disparaître derrière la dune d'en face, colorant le sable de mille nuances dorées. Le mouvement existe pourtant. Mais très lent, à l'échelle des saisons. Les dunes changent de place et de forme, le soleil parcourt l'horizon plus ou moins haut dans le ciel, les étoiles tournent et les constellations se succèdent, la lune alterne les phases. J'imagine qu'à la longue, l'ermite finit par caler sa respiration sur le rythme du cosmos, comment faire autrement.

Amina avait pris une photo de moi depuis la voiture. J'étais loin. Tout seul. Sur une dune. Comme le Capitaine Lambert. On pouvait suivre les traces de mes pas depuis la portière jusqu'à la petite silhouette qui se détachait à peine à l'horizon. Amina était ma narratrice. Mais c'était quoi l'histoire ?

Et mon diable qui désespérait : il n'y a pas d'histoire, mon ami, c'est le désert ! Ça tourne en rond depuis le début, tu ne l'as pas encore remarqué ? Les Pieds-Noirs tournent en rond dans leur mémoire, les traumatismes tournent en rond dans l'Histoire, les mouettes tournent en rond dans le ciel, les derviches tournent en rond sur eux-mêmes, la vie tourne en rond dans le temps, et toi, tu tournes en rond dans ta tête. Le serpent qui se mord la queue, tu connais, non ? Tu l'aimes bien ton Ouroboros ? Tu le chéris, tu l'idolâtres, et quand il est là, sous tes yeux, que tu circules dedans à l'infini, tu ne le reconnais pas ? Alors tu l'aimes juste parce qu'il est beau ? C'est de l'art pour l'art ? Mais quand vas-tu abandonner à la fin !

Jamais. Et c'est terrible de ne pas pouvoir abandonner. De s'accrocher à des souvenirs, des couleurs, des personnes. C'est terrible d'être projeté dans le monde et de s'agripper désespérément à son cordon ombilical. Je crois qu'on ne peut pas y arriver seul. Il faut quelqu'un pour couper le cordon.

Il a fait comment, le baron de Münchhausen, pour s'extraire des sables mouvants ?

La vie.

La vie, c'est pas simple. On essaie de faire paraître que tout va bien. On cache ses sentiments, ses ressentis. On ne dit rien. On fait semblant d'aller bien. Puis un jour, on craque. Un jour, c'est le jour de trop. Un jour, tout bascule. C'est comme une explosion dans la tête. On est irritable, angoissée, stressée. On pleure sans savoir pourquoi, ça dure encore et encore. C'est comme un cercle vicieux, on ne s'en sort pas. La moindre chose nous énerve. On est tendue, on ne comprend pas, on vire alors du côté sombre. Puis, un jour, on essaie de trouver une solution. On réfléchit, on pèse le pour et le contre. On doute parfois, on se remet en question. On essaie de se faire aider. Ça marche ou pas, on n'en sait rien, on veut juste s'en sortir. Redevenir « comme avant ». Mais avant quoi ? On finira sûrement par sortir de cette spirale infernale mais peut-être pas. Un jour, on se dira que c'est du passé, que tout va bien. Mais pour l'instant, on tourne, on tourne, éternellement. On cherche le bout du tunnel, mais existe-t-il ? C'est dur d'aller mieux. C'est étrange de culpabiliser d'aller bien. N'en a-t-on pas le droit ? Pourquoi vouloir aller mal ? J'espère m'en sortir un jour, et si je ne m'en sors pas, j'espère aller un tout petit peu mieux chaque jour.

Ton journal est souvent drôle, mais souvent triste aussi. Et c'est difficile de le lire parfois. On culpabilise.
C'est étrange de culpabiliser d'aller bien. N'en a-t-on pas le droit ?
Je ne sais pas, mon Lapin.
Pourquoi vouloir aller mal ?
Oui. Pourquoi vouloir aller mal ? Peut-être est-on libre de choisir.
On doute parfois, on se remet en question.
Tu penses que je devrais me remettre en question ?
Un jour, on se dira que c'est du passé, que tout va bien.
J'espère m'en sortir un jour, et si je ne m'en sors pas, j'espère m'alléger un peu plus chaque jour.

RÊVE – QUELQUES SEMAINES AVANT LES SOINS PALLIATIFS – NOTES

Je vais acheter du sel dans un bar tabac.

Le vendeur se trompe et me donne du sucre. Je ne m'en aperçois pas tout de suite. Je suis avec quelqu'un qui livre un paquet sur le comptoir pendant que je paie. Il voit que c'est du sucre. Ce sont des petits morceaux de sucre en forme de rond. Pas des sphères, des roues plutôt. Le vendeur me propose alors de ne payer que la moitié. Je refuse en jetant en l'air la boîte de sucre. Et je sors en disant que je ne reviendrai jamais dans ce bar tabac.

Plus tard, je suis en voiture, à la sortie d'une ville. C'est la campagne. Je tourne à gauche pour prendre une route qui monte un peu jusqu'à un croisement en hauteur où je veux tourner à droite.

Mais là m'attendent quatre personnes dont le vendeur-patron du bar tabac avec un fusil, le visage barbouillé de noir, qui commence à me tirer dessus, dans le pare-brise. Je me baisse pour ne pas être atteint.

Les quatre personnes arrivent vers moi et il ne se passe rien. Tout se finit en une discussion plutôt apaisée devant la voiture.

Peut-être que je vais bien, finalement, dans le cercle infini du serpent.

Que je crois qu'on me tire dessus alors qu'on discute tranquillement devant une voiture. Que je culpabilise juste d'aller bien et que je préfère encore aller mal. Que je ne m'accorde pas le droit d'aller bien parce que c'est plus simple d'aller mal. Ça conserve la culpabilité originelle. On n'est pas dépaysé.

Mais en Algérie, j'étais dépaysé. J'avais du mal à conserver ma culpabilité originelle. Je me sentais bien dans ce grand bazar, au milieu des fils électriques qui pendent et des ascenseurs en panne. Je retrouvais le sel de la vie qui redonne vie aux statues de sel. Les petites clés argentées volaient dans les airs depuis le haut des immeubles et les fauteuils roulants circulaient au milieu de la route pour dire merde aux voitures. Si ce n'était pas la vie ça, c'était quoi ?

C'était juste un peu flippant parce que je n'ai pas l'habitude de flipper. Un derwiche en guenille qui me tire par la manche à Timimoun et tout de suite j'ai la trouille, alors qu'Amina discute avec lui et lui achète un biscuit qu'elle refile trois rues plus loin à un autre derwiche ; un gamin qui mendie dans la rue et je détourne le regard, alors qu'Amina le prend par le tee-shirt et le remet à sa place : tu vas à l'école, toi ? On fait comment pour se remettre soi-même à sa place et cesser de parcourir sa mémoire ?...

Mais j'avais déjà été comme Amina, au moins une fois dans ma vie, avec le type du visa. Je lui avais raconté ma vie au lieu de le prendre poliment pour un sbire. J'avais même reçu une récompense pour service rendu à la vie. Un petit dessin. Le sel de la vie. Peut-être que c'est comme ça qu'on s'en sort dans la vie. En racontant sa vie. Ça fait un peu le serpent qui se mord la queue, mais justement.

C'est ce qu'on faisait depuis toujours avec Irma. On se racontait nos vies pendant des heures. C'est comme ça qu'on redevient vivant et qu'on se sauve, peut-être. En discutant. Elle le savait Irma, comme Amina, et comme tous les autres. Les morts, on les sauve du néant en se les remémorant puis on leur dit adieu, mais le reste du temps, on discute pour retrouver la vie. Là, je discute avec toi pour te dire adieu, merci pour ton passage, je t'aime mon Lapin et je t'aimerai toujours, mais je dois retourner discuter avec Irma parce qu'elle me ramène à la vie. Si je ne le fais pas, je m'étiole. Comme les vieilles dames pieds-noirs qui n'ont pas le droit de raconter leur vie. Ni chez elles ni dans les colloques. Et encore moins à la télévision ou sur les radios. C'est interdit. Alors elles étouffent dans leur mémoire.

Quand on s'interdit de raconter sa vie, elle finit par nous dévorer de l'intérieur, et on récupère une sclérose en plaques. Heureusement qu'il y a des *Amazones* qui demandent à leurs enfants de prendre un bout de papier pour écrire leur vie et s'alléger ainsi de leur culpabilité. Parce que la plupart du temps, l'essentiel tient en une phrase : « Pépé est un salaud qui a abusé de moi ». Terminé. Neuf mots.

Après, il faut trouver la petite phrase qui résume sa petite vie. C'est le plus difficile, au fond. Et c'est pour ça qu'on tourne en rond comme des malades et qu'on écrit des tonnes de phrases jusqu'à produire des encyclopédies et des romans. On se dit qu'on finira bien par la trouver la petite phrase qui nous ressemble, dans les encyclopédies peut-être, puisqu'il y en a plein des petites phrases dans les encyclopédies. Il doit bien y avoir la nôtre là-dedans ? Elle est où ma petite phrase à moi ? Pas la phrase des autres, pas le Chant des Africains ni la phrase de Louis-Ferdinand Céline, ma petite phrase à moi, celle qui voltige dans les airs comme une pochette de clés d'ascenseurs, la toute petite phrase de neuf mots qui réduit la vie à une tête d'épingle rouge et blanche.

Mince, je suis encore en train de fuir.

Bon, je vais plutôt m'appliquer à raconter ma vie en Algérie puisqu'il faut raconter sa vie, et que j'y arrive mieux dans ce pays lointain. Même si ce n'est pas toujours simple de se promener en Algérie et de raconter sa vie. On n'ose pas forcément se mettre en avant.

Mais je pouvais le faire sans trop de problèmes sur le Front de mer avec les types qui essayaient de me vendre des babioles ou des photos de moi. Comme si j'avais envie de rapporter des photos de moi ! Même devant la cathédrale, il faudrait me payer. Et là, c'est moi qui devrais payer ? Pour un selfie ? Ça les faisait marrer. Alors on discutait.

Je suis un enfant de Pieds-Noirs – « Ah oui ? Bienvenue chez toi, alors » – Merci Sahbi. Tu me sauves – « C'est beau la France » – Oui, et c'est libre surtout, même si c'est un peu fade. Ici, ce n'est pas fade. – « Non, mais c'est dur. Heureusement qu'il y a les mouettes qui rient dans le port » – Ça a l'air compliqué, en effet...

C'était une difficulté récurrente pour moi que de devoir marcher en touriste dans des lieux si tristement meurtris, même si je savais que je n'étais pas un touriste comme les autres, puisque je connaissais tout ou presque des murs qui m'environnaient. Il n'empêche, j'avais toutes les apparences de l'Occidental désinvolte, et c'était suffisant pour me mettre mal à l'aise. Ce n'est pas marqué sur mon front que j'aime les vieilles dames.

En revanche, c'était inscrit sur celui de Nadia, Oranaise depuis toujours. Elle pouvait parler de la casbah, du mausolée de sidi Blel dans Ville Nouvelle ou de celui de Sidi el Houari dans le vieux quartier du même nom, des medersas d'Oran et de la fille de Caida Halima, des chanteuses de mémoires ou de la blouza oranaise, sans jamais tarir son flot de paroles. J'aimais beaucoup la savoir dans le groupe lorsque nous partions en excursion dans les quartiers de la ville parce que je découvrais toujours des anecdotes très singulières et révélatrices qui ne se rencontraient ni dans les livres ni dans les conférences, mais seulement dans sa mémoire insondable. Elle savait où aller à Oran.

Il existait une très vieille bâtisse ottomane quasi invisible de l'extérieur dans l'ancienne rue de Charras que je n'aurais jamais pu découvrir seul si je n'avais pas été embarqué par ces Algériens qui connaissaient dans leurs corps les moindres recoins de Sidi el Houari. Il suffisait de pousser une porte banale pour atterrir dans une cour intérieure avec balcons qui ressemblait beaucoup à ce que je connaissais déjà de la Posada Española (disparue, mais photographiée) dans la partie basse du même quartier. Des piliers ronds régulièrement espacés soutenaient des arcades au rez-de-chaussée, tandis que les appartements se situaient pour la plupart à l'étage, en retrait d'un long balcon qui courait aux quatre coins de la structure. C'était très beau, mais très abîmé aussi.

Quelques familles vivaient là dans une certaine misère, dignes et chaleureuses, abandonnées surtout. Il n'était pas évident pour moi de venir faire ma petite visite culturelle, avec un sac à dos et un smartphone, comme si de rien n'était. Je crois d'ailleurs que je n'ai pris aucune photographie. Mais Nadia et les autres étaient capables de discuter avec les habitants – comme Amina le faisait très bien au Sahara et ailleurs – pour leur rendre immédiatement une dignité qu'ils auraient perdue si l'on s'était limité à dire merci.

Nadia connaissait tout le monde et n'était pas polie. Elle était délicate. Partout. Et si elle ne connaissait pas les gens, elle discutait comme si elle les connaissait, ce qui revient au même. Comme Irma qui discute avec des inconnus dans le tramway. Elle avait du tact, Nadia, et allégeait tout le monde instantanément. Parfois, on connaît quelqu'un depuis des années et on ne discute même pas. Donc connaître, c'est discuter, et discuter, c'est s'alléger. Comme le type du Front de mer. Maintenant, il me connaît, même s'il m'a oublié. Il sait qui je suis et il m'a allégé. Tu m'as fait du bien, Sahbi. Merci.

Combien de personnes censées me connaître ne savent pas que je suis un enfant de Pieds-Noirs. On s'en fiche ? Oui, c'est un peu comme avec le type du visa. On s'en fiche de ta vie, ce qu'on veut, c'est le visa. Ça revient au même. On est tous des sbires. Le type du Front de mer m'a dit « bienvenue chez toi » et on a discuté cinq minutes. On se connaît maintenant. Même si on s'est oubliés. On n'est plus des sbires l'un pour l'autre et on s'est allégés.

C'était peut-être surtout de cet allègement dont mes grands-parents étaient nostalgiques. Pas vraiment du soleil, de la mer ou des paysages. Le soleil, la mer ou les paysages, c'est peut-être plus joli en Algérie, mais la Côte d'Azur ou la côte Vermeille, ce n'est pas mal non plus. Il y en a plein du soleil, de la mer et des paysages sur la côte Vermeille. Et même du vent. À ne plus savoir qu'en faire. Il adorait ça, mon grand-père, la côte Vermeille. Et puis il adorait son quartier aussi parce qu'il était rempli de Pieds-Noirs espagnols. C'était celui du Moulin à Vent, à Perpignan, un ersatz d'Algérie, avec des palmiers et des oyats. Il allait saluer Mme Martinez au quatrième étage et Mme Fernandez au premier. Et puis il partait se promener. Je l'accompagnais parfois quand il allait à la boulangerie. Quel enfer ! Ça prenait des plombes. Il y avait une queue, toujours ! Et ça discutait ! Je n'en pouvais plus. Tout ça pour une baguette de pain.

Mais non, la baguette de pain, c'était le prétexte. Ils voulaient discuter, eux, pour s'alléger. Devant la boulangère, ils ne se rappelaient même plus pourquoi ils étaient venus : « Mais si, Monsieur Ramirez, vous avez commandé le gâteau pour l'anniversaire de la petite ! Elle fait quel âge déjà ? Qu'est-ce qu'elle a grandi, c'est incroyable ! Vous la nourrissez à quoi ? » Et c'était reparti – « À la calentica, Mme Gomez » – « Vous me faites marcher, Monsieur Ramirez ! Ahaha » etc. Ils n'en finissaient jamais.

Mais il n'y avait que moi qui m'ennuyais dans la file, parce que tous les autres discutaient entre eux, en oubliant pourquoi ils étaient venus. Ce n'était pas un problème, de toute façon, puisque Mme Gomez le savait. Elle n'était pas une sbire, Mme Gomez. Elle faisait partie du monde. C'était plutôt de ça dont mes grands-parents étaient nostalgiques. Parce qu'à Oran, c'était partout, tout le temps, et pas qu'à la boulangerie, les discussions pour s'alléger. Je ne connais rien de plus déprimant que le concept de Nostalgérie. Quel mépris. On a envie d'aller s'étouffer avec des makrouds.

C'est pour ça que l'ami d'Amina téléphonait à minuit et demi et qu'elle sautait de joie. « Vas-y monte ! Je t'envoie les clés par la fenêtre du quinzième étage ! Fais gaffe à ta tête ! » La priorité absolue, c'était de discuter pour s'alléger. Même une demi-heure, à minuit, alors qu'on ne s'était pas vu depuis sept ans et qu'on ne se verrait plus pendant sept ans. Et alors ? C'est quoi le problème ? Il n'y a pas de problème. J'étais juste passé à côté du concept de Nostalgérie. Je n'avais pas compris que c'était le nom des petites pochettes de clés argentées qui voltigent dans l'air comme des mouettes.

    Nadia fonctionnait de la même manière. On discute d'abord pendant une demi-heure, on s'allège tous, et ensuite seulement, on demande aux habitants si on peut regarder leur vieille maison si belle. « Mais oui, bien sûr, allez-y ! ». De loin, ça paraît stratégique, pas très net, mais de près, c'est juste naturel. Comme à la boulangerie de Perpignan.

    Il allait falloir que ça devienne naturel chez moi. Fonctionner à l'envers. Tu discutes d'abord. Tu ne cherches même pas à comprendre ni à savoir quoi que ce soit. Tu oublies que tu es venu chercher une baguette de pain rouge et blanche pour alléger ta mémoire. Tu discutes comme tu sais le faire avec Irma, et puis si tu as une question qui te traverse l'esprit, à un moment, si tu veux savoir quelque chose, tu demandes. C'est tout. On te rappellera que tu es venu chercher une baguette de pain rouge et blanche. Il faut juste inverser le monde et regarder dans le miroir de Picasso. *Ce qui est en bas est comme ce qui est en haut, et ce qui est en haut est comme ce qui est en bas.*

    C'est le carnaval de la pensée.

Et si j'inversais mon rouge et blanc ?

Si j'inversais le début et la fin, par exemple ? Si je m'allégeais même du temps qui passe ? De cette mémoire infernale ? Si c'était ma mort que je voyais et non ma naissance ? De toute façon, le temps est circulaire. Il paraît qu'à la fin, on traverse un tunnel et qu'au bout, il y a de la lumière. On est peut-être dans un utérus, prêt à accoucher. C'est pour ça que la vie est dure. Ce sont les contractions de l'utérus. Tu crois qu'il faut que je regarde devant, Amina ? Vers la fin ? Comme tous les voyants ?

Bon, je dois encore fuir quelque chose puisque je suis revenu à mon trauma en forme de rouge et blanc. Je croyais l'avoir oublié. On ne décide pas d'oublier, manifestement. Ce n'est pas la bonne tactique pour se sauver. La bonne tactique, c'est tu discutes, tu virevoltes sur toi-même comme les derviches tourneurs, tu t'enivres de paroles comme Rûmi le mystique persan, tu oublies même que tu as besoin de quelque chose, et puis quand tu as bien oublié, à la toute fin, si tu ne sais plus ce que tu fais là, tu demandes à Mme Gomez. Elle saura forcément.

C'est ainsi qu'on se libère, Sahbi, en discutant. Un jour, au milieu de la discussion, comme un petit coup de marteau venu d'en haut, Mme Gomez viendra toquer sur ta caboche pour te rappeler que tu as demandé quelque chose. D'accord ? Et à la fin, tu accouches.

Ce sont les joies de la maïeutique.

Avec qui avais-je discuté, encore ? Tellement de monde. C'est sûrement pour ça que je me sentais léger à Oran. Je discutais.

Ah oui. Jamâl. Le fils d'Amina. Celui qui m'avait offert le tableau des femmes toutes cassées d'Alger. Un jeune. Vingt ans à l'époque. Un soir, il m'avait ramené vers minuit à l'évêché où je logeais, lors de mon second voyage. Sauf qu'il avait mis deux heures à me ramener. J'aurais dû m'en douter. On oublie toujours qu'on est en Algérie, même en Algérie. Il fallait d'abord discuter. « Je vais te montrer un truc ». Allons bon. Je dois me lever à six heures demain matin. « C'est important ? ». Juste mon avion. « Tu te reposeras chez toi ». Oui, on peut voir les choses comme ça, en effet.

Je me suis demandé si on allait faire le tour des cabarets de la Corniche pour boire des bières en écoutant du raï, se promener dans le complexe des Andalouses la nuit, ou terminer chez ses amis dans un appartement du centre-ville. Mais ce n'était pas ce à quoi il désirait m'initier. Il savait que j'aimais plus encore l'histoire de la ville qu'un cabaret sur la Corniche, que j'étais incapable de « profiter du présent » comme on dit, mais quelques émotions pouvaient encore surgir à la faveur d'une rencontre avec un objet qui porte à sa surface la marque d'une temporalité. Je n'étais pas sensible à la matière, mais au temps. Aux traces. Comme les rides sur le visage des vieilles dames.

On s'est dirigé vers le quartier de Gambetta, à l'est d'Oran. Il n'y avait personne dans les rues et Jamâl roulait tranquillement – ce qui est assez rare en Algérie – tout en me préparant à ce que j'allais voir en augmentant légèrement le son de l'autoradio.

« Tu écoutes de la musique, Paul ? » – On ne peut pas dire que je sois un amateur éclairé, non. J'écoute plutôt des émissions. – « Rien du tout ? » – Quasiment rien, non. – « Tu connais des noms quand même ? » – Quand j'entends des noms, je vais sur YouTube pour me faire une idée, mais je suis incapable de rester une heure dessus. J'ai besoin d'entendre des gens qui parlent même si je n'écoute pas toujours. C'est ma musique à moi. – « Hasni, ça te dit quelque chose ? » – Le chanteur qui s'est fait assassiner ? – « Oui. » – Je connais, mais je ne suis pas sûr de l'avoir écouté. – « Tu devrais. Tu sais qu'il était d'Oran ? » – Oui. – « De quel quartier ? » – Aucune idée. – « Vraiment ? » – Non. Je ne sais pas du tout. – « Tu connais Oran et tu ne sais pas d'où était Hasni ? » – C'est important ? – « Pour toi peut-être pas, mais pour nous, oui. » – Il était d'où ?

Il a tendu la main et m'a montré quelque chose qui brillait légèrement sur un mur.

« Tu sais ce que c'est cette plaque ? » – J'imagine qu'elle est liée à Hasni ? – « Oui. C'est là qu'il s'est fait assassiner. Il était de Gambetta. » – *Au nom d'Allah le clément et miséricordieux. Ici a été assassiné Chakroun Hasni. Le 29 septembre 1994* – « Tout le travail que tu as fait sur Oran avec ton blog, c'est important pour toi. Hasni, c'est ce qui compte pour moi ».

En résumé : « écoute… »

C'est vrai que je n'avais pas suffisamment écouté Mme Gomez. À tourner sur moi-même à l'infini comme un derviche, je risquais surtout de me perdre dans le néant de la discussion parce que *la pensée est infinie*, alors que Mme Gomez ne l'est pas. Et moi qui attends qu'elle vienne toquer sur ma caboche pour me réveiller, alors qu'elle est déjà là, qu'elle toque tous les jours, tout le temps, et à tout instant. Appuie-toi sur Mme Gomez pour te débarrasser de ta mémoire. Discute avec elle. Écoute sa petite musique. C'est de la matière, Mme Gomez, c'est du solide. Discute avec la matière comme le fait Irma. Tu as plus de chance de parvenir à oublier ton rouge et blanc qu'en t'enivrant de paroles.

J'étais en décalage avec les jeunes Oranais, même si je connaissais un peu leurs problèmes, parce qu'il est difficile de ne pas les voir quand on se promène dans les rues. On saisit bien que tout est compliqué, et pas seulement à cause de la décennie noire ou de la colonisation, bien qu'on puisse y trouver des causes profondes. Même un étranger – à qui on laisse pourtant passer beaucoup de choses – se retrouve parfois dans des situations ubuesques.

Lors de mon dernier séjour, j'avais voulu prendre une photographie de l'entrée de l'hôpital pour une amie qui était née dans la maternité un peu avant 1962, et je m'étais fait appréhender par deux policiers qui m'avaient violemment ordonné de supprimer les images de mon smartphone en surveillant par-dessus mon épaule si j'exécutais bien les ordres. Ils ne voulaient rien entendre à mes faibles protestations. Pas de photographies de l'hôpital !

C'était l'arrivée du coronavirus, début mars 2020, et les vieux réflexes sécuritaires reprenaient du poil de la bête malgré une année de Hirak qui avait un peu desserré l'étreinte, surtout les vendredis. Ce quotidien-là, évidemment, même si j'en avais une vague intuition à travers des discussions ou des petites mésaventures personnelles, je ne le vivais pas, et ce décalage faisait toute la différence.

Où que je sois, de toute façon, j'étais décalé. En Algérie comme en France. Les joies d'un descendant d'exode. Il n'y a peut-être que dans le champ de roses des sables du Sahara que je me sentais dans mon élément. Je discutais avec les roses dans l'instant absolu des signes. Hors du temps et de la mémoire.

Les Pieds-Noirs, c'était vraiment le cadet de ses soucis à Jamâl. Comme tous ceux que je croisais dans la ville. Et moi, je n'étais pas un enfant de Pieds-Noirs, j'étais Paul. Un type qui aimait bien l'Algérie. Il n'y a peut-être que dans les hautes sphères que les responsables essaient de forcer les gens à tourner le regard vers les anciens habitants pour éviter que tout le monde le pose sur eux, parce qu'au niveau des petites sphères d'en bas, l'affaire était réglée depuis belle lurette, ce n'était plus vraiment d'actualité.

Ce désintérêt m'apaisait. Je n'étais plus obligé de taire mes origines puisque tout le monde s'en fichait comme d'une guigne. On me disait « bienvenue chez toi » par réflexe, pour me faire plaisir, et parce que l'hospitalité est une des valeurs cardinales des Oranais, mais je savais aussi que je n'étais pas chez moi même si j'étais « chez moi », et le seul fait de pouvoir en arriver à une telle formule prouvait en vérité que la question était réglée depuis longtemps. Quel Algérien aurait prononcé ce genre de phrase en 1963 ? S'il était devenu possible de la prononcer en 2016, c'est qu'elle n'avait plus aucune portée. En Algérie du moins. Et ce n'est pas le moindre des paradoxes. Parce qu'en France, il valait mieux éviter ce genre de légèreté. On m'aurait instantanément traité de néocolonialiste en me rappelant que « chez moi », c'était en France et pas en Algérie, et qu'au regard de mes ascendants, je serais bien inspiré de raser les murs (ce que j'ai fait pendant quarante ans dans la plus totale inconscience et jusqu'à l'oubli de mes origines. Comme quoi, j'avais bien intégré le message).

Au fond, c'était sûrement ça l'idée. Que je me désintéresse de moi. Au moins en tant qu'enfant de Pieds-Noirs. Que je cesse de discuter avec moi-même et peut-être bien avec toi. À la limite, je devais redevenir ce que j'étais quand je jouais au football en bas de mes trois Carlitos, un gamin qui ne se rappelait même plus d'où il arrivait, et qui jouait avec son ballon. À la différence toutefois que la culpabilité que je traînais sans même le savoir lorsque j'étais enfant s'évanouissait dans le retour aux origines. Comme ma verrue.

Je pourrais peut-être bientôt rejouer au football et à cache-cache sans me poser de questions, me planquer derrière des pneus de voiture sans me demander ce que je faisais là, à quoi on jouait tous, pourquoi il me cherchait et pourquoi je me cachais, mais simplement jouer à cache-cache et taper dans un ballon, légèrement, joyeusement.

Ça sert sûrement à ça un parcours initiatique. À faire le ménage dans sa culpabilité originelle et retrouver une certaine innocence. C'est quand même moins idiot que de verrouiller la cocotte-minute en espérant bien fort que la pression accumulée ne fera pas tout exploser un jour ou l'autre. On ressort du parcours tout frais, leste et fringant, guilleret même, disponible à l'histoire de Mme Gomez. Sauvé, peut-être...

Sans ce décrassage, on peut toujours crier que le plus important, c'est l'altérité, l'Autre avec un grand A, on n'est pas près d'y accéder.

Et j'étais loin d'avoir accédé à l'Altérité avec un grand A.

Jamâl m'a ramené à l'évêché vers deux heures du matin parce qu'on avait pas mal tourné dans la ville et discuté sur un banc, dans le nouveau parc construit non loin de la falaise, fermé à cette heure-là. Mais on avait sauté les barrières. Au diable les longs couloirs fléchés et vive les transgressions.

Il était beaucoup trop tard pour que je puisse remercier une dernière fois Jean-Paul Vesco de son accueil, mais je savais qu'il ne m'en tiendrait pas rigueur. L'Altérité avec un grand A, pour moi, c'était Jean-Paul Vesco, l'évêque d'Oran.

De loin, ça fiche la trouille, un évêque. Je ne sais pas pourquoi. Sûrement des siècles et des siècles de christianisme morbide et culpabilisant. Au point que je préférais encore un dragon qui crache du feu autour d'une croix celtique. C'était plus avenant. Comme Game of Thrones. Même si les messages sont identiques, c'est plus séduisant un dragon, plus classe, on peut se faire des films, et puis on ne risque pas d'en croiser. C'est rassurant en fin de compte. On n'est pas dérangé.

J'avais rencontré Jean-Paul Vesco pour la première fois lors de mon précédent séjour, en 2014, parce que j'avais besoin de son autorisation pour accéder au cimetière chrétien de Tamashouet où se trouvait la tombe familiale de Paul Souleyre – j'ai presque honte aujourd'hui d'être allé vers lui par besoin et non par ouverture d'esprit – La période était tendue. On était en pleine élection présidentielle, et comme partout en Algérie lorsque la situation se crispe, les policiers abondent dans les rues et les demandes d'autorisations fleurissent, même pour aller visiter des morts dans un cimetière déserté.

Je l'avais découvert à l'époque dans un salon de l'évêché où je tremblais comme une feuille de me retrouver face à un évêque. Je préparais les « Monseigneur » dans ma tête pour ne pas oublier d'être respectueux à la manière dont l'Église le réclame, c'était la première fois que je sautais les échelons intermédiaires pour me retrouver au sommet de la pyramide ecclésiastique, mes petites mains fébriles n'en menaient pas large.

Le pouvoir (même spirituel et surtout spirituel) est toujours impressionnant de loin. Il n'y a qu'Amina qui parle de la même manière à un mendiant dans la rue, au patron d'un hôtel à Timimoun, ou à l'ambassadeur d'Espagne en Algérie. C'est les mystiques, ça. Le jour où j'atteins cet état de légèreté, c'est bon, j'aurai fait mon job. Je pourrai partir en paix.

Sûrement habitué à ce genre de tourments chez ses interlocuteurs atypiques, Jean-Paul Vesco a rapidement fait tomber les barrières, et je me suis lancé dans ce qui m'amenait devant lui, au-delà même de l'autorisation de visite du cimetière chrétien de Tamashouet, et qui pouvait se résumer à la question irrésolue, voire invisible, des enfants de Pieds-Noirs. C'était ce qui me triturait alors, bien davantage que l'Altérité avec un grand A.

C'est la première fois que quelqu'un m'a écouté sans chercher à me récupérer d'une manière ou d'une autre pour ses propres besoins promotionnels ou militants. Ça m'a fait bizarre de ne plus parler dans le vide. C'est une étrange sensation. On se met subitement à exister. Je crois que ça passe par l'accueil : « tu peux t'exprimer, je t'écoute ». En général, c'est plutôt « tu peux t'exprimer, je parlerai ensuite », une forme de tolérance distraite en attendant de pouvoir prendre la parole pour tenter d'exister à son tour, un ping-pong existentiel assez déprimant dans son alternance de monologues indifférents.

Alors j'ai déroulé ce que j'avais sur le cœur.

Voilà, je reçois très régulièrement des mails d'enfants de Pieds-Noirs qui me demandent de les accompagner en Algérie, je fais quoi avec eux ? Je fais quoi pour que cette parole inaudible puisse enfin s'incarner quelque part dans le monde réel et cesser une bonne fois pour toutes de flotter dans l'espace intersidéral avant d'atterrir dans ma boîte mail ? Est-ce que vous pouvez faire quelque chose pour moi et pour eux ? L'Incarnation est un peu votre spécialité même si elle reste mystérieuse, je ne peux pas croire que la recette demeure introuvable depuis vingt siècles, il existe forcément un vieux parchemin qui traîne quelque part dans les caves du Vatican.

Je ne l'ai pas formulé en ces termes parce que je garde pour moi les élans transgressifs qui me traversent parfois l'esprit, mais c'était l'idée. On fait quoi avec tous ces gens, Monseigneur ? Je ne suis pas qualifié pour apporter la bonne nouvelle, je suis même parfaitement nul dans cet exercice, mais ce besoin qui s'exprime sous mes yeux m'exaspère. Comment se débrouille-t-on pour fournir une solution à des âmes invisibles en attente d'un peu de concret ?

Évidemment, Jean-Paul Vesco n'avait pas de réponse au mystère de l'Incarnation, mais il a pris note de mon questionnement, et je lui sais gré d'avoir évoqué le problème l'année suivante au grand rendez-vous annuel de Nîmes Santa Cruz devant un parterre de quelques milliers de Pieds-Noirs. Je ne sais pas si j'y étais pour quelque chose ou s'il avait déjà pris conscience du problème avant notre discussion, mais il a eu le mérite de porter la parole au cœur d'une communauté désarmée devant la désertion de ses enfants, et bien que les effets de ce discours se fassent toujours attendre, on peut imaginer qu'il a peut-être semé quelques graines à l'intérieur de têtes égarées dans une mémoire sans issue. C'est tout le mal que je peux me souhaiter.

Deux ans plus tard, je logeais donc à l'évêché à l'invitation de Jean-Paul Vesco, dans une petite cellule monastique à deux pas de son bureau, au premier étage. Il m'avait dit que ce serait plus simple pour moi, que je serais libre, totalement autonome. Pas d'horaires, pas d'obligations, la liberté totale. J'avais succombé à la tentation.

Tous les matins et tous les soirs, je passais devant la petite Vierge originelle de Santa Cruz qu'il conservait religieusement dans une pièce du rez-de-chaussée. « Foutez-moi donc une Vierge là-haut ! » avait crié le général Pélissier au pauvre abbé Suchet, en 1849. « Je ne suis pas curé, et pourtant, c'est moi, Pélissier, qui vous le dis : faites des processions ! Foutez-moi donc une Vierge là-haut, sur cette montagne ! Elle se chargera de jeter le choléra à la mer ». Ce qu'elle avait fait dès la fin de la procession. La pluie était tombée en abondance pour débarrasser tout le monde d'une bactérie dévastatrice. Tous les matins et tous les soirs, j'allais donc saluer la petite Vierge de Pélissier, pour la remercier de ses bienfaits sanitaires.

Et puis un matin, Jean-Paul Vesco, qui avait reçu de vieux amis lyonnais connus du temps de sa jeunesse – peut-être durant ses études d'avocat – nous a proposé de visiter la basilique de Santa Cruz qui venait d'être rénovée, avec la belle et grande statue de la Vierge, au sommet du clocher, redevenue toute blanche, immaculée.

Les arcades, l'esplanade, le clocher, la Vierge même, tout l'édifice vacillait et menaçait de s'effondrer si rien n'était mis en place, il fallait entamer des travaux sous peine de perdre à plus ou moins courte échéance le monument le plus emblématique de la ville. Jean-Paul Vesco avait convaincu le wali et quelques autres partenaires de la nécessité de lancer le chantier – dans un pays musulman, ce n'est pas un mince exploit – et son entreprise salvatrice était aujourd'hui couronnée de succès. Le clocher avait été renforcé et la Vierge entièrement remise sur pied, à plus de 400m de hauteur, par des acrobates restaurateurs probablement fous qui n'avaient pas encore démonté leur échafaudage.

Jean-Paul Vesco nous a regardés : « Ça vous dit d'aller faire un tour là-haut ? »

Bien sûr que non, me suis-je dit intérieurement. Bien sûr que oui, me suis-je entendu dire tout haut. Je me serais mis des claques. Paul Souleyre l'Oranais ne pouvait pas refuser une telle proposition, il y allait de sa petite fierté. Nous avons donc entamé notre ascension vertigineuse...

Ah c'est sûr qu'on avait une belle vue de là-haut ! La ville d'Oran et toute la baie depuis les échafaudages de Santa Cruz, ça vaut le coup d'œil, même en état de panique avancée. J'évitais malgré tout de regarder à travers les marches et je me concentrais sur mes pieds. Je me disais, tu baisses la tête, tu regardes tes chaussures, tu ne cherches pas à comprendre, tu mets un pied devant l'autre, à un moment ou un autre tu arriveras bien au sommet, on te fera signe. « Ça va Paul ? ». Oui oui…

Là-haut, Jean-Paul Vesco était au paradis. « Regarde comme c'est beau, Paul. On voit bien le port de Mers el-Kébir là-bas ». Il se promenait sur la plateforme de l'échafaudage comme sur l'esplanade de sa petite cathédrale du diocèse, incroyablement relâché, aussi apaisé que sur la terre ferme, joyeux même. Ses deux amis lyonnais n'étaient pas très rassurés – parce qu'à une telle hauteur il faut être un évêque pour se sentir rassuré – mais ils faisaient bonne figure. Moi je n'en menais pas large ; le vide m'appelait. C'est toute la différence entre quelqu'un habitué à ressentir des émotions, et quelqu'un qui ne les supporte pas, qui les réprime même, que le vide à la fois physique et métaphysique rend malade, et que l'ultime émotion de la vie, ce néant abyssal, effraie plus que tout.

« Tu veux que je te prenne en photo devant la statue, Paul ? ». Je n'y avais même pas pensé. Oui, bien sûr. Autant immortaliser l'instant parce que je ne remonterai jamais.

Je me suis rapproché de la grande Vierge. Ses bras étaient ouverts, les paumes des mains tendues vers le ciel, le visage légèrement penché, et le regard tourné vers en bas. Il m'a semblé voir bouger ses lèvres :

« *Regarde vers le bas, Paul. C'est toujours en bas que ça se passe. Rien n'est écrit sur mon front. Tu prends toujours tout au pied de la lettre ! Eh bien regarde le pied ! On te montre la lune avec le doigt, et toi tu regardes la lune, comme tout le monde. Comment veux-tu redevenir idiot ? Tu n'es pas près de devenir un mystique, mon Paul. C'est le doigt qu'il faut regarder. Le doigt ! Mon gros orteil !* »

J'entendais les mouettes qui riaient. Fais attention, la mouette, tu ne sais pas ce qui t'attend. Continue de tourner en rond dans le ciel et profite de la vue.

Qu'est-ce qu'il a le gros orteil ? J'ai le vertige ! À une telle hauteur, je ne suis plus opérationnel. Désolé, je redescends, j'en ai assez vu.

Lorsque j'ai montré la photographie à ma sœur, sa réaction a été immédiate : « Tu as vu. C'est le même pied que maman ». Mince, elle avait raison la Vierge, le gros orteil redressé...

Cette Vierge était manifestement atteinte d'un début de sclérose en plaques. C'est le fameux *signe de Babinski* qui traduit une lésion de la voie nerveuse principale de la motricité volontaire : « Il apparaît quand on frotte le bord externe de la plante du pied, du talon vers les orteils, avec une pointe émoussée : le gros orteil subit une extension vers le haut, lente et complète ; les autres orteils s'étendent parfois en éventail. C'est l'inverse du réflexe normal, au cours duquel le gros orteil doit se mettre en flexion, vers le bas, et la voûte plantaire se creuser »[17]. Je venais de retrouver ma mère.

Tout là-haut, perchée à 400 mètres, c'était ma mère. Enfin, pas tout à fait, mais c'était un signe, non ? C'est idiot, sûrement, mais la Vierge m'a dit que je devais redevenir idiot. Donc si on veut aller au bout des choses, c'est un signe. De quoi, je n'en ai aucune idée, et c'est un peu le problème des signes. On ne sait jamais de quoi ils sont les signes.

Peut-être de l'Altérité avec un grand A.

En attendant, cet évêque calme, détendu, humain et pragmatique m'avait ouvert les portes du cimetière chrétien de Tamashouet et je me disais (fort égoïstement pour un sauveur) que c'était de très loin l'essentiel. Tant pis pour les enfants de Pieds-Noirs perdus dans le néant. Après tous les rideaux idéologiques que je venais de traverser, je méritais bien d'accéder à la petite tombe des origines, celle par qui tout avait commencé. Elle allait peut-être me parler, elle aussi, comme la Vierge.

J'étais allé à la rencontre de Jean-Paul Vesco avec Bahi que j'avais vu une première fois à Paris et qui m'avait beaucoup aidé dans ma découverte d'Oran en me permettant de croiser Kouider Metaïr, président de l'association Bel Horizon, qui œuvrait pour la sauvegarde du patrimoine de la ville, entouré de nombreux guides, tous très jeunes et passionnés. Bahi en faisait partie. C'était lui qui m'avait amené à Kristel pour me montrer la petite anguille rouge et blanche cachée derrière la source. Nous avions sympathisé et il m'avait accompagné à l'évêché le vendredi, ainsi qu'au cimetière chrétien de Tamashouet deux jours plus tôt, le mercredi. L'élection présidentielle se déroulait entre les deux, un jeudi.

Il m'avait confié que la situation était incertaine parce qu'une colère certaine grondait du fait de la quatrième candidature consécutive du président Abdellatif Bouteflika. Sa réélection quasi assurée pouvait mal tourner si la population décidait de se lever contre ce qu'elle considérait comme un énième mépris de la classe dirigeante à son égard. C'était déjà les prémisses du Hirak qui prendrait forme cinq ans plus tard, pour les mêmes raisons, avec cette fois le sentiment d'une goutte d'eau qui fait déborder le vase. Cinq ans plus tôt, la goutte d'eau se tenait à la limite du rebord. Dans le doute, Bahi m'avait conseillé de déplacer la visite du vendredi 18 au mercredi 16 avril, c'était plus sûr.

Le 16 avril correspondait très étrangement à la date de décès du vieux Paul Souleyre en 1940. Ainsi donc, le hasard se mêlait à mes pérégrinations mémorielles, une fois de plus. J'allais découvrir sa tombe très exactement 74 ans après sa mort. Encore un signe. Même le type de l'accueil, au cimetière, en a souri parce qu'on aime bien les signes de l'autre côté de la Méditerranée. C'est la matière qui parle. Le plomb dans l'eau bouillante. Des âmes rieuses semblaient nous soutenir dans l'au-delà.

On était cinq ou six, en vérité, à partir en quête de la vieille tombe familiale dont on ne connaissait guère que le numéro de carré. Mes amis algériens fouillaient les tombes en déplaçant de la main les hautes herbes pour déchiffrer les noms, s'interpellant à distance les uns les autres dans la joie, pour finalement lâcher le cri de la victoire. On a trouvé Paul Souleyre ! Je crois que c'est Farid, le petit voleur d'eau chlorée à la piscine du Sheraton, qui l'a repérée le premier. Je m'étais arrêté un instant pour les regarder courir entre les caveaux ; je trouvais la scène onirique, tellement irréelle, si légère. Si gaie.

Ce n'est pas triste un cimetière. Pas forcément, en tout cas. Avant la mort de ta mamie, je n'allais pas dans les cimetières. C'était vraiment des lieux qui n'avaient aucun sens pour moi, qui n'existaient pas dans ma vie, je ne sais même pas si je les voyais quand je passais à côté. Après sa mort, j'ai commencé à les fréquenter. Le dernier que j'ai découvert est le tien, bien sûr, très différent des autres.

Lorsque les pompes funèbres nous ont demandé où on voulait t'enterrer, on a eu le choix entre deux possibilités. Soit le cimetière de la ville, très classique, soit le parc-cimetière où tu es actuellement. Je ne savais pas ce qu'était un parc-cimetière. Ta maman, qui ne savait pas non plus, est allée voir toute seule. Lorsqu'elle est revenue, elle nous a dit, à Irma et à moi : « je crois que j'aimerais qu'elle soit dans le parc-cimetière. C'est plus agréable que le cimetière classique. C'est très espacé, il y a des arbres, des petits lots de tombes, beaucoup de verdure. C'est mieux ». J'y suis allé plus tard et j'ai constaté qu'on respirait infiniment mieux ici que dans un cimetière ordinaire. Je me disais que toi aussi tu serais bien sous les arbres, à côté des petits buissons colorés, non loin d'une grande étendue d'herbe, avec des bancs pour s'asseoir...

On prête toujours une vie aux morts bien qu'ils se trouvent six pieds sous terre, comme s'ils partaient toutes les nuits faire un pique-nique dans les champs pour s'allonger ensuite sur un banc et entamer une sieste bien méritée. On n'arrive pas à se faire à l'idée qu'ils ne sont plus là, que seule persiste une urne remplie de cendres, avec une petite salamandre posée dessus. Qu'ils sont redevenus matière. Alors on imagine. On tente de retrouver l'essence de la personne. Et tant pis si la seule chose qui persiste est le souvenir qu'on garde d'elle, les relations qu'on entretient soi-même avec ce souvenir dans un interminable dialogue intérieur, que tout n'est qu'imagination. C'est notre dernière lâcheté.

Je me suis avancé vers le centre du monde : « Famille Paul Souleyre ». C'était donc là que se trouvaient Paul Souleyre, Edmond Souleyre, et Andrée avant son rapatriement à Perpignan, dans ce gros rectangle qui était le point de bascule entre leur passé et mon présent. En effet, il était bien inscrit 15 février 1954. C'était ici que ta mamie avait dû embrasser le marbre tous les dimanches matin.

J'ai attendu que la pierre parle. Mais non. Il ne se reproduit jamais deux fois la même chose dans un parcours initiatique. Il est impossible de créer une science des signes puisque rien ne se reproduit. Il faut sans cesse écouter. C'est bien ce que m'avait conseillé Jamâl.

Je n'ai pas été ému outre mesure, mais je crois m'être senti libéré d'un poids, en revanche. Comme si je venais de tourner une clé pour ouvrir le caveau et libérer des âmes. Quelque chose venait de s'achever. C'était évident. Je n'y suis plus retourné depuis et je crois que n'y retournerai plus. Au bout du chemin, on libère les âmes de la mémoire, et elles s'envolent. Fini les tombes.

Je pense que la dernière personne à avoir vu cette tombe était ta mamie, en mai 1982, lors d'un voyage organisé pour quelques Pieds-Noirs désireux de redécouvrir leur terre natale. Je ne sais pas ce qu'elle a pu ressentir en retrouvant cette sépulture honnie devant laquelle elle s'était si souvent agenouillée durant son enfance. Ça restera un mystère. Il s'est passé trente-deux ans depuis. Trente-deux ans de solitude pour ces morts oubliés que je ramène aujourd'hui à la vie.

Il peut se passer n'importe quoi avec cette tombe, ça n'a plus d'importance, les morts se sont évadés de leur prison de marbre. Le caveau est vide. C'en est fini de leur calvaire. Ils se promènent désormais dans ce livre, sur mon blog, dans ma tête et dans celle du lecteur, libres et aériens, ailleurs, tourbillonnant dans le vent comme les bilotchas des années 50.

Il allait falloir libérer tout le monde, maintenant.

J'avais un autre cimetière à saluer.

Abdel et Tayeb sont venus me chercher pour une virée du côté des Planteurs. Ils étaient dépités de l'état de leur ville qui partait en lambeaux, mais fous de son histoire qu'ils connaissaient dans ses moindres recoins.

Ils étaient aussi motivés que moi pour découvrir les vieilles tombes des cholériques de 1849. Mais le cimetière était clos. Ils ont frappé à la porte, crié quelque chose par-dessus le mur, sans succès. Il n'y avait personne. Tayeb a pris son téléphone pour passer un coup de fil à Sofiane qui était responsable du patrimoine historique d'Oran. Dix minutes plus tard, le gardien du cimetière nous ouvrait la porte.

Le vieux cimetière des cholériques était chargé d'imaginaire et d'herbes folles, lui aussi. On déchiffrait parfois quelques noms tous antérieurs au choléra de 1849.

En 1900, le Chanoine Matthieu avait rappelé aux lecteurs de la Semaine Religieuse la terrible période de l'épidémie qui s'était étendue du 11 octobre au 17 novembre 1849 :

Chaque jour voyait se renouveler ces scènes de désolation, le fléau multipliait ses ravages, les cadavres s'amoncelaient partout ; les prolonges mises par Pélissier à la disposition de la municipalité passaient et repassaient dans toutes les rues, emportant à la hâte leurs funèbres fardeaux. Au fond du ravin de Raz-el-Aïn on créa de nouveaux cimetières aussitôt insuffisants. Les fossoyeurs impuissants à remplir leur lugubre besogne, avaient été remplacés par des condamnés fournis par l'autorité militaire ; ils creusaient de vastes tranchées, dans lesquelles on déposait comme en une immense fosse commune, ceux que frappait l'épidémie. Combien de parents dont les fils n'ont jamais su où reposaient leurs restes ! Ils ne leur ont pas même laissé la suprême consolation de pouvoir, dans leur douleur, prier sur leur tombe inconnue ! Ramassés hâtivement et enlevés bien vite par crainte de la contagion, ils dorment leur dernier sommeil dans un coin d'un cimetière abandonné, sans que rien ne rappelle à notre génération, facilement oublieuse, les innombrables victimes de l'inexorable fléau ![18]

En période de pandémie, ces quelques lignes résonnent étrangement avec notre présent, même si nous n'en sommes pas encore à ramasser les corps dans les rues. Que seraient devenues notre vie et la tienne si tu n'avais pas disparu six mois avant l'explosion du coronavirus ? Probablement un stress permanent, l'obsession des masques et du gel hydroalcoolique, le nettoyage frénétique de toutes les surfaces, le confinement éternel, la crainte de te transmettre une saloperie et d'en porter la responsabilité jusqu'à la fin des temps, la peur que tu approches tous ceux qui considèrent ce virus comme une vaste blague orchestrée par le complexe pharmaco-industriel et qui auraient postillonné sur toi sans la moindre retenue, sans parler de l'effrayante apparition des variants. Tu étais tellement fragile et les gens en avaient tellement marre des gestes barrières que tu serais descendue bien bas dans la hiérarchie des priorités sociales. Tout le monde était prêt à te sacrifier. Je crois qu'on aurait loué un bunker jusqu'à l'arrivée des vaccins. Je ne sais pas dans quel état psychologique tu aurais fini, à vivre enfermée de cette façon, pendant des mois, dans la terreur d'être rattrapée par un ennemi invisible. Déjà que tu vérifiais attentivement qu'on s'était bien désinfecté les mains au gel avant de changer ta poche urinaire... J'ose à peine imaginer.

Heureusement qu'à l'époque de nos déambulations macabres parmi les cholériques, ce n'était pas le coronavirus que j'apercevais derrière le choléra, mais les fosses communes. Toutes les fois que je lis *fosse commune* quelque part, ce sont les cholériques de 1849 qui me viennent à l'esprit. Les vieilles tombes entre lesquelles nous marchions n'étaient pas celles des cholériques, mais celles des concessions espagnoles qui, pour les plus anciennes, dataient de 1835. Les victimes du choléra n'avaient pas eu cette chance puisqu'elles avaient été enfouies à la va-vite et les unes sur les autres dans le plus grand désordre social, partout où il restait de la place, jusqu'à remplir le cimetière à ras bord. 1849 était la date ultime de ce cimetière des amoncellements. Les morts des années suivantes avaient été enterrés ailleurs.

J'ai mis longtemps à saisir ce que je venais réellement chercher dans ce cimetière des cholériques au-delà d'un rapport spectaculaire et un peu malsain à l'Histoire, d'une fascination morbide pour les fosses communes, d'une image d'outre-tombe dont tout amateur de morts-vivants se délecte sur les écrans. Il y avait derrière cet acte le fantôme du petit Paul de la famille errant sans mémoire dans les limbes d'une ville abandonnée par les descendants de sa lignée.

Combien de parents dont les fils n'ont jamais su où reposaient leurs restes ! Ils ne leur ont pas même laissé la suprême consolation de pouvoir, dans leur douleur, prier sur leur tombe inconnue !

Tout était déjà dit par le Chanoine Mathieu en 1900. Rien n'est pire que de ne pas même savoir où se trouve un mort. En allant rendre visite aux cholériques de 1849, c'était au petit Paul perdu dans le néant, sans même une photographie sur un buffet, que j'adressais une révérence tardive qui lui permettrait peut-être de retrouver sa place dans la lignée familiale ; une manière pour moi de marcher dans les pas des morts, à la fois pour me libérer de leurs injonctions et pour les libérer eux-mêmes de l'oubli dans lequel la vie, qui continue sans états d'âme, les avait enfermés.

Le soir, je mangeais un couscous chez Tayeb entouré de ses amis.

Le passé était laissé au passé. On parlait d'un peu tout et surtout du présent, de ce qu'on avait vu vers les Planteurs, ce gigantesque bidonville si triste dont les crevasses étaient bondées d'ordures, mais aussi des quelques bâtiments du centre-ville en restauration, ou du quartier si particulier de Mdina Jdida dans lequel on avait marché lors de mon précédent séjour.

Tayeb m'a montré le bureau dans lequel il travaillait avec son énorme ordinateur sur lequel il compilait des milliers de photographies à la fois récentes et anciennes d'Oran qu'il tentait comme il pouvait de classer par ordre chronologique ou thématique. Je voyais bien qu'il était tout autant travaillé que moi par cette histoire dans laquelle il cherchait à mettre de l'ordre, avec les moyens du bord, sans véritable méthode, comme je l'avais fait quelques années plus tôt à travers mon blog. Il cherchait à sauver ses morts, lui aussi. On n'était pas des spécialistes et on le savait. Il s'agissait davantage de faire corps avec une ville, vacillante mais digne, et de transmettre la beauté des vieilles dames.

Il tenait une page Facebook avec un certain succès et organisait régulièrement des sorties pour découvrir tel aspect mal connu d'un quartier ou écouter la conférence d'un historien local. Les jeunes et moins jeunes le suivaient et prenaient plaisir à embrasser leur ville sous un nouvel œil. Il était évident que quelque chose frémissait sous les apparences du désintérêt citoyen des Oranais.

Quelque chose qui ne demandait qu'à éclore, mais que le poids du quotidien écrasait dans l'œuf, sans ménagement, et dans le mépris le plus total du plaisir allégé de la connaissance.

Le plaisir allégé de la connaissance et la délicatesse incarnée, c'était Nadia. Celle qui discutait toujours avec les habitants avant de leur demander quelque chose.

J'hésitais parfois à lancer mon enregistreur mp3 pour tout retranscrire, mais ça m'aurait pris un temps fou et pour quel résultat ? Qu'est-ce que j'en aurais fait ? Était-ce à moi d'écrire tout ça ? Sur ce point-là, je ressentais une forte réticence intérieure, l'impossibilité morale de m'immiscer dans une mémoire qui n'était pas la mienne, une illégitimité rédhibitoire. Et puis j'avais d'autres priorités comme l'inceste, les enfants morts ou les enfants des guerres, sans compter ce récit qui m'obsédait et que je n'arrivais pas à écrire.

Je rêvais malgré tout parfois de reprendre mon blog sur Oran pour lui ajouter des dizaines d'articles sur les quartiers arabes et en faire autre chose que le support de ma propre mémoire. Mais j'avais conscience que je ne le ferais probablement jamais parce qu'il me faut un moteur plus puissant que celui de la curiosité pour écrire. J'ai besoin d'un nœud traumatique à dénouer pour trouver la force de me lancer dans ce genre d'entreprise au long cours, et je n'ai pas encore rencontré le nœud capable de me prendre aux tripes pour écrire sur les quartiers arabes. Sûrement parce qu'il ne s'agit pas de mes morts.

Avec Nadia, Tayeb, Abdel et tant d'autres, on parcourait la ville et surtout les vieux quartiers. Il s'en est fallu de peu qu'on ne puisse accéder à la Casbah parce qu'elle avait été occupée pendant des années par des familles sans logement, jusqu'à ce que le wali – mais surtout les citoyens – décide de sauvegarder ce patrimoine historique. Elle était le lieu de tous les gouvernements successifs d'Oran, depuis les Espagnols jusqu'aux Ottomans du XVIIIe siècle, avant que le fameux séisme de la nuit du 8 au 9 octobre 1790 ne détruise la ville entière, excepté cette construction emblématique, ce noyau de mémoire, le cœur du royaume, bien trop solide pour s'effondrer.

Sofiane avait fait installer quelques cadenas et des dizaines de citoyens bénévoles avaient alors entamé un travail de fourmi qui allait durer des semaines et redonner des couleurs à cette pauvre Casbah ensevelie sous les ordures. Je débarquais au bon moment ; elle était redevenue accessible.

On avait tous envie de parcourir les dédales du « vieux château » pour contempler la célèbre et magnifique Porte d'Espagne. Connue et partagée sur tous les sites, mais invisible depuis des années, elle n'attendait plus que les passionnés pour se laisser admirer. Je ne fus pas déçu. Son apparence majestueuse n'avait rien perdu de sa noblesse. Elle nous surplombait de ses quatre ou cinq mètres de hauteur et semblait fière de sa lignée.

J'aimais la joie de ce groupe rieur et volubile qui se baladait dans les rues en montrant du doigt les vieilles constructions oubliées, s'arrêtant tous les trois mètres pour entamer de grandes joutes verbales ou discuter avec des connaissances croisées sur le chemin, s'ébranlant à nouveau au hasard des rues, énergique et turbulent, heureux d'exister parmi les décombres et prêt à les ranimer. Notre sensibilité au temps s'éveillait. C'était tellement vivant. On pénétrait partout, les portes s'ouvraient à la demande. Le paradis. On a tous fini à la porte du Santon qui marque la limite ouest de la vieille ville et ouvre la route vers Santa Cruz.

Il existait dans la cour de ce petit monument historique deux structures modulaires en ferraille qui avaient dû servir une vingtaine d'années plus tôt de salles de classe parce qu'il restait les fameux bureaux d'écolier double en bois avec chaise attenante ainsi que le tableau et le bureau de l'enseignant.

L'enfance a soudain envahi le groupe et chacun s'est alors bruyamment installé à son écritoire pendant que le professeur désigné commençait à dispenser un cour fictif dans le chahut. Tout le monde y allait de ses blagues de potache (largage de boulettes de papier, inscription de son nom sur les tables, intervention intempestive pour faire rire la troupe, etc.) et réveillait en lui le mauvais élève qu'il n'avait jamais cessé de conserver, tout au fond de lui-même, malgré les injonctions de la vie d'adulte et son cortège de responsabilités souvent

pesantes. Je crois que c'est ce que j'aimais en Algérie, ce qui me reposait : l'enfance à fleur de peau, jamais bien loin de la surface.
Mais une enfance sans culpabilité. Libérée.

Chez Nadia, une heure plus tard, on buvait une bière en fumant sur la terrasse autour de la table.

Je regardais les alentours. Il avait fallu qu'elle habite là, à Saint-Hubert, dans un pâté de maisons qui se ressemblaient toutes et ressemblaient donc à la maison dans laquelle mon père avait passé un an, à deux pas de la terrasse où j'étais assis, avant de revenir à Choupot. J'avais le sentiment de ne pas être tout à fait dans la réalité. Toutes ces coïncidences, ces hasards, ces synchronicités, me donnaient le sentiment d'évoluer dans un rêve, une réalité à la structure onirique, non régie par une logique d'enchaînements de causes à effets, mais par celle de l'association d'idées, comme si je passais d'une scène à une autre sans véritable lien si ce n'est celui de ma propre présence.

Je venais encore de me déconnecter du monde, pour la énième fois, parce que des signes apparaissaient subitement dans le paysage et me rappelaient qu'il existait une autre manière d'appréhender la vie que celle que je venais d'expérimenter toute la journée dans Sidi el Houari et qui m'avait pourtant réjoui, une autre perception plus subtile, celle du monde des correspondances invisibles. Et je n'avais pas à choisir entre l'une ou l'autre, je devais me tenir dans l'entre-deux.

J'ai ressenti le besoin d'entendre ta voix et celle de ta sœur. Je suis sorti dans la rue pour téléphoner tranquillement.

Papa a appelé hier soir et c'était trop bien ! Oh, j'avais trop envie de pleurer et je suis sûre qu'on lui manque aussi, car dans ses SMS, il dit toujours : « Vous êtes mes amours, je vous aime. » Alors que d'habitude, il ne dit pas ça. Je l'aime trop mon Papa.

Je t'aime aussi mon Lapin, et vos petites voix m'ont fait du bien, même si j'ai eu le sentiment d'être encore plus déconnecté que tout à l'heure et d'appeler depuis Saturne. Que Bordeaux était loin ! Une autre vie. Trois mondes, ça commençait à faire beaucoup pour ma petite tête, je suis revenu finir ma bière avec les autres.

Je crois que la tournée des visites familiales avait déjà eu lieu, la veille, jour de réélection présidentielle. Ce n'était pas tant Saint-Hubert que je voulais voir du côté paternel (et je ne crois pas l'avoir prévu à l'époque, mais le hasard m'y a tout de même conduit) mais el-Kerma, ex. Valmy, un petit village devenu grand à quelques kilomètres au sud d'Oran. Le lieu de mon arrière-grand-mère paternelle, la centenaire toujours joyeuse.
Libre comme l'air.

Elle avait tenu un café au coin de la rue principale à la fin de la Seconde Guerre mondiale (en Algérie) après le débarquement des Américains le 8 novembre 1942. Les soldats s'ennuyaient à mourir et avaient de l'argent à dépenser ; c'était le moment d'investir.

Il m'arrive parfois de regarder la seule photo que je connaisse d'elle devant son commerce : elle se tient près de la porte, souriante face à l'objectif, aux côtés d'un G.I. portant dans ses bras mon père qui devait avoir deux ou trois ans à l'époque.

Le passé est un autre monde duquel on est déconnecté par la force des choses et qui donne le sentiment d'une étrangeté absolue. Il a donc existé un moment où mon père n'était pas mon père, où mon arrière-grand-mère n'avait pas soixante-quinze ans dans sa petite cuisine à Pau, mais se faisait draguer par un Américain en uniforme sur le trottoir poussiéreux d'un village algérien, et lui servait un whisky derrière son bar, en chantonnant pour accompagner la musique et les volutes de Lucky Strike qui baignaient les soldats attablés autour d'un poker. Je devais tenter de me connecter à cet autre monde et c'était la mission de cette journée si particulière.

Abdel est passé me prendre dans la matinée. Il connaissait mon histoire familiale par cœur pour m'avoir régulièrement suivi sur mon blog, et je n'aurais pas voulu d'autre guide pour me lancer dans cette aventure, surtout en cette journée d'élection présidentielle à l'atmosphère inhabituelle et trouble.

J'étais encore un peu naïf sur l'Algérie à l'époque, je me promenais avec des photocopies de mon passeport pour être bien sûr de ne pas le perdre, et j'avais oublié qu'en période de tension, il est préférable d'avoir des originaux plutôt que des copies. Ça n'a pas raté, aussitôt arrivés à el-Kerma, un policier a réclamé nos papiers. Abdel a dû parlementer un quart d'heure et sortir son plus beau sourire (j'avais l'impression d'être le petit garçon qui a fait une bêtise et que son papa tente de sauver du gendarme) pour nous extraire de ce pétrin qui aurait pu très vite abréger la journée.

On s'est mis en quête de la maison de mon arrière-grand-mère. Ton papi m'avait fait un plan sur un morceau de papier et on tentait de s'y retrouver. Ce n'était pas très compliqué parce que tout tournait autour de la place centrale. Valmy avait été construit sur le même schéma que tous les autres villages de l'Algérie française : une place, une église, une mairie, une école, un kiosque à musique souvent (mais pas à Valmy), et dans la mesure du possible un nom lié à l'Histoire de France par le biais de lieux, de batailles ou de personnages. Descartes, Perrégaux, Valmy par exemple. La stratégie de la carte postale était le meilleur moyen de créer chez les Français d'Algérie une adoration irraisonnée de la France métropolitaine qui les maintiendrait loin d'un désir d'autonomie, le regard toujours tourné vers la tour Eiffel, et faciliterait ainsi la manipulation à distance. Le risque était trop grand sinon de finir comme l'Angleterre qui avait vu ses colons faire sécession deux siècles plus tôt. On finit toujours par s'attacher à une terre et s'émanciper de ses parents. La France devait surveiller ses lointains enfants et faire miroiter aux nouveaux citoyens leur appartenance à la grandeur d'un empire aux Lumières libératrices. C'était le roman national en forme de couleuvre à introduire dans toutes les bouches si l'on voulait pouvoir utiliser ces Espagnols, Italiens, Maltais, etc. analphabètes et misérables à leur arrivée, un baluchon sur le dos comme des escargots, pour faire tourner la machine coloniale. Quand on n'en aurait plus besoin, on s'en débarrasserait. Valmy ne déparait pas des autres villages. L'école avoisinait la place centrale et la maison de mon arrière-grand-mère était censée se trouver en face.

On n'a pas eu le temps de commencer à chercher qu'un habitant venait déjà à notre rencontre. Il avait dû nous voir penchés sur le plan et se doutait qu'on cherchait la maison d'un Pied-Noir. Apparemment, c'est courant. On a eu de la chance, il connaissait le voisin de la fameuse maison, chez qui il est allé frapper. Un homme nous a ouvert. Ils ont échangé quelques paroles puis il est parti chercher sa grand-mère qui avait vaguement connu mon arrière-grand-mère. « Oui, c'est bien la maison d'à côté, elle était gentille votre arrière-grand-mère » – Merci madame. Ça me touche – L'homme est alors sorti de chez lui et nous a demandé de le suivre jusqu'à la maison qui faisait le coin de la rue. Je regardais mon plan. C'était bien là, en effet. Ton papi allait être content.

C'est aussi ça, l'Algérie. Un tissu social très serré où tout le monde connaît tout le monde et où chacun tente de régler ses problèmes et ceux des autres. Nous on regarde un plan, eux ils frappent aux portes. La façon dont les âmes avaient circulé à Valmy me fascinait. J'y repensais souvent. Aurais-je trouvé la maison aussi rapidement avec mon plan ?

J'étais toujours le « bienvenue chez moi » même si, pour le coup, je n'étais pas chez moi, mais chez mon arrière-grand-mère. On me disait « amène ton père la prochaine fois, il sera content de revoir la maison ». Ton papi était déjà revenu en 1983 et en 2010. Son désir à lui était de retrouver l'Algérie des années 50. 1983 était identique à 1962 (hormis les nombreux enfants qui couraient partout dans les rues) il avait rapporté de nombreuses photographies à ses parents qui les avaient à peine regardées. Pour eux la page était tournée. C'était déjà le silence qui se transmettait et les vivants qui se figeaient dans la pierre. Il y avait de quoi pleurer face à de telles statues, en effet.

En 2010, Oran avait tellement changé que ton papi n'avait même pas retrouvé sa maison à Saint-Hubert. Il était revenu dégoûté, tout en ayant malgré tout pris le temps de m'envoyer une carte postale du boulevard de la Soummam qui fut le déclencheur de nos discussions retrouvées. Il était temps. Elle m'a permis de revenir aux sources. Je ne sais pas où je serai sans cette carte postale. C'est lui qui l'a écrite – je ne le bénirai jamais assez pour ce geste salvateur – et c'est son amie qui l'a postée. Une *Amazone*, elle aussi, qui l'a allégé quelque temps. C'est fait pour alléger les âmes, les *Amazones*. Comme tu m'as allégé pendant seize ans et comme ta sœur m'allège tous les jours avec ses discussions. L'*Amazone* à la carte postale est trop tôt disparue, malheureusement, je ne l'aurais jamais connue. Que ferait-on sans toutes ces *Amazones* qui donnent vie à la matière dans les gestes les plus ingénus et nous préservent du gouffre ? Un simple geste comme une lettre à la Poste...

Je racontais l'enfance de ton papi, et d'autres choses encore, aux Algériens qui nous recevaient dans le salon avec un thé et des gâteaux. Toujours le même accueil chaleureux, le même sourire, la même bienveillance. Ils me faisaient du bien. Ils me réconciliaient tous, les uns après les autres, avec une histoire qui passait mal de l'autre côté de la Méditerranée. C'était reposant.

L'homme qui nous avait ouvert était trop jeune pour avoir connu mon arrière-grand-mère, et sa mère, qui était enfant à l'époque, ne se souvenait pas d'elle. Elle se rappelait vaguement un bar dans la rue principale, mais ne savait pas à qui il avait appartenu. Je ne saurais donc rien sur la vie antérieure de mon arrière-grand-mère. Elle restera la femme qui se tenait sur un trottoir poussiéreux aux côtés d'un américain en uniforme, et la vieille dame dynamique qui versait tous les mercredis midi de « l'eau qui pique » dans mon verre en chantonnant. Des images trop éloignées pour créer une unité, inconciliables, tout simplement parce qu'elle était morte avant que je m'intéresse à sa vie. C'était le plus triste.

Nous avons continué à parler de Valmy pendant une heure, de l'école qui se trouvait en face de la maison, des élections présidentielles et de nos vies, puis nous les avons quittés en les remerciant une dernière fois pour leur accueil. On était contents de cette première étape qui s'était parfaitement déroulée.

C'était une trace de plus dans ma mémoire qui prenait maintenant l'aspect plus concret d'une maison simple au coin d'une rue en face de l'école, avec deux habitants bien vivants, un fils et sa mère, qui avaient pris le relais de mon arrière-grand-mère. Si je ne pouvais pas concilier les deux images que j'avais d'elle, je pouvais au moins établir une continuité des lieux, ressouder la fracture de 1962, et m'inscrire dans le mouvement de cette histoire brisée.

Mon arrière-grand-mère était déjà libre à la naissance. Je n'avais pas eu à la libérer de quoi que ce soit. Mais l'histoire s'annonçait autrement plus compliquée avec la branche maternelle de la famille.

Lourde.

On est revenus à Oran en fin de matinée pour se diriger vers le quartier de la gare et du pont Saint-Charles où tout allait se jouer. Je voulais voir l'appartement du malheur ainsi que l'école Lamoricière où mes grands-parents avaient enseigné et par laquelle tous les enfants de la famille étaient passés.

Nous avons monté les six étages de l'immeuble bleu et blanc pour arriver sur le palier. Abdel a frappé plusieurs fois. Une femme a fini par répondre à travers la porte. Son mari n'était pas là. Elle était seule avec ses enfants. Elle ne pouvait pas ouvrir. Il a repris sa voix la plus douce pour tenter de la rassurer, mais sans succès. Je lui ai dit de laisser tomber. Je ne voulais pas forcer les choses. La porte s'ouvrirait peut-être d'elle-même un autre jour, plus tard, dans des années, ou jamais. On est repartis un peu déçus.

Mais pour tout dire, j'avais déjà la tête ailleurs à ce moment-là, parce que la digestion des petits gâteaux de Valmy m'inquiétait sérieusement. Les intestins commençaient à paniquer. Des élancements me prenaient parfois et me lâchaient difficilement. Je me demandais si j'allais pouvoir continuer à faire le touriste. Mais il était hors de question de ne pas découvrir là, maintenant, tout de suite, aujourd'hui, l'école Lamoricière de mes grands-parents, de ma mère, de son frère, et d'Andrée. J'ai donc traîné mes douleurs organiques cent mètres plus loin, rue Marquis de Morès, en face de la gare ferroviaire. Il y avait du monde devant l'école et à l'intérieur, parce qu'en ce jour d'élection présidentielle, l'établissement faisait fonction de bureau de vote.

Je n'en menais pas large en entrant. Je voulais voir à quoi ressemblait ce lieu, mais les intestins commençaient à remonter à la tête, je me sentais vraiment mal. J'ai malgré tout pénétré dans une salle de classe pour me faire une idée, mais j'ai à peine jeté un œil, je devais absolument m'asseoir quelque part. Je me suis appuyé contre un pilier, les jambes recroquevillées contre la poitrine et la tête enfouie entre mes genoux. Abdel m'a demandé comment j'allais. Plutôt mal. J'avais besoin de quelques minutes pour reprendre mes esprits. J'étais à l'école Lamoricière, un jour d'élection présidentielle, en plein bureau de vote, à Oran, et je m'apprêtais à tomber dans les pommes. On ne pouvait choisir pire endroit et pire moment. Je m'imaginais déjà embarqué en ambulance à travers la ville. Ce n'était pas possible.

Au bout de quelques minutes, j'allais mieux, je me suis relevé pour faire quelques pas. Je me rappelais ce que ma mère avait écrit dans un de ses textes : à la récréation, elle partait jouer dans la cour tandis que sa sœur aînée Andrée, malade du cœur, restait sur le balcon du premier étage pour la regarder s'amuser avec ses amies en lui faisant parfois coucou de la main. J'ai levé les yeux vers le balcon pour tenter d'imaginer la petite fille à ruban blanc, appuyée à la rambarde, en train d'agiter la main vers sa petite sœur qui galopait dans la cour. Je n'aurais probablement pas dû renverser la tête en arrière parce qu'un *nombre infini d'étoiles filantes et minuscules* sont apparues en plein jour. J'étais à deux doigts de l'évanouissement.

Je me suis de nouveau assis et j'ai aperçu les toilettes non loin. C'était le seul endroit qui m'attirait. Je l'ai rejoint cahin-caha, j'ai verrouillé la porte, et j'ai rendu à l'école Lamoricière tout ce que je n'avais pas digéré, peut-être les gâteaux de miel de Valmy une heure plus tôt.

Je me sentais plus léger en sortant, mais je n'avais plus envie de rester. J'ai demandé à Abdel si ça ne le dérangeait pas qu'on quitte les lieux. On a traversé la route pour aller se promener en face de l'école, à la gare ferroviaire, où mon autre grand-père travaillait dans les années 50. J'ai ressurgi peu à peu. Mais que ce fut long. Je venais de subir une attaque en règle.

La sérénité d'Abdel m'apaisait. Il était tranquille, marchait sans parler, veillait discrètement sur moi. Sa délicatesse en ces moments difficiles était d'un réconfort immense. Je savais qu'une partie de sa profonde sensibilité provenait de sa piété. Il m'avait une fois demandé s'il pouvait arrêter la voiture pour prendre le temps de prier, et je l'avais vu s'installer sur le bord de la route. Je m'étais détourné pour regarder la mer en fumant parce que j'avais le sentiment de m'immiscer dans son intimité. Il comprenait mieux que moi ce qui s'était passé dans la cour de l'école et laissait le temps œuvrer à mon rétablissement dans le silence et la marche. Il y avait beaucoup de sagesse dans ses attitudes ordinaires. Il attendait que mon corps retrouve ses esprits.

    Le corps réagit parfois de manière violente aux premières visites. Certains fantômes réclament leur dû et il est difficile de les ignorer. Il faut souvent le leur rendre.

    Je me suis retourné vers les murs de l'école. C'était la fin.

    J'avais libéré tout le monde.

Mon premier séjour s'achevait.

Les parents de Driss m'avaient accueilli comme une seconde famille, dont Nabila, la mère, restera pour moi l'image la plus discrète et lumineuse de l'Algérie.

L'un des objectifs de ce premier séjour, outre marcher dans les pas des fantômes pour les libérer, était de rapporter pour mes filles de la terre rouge d'Oran. C'était même assez vite devenu une obsession. J'étais tombé sur une série de photographies prises par un aviateur en 1963 et j'avais découvert depuis le ciel l'incroyable couleur de ce sol africain rapidement décrit par Maupassant dans son carnet de voyage :

Pour aller d'Alger à Oran, il faut un jour en chemin de fer. [...] Le train roule, avance ; les plaines cultivées disparaissent ; la terre devient nue et rouge, la vraie terre d'Afrique[19].

C'était ça. Une terre rouge et nue. Je ne m'en étais pas rendu compte après plusieurs mois de travail sur Oran (bien qu'Amanda m'en ait fait la remarque plusieurs fois) parce que j'étais concentré sur les constructions urbaines, et voilà que la série de photographies prises du ciel me sautait littéralement à la figure et déchirait l'espace de son rouge sombre et profond.

Dès le premier jour de mon arrivée à Oran, dans la voiture qui quittait l'aéroport, je scrutais déjà les ronds-points, les terrains vagues et les aires de jeu, pour tenter d'apercevoir cette fameuse couleur si caractéristique. Mais depuis le sol, tout paraissait marron. Je me disais que de plus près j'y verrais mieux, ce qui ne fut pas le cas, bien au contraire. Partout où je marchais, la terre était sombre, mais pas rouge. Pas clairement rouge en tout cas. Il allait falloir que je me démène si je voulais repartir avec mon échantillon.

J'ai fini par trouver mon bonheur dans le parc municipal de la ville. Il était bien entretenu et agréable. J'avais en tête la célèbre photographie d'Yves Saint Laurent entouré de sa mère et de sa sœur se promenant élégamment – à la fois dans leur démarche et leur tenue – le long d'une allée proche de l'entrée (mais c'était à Bouisseville, malheureusement) et je tentais intérieurement d'être aussi distingué (avec mon sac à dos et mes baskets) lorsque mon regard se figea. Un jardinier était en train d'arroser des plantes. L'eau ruisselait sur la terre et brillait de mille feux. Le rouge était parfait. C'était le moment ou jamais. J'ai sorti une petite poche en plastique que je transportais toujours avec moi pour entamer ma récolte. La terre s'émiettait un peu entre mes doigts, mais je n'allais pas faire le difficile, elle avait le mérite d'être rouge. J'étais content.

En revenant le soir chez Nabila, je lui montrai mon petit sachet de terre rouge émietté, tout fier de moi. Je crois qu'elle a eu pitié de mon échantillon parce que sa première réaction fut de me proposer la terre rouge de La Sénia où elle travaillait tous les matins. Elle pouvait me rapporter une terre beaucoup plus belle que celle que j'avais ramassée. J'aurais eu tort de refuser puisque le lendemain soir, elle m'offrait un énorme sac de terre meuble, grasse et parfaitement rouge, que j'ai eu beaucoup de mal à enfoncer dans mon sac de voyage déjà plein. Et ce n'était pas fini. Parce que la terre, ce n'est pas fait pour les souvenirs, mais pour enraciner des plantes. Elle était là, la logique de Nabila. On ne fait rien pousser dans un petit sachet de terre rouge.

« Viens sur le balcon, Paul. Tu veux quoi comme plante ? » – Je ne sais pas. Je n'ai pas prévu d'en rapporter et puis je n'ai pas vraiment la main verte – « Celle-ci ? » – Peut-être... Je ne crois pas qu'elle tiendra à Bordeaux. Ce n'est pas le même climat – « Si, celle-ci tiendra bien. L'autre là-bas tiendra bien aussi. Quand tu repartiras, je t'en donnerai quelques-unes. Tes filles aiment les plantes ? » – Plus ou moins. – « Je t'en donnerai aussi pour elles. Ça leur fera plaisir. »

Je ne voyais pas comment me sortir d'une telle générosité. Elle était comme mon arrière-grand-mère. Il fallait qu'elle donne. C'était plus fort qu'elle. Sa lumière irradiait malgré elle.

J'allais parfois sur son balcon pour regarder les plantes et penser à mes filles, fumer aussi, et puis contempler l'incroyable paysage qui s'offrait à moi depuis là-haut : le cimetière israélite abandonné…

Il avait fallu que je me retrouve sur ce balcon, face à un passé lointain qui ne me lâchait pas et demandait à être une énième fois revisité, comme si je devais parcourir tous les chemins empruntés par tous les ascendants de toutes les lignées, jusqu'à ce que chacun soit satisfait de mes génuflexions révérencieuses et me laisse enfin la possibilité d'exister autrement que par procuration.

Mais c'est le lot de tous les premiers voyages. Les morts se lèvent et demandent à être reconnus. Ensuite seulement, ils nous laissent en paix, on n'éprouve plus le besoin de parcourir les cimetières. La mémoire s'est allégée. C'est au second séjour qu'on découvre l'Algérie, même s'il faut de nombreux voyages pour commencer à se faire une idée du pays, et que je n'en suis pas encore là.

Il n'y a plus de juifs à Oran.
(Officiellement, du moins)

RÊVE – QUELQUES SEMAINES AVANT LES SOINS PALLIATIFS – NOTES

Une femme habillée en juive traditionnelle, robe noire, et chapeau noir.
Elle est en plein milieu du carrefour de deux rues vides à Prague. Le cadrage est assez loin et un peu en hauteur. Elle parle, mais je ne comprends pas. Il me semble qu'elle fait des gestes en même temps. Dans le rêve, cette femme est de la famille. Dans la réalité, elle ne correspond à personne.
Plus tard, dans une autre partie du rêve, je suis chez ta maman, dans l'entrée. Mais dans le rêve, c'est chez moi, c'est là que j'habite avec ta maman. Tu es là avec Irma. Ta mamie est là aussi, sans âge véritable, et semble marcher normalement. Elle n'est pas malade.
Dans l'entrée, je lui dis qu'il y a cette femme de la famille (il est même possible que je lui donne un prénom) qui est sur Internet, je vais lui montrer la vidéo. Je la lui montre dans l'entrée, sur une espèce d'écran télé qui se trouve là subitement.
On regarde cette personne de la famille, habillée en noir avec un chapeau, au croisement de deux rues vides, à Prague, en train de parler en faisant des gestes. C'est étrange.
Mais je la montre à ta mamie, parce que c'est quelqu'un de la partie juive de la famille, quelqu'un qu'on connaît tous les deux, et que je sais qu'elle sera intéressée.
Ça reste quand même surprenant pour nous deux de voir un membre de notre famille en vidéo sur Internet, et sous cette forme-là.

Le 18 janvier 2010, Prosper Chetrit, tristement surnommé « le dernier juif d'Oran », s'éteint dans une chambre d'hôpital de la ville. Il était le gardien du cimetière israélite que je contemplais depuis le balcon de Nabila en avril 2014, et le dernier juif officiel à se promener dans les rues d'Oran, comme une version oranaise du Juif errant. Les autres se font désormais discrets même si personne n'est dupe. C'est assez triste. On arrive souvent trop tard dans les parcours initiatiques.

Irma m'a dit qu'on ne ressentait pas suffisamment mon attachement à ces juifs d'Algérie dans mon récit. Qu'ils arrivaient toujours en fin de parcours et qu'on avait du mal à s'y attacher parce que je les évoquais trop rapidement. Elle n'a pas tort, mais je n'arrive pas moi-même à pénétrer ce monde perdu. Il n'y a plus rien de visible et je ne les ai pas connus. Je pourrais inventer, bien sûr, fabriquer un monde comme je l'ai fait autour d'Oran, mais quelque chose m'en empêche. Peut-être la limite du plaisir de reconstruire des mondes imaginaires parce que j'aime trop le réel. Le vrai réel. Le réel de M. Chouchani, grand maître du Talmud, de Levinas et de Wiesel, retrouvé en pleurs devant les rouleaux de la Torah dans la grande synagogue d'Oran un jour de 1927.

J'ai longtemps cru que M. Chouchani pleurait de désespoir en 1927. Qu'il avait vu devant lui, très loin dans le temps, jusqu'au 18 janvier 2010, dans la petite chambre d'hôpital de Prosper. Que la fin des temps l'accablait. Et puis j'ai reçu un mail, un jour, pendant que je faisais pleurer M. Chouchani sur Prosper Chetrit :

« *Bonjour. Pouvons-nous nous parler suite à la mention de M. Chouchani dans votre blog ? Merci par avance* ».

J'en ai eu des frissons. De vrais frissons intérieurs et pas seulement des poils dressés. J'ai mis trois heures à décrocher mon téléphone pour appeler mon expéditrice. Il y a des coïncidences qui fichent la trouille.

C'était une historienne. Elle pensait que je détenais des informations sur M. Chouchani parce que j'avais eu la folle idée d'écrire un article sur le bonhomme il y a quelques années.

— Je suis désolé de vous décevoir, Madame. Je ne détiens aucune information autre que celles puisées dans la biographie rédigée par Salomon Malka[20] en 1994. Mais tant que je vous tiens, pouvez-vous m'expliquer pourquoi M. Chouchani semble si triste devant les rouleaux de la Torah en 1927 ? Ça m'intrigue cette histoire. Il n'a pas l'air de beaucoup pleurer, cet homme, si j'en crois les témoignages de ceux qui l'ont croisé. C'est lié au dernier juif d'Oran ?

— Vous vous méprenez, monsieur Souleyre ! Ce ne sont pas des pleurs de tristesse ! C'est une technique kabbalistique !

— Une technique kabbalistique ?

— Oui ! Il s'arrache lui-même des larmes !

— Mais dans quel but ?

— Eh bien la légende veut qu'il peignait des lettres hébraïques sur des pierres, puis qu'il se mettait en transe par les larmes pour que ces fameuses pierres entrent en lévitation et s'entrechoquent.

— Donc les lettres hébraïques s'entrechoquaient, c'est ça ?

— Voilà. C'était le but. Entrechoquer des pierres entrées en lévitation sous l'effet des larmes pour écrire des mots qui auraient un effet dans le réel.

— D'accord... Eh bien je vous remercie pour ces informations, Madame. C'est incroyable et d'une poésie infinie. En voilà un qui détient l'art de l'allègement ! Tout à fait ce dont j'avais besoin pour évoquer un monde de pierres figées à ranimer. C'est mon petit Lapin qui va être content. Je vous souhaite une bonne journée, Madame.

En raccrochant, j'ai vaguement eu le sentiment d'avoir conversé avec M. Chouchani. Il avait dû sentir que j'allais raconter des âneries.

Rien à voir avec de la tristesse, mon ami Paulo, juste de la kabbale. On ne se répand pas en lamentation dans notre Tradition. On fait parler la puissance des larmes. C'est autrement plus intéressant. D'où la nécessité d'apprendre à pleurer, tu vois ? Il y a longtemps que la tristesse a déserté ma vie. Sois joyeux, mon ami. Profite du miracle qui vient de te tomber dessus : je suis un derwiche en larmes de transe qui entrechoque des pierres entrées en lévitation pour leur rendre la parole et alléger le tarot. Un Mat, quoi. C'est plutôt drôle, non ? La puissance des larmes, mon Paul, il n'y a que ça de vrai.

Il faut apprendre à pleurer, c'est vrai. Irma saura sûrement entrechoquer les pierres un jour ou l'autre puisque c'est une *Amazone* capable de pleurer sur commande, discuter, et faire parler la matière. Elle est ma clé, Irma. Sans elle, je serais toujours en train de te commémorer et de te remémorer, à l'infini, enfermé dans ma mémoire et figé dans le temps comme une pierre. Je vais bientôt pouvoir te dire adieu et jouer avec les libellules vertes. Ce sont toujours les *Amazones* qui sauvent des pierres figées.

Irma trouvera un jour son rouge et blanc à elle, sa couleur originelle, ses propres pierres à entrechoquer. Elle est de la race des Chouchani, ces drawiches célestes qui font parler les pierres figées dans le temps pour apaiser les culpabilités. Elle parcourra sa route de briques jaunes pour aller je ne sais où et elle me racontera. On en discutera ou pas. Pendant des heures. Comme on l'a toujours fait, avec passion. Deux pierres qui s'entrechoquent pour discuter entre elles et libérer de la *joie*. Un autre monde.

Mais pour l'heure, il est temps de rejoindre Tlemcen, puisqu'on m'appelle de Prague. C'est ma route à moi, Tlemcen. Avant Prague, un jour. Sûrement.

Comme tout le monde depuis un siècle, j'ai oublié Schelomo et Zohra, les parents de Mémé Souleyre.

On les oublie toujours ces juifs d'Algérie.

J'étais venu avec un ami de Montpellier qui avait vécu son enfance à Oran et dont la famille était issue des réfugiés espagnols de la guerre civile. Il connaissait bien Samir qui nous avait proposé de passer deux jours à Tlemcen pour découvrir les lieux où il avait grandi.

On avait mis la journée pour rejoindre la ville parce qu'on voulait passer par la Corniche oranaise et traverser l'ancien Monte-Christo disparu des Bains de la Reine, l'escargot de Mers el Kebir et son Rocher de la Vieille, la plage de Trouville où la famille d'Yves Saint Laurent se baignait, le Cap Falcon d'Étienne Daho, les plages de Bou Sfer d'Amanda, les Andalouses de ta mamie en 1982, et plus loin, celle de Maghda où nous avons fait un arrêt pour nous dégourdir les jambes avant de repartir vers Hammam Bou Hadjar où est née ma grand-mère paternelle, puis Rio Salado où a enseigné mon grand-père maternel dans ses premières années, et ainsi de suite jusqu'à Tlemcen. Toutes les vieilles pierres avaient quelque chose à crier et cette cacophonie m'étourdissait.

Je n'ai plus entendu une telle surabondance de clameurs par la suite, lors des deuxième et troisième voyages, infiniment plus doux et apaisés. J'avais l'impression que tout le monde hurlait pour se faire entendre et réclamait son droit à la libération. C'était probablement la projection extérieure du manque de légitimité intégré et assimilé de la douleur pied-noir qui s'en donnait à cœur joie, sur la Corniche et ailleurs, dans une rafale de plaintes assourdissantes et difficilement supportables. Il y avait tellement de morts à libérer. Ce n'était pas possible. Chacun son job et son histoire. C'était déjà l'enfer de se libérer soi-même de sa mémoire. J'espérais vraiment qu'il n'y aurait rien après Tlemcen, parce que je n'en pouvais plus.

Tlemcen ressemblait à une ville du sud de l'Espagne, « la ville la plus splendide d'Algérie sous le rapport du paysage » écrivait un certain M. Ardouin du Mazet, des bureaux arabes, en 1875. Elle avait été désignée « capitale de la culture islamique » par l'Organisation islamique pour l'éducation, les sciences et la culture, en 2011, et ce pour un an. Le président Abdelaziz Bouteflika avait injecté beaucoup d'argent dans la restauration de Tlemcen à laquelle il était attaché depuis sa première députation en 1962. Il n'y avait plus de trottoirs défoncés, de murs lézardés ou de fils électriques pendants. La vieille dame s'était métamorphosée en une femme rayonnante à laquelle manquait toutefois une part de sa jeunesse :

C'est la première fois qu'un pèlerinage communautaire juif de cette envergure est organisé. Avec la collaboration de l'ambassade d'Algérie en France, le voyage est organisé par « La Fraternelle », une association regroupant quelque 1.300 juifs natifs de Tlemcen qui ont conservé un lien communautaire très fort depuis leur rapatriement en France en 1962[21].

Le voyage intervient après les encouragements du président algérien, Abdelaziz Bouteflika, « envers tous ceux qui ont des attaches avec l'Algérie à y revenir, quelle que soit leur confession ». Tlemcen retrouve une part d'elle-même pour quelques jours. Le temps pour ces voyageurs du passé de rencontrer les habitants qui vivent dans leurs anciens appartements (le mardi), et de faire leur Hiloula (le jeudi), ce fameux pèlerinage sur le tombeau du vieux rabbin Ephraïm Enkaoua, l'un des plus grands saints thaumaturges du Maghreb, inhumé dans le cimetière juif. Le temps pour ces vieux habitants de se pencher sur les tombes pour embrasser le marbre de multiples baisers et libérer leurs morts avant de rejoindre la France.

Je n'y suis pas allé. J'aurais peut-être dû, mais c'était un peu loin dans le temps pour moi, même pour des ascendants. Je ne pouvais remonter qu'aux arrière-grands-parents. Plus haut, c'était trop désincarné, même en essayant de fantasmer la circulation des traumatismes jusqu'à Schelomo et Zhora. J'avais touché le bras de Mémé Souleyre dans mon enfance, il m'était possible d'aller sur sa tombe, mais pas plus haut dans la généalogie. La visite serait devenue une curiosité, or je n'éprouve aucune curiosité dans ce genre de lieux, uniquement des besoins. Si j'en ressens la nécessité, j'y vais, sinon je m'abstiens. Et je n'ai pas ressenti le besoin de libérer Schelomo et Zohra. Je crois qu'ils étaient déjà partis.

J'étais davantage attiré par l'ancien quartier juif de la ville, au sud de la place d'Alger, qui jouxtait elle-même la place de la mairie. Au nord, la grande mosquée – pleine à craquer à l'heure où nous sommes arrivés – au sud, la synagogue, fermée, les carreaux cassés, abandonnée. Nous avons réussi à nous glisser dans une sorte de galerie (probablement le balcon des femmes) d'où il était possible d'apercevoir en contrebas l'intérieur poussiéreux et désaffecté des bancs et de l'autel. Nous y sommes restés cinq minutes. C'était déprimant. Puis nous avons déambulé dans ce quartier sans rencontrer âme qui vive bien qu'il soit probablement habité.

A quoi bon continuer à écrire ? Il n'y avait rien à voir, finalement. Un peu comme du haut du balcon de Nabila depuis lequel j'observais la juxtaposition des tombes abandonnées et pour certaines à moitié effondrées. Les hautes herbes avaient gagné la partie.

C'était la fin d'un monde.

Quelques gamins jouaient au football en bas de l'immeuble.

Ils me rappelaient ma cité Carlitos et mon enfance à Pau, et puis ma mère aussi, qui devait probablement me regarder jouer au football de loin en fumant une cigarette à la fenêtre de la cuisine. J'étais au quatrième étage à Oran, à la même hauteur qu'à Carlitos, je reconnaissais cette position surplombante. Il y a des lieux dans l'espace que l'œil n'oublie pas. Le fameux « petit Charles » était de retour. Mais pour me parler de quoi ?

En montant pour la première fois les escaliers de chez Mahdi et Nabila à Oran – l'ascenseur était en panne – j'ai retrouvé dans mes fibres musculaires une sensation identique à celle de mon enfance, quand ma mère nous appelait, ma sœur et moi, depuis la fenêtre de la cuisine, et que je revenais en courant avec mon ballon de football sous le bras en grimpant quatre à quatre les marches parce que je n'avais pas la patience d'attendre l'ascenseur. Je me demandais ce que signifiaient ces allers-retours dans le passé, aussi bien devant le cimetière juif qu'à l'intérieur de cette grande barre de béton qui ressemblait comme deux gouttes d'eau au Carlitos de mes premières années.

Un gamin a envoyé son ballon au-dessus du mur. Il avait l'air d'avoir l'habitude. Il n'a pas été perturbé. Lui et ses copains ont joyeusement sauté par-dessus l'enceinte du cimetière et sont allés courir dans les hautes herbes parmi les tombes pour récupérer leur ballon. Je ne savais pas quoi penser de cette scène surréaliste. C'était à la fois beau et triste. Je me rappelais l'enfant que j'avais été. Combien de fois n'avais-je pas envoyé le ballon dans des zones interdites ? Je n'avais conscience de rien. Le passé n'existait pas pour moi. Il était là, parfaitement enfoui, en attente. Je jouais au football. C'est tout. Je ne savais pas que je transportais avec moi tous ces cimetières. J'allais juste chercher mon ballon.

Je me sentais tellement vieux. C'est sûrement ça, un grand Charles. Un *Carolus Magnus*. Un roi blessé à protéger, à la fois vieux et enfant, un noyau de mémoire dans son royaume, qui avance d'échec en échec jusqu'au dernier, le Mat.

Qu'y a-t-il de plus lâche qu'un roi aux échecs ? Heureusement qu'il y a les reines pour sauver les rois qui se sauvent comme des lâches. On se sauve en se sauvant, mais ce sont les reines qui finissent par nous sauver. Une Baronne a probablement sauvé le Baron de Münchhausen de ses propres pesanteurs.

Nabila avait préparé un poulet farci. Une farce qui est la marque d'un accueil bienveillant parce que la viande coûte chère en Algérie. Je le savais et je lui en étais reconnaissant. Elle cherchait à nous offrir le meilleur. Mais c'était naturel chez elle. On était au-delà de la bienséance. Elle donnait de la terre rouge, des plantes, du poulet, de la farce, et tout ce qu'elle pouvait donner, sans se poser de questions, si ce n'est celle du don et du manque. Que pouvait-elle m'offrir pour m'alléger et de quoi manquais-je pour m'envoler ?

Le poulet, c'était ma mère aussi. Elle était partout, ma mère, à Oran. Et j'avais toujours été son poulet. « Il est où, mon poulet ? Qu'est-ce qu'il est bien caché aujourd'hui derrière sa porte vitrée ? Qu'est-ce que je suis fière de lui ! » Elle avait tous les jours tenté de m'alléger. Tant qu'elle avait pu, en tout cas.

Il y avait beaucoup de légèreté dans cet appartement du quatrième étage. Aussi bien chez Nabila que chez Mahdi. J'avais étalé la carte d'Oran sur la table et le père de Driss me montrait comment rejoindre le centre-ville depuis l'appartement, ce que je devais voir, les coins qu'il aimait. Il adorait sa ville. J'étais tombé sur les bonnes personnes, au bon endroit.

Deux ans plus tard, je croisais Driss au centre-ville. On est allé boire un verre pour discuter. J'étais heureux de le rencontrer. Ses parents allaient bien. Il m'a dit que son père avait l'habitude de retrouver ses amis dans un café non loin de la place Sébastopol. J'y suis allé. Mahdi m'invitait le lendemain midi à manger le couscous de Nabila.

Rien n'avait changé. Les mêmes rideaux aux fenêtres. La même douceur sur le visage, la même lumière dans les yeux. Ils allaient bien ensemble. Nabila m'a demandé comment se portaient les plantes. Je lui ai répondu que ma belle Impératrice s'en occupait quotidiennement, et que toi, ma petite Papesse meurtrie, tu avais mis un peu de sa terre rouge dans un flacon de parfum blanc.

Elle a souri.

Il était six heures et demie du matin lorsque je suis descendu avec mon gros sac de voyage empli de la terre rouge de Nabila.

Une voiture m'attendait en bas. Un ami de Driss s'était levé aux aurores pour me conduire à l'aéroport de la Sénia. J'étais épuisé par ce tourbillon d'émotions et je n'avais plus la force de discuter. Je regardais par la fenêtre de la voiture. Je savais que je reviendrais. Il s'était passé trop de choses. J'avais tout vu sans rien regarder. Ou peut-être tout regardé sans rien « voir ». C'était allé trop vite.

Une voiture nous a croisés plein phare et j'ai fermé les yeux. Un texte d'Andrée m'est alors revenu.

Dimanche, nous revenions de promenade. Il faisait très noir. La lumière de nos phares trouait l'obscurité en un grand éventail. De chaque côté de la route surgissaient des arbres, des bornes, des vagabonds, des cyclistes qui disparaissaient dès que nous les avions dépassés. En face de nous, de temps en temps, jaillissaient les phares éblouissants d'une voiture venant à notre rencontre. Ils semblaient deux gros yeux hostiles qu'une main invisible fermait vite à demi à notre approche.

Comment est-il possible d'écrire de tels textes à onze ans ? D'où peuvent provenir de telles métaphores ? De sa mort imminente le 16 février 1954 à Lyon ? De la guerre qui embraserait le pays quelques mois plus tard ? Du grand trou noir le 5 juillet 1962 à Oran ?

Je n'aime pas les métaphores parce qu'elles révèlent mon incapacité à toucher le réel autrement qu'à distance, mon impuissance désespérante à « voir », ma triste faiblesse face au vide essentiel. Comment toucher le vide ? Comment se représenter l'irreprésentable ? Cette route était la même que celle empruntée par ma mère le 26 juin 1962 avec sa valise et j'étais incapable de la « voir ». Je n'avais pas vécu l'exode. On ne peut pas tout retraverser. On peut seulement tenter de s'alléger un peu plus chaque jour.

Sur le tarmac de l'aéroport, en m'apprêtant à monter dans l'avion, j'ai levé les yeux. *L'air était déjà tiède, le ciel grand et bleu, d'un bleu turquoise inimitable, brillant de pureté.*

Dix jours plus tôt, il était doré. Dans l'air flottait le sable du Sahara.

C'était probablement Amina.

Le matin, en partant au collège, tu voyais parfois des gens qui n'étaient pas là. Je te demandais si c'était des morts. Tu ne savais pas. Ils étaient là, c'est tout. Tu n'avais pas envie d'en parler. Alors on montait le son et on chantait ABBA à tue-tête :

> *Super trouper beams are gonna blind me*
> *But I won't feel blue*
> *Like I always do*
> *Cause somewhere in the crowd there's you*

Adieu, mon petit lapin gold. Je t'aime et je t'aimerai toujours. Je te fais un baiser. Mince, je crois que je t'ai réveillée.

Vive les libellules vertes et les mouettes rieuses.

La mouette.

La mouette vole au-dessus de la mer, elle se sent comme le maître du monde. Pourtant, si elle s'approche de l'eau, les requins la mangeront.
La mouette n'a pas mangé depuis longtemps. Elle voit un bateau de pêcheurs. Un des pêcheurs tient une pomme dans sa main. Elle aurait bien aimé voler vers lui et lui voler sa pomme. Mais elle n'aime pas les pommes.
La mouette s'en va alors vers la plage où se trouve une centaine de personnes. Elle se pose près d'une vieille dame. Elle semble pensive. Soudain, elle se lève. Elle va acheter un hot-dog puis revient et manque de s'asseoir sur la mouette.
La mouette part à un autre endroit.
Elle se pose près de trois enfants. Leur réaction ne se fait pas attendre. Aussitôt, ils se mettent à lui courir après en lui jetant du sable.
La mouette a faim et ne trouve rien à manger. C'est dur d'être une mouette.
La mouette se dirige vers une jeune fille qui parle seule.
La mouette s'approche avec précaution, lorsque la fille, d'un geste vif et précis de la main, gobe la mouette.
La mouette n'a plus faim.
La fille non plus.

La mouette aurait dû voler la pomme du pêcheur.
Irma le sait.

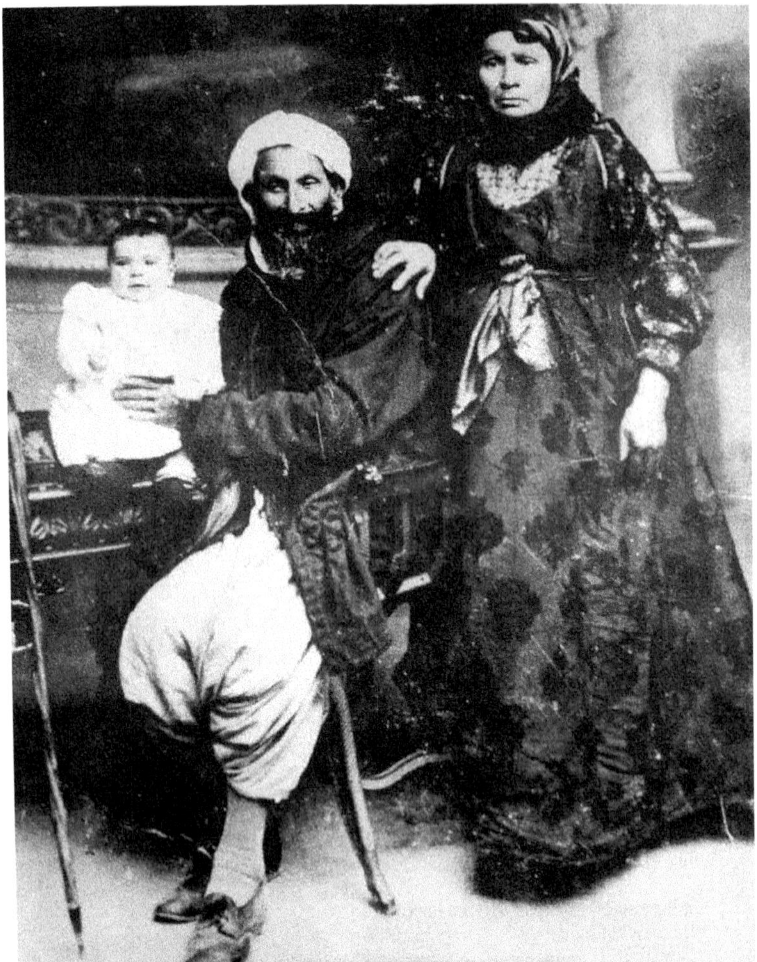

Notes

1. Catherine Brun et Olivier Penot-Lacassagne – *Engagements et déchirements : Les intellectuels et la guerre d'Algérie* – Gallimard, 2012
2. Robert Bonnaud – *Itinéraire* – Les Editions de Minuit, 1962
3. Hubert Ripoll – *Mémoire de « là-bas » : une psychanalyse de l'exil* – Éditions de l'Aube, 2019
4. Hubert Ripoll – *L'oubli pour mémoire* – Éditions de l'Aube, 2019
5. Noëlle Le Dréau – *Renaître grâce à la psychogénéalogie : les clés du décodage familial de l'inceste* – InterEditions, 2013 – Préface de Muriel Salmona, p.XVI
6. André Breton – *La Révolution Surréaliste n°12*, 15 décembre 1929
7. Olivia Elkaim – *Le tailleur de Relizane* – Stock, 2020
8. Entretien avec Olivia Elkaim diffusé sur la chaîne Akadem le 15 septembre 2020
9. Présentation du livre *Symbolique des prénoms transgénérationnels* avec Annie Tranvouëz Cantele. Publié aux Éditions Quintessence en 2011
   https://www.youtube.com/watch?v=WDrQsh7wB2s
10. Béatrice Kammerer – *Les enfants non baptisés ont-ils droit au paradis ?* – Article publié sur Slate le 26 avril 2016
    http://www.slate.fr/story/117265/enfants-non-baptises-droit-paradis
11. Yolanda Gampel – *Ces parents qui vivent à travers moi : Les enfants des guerres* – Fayard, 2005
12. Albert Ciccone et Alain Ferrant – *Honte, culpabilité et traumatisme* – Dunod, 2015
13. Odile Bourguignon – *Mort des enfants et structures familiales* – Presses Universitaires de France, 1984
14. Noëlle Le Dréau – *Renaître grâce à la psychogénéalogie : les clés du décodage familial de l'inceste* – InterEditions, 2013
15. Roland Barthes – *Journal de Deuil* – Seuil, 2009
16. Ahmad Al-alawi – *De la révélation* – Suivi de *Sublime présence* – Éditions Entrelacs, 2011
17. Article « Signe de Babinski » extrait du Larousse médical
18. M. Le Chanoine Mathieu, curé-archiprêtre de la cathédrale d'Oran – *La Vierge de l'Oranie au XIXe siècle* – Oran, imprimerie D. Heintz,

1900
19. L'édition originale du recueil contenant le récit intitulé *La province d'Oran* est paru le 10 janvier 1884 aux Éditions V. Havard. Elle reprend une bonne partie des articles envoyés au *Gaulois* par Maupassant lors de son voyage en Algérie en juillet-août 1881 en tant que collaborateur du journal
20. Salomon Malka – *Monsieur Chouchani. L'énigme d'un maître du XXe siècle* – Éditions Jean-Claude Lattès, 1994. (En complément, je conseille la plus récente biographie du maître, *Fascinant Chouchani*, écrite par Sandrine Szwarc et publiée aux Éditions Hermann en janvier 2022)
21. Extrait d'un article du *Quotidien d'Oran,* publié le dimanche 22 mai 2005

Du même auteur

Des nouvelles d'Oran
Un florilège d'articles et de chroniques sur Oran écrits entre 2012 et 2019. Pour les amoureux d'Oran.

Chroniques délicates
Des petites chroniques inspirées de faits divers lus dans les journaux. L'occasion de méditer sur certains choix de vie.

Nouvelles mystiques
Des nouvelles écrites dans les années 2000. Lorsque je méditais sur l'autre monde. Avant de comprendre que mon autre monde se trouvait à Oran.

Les mystères de Pedro
Trois histoires de famille liées entre elles par Pedro, un jeune garçon en quête de lui-même. Avec de nombreuses interventions de l'auteur pour guider Pedro et le jeune lecteur.

Écrire pour un blog – 100 conseils et des exemples
L'aboutissement de la tenue quotidienne d'un blog sur Oran durant un an et demi. Presque pour ne pas oublier tout ce que j'ai pu apprendre d'un tel exercice. Page de gauche, des conseils ; page de droite, des exemples, tirés de mon blog.